父亲的项目

韦晓明 ◎ 著

文汇出版社

图书在版编目（CIP）数据

父亲的项目 / 韦晓明著. —上海：文汇出版社，
2020.9

ISBN 978-7-5496-3318-0

Ⅰ. ①父… Ⅱ. ①韦… Ⅲ. ①散文集–中国–当代
Ⅳ. ①I267

中国版本图书馆 CIP 数据核字（2020）第 172464 号

父亲的项目

著　　者 / 韦晓明
责任编辑 / 熊　勇
装帧设计 / 力扬文化

出版发行 / **文匯**出版社
　　　　　上海市威海路 755 号
　　　　　（邮政编码 200041）
印刷装订 / 成都兴怡包装装潢有限公司
版　　次 / 2020 年 9 月第 1 版
印　　次 / 2020 年 9 月第 1 次印刷
开　　本 / 710×1000　1/16
字　　数 / 420 千
印　　张 / 21

ISBN 978-7-5496-3318-0
定　　价 / 35.00 元

作者近照

作者简介

ZUO ZHE JIAN JIE

韦晓明，苗族，广西融水人，现为柳州市教育局龙城教育主编，中共党员，中国作家协会会员，柳州市作家协会副主席。

坚持业余创作，迄今在各级各类报刊发表诗歌、散文、小说及文学评论200余万字，作品散见于《青年文学》《中国作家》《民族文学》及《人民日报》《广西日报》等报刊。

出版有散文集《云中故乡来》、小说集《空谷》、非虚构文集《百年奔流》，其中散文集《云中故乡来》获第五届广西少数民族文学创作"花山奖"。2018年，获中国作家协会少数民族文学创作重点作品年度专项扶持（长篇小说类）。

韦晓明与散文的正写叙事

蒋　蓝

　　清代文人薛福成说"文如其人"。后来又有高人提出，"为人须真诚，为文须狡诈"。都恐不尽然。在我看来，作家韦晓明的作文与做人在一脉贯通之余，还有峭拔的理想追求。他是个儒雅的人，博览群书，勤于笔耕，他对于桂地风云的裁切以及对于大苗山往事的深犁，宛如驱赶着牛群、河流和石头，为我们带来了八桂大地之深情、忧伤与绮丽。

　　读罢散文集《父亲的项目》，我沉浸于韦晓明对往事的深度回眸以及在旅途中之于异地风物的细腻观察，他好几篇文章里深情描写的父亲，那是一个爱憎分明、棱角凸显的人，这父亲就像他亲手种下的大片杉树、松树和竹林那样，举起了一个波诡云谲的时代。

　　每个人都有难以忘怀的经历，但能够在往事中取暖，才是一个作家成功的标杆。韦晓明笔下的人和事，仰仗散文而得到了全在与复活。在我看来，这些散文不是膜拜博尔赫斯而做出来的函授作业，也不是跟着保罗·策兰、索莱尔斯、基尼亚尔等一路狂奔的神明式书写，更非为了营造"白银时代"的悲伤痛苦凝冻，而暗地里进行的"人工造雪"。他的散文，并不着意强化绵密叙事，抒情性而非抒情式的写作，才是他的压舱石。这源于他的乡村生活经历，特别是他对大苗山的一往情深。我们不妨把这看作是他对生于斯养于斯长于斯的这片土地的致敬。人与故乡，总是在相互保管、相互赠予之间，构成了最深的和解与释然。韦晓明老老实实地写，他在激情、思辨与叙事之间徜徉，他从没有刻意地"反抒情"，他更没有标举"反价值"。他来了，他看见，他说出。这就是我心目中的散文正写方式。

当很多散文家借助修辞这副雪橇，已经冲刺到散文的域界之外时，我们不妨又回头看看，回到原初的散文，即最为基本的散文，就会发现，修辞雪橇带领着当下的散文，已经忘情地走到了人迹罕至的野地，已然背离了散文的初衷。还记得 2017 年 5 月的一天，李敬泽与阿来在成都宽巷子里的文学对谈，他们对散文最基本功能的看法是：记录事情、写景状物、立此存照。诚哉斯念！我觉得近年来的汉语散文，倚重大题材、倚重大人物、倚重小说叙事、倚重奇特地缘、倚重读书学理、倚重非虚构……这固然无大错，但却没有彻底回到散文本身。

我曾经提出这样一个散文写作观：正写是硬道理。所谓正写，修辞地说，就是拼硬功、打硬拳，不需要摘叶飞花的神奇绝技，这里只有空手入白刃的径接对决；直白点说，就是一个作家自自然然地写，不一味依托繁复修辞地写，不过于倚重题材地写，不指望中心思想跳出来"指山山让路"地写……而是让事物在散文里说话或沉默，让事物液汁四溅再次回复到事情之中，让散文的耳朵听到事物的呼与吸。

韦晓明的《父亲的项目》，走的正是散文正写的路径。

奇妙的是，在《父亲的项目》里，不知为何作者安排的第一辑，竟是展示自己行走踪迹的"屐履处处"，这反而显得有些浮光掠影。仔细揣摩，原来他是在仓促的旅途中不断折返。因为他更为扎实的文章基本是在本书的中、后部分，比如《父亲的项目》《青山巍巍特高耸》《斯人独憔悴》等等，他以一系列故乡人物记，以一种"慢火"功夫，展示了自己最为深笃、也最为细致的生命之重。在《青山巍巍特高耸》里，韦晓明这样写到了劳作：

父亲吆喝着牛在前面下犁，犁尖轻轻触碰膨胀开来的厢垄土表，成球成串、长的短的、大大小小的红薯，就蹦着跳着滚落到垄间基底来了。跟在后面的我们兄弟几个，赶紧把红薯捡起来，剥泥除茎，按大小分别装进箩筐里，大的抬回家，搁楼上脱水糖化；小个的拿到河边洗干净了，晾干，晚上吃过饭，就把它们研磨成粉，浸泡在水里，等大人们农闲时，捞出来蒸成薯粉，切成细条，再团成球状，晒干……

牛拖着犁铧又一次走到了地的尽头，父亲把犁尖深插进地里，让牛原地休息。他点燃支烟，默默地眺望着高而远的云际群山，久久没动。他心里此刻，一定有了很多的想法。

读这样的段落，我们就不能不承认，维系着我们生命的力量，总是那些散发着苦难光辉的细节。

但韦晓明的散文路径，尚缺乏正写之外必须的变数。就像一个人将绳索一抛，一头在云端上打结，另外一头，成为了自己拽动天地的力点。这涉及到构思尤其是对于词语的个人化进入与锻造。对于词语加速与减速的辩证法，须得悉心揣摩。好的作家，必是在为汉语的常态表述祛魅与招魂。我以为，这是韦晓明日后散文应该用力之所在。

《父亲的项目》当中，最为关注的是广西的地脉与地望，呈现出韦晓明的散文地理学核心体系。

欧阳修在《洛阳牡丹图》一诗中感叹："洛阳地脉花员宜，牡丹尤为天下奇。"道出了"地脉"之于牡丹是天地交感之兆。先秦时已认定了山与江河、地与植物均存有"脉搏"，亦即所谓地脉。后世一些堪舆术家强调来龙去脉、结穴、理气等等，其实全仗地脉的变迁。欧阳修在其另一篇名著《洛阳牡丹记》里，特意分析了地脉的成因："况天地之和气，宜遍被四方上下，不宜限其中以自私。夫中与和者，有常之气也，其推于物者，亦宜为有常之形，物之常者不甚美，亦不甚恶。及元气之病也，美恶隔并而不相和，故物有极美与极恶者，皆得于气之偏也。"欧阳修这个观点，今天早已成为共识，但只有把这样的共识纳入到个体命运中去体验，去反复揣摩，去反复提纯，变"共识"为"异见"，由此才能成为自己的发现与言说。散文集《父亲的项目》，其厚德而载物的写作伦理，为我们展现了奇异山地之间的跌宕历史与风俗画卷。

广西的山水，在很多人心目中就是浪漫人生的孕育之地。韦晓明不言浪漫，他倾心于那些微小的事体，那些灾难，那些倒伏，那些死亡，那些在大地上留下铁蹄一般证词的清贫岁月的痕迹。韦晓明说："有人问我为什么要写作，我回答说为了自己的内心。当我的内心风平浪静的时候，我尽情享受文学阅读给我带来的光荣和梦想；当海潮般的情感剧烈地不断地冲击我的心房，令我坐卧不宁时，我就会移步书桌前，触击键盘，让被信号传输线过滤后的情绪铺泻到电脑屏幕上。岁月的积淀，情感的发酵，记忆的复活，现实的激发，让我从心底里感到有话要说，这些话，知道的人越多当然就越好。而要知道的人多，只有写出来发表。所以，我要写作。"但在我看来，发表不过是一个人的写作抵达某种深度之后的自然呈现，一如竹笋终究要破土而出，撑起一竿，扶摇直上蓝天。发表作品也未必就是"鲁院"里的苹果树，我更希望，它们是山野间怒放的芭茅花。

游历于历史的细节，成为了我们游览的风景，构成事物恩爱情仇的过程，恰恰也构成了人类的全部历史。《电闪雷鸣前夜的微笑》《当经典照亮了现实》等篇章，我们清晰地看到了韦晓明解析历史的功力，写得节制、舒缓且冷风四溢。而《读孙犁记》等篇什，则是他深度阅读大师，并有所获的见证。我感动于《斗马节和变形金刚》的描述，因为我曾经在散文《熄灭的马蹄》里，同样写到了一匹西西弗斯式的马，劳作、劳作、劳作，最后体力耗尽面临被宰杀的厄运，这时候，无论经历怎样的痛苦都拒绝流泪的马，会流下了眼泪……按理说，马比西西弗斯幸运，可是马得到了解脱吗？这种解脱公平吗？韦晓明描述的"斗马"场面，触及到了我内心深处的哀痛。

值得注意的是，韦晓明多次在文章里赞美史铁生。和他一样，我们都需要一种耐心，去慢慢体会史铁生的慢，进而感知那一种比写作、比病痛更慢的神性，是如何像云彩般加冕于身体的。韦晓明引述了史铁生这样一段话："写作不过是为心魂寻一条活路，在汪洋中找到一条船。文学或有其更为高深广大的使命，值得我们仰望。当白昼的一切明智与迷障都消散了以后，黑夜要你用另一种眼睛看世界。这是对白昼表示怀疑而对黑夜秉有期盼的眼睛，这样的写作或这样的眼睛，不看重成品，看重的是受造之中那缕游魂，看重那游魂之种种可能的去向，看重那徘徊所携带的消息。"但愿这样的话语，会成为闪烁在我们头顶上的星辰。

记得十多年前一个黄昏，我坐在地坛的一把木椅子上，抽完了最后一支烟，在古柏拉长的阴影里，我见到那拾荒者的背影，从树洞回到了树梢……

2019 年 4 月 5 日改定于成都

蒋蓝，中国作家协会散文委员会委员，四川省作家协会散文委员会主任，成都市作家协会常务副主席。

目录 CONTENTS

第一辑　屐履处处

　　外面的世界，是要亲眼看了才能
深刻体会得到的，没有亲临，你很难
想象那实景是个什么样子。

啊！地坛庙会

都说春节的北京是座"空城"，举目望去，那一辆挨着一辆望不到头的小车，尘埃满身无精打采地泊在马路边上，似乎让"空城"一说落到了实处。此时的北京，即使二环以内，也无车拥堵了，你尽可以欢快地把速度拉上去，在宽阔的大街上尽情驰骋。年三十夜，满城炸响的爆竹烟花也不多，零零落落的。北京，就这样清冷地辞旧迎新。

但在我看来，"空城"并不空，故宫、长城、什刹海这些地方就别说了，单是北京各大庙会，就已经够得着人山人海。今年地坛庙会，从改革开放再生之日数起，已届三十，就好比一个懵里懵懂的后生，兀自闯进了而立之年。因此之故，今年来地坛逛庙会的游客，更居各庙会之首。

地坛又称方泽坛，也称拜台，地处安定门外大街东侧，始建于明代嘉靖九年，与雍和宫遥遥相对，是明清两朝皇帝祭地的场所，也是一座环境幽雅、庄严肃穆的皇家坛庙园林。庙会的祭拜风俗，源于立社，最早文字记载见于周代，所谓王为群姓立社，称为太社；诸侯为百姓立社，称为国社；百姓立社，称为民社或里社。社，土地神也，司风调雨顺。祈盼国泰民安、丰衣足食，便每年都得社祭。随着社祭的影响越来越大，参加社祭的人也越来越多，社的周围便出现了市场。据《考工记》载："匠人建国左祖右社，面朝后市。"

这大概是最早的"庙会"。《周礼·春官》称："若乐八变，则地示（同祇，土地神）皆出，可得而礼矣。"这表明，周代的庙会已经有了音乐表演，和后来的"社戏"差不多。现今的地坛庙会，主要内容有仿清祭地、购买年货、观赏娱乐节目等，这与传统的庙会，是不能相提并论的。最早的庙会，专司祭祀，绝不可能出现商业活动。庙会外边的买卖，称"庙市"，是商贩们借庙会人气牟利。庙市的商贩，是不能进入庙门的，他们摆摊设点，只能在庙会门外。现在的庙会，已不可能再搞封建王朝祭地祷告那一套了，作为一种传统文化的回望和纪念，它也只能是五行八作、生意四海、财源三江交相争辉的繁华庙市了。

资本从来都在逐利，古今中外，莫不如此。

不过且不去管它，这大冷天里，走出门外去呼吸一下新鲜空气，也是值得的。

满树满天的彩带和大红灯笼下，人群像缓缓流淌的河。跨进一侧摆满摊位的千米通道，不必迈步，后边的人会推着你往前走。摊位旁，不时有货主另类打扮出位，晃动着羊年吉祥物或所卖商品大声吆喝；个别摊上，还弄出离奇古怪的音响，逗引众人扭过头去看。间或闪过一大簇红艳艳的仿真冰糖葫芦串，俏得令人垂涎欲滴。七八岁大的孩子，最爱这个了，他们买上一两串，扛举着，摇晃着，在黑压压的人头上分外醒目。蠕动的人群中，不时有年轻的父亲将孩子举到肩上，那棉袍包裹着的小孩，低着头，黑亮的眼睛好奇地左瞅右看，嫩红的圆脸涨满了好奇和欢喜。

后腰突然被顶碰了一下，跟着传来一声喝问："怎么这样推着孩子？"回头看，推拨我的是个大块头老伯，黑亮的羽绒服袖子上，套了个红袖章。"嘿，大伙儿借借光，借借光啦！"他那地道的京腔，吆喝来三四名年轻保安，团团围住我身后一辆蒙着厚棉布的小推车。红袖章老伯数落推车的年轻母亲，您胆儿大过骆驼了啊！这人海了去啦，保得准不出意外？娇小的母亲满面羞红，讪讪地将小孩抱进棉背兜，挂到胸前来。老伯说，这推车就放到门口屋里，待会回了记着拿啊。说话间，又一波人流涌过来，小推车空出的位置，迅即挤满了密麻的腿脚。

红袖章老伯摇摇头，做无可奈何状，脸上却依旧一副坚定较真的神色。他转过身，又退到后头张罗去了。

长时间滞缓的挪动，令我双脚冰冷到了极点，我估摸这样子下去，脚趾头势必要冻伤。见左边林子外有块空旷的草坪，便拨开人流，瘸着腿挪过去，反复蹦跳好了好几个来回，脚底下才有了点感觉。空地南端，忽然鼓锣喧天，搭起的高台上，此时舞狮表演正渐入高潮。舞台背景板上，"沧州人民祝福首都三阳开泰吉祥如意"几个大字金光闪闪，驰目骋怀。

沧州舞狮舞历史悠久，非常有名。据说沧州舞狮舞大体分为"文狮舞"和"武狮舞"两种，"文狮舞"以兴济为代表，鼓点威武豪壮，有动有静，有紧有慢，动作多是模拟狮子动作，随鼓点的变化而变化；"武狮舞"鼓点火爆、热烈、欢快。沧州狮子舞发展到了后来，揉进了武术、杂技中的诸多动作，如高台翻滚、水中望月、巧走立绳、荷花怒放等。"武狮舞"以沧州北张为代表，有近600年历史。世纪之交直至近几年来，沧州舞狮队频频进京，参加如"建国五十周年庆典""进京为十六大演出""北京奥运会开幕式表演""国庆六十周年庆典"等各项大型活动。在参加北京奥运会开幕式的表演时，沧州刘吉舞狮化身为中国狮图腾文化的载体，用其粗犷、刚猛、雄浑的风格，征服了全世界的观众。开幕式总导演张艺谋极力赞美沧州舞狮，说："沧州的狮子舞始终不错，作为奥运会仪式表演第一个节目，他们的表演，把奥运气势表现了出来！"2008年，沧州舞狮舞被列入国家级非物质文化遗产名录，舞狮队也先后多次得到党和国家领导人的亲切接见。

沧州小子身手果然不凡，一个跟着一个，蹭、蹭、蹭几个空翻跃过五六丈宽的台面，接下来的巨狮站立，是五个高大青壮年刹那间搭起的人梯。近 10 米高的狮子，面对观众还来了个 180 度转身亮相、拱手祝福。几个打扇罗汉，笨手笨脚的，模样十分滑稽逗笑。"好！""好！""好啊！"观众的激赞声，一浪高过了一浪。置身于这样的氛围里，谁又能无动于衷？我自然也按捺不住地加入了呐喊的队伍，跟着欢呼、跳跃、鼓掌。半个钟头后，激情消退，才觉得疲惫，于是转到林子边一张椅子坐下，下意识摸烟，忽然想起打火机在入园时已交了出去，便怅然，于怅然中左顾右盼：哎，这地方怎么这样熟悉呢？当不远处那堵朱墙映入眼帘时，我才猛然醒悟了过来，这椅子我曾经坐过。是的，这张长椅我坐过。

那是几年前夏末的一天，我来到地坛，来这里寻觅史铁生《我与地坛》描写的物事。我在这园子里寻睽，猜测哪段路面曾经史铁生轮椅的车辙碾压过？揣度哪棵柏树、哪蓬小草已封存了史铁生的凝思？他的母亲，又是在哪个地方、哪片树影下，"端着眼镜像在寻找海上的一条船"寻找她的儿子？岁月如刀，杀伐无情，过往的疼痛，都无着痕迹。哦，"废弃的园子"已经修葺一新，练歌的小伙子、穿越园子上下班清凉朴素的女工程师、腰间挂着个扁瓷瓶每走 50 米便驻足石凳或树苑摘下酒瓶舒服一口的老年饮者、一年四季黄昏里风雨不改在园中散步从中年到老年的那对夫妇、哥哥为妹妹逮蚱蜢妹妹遇到危险总要高喊哥哥相依为命的小兄妹俩……这才多少年啊，《我与地坛》里所有的人和事，就如风吹走高天上的白云，都寻不着了，而那见证明清两朝皇帝龙颜威仪的古柏劲松，依旧肃立风中，苍虬盘驳，枝挺叶翠。老蝉趴在上头，吱呀的叫声一阵紧过一阵。落寞地坐在这刚髹上漆的长凳上的我，看眼前一群跟着卡带机乐曲跳广场舞的北京大妈，内心更加落寞。近晚的余晖从古殿琉璃瓦顶铺泻过来，晕晕韵韵的，将绿树、黄土都染红了。松柏的枝丫，又将这余晖裁剪成一个个大大小小的光柱，在青草、地坪上晃来晃去。不愿归巢的麻雀，此时也跟着音乐节拍，在光柱里蹦跶、起跳。

　　《我与地坛》是如此的厚重、凝力，以至于我舍不得，或者说不能够一气读完，每读几页，我便停下来回味、沉思，却总也理不出头绪。到现在，我似乎终于明白了，明白了史铁生文学应有的使命。史铁生笔下的地坛，冷寂里绽放出生命顽强的蓬勃力量，迷蒙中昭示着光明将至的绚丽辉煌。真、善、美已然霓虹初现，自由、民主、幸福的满天彩霞还会远吗？

　　那时的地坛，刈除了野草，种上了新花，全面砂平红墙剥落的表皮，重新涂刷了丹砂。路砖呢，更是一体新镶，晃眼看去，仿佛一支支跳动的脉搏。垂老的柏树，根底下灌进了新泥，长长的钢管支撑起依然挺拔伟岸的躯干……总之，春风吹过，柏树古老的年轮盘上，将要再度刻画出一道新的圆环。

　　此刻的地坛呢，脚下是没有绿草遮盖的冻土，身旁是热闹喧嚣的张扬，表面的嘈杂凌乱掩盖不住内里的井然有序。买了心爱的小什物，尝了天南地北的美食品，来一份沙县豆香糍粑，再攮上几串天山烤羊肉，还有什么不满足的呢？哦，对了，据说有摊位一天卖了 15 万元羊肉串的，这岂不是神话？不是神话，那是实打实落袋了的真金白银。这地坛庙会，让那些有本事闯进来摆摊的人，想不发财都难哪。

　　西北口一带，最是繁荣。此处汇集了东西南北全国各地众多的风味小吃，尤以北京特色为最。地坛庙会请来了正宗"中华老字号"小吃代表：东来顺饭庄、白魁老号、护国寺小吃店、馄饨侯和茶汤李……除此之外，京味叫卖艺术团、北京老天桥艺术团、东北二人转、四川川剧等也在这里登台，表演他们拿手的天桥绝活、叫卖剧、木偶戏、皮影戏、弦歌、杂耍。而那一爿爿门店里，各式玩具、布艺、文物古董、电子飞禽走兽，应有尽有。穿行其中，时不时会遇见一两个半大小孩，把他们手中的空竹抖得嗡嗡直响，陶醉其间，欢笑其间，乐怡其间。

　　这难道不就是一幅现代《清明上河图》？

往东南面走去，过了当年皇帝祭祀的方泽轩，"仿清皇帝祭地"表演早已收官，这其实也没什么好遗憾的。在我看来，这纯属无聊的扯淡。据说，复兴庙会后，每年正月初一、初五这两天，由从数万名普通市民中海选出来的"草根皇帝"，将会气宇轩昂地率领数百名所谓"文武百官"登台表演祭祀仪式，接受众游人欢呼呐喊、顶礼膜拜。

又据说，海选"草根皇帝"，有一套严格的程序。首先，从数万报名者所递交的材料中，优中选优预选出 11 名入围者；之后，通知 11 名入围者到地坛公园斋宫接受面试，面试者除了回答包括地坛庙会过往老"皇帝"在内的五名评委提问外，还要现场走台，考察是否拥有皇帝的"威仪"。庙会组委会介绍说，报名参加"草根皇帝"海选的，不但有演员，还有教师、医生、公务员、自由职业者，报名者无不憧憬能成为"众香国里一点红"，体验皇帝"君临天下，百官朝拜"的快感。

但就凭这玩意，我们便也可见出地坛庙会组织者用心的良苦。若报名参选需要缴费，这无疑又是地坛庙会一单大买卖。以金钱为润滑剂、为刺激、为鼓励，并无大错，社会的发展、进步、繁荣，说到底是以人的欲望为动力的。但是，共和取代帝制已经百年，皇帝老爷却通过庙会借尸还魂，这到底是幸耶还是不幸？或曰：此举乃随便玩玩而已。是的，玩玩就是有想法，有想法就会形成一种意识形态，这又情何以堪哪！社会还是以务实为好，历史已经证明，所谓皇恩浩荡国泰民安的帝王意识，纵使美丽万方，最终只能滑向茫茫无边的不归路。

穿过几重阑干，又到了一片开阔地带，边上一溜舞台，亦庙会新搭。"多彩贵州"舞台上的芦笙曲调挽住了我的脚步。一出母女春糍粑闹新春接瑞福的戏正在上演，日迫暮晚，气温骤降，尽管冷飕飕的，苗姑苗妹的动作却仍不失协调、优雅。主持人再度亮相时，说这天太冷了，小女儿不愿出场，挨了母亲骂，希望观众给点掌声鼓励下。这主持报幕的小伙子，着藏青色西装，戴白纱手套，精神极端昂扬的样子，他的普通话使劲儿往央视新闻联播主持人语调上靠，但那苗话尾音，却还是坚定不移地给漏了出来。他说着说着，就扯到贵州的投资环境和空气质量，说那是无比的好；他又谈论起贵阳的房价，说那是无比的便宜，在贵阳能买一套三室两厅的钱，在北京买不起二环内屋里一个厕所。我们贵州苗人，把西南一隅的房地产吆喝到人家京城里来了，这实在是有想法，实在是超前，实在是可喜可赞。可不是吗，就算你庙会上一天能把羊肉串卖到了15万元，但你敢跟房地产比？何况这庙会一年只一届，一届只八天。

地坛庙会有意思的玩意多着呢。南边一座牌楼下，搞了摊露天卡拉 OK，一干人排着队等着上。有位酷似"草帽姐"的大嫂，大大方方出手 20 元钱点了两支曲子，然后大大方方拿过话筒，站到坛台上极投入地演绎周冰倩的《真的好想你》。很显然，这大嫂也在兜售，她在兜售她的才情。但我真的很想告诉她，这地坛，是有个真的值得我们好想的人，那是个本身非常需要体恤和怜悯，却反过来体恤和怜悯众生的人，他就是史铁生，著名作家。他离开我们的时候，只有 59 岁，但只要他再活几天，就可以跨进 60 岁了。史铁生说他自己"职业是生病，业余是写作"，这话听来何等凄怆、伤心、泪目。18 岁到陕北延安插队，不久因病回京治疗，最终却治成了瘫痪，从此一生离不开轮椅。假如那时我们的国家经济就很强盛，医疗技术就很发达，史铁生的病就不应该治成后来那个样子了。史铁生是病了，但那个时代更有病。所以，社会的务实祛魅，繁荣经济，富足物质，是人民生活得有尊严的重要保障。

此时，北京的天空，灰蒙蒙的。时令已然深冬，但风还没刮起来。并且，北京的第一场雪，也还没下呢。

每次来北京，我是必定要到地坛的，在园子里走走、坐坐、想想。这一切，皆因史铁生起。

啊，地坛。庙会的地坛。杂芜的地坛。夏日的地坛。隆冬的地坛。各有自己的风景。

史铁生笔下的地坛，是一番风景；那年夏天我拜会的地坛，是一番风景；如今庙会这地坛，又是这样一番风景。天已经这般的冷了，史铁生，您在那边还好吗？明天估计会下雪吧？银装素裹，这样的世界才明丽、清凉、干净，这也是史铁生等一众人所奋斗和追求的。苍天，你若真能遂人意，便飘雪吧，让一个世界洁白起来。

果不其然，我的祈祷应验了，第二天，初三这一大早，北京城便纷纷扬扬下起了雪。不出三个钟头，小区道路积雪就高达 20 多厘米。小区里几个小孩，穿着羽绒服，戴着皮帽、手套，笑嘻嘻凑在一起搓雪团，又把雪团拿到一块空地上，在那里堆起个雪人来，虽然不过是上小下大的一堆，看不到眉毛、眼睛和鼻子，但孩子们还是高兴极了，嘻嘻哈哈地围着它蹦跳、喊话、欢呼、拍手。这群孩子，不过三五岁，20 年后，当他们做了父亲母亲，是否依然如此灿烂、快乐、纯真？生活是否比此时更加美好？过年的气息是否比现在更中国？我想，答案应该是肯定的，并且那时的地坛，倘若还办庙会，也注定少了许多谫陋、陈旧、世俗的内容，而增进更多有益有用的新项目了吧！

苗岭散记

一、真仙老君洞

民国二十五年（1936 年）成书的《融县志》，在"古迹"篇"名胜"节中这样介绍融水真仙岩："真仙岩又名灵岩，有天然老君石像，须眉巾服栩栩欲活，又名老君洞，在城南四里许，空明高敞约数十丈……境尤幽邃，以炬烛之，奇石玲珑毕肖。"崇祯十一年（1638 年），明代大旅行家徐霞客游历融州，夜宿此洞半个多月。老君洞的地貌特征和人文气象给徐霞客留下了深刻的印象，他在游记里这样写道："仰瞩洞顶，益觉穷峻，两崖石壁，劈翠挟琼……明光皎然，彼此照耀……人耶？仙耶？何以至此耶？俱不自知之矣……从其中遥顾（灵寿）溪之两端，其出入处俱一望皎然。收一洞之大全，为众妙之独擅，真仙为天下第一也。"

称真仙岩为天下第一，版权还不属于徐霞客。南宋荆南湖北路安抚使、状元张孝祥的榜书"天下第一真仙之岩"，至今炫耀于洞之东壁，为群刻之冠。

这"天下第一"的真仙岩，融水人都叫"老君洞"。此名之得，盖因洞内曾有尊钟乳石老君像。据传，那怀抱寿桃的老君，长袖阔带，须发飘拂，善眉慈目，笑容可掬，凡夫俗子来到老君面前，便消弭了尘世间万般忧愁，幸福的滋味愈来愈长。徐氏之笔，还记下了洞里有匹不见首尾的巨蟒，徐霞客打火把跨越蟒身时，脚下还微微耸了耸。离别时，霞客君在夕阳下的白塔旁踟蹰复踟蹰——游子终须走，此处不忍辞啊！半册黄卷，从此留下游侠耿介激昂的真性情，于是这蛮荒一隅，就有了气贯长虹的威武与傲岸。

雄鸡唱白天下不久，融水名流商议致书郭沫若，祈郭老给老君洞题写匾名。名流的信写满了五页纸，郭老回信时，寄回名流信的第一页和第五页。文坛巨擘这一举动，令融水方家们大惑不解。等读完那两页纸，他们才醒了过来：原来，这帮才子才情确实过于丰沛了，两页纸几百字就可以讲清楚的事情，他们用五页纸敷衍出数千言。郭老题字，将"老君洞"改为"劳军洞"。有张孝祥徐霞客余韵垫底的苗山俊杰，对郭老题的字，自然束之高阁不用。

神明如郭老，人间能有几？20世纪60年代末，真的就有家兵工厂搬进老君洞。一夜之间，洞里就筑起座高达十数米，可容纳五个车间的厂房。从此，老君洞这个名字就由一组特殊数码代替。以洞为圆心，以1.5公里为半径，划出的范围全部实行军事管制，过往行人，莫不感觉神秘莫测，莫不悚然生惧。

这不就成了名副其实的"劳军洞"了么？过于自负，又因别人提了不同意见便使性斗气，对自己，和对自己想要做的事情，都是没有半点好处的。

人类须珍惜生命，热爱和平，遍地造枪弄炮的事，断是少弄为好。20世纪90年代初，早已改产民品的兵工厂再度迁走，老君洞复归融水地方管理，有关部门将厂房敲掉，投入数百万元，在洞后林地上建了几栋宾馆楼舍，复原了洞壁上的石刻。地方政府不惜血本发掘、保护、传承地方传统文化的举措，让苗山人看到了民族文化勃兴的美好未来。

但今天的"天下第一真仙之岩"，只能说是令人遗憾满腹。残存的印记，是徐娘当年依稀的旧颜。洞顶倒悬无数形态各异、如猴似鸟、亦真亦幻的钟乳石，如今只剩石根痕迹；唯千年之灵寿溪，依旧流淌于洞壁一侧，其上之张孝祥榜书，笔法圆润饱满，苍劲古朴。此书之外，方家宿儒诗文词联，行楷篆隶，摩肩接踵，首尾相接，亦勉能辨认；洞之深处，原有一苑，苑中尽藏历代御书名家石刻，如今已无处觅踪，曾经立于此苑的"元祐党籍碑"，环宇仅存两片，早成县博物馆镇馆之宝。

　　好在尽管当年的兵工厂不断掘洞建房，他们未见之秘窟却总还存在。老君洞回归本邑后，县里成立了老君洞公园管理委员会，管委会筹集资金，组织力量在洞背后两座山下，开发出两窟未经世人染指的长洞。据说，这两个洞里的景物比起老君洞来，委实更奇、更特、更美。

　　袅娜北来的灵寿溪，澄澈透亮，临到老君洞口，蓦然折转，潜入洞底一侧。溪水潺潺，从岩石上滑过，又在洞的另一头，沁入广袤的田野。小溪在洞里叮咚呢咛，平添了几分贤淑，几分雅致，几分清韵，令人心生爱怜；而溪水的徜徉轻荡，又带来了泥土的淳厚和稻菽的芬芳，蔚然入怀，熨帖得体，欣而快矣。洞又非洞，无限的趣味便在其中。两头洞口，均映照出半轮云影，恰一弯残月挂帘栊。昔邑人骚客曾于清风明月夜，将几丝银须，把一盏浮醪，临到半酣，拍案而起，猛喊有了，就叫它水月洞天罢。于是，"水月洞天"便成了融州八景中之一景。

　　静寂已经远去，清风徐徐吹来。古树苍虬盘驳，幼林欣欣向荣。中学生们在林子里做游戏，在地坪上搞烧烤，旷野飘洒着他们纯净的欢笑。野菊花开满小径两旁，金色稻浪一阵阵涌向前方。老子山寿星寺的钟声悠悠传来，向晚的气息愈浓了。哦，这"天下第一"的真仙岩，一切似是人去物非，一切又似乎原汁原味。"江山依旧在，几度夕阳红"。脚下边这条小河，千百年来汩汩流淌，如一盘缓缓转动的录像带，摄录着这片大地上的沧桑。

　　"日出嵩山坳，晨钟惊飞鸟，林间小溪水潺潺，坡上青青草……"

歌声传来，令我不胜感慨，今天的中学生，竟然也会唱这支上世纪80年代的电影插曲。

二、中坪苗寨行

从融水县城往西北面再走约50里，就到中坪村，中坪立村于半山腰的坳口上，一个寨子，全是苗人。

车子驶过澄碧如镜的小河，加油爬坡，轰一坡百灵、画眉、斑鸠、雉鸡扑簌簌乱窜，扔下一阵叽叽啾啾声。

这晌午时分，油蛉在草尖上吟唱，叮饱了虫子的公鸡蹿上柴垛吊嗓子——喔喔喔，此起彼伏的嘶扯灌满山谷。山坳里十几座吊脚楼，此时竟还看不到一缕炊烟。

跟着我高中时的同学上了一座木楼，他边走边给人打电话。老同学打完电话，说屋主一家正在田里忙活，一时半会还回不来，我们自己弄饭。老同学如到他自己的家，进屋就揭锅开盖，生火烧水，火塘上熏得黑魆魆的腊肉，一刀割下来一大块……

日头渐渐偏西，吊脚楼、禾垛、枫树，在坡地上拉出一步长的影子。闹腾够了的鸡犬倦伏篱笆、草堆下，脚尖踩近它们鼻子，才懒洋洋睁睁眼，见无碍，复又伸伸腿脚耷拉下眼皮。这中坪村，地处元宝山西南麓，村村通的公路，终点止于寨口。中坪村人，又以更陡更窄的架势，将路延进大山更深处。

寨子旁的溪水，引来散文家Y君不住称许。清亮的小溪，叮叮咚咚唱着小曲流淌，每过一处吊脚楼，就有座半米高的小水塔，饮用的水，就从这水塔接进家去。书法家X君也赞叹，这般好，谁会舍得离开？溪水在寨子里欢跳过后，就流进寨子底下那一片片梯田。大山里的耕作打理，比山外要晚20来天，这个时候，人们都在田间地头使力气。节令节令，节气就是指令，跟着太阳走的苗人，用不着谁来催促，他们自会把勤谨用到该用的地方。

一条老路，伴着溪水蜿蜒下山。老路是脐带，连结着山寨的前世今生；老路是标识，少小离家老大回，看见老路，心中便有了底；老路是守望，中坪人哪怕走得再远，他们的牵挂，总留在山的这一头。

午后斜阳，在吊脚楼黑亮的瓦顶上织着网，云朵飘过，便给那网涂上一抹暗影。"喂，大家看看，那是什么？"X君指着因我们而升起炊烟的那座吊脚楼楼廊喊。抬眼望去，只见一竿野兽头骨森然布列于楼廊窗外！苗家避邪，爱挂兽头——我自作聪明道。X君反驳说不对。如避邪，一个足矣，为何挂一串？X君继续说，这家主人，想必是个狩猎好手，那是他的成绩单呢，看来此行不虚，我们能一睹苗王的风采了。于是几个匆匆返回楼廊，去拜会那神一般的兽头。

一串头壳，除了两三个弄不清楚为何兽外，全是野猪的。依头壳大小、獠牙长短推断，最小一只，体重也超百二十斤。众人啧啧惊叹之际，楼口响起一串咔啦咔啦声，四只大小不一、颜色各异、而脖子上都拖着铁链子的狗蹿了上来。猎人未至，猎狗先行，苗王回来了！X君说。果然，一声不好意思，失礼失礼！不露声色盯着我们的众犬便遽然退下。我们几个却愣住了，这身高还不到1.6米，形体单薄，脸面细白的小伙子竟是猎人？可他就是，猎狗听他的，便是明证。

小伙子姓杨，30来岁。小杨看了老同学弄的菜，笑笑，转身下楼，只片刻，楼底下便传来鸡被宰前拼死挣扎的悲啼声。

这中坪苗寨的餐桌，丰盛而又极致的原生态。

酒过三巡，进来了一老一少两男子，老者腰间绑个刀笼，年轻的拎了个盛着米酒的大号可乐瓶，也不需要谁打招呼，两人挪了张板凳就坐将了过来。老者一开口，竟然是普通话。他自我介绍说姓贾，当过几年兵，本来可以留在柳州工作的，因贪恋老家"达配"（苗语：姑娘）好看，硬是回家来了。老贾灌了碗酒说，我们苗人

15

呢，别的不讲，就是韧劲。要想走，九头牛也拉不回去；若想留，拿枪拿炮轰也没得鸟用的。老兵豪爽，我们酒也就喝顺了，几个吵闹着要小杨讲讲狩猎的故事助兴。老兵说：搞野猪算有能么？30 年前，我打过老虎呢！同他来的达亨（苗语：小伙子）小杜便啐他：打老虎？哼，再喝三碗你回家打去！

拗不过我们，小杨出声，真没什么好讲的呢，实在要讲就讲一段吧。去年秋，我沟口地里的红薯、玉米，全给山猪糟蹋了，那可是上千斤粮食哩。老子在地头下了铁猫，生生逮着了它。这家伙也够狠咧，硬是扯断链条，拖十几斤重的铁猫跑了。猎狗小黑领着我追，追过三条冲槽，才在一片林地逼上它。铁猫链条卡在棵双生树树蔸里，它走不了了。看见了我，这畜生两眼赤红，喉头呼呼作响。小黑逗它转圈，树叶、碎石、泥巴，被这畜生踢得满天飞舞。小黑发起飙来，如一道闪电扑过去死死叼住野猪的耳朵。这畜生也够有种，它使劲拨甩颈脖，想要甩脱小黑，见甩不脱，就将脑袋抵到坡地上犁。我这时再不出手，小黑怕就给那畜生犁废了。我一个腾跃，将畜生扑翻地上，跟着拔出尖刀，直接结果了它。

野猪口里夺食，其险不下虎口，何况经年不绝……小杨说，枪交上去了，后生家也都出去打工了，野猪就特别地猖狂起来，时不时跑进寨来撩拨家猪。闻听至此，顿有不知今夕何夕之感。

临别上车，开车的老罗说，你们故事听得入迷时，老兵溜到李子树下躺了好久，然后又继续上去跟你们喝。我说老兵就这样，一坐下来就要讲普通话，一讲普通话就要喝酒，一喝酒就要醉，一醉了就哪里舒服哪里躺倒。这叫什么？叫仙气！老罗说，好你个仙气，怪不得你们苗人不愿下山住，原来是怕丢了仙气——快看，老兵又在那睡啰！果然，夕阳下，老兵七仰八叉睡的够自在。

一花一世界，一叶一菩提。老兵这个样子，已成一世界。

三、元宝山麓中

早春二月，Y 君、X 君再度抵柳。我想，此次如能陪他俩爬上元宝山，那就再好不过。但老同学 L 君说，这时雨时晴的，断不可登山；登不了山，在松针勾露、百花竞放的山麓走走，观民风、赏民俗、访民情，也不失别有一番风味。

当然只有照办。

十年前，我到过这元宝山北麓，十年间，这里的变化可谓沧海桑田。元宝、培秀、整垛几个寨子，标志性的几栋吊脚楼早就没有了，原址上矗立起坚实宽敞的砖混楼房。寨口这家，竟然挂起了"第一宾馆"招牌，这须得有何等丰富的想象力才成啊！据悉，往后这里的变化将更加迅猛，元宝山国家森林公园旅游基础设施，投资数亿元，岂不整一个猛虎添翼了？眼前，四台挖掘机轮番作业，将彩带般的元宝山景区公路，迅即掘进了云端。老同学启动奇骏四驱，在彩带上飘摇，片刻功夫，便有朵朵白云亲吻汽车玻璃窗。见苍劲虬驳的五针松、娇艳夺目的杜鹃花不时掠过，车上的人就喊起了来。我呢，只专注于那些滚落到沟谷深处和滞留在坡地上的块块巨石。这些大过席，小于斗，滚磨得光滑玉润的花岗岩石，黑黝黝的透出狰狞气象。滚石表明，亿万年前这里曾经爆发过毁灭性的地质运动。那一刻，电闪雷鸣，地动山摇，巨大的石块崩脱母体倾泻而下，在呼啸奔突中继续不断地分割、切块；那一刻，热浪灼逼着森林，漆黑的峡谷顷刻变成巨大的熔炉，火上添油加速顽石的蚀解；那一刻，百音齐吼，声撕寰宇，犀牛、虎豹、蟒蛙、猿猴，纵使插上翅膀也难逃，多少生灵从此消遁，从此灭绝……

轰轰烈烈的改天换地终归于寂静，谷底的滚石阻滞了雨水，坡上的石头勾留了风尘。春润秋华，星调辰控，阔叶林、针叶林、竹叶林，复又漫过冲槽，爬上山岗。白云飘飘，虎狼猖猖，禽鸟嘤嘤……元宝山麓，

17

境同瑶池仙界。隐蔽在万山丛中的家园已现雏形，野果、糙米、箭猪、羚羊……花开花落，春去春回。所有一切，都在静静地等候着它们遥远的主人骑着宝马翩然而来。

"日月向西走，山河往东行。我们的祖先啊，顺着日落的方向走，跋山涉水来到西方。"据史学泰斗翦伯赞先生考证，大约秦末西汉初，被诬为"五溪蛮"的苗人，忍受不了种种凌辱，遂行本民族史上最伟大的第三次迁徙，他们沿巫水进入到广西融县（今融水苗族自治县中、北部）、三江等地。也就是说，2200多年前，苗族先民就在元宝山麓安顿下来，拥抱上苍赐予他们的美丽家园。

但新的家园山多田少，于是苗人就倍加珍爱痛惜。他们在巨石和巨石间，或者干脆就在巨石的洼陷处，用锄钉，拿脚踩，硬是钉踩出一畦畦如簸箕般大小的水田。山高水冷田深，中原的稻米产量上不去，他们就在石坎上尝试新物种，魔芋、包谷、高粱……总之，哪怕巴掌大一块地，他们都盘活起来。播种，抚育，收成。秋天的晒禾坪上，稻穗扎成一把把，包谷挂了一串串，男男女女都来了，他们围几个圈，奏响芦笙曲，跳起踩堂舞，在歌舞声中追忆着远去的富足和欢乐，哀叹那逃难的痛苦和悲伤，鼓荡起新生活的勇气和梦想……

奇骏返回到谷底，再爬升。往上，就是大苗山海拔最高的村庄——小桑村青山寨。远看，寨子背靠魏巍元宝山，面朝逶迤百里川谷，飞檐翘斗、灰脊黑瓦，在晴岚里约隐约现；观音竹、高粱秆、扶桑花，在春风中轻摇曼舞，满目是清秀静雅景象；走近了才看见，这寨子原来横跨冲槽，处处写着惊心动魄。一沟全是滚石，吊脚楼的柱子，就竖在滚石之上。那柱子，有下探四五米才挨到巨石的，也有只十数厘米就顶到石头面上的。滚石居高落低，木柱可短可长，楼下泉水淙淙，日夜奔流不息。土地难得，木楼就只能矗立在溪流顽石之上。

现如今，铺了水泥的新路直抵寨口，青山寨人家，都撤到冲槽两边的实地上，遗弃在石上的吊脚楼，就成了一抹可资行人指指点点的旧时风景。

寨子之上，片片梯田倒映着蓝天白云。村里的留守老人，此时或专注地扯田里的草，或将猪粪牛粪撒进田里去。老人们不管多苦多累，脸上一例挂着和蔼恬淡的笑容。

夜幕低垂，下山来到整垛屯马叔家。马叔当过元宝村支书，后来到乡计生站工作。10 年过去，马叔神色不改，依旧爽朗善言。他说退休了没事做，就跟老伴把自家的田都种了。这不？今天一整天都在忙田里的活呢！我问粮食够吃不。马叔说哪里吃得完咧，吃不完，就拿来酿酒。今晚，我们喝个够。记得 10 年前，县城有姐妹俩贩米到元宝山麓，很快就发了财。这才不过 10 年，元宝山麓就有吃不完的米了。温饱不愁，当然就要把家整得更好一点啦，于是歌声嘹亮的新房子里，家家都有液晶平板大彩电。

马叔的二男一女三个娃崽，也全在柳州有了自己的事业，尽管他们都各自在村里建了小洋楼，平时却很少回来。马叔说，现在连孙子孙女都跟着去了，到底最后回不回来呢难讲啰！说完他目光便飘到村口马路上。

是夜，马叔家甜腻如蜜的糯米重阳酒，任由他小孩两小姨子一碗碗从坛子里舀出来灌我们。估摸一坛见底，我们几个就全都晕了。Y 君轻抚我肩膀，说：兄弟，这里的酒醉人，这里的景色更醉人哇。呵，元宝山麓此行，满足啦！

我亦醺然，但还记得：元宝山人爱远客，客不醉，甭说归。

你的颜色，玫瑰之色

　　七月初，应在根特大学攻读博士的儿子之邀，我们夫妇到比利时及其周边几个国家走了一趟。

　　四月中旬收到儿子发来的邀请函，我即着手办理相关文件，并向主管部门递交情况报告，请假到比利时驻广州领事馆办理护照签证。一切都很顺利，不多不少，刚好五天，比利时广州签证中心就寄回了签批的护照。

　　20 天里，我们游历了 5 个国家 18 个城市，基本上走遍了整个西欧。此番行走，让我充分领会了异国他乡的纯美和恬静，富裕与安宁。近年来，我眼前耳际差不多都是关于欧洲发展停滞、经济衰败的消息，仿佛这里已然哀鸿遍野，民不聊生。但所到之处，斥诸于我们耳目的，却是一派繁华富足的景象，城市美丽而静雅，社会秩序井然，人们的脸上，一例是祥和、惬意、幸福、蔼然的笑容。

　　西欧的美，是绝色的美、高贵的美、纯粹的美，如同诸邦随处可见的玫瑰花那样、雍容富丽、娇艳欲滴、多姿多彩、芬芳满天。

一、布鲁塞尔的早晨

　　北京时间 2017 年 7 月 3 日凌晨 1 点 20 分，海航空中客车 A330 在首都机场腾空而起，11 个小时后，飞机将在比利时首都布鲁塞尔着陆。

躺在舒适的座椅上，想起了十多年前我在《龙城教育》"新年寄语"里写下的一段话："……我们给你希望，我们注视你蓝天飞过纵横五大洲四大洋拿下项目满载归来；我们给你希望，我们注视你实验室里面包就着白开水收获爱情的同时也收获美好理想。"那时，我无论如何也不会想得到，"蓝天飞过"的期盼竟会在儿子身上变成现实。2015 年，儿子由国家公派，飞过蓝天，到比利时根特大学专攻海洋地质学博士学位……

当地时间早上 6 时许，飞机开始向下滑行，舷窗外大放光明，掠过眼底的，是比利时原野上的农庄、五颜六色的别墅，以及草地上缓缓移动的牛羊。

飞机落地时，儿子还在赶往机场的路上。微信中他说，根特公交司机一大早闹罢工，原定的时间赶不上了，要我们在到达厅里休息等候。

进入 7 月，欧盟各国开始陆续放假，来比利时探亲访友、旅游观光的人日渐增多，空港人来人往，显得异常繁忙。接机的等候在栅栏外，见亲友走出站口，便迎上去，拥抱、行贴面礼。一位身着长袍，头裹布巾的老太，等来了三个半大不小的孩子。老太太弯下腰去，拥着稍大点也一身同样装束的女孩贴了三次面。"grandma！"（外祖母）跟在女孩后面的小男孩喊了一声，便争着要扑进老太太怀里。慈祥的老人轻抚两个男孩的头发，牵起他们往外走。这些年，中东、北非地区大量的难民涌向欧洲，他们在接受欧洲人道主义救助的同时，也为当地提供了充足的劳动力。

两年多没见面了的儿子，从我们不经意的那一端过来了。毕竟是母亲，我注意到妻子眼眶红了一下。儿子笑嘻嘻问过好，拉起我们的行李箱往外走，下到一楼公交车场，他说先到市内看看，然后再回根特。

布鲁塞尔的早晨，气温很低，但阳光充足。骄阳下，布鲁塞尔广场周围哥特式、文艺复兴式建筑物，熠熠生辉。广场地面，清一色镶嵌着小方块花岗石，石块组合成的图案，与四周的建筑浑然一体，透着欧洲的古典韵味，令人恍若置身于中世纪。儿子说，如果赶巧，可以见到国王在这里举行祭祀仪式。儿子指着对面市政厅二楼一间嵌着红色玻璃的房间道，雨果在那住过，他称这广场为"世界上最美丽的广场"；而一楼那间咖啡厅，则是马克思和恩格斯当年生活过的地方，国际共产主义运动第一个纲领性文献——《共产党宣言》就诞生在那里。

广场南面一条街全是面包和巧克力店，令人垂涎的醇香逸满整条街巷。比利时人不但懂得生活，更精通艺术，街边、窗口全都摆放着盛开的玫瑰；每个店铺的橱窗，都是一幅精美的立体画，里边陈列着麦秸、麦穗编织成的艺术品，其意显然是在告知人们面包和巧克力是怎么来的。奥尔多·利奥波德在《沙乡年鉴》里说："没有农场的人往往面临两种精神上的危险，一是认为早餐都是从杂货店买来的，二是认为只要有火炉就会暖和。要避免第一种危险就得开个菜园，位置最好是四周没有杂货店的地方，以免令事态变得复杂。"

西方教育，就是这样的直观形象。

撒尿小孩于廉的铜像令我精神陡然一振。小于廉的故事早已熟知，如今在他的家乡亲睹他那俏皮可爱的模样，自然很激动。14世纪那个早晨，入侵者要炸毁布鲁塞尔，小于廉情急生智，撒一泡尿浇灭了正在燃烧的导火索，从而拯救了这座城市。比利时人民视小于廉为骄傲、自豪，给他塑了这尊铜像。从此，小于廉就以他经典的姿势站在这里，接受人们的欢呼、膜拜。世界各国元首、大使造访比利时，都会制作一套衣服送给他。中国送的，是一套汉服、一套太空服和一套解放军军装。

1989年11月9日，柏林墙倒塌。倒了的柏林墙被制成纪念品出售，据说供不应求。今天的布鲁塞尔欧盟总部博物馆大楼前，就矗立着一块柏林墙断垣。这样的残墙在莫斯科萨哈罗夫中心花园里也有一块。萨哈罗夫中心主任娜塔莉亚说："它代表着一种与众不同的自由之美，它提醒我们，自由也意味着要承担责任。遗憾的是，我们对此理解得太晚了一些。"

比利时还流传着一个"中国母亲"的故事。1940年，法西斯德国"闪电战"攻入比利时，已拿到鲁汶大学博士学位准备回国的中国女子钱秀玲被滞留在了比利时。战火纷飞中，钱秀玲凭着她哥哥——国民党陆军中将、国防部第一厅厅长钱卓伦与德国军政总督法尔根豪森将军是密友这层关系，从纳粹枪口下解救出一批又一批比利时抵抗者。战后，比利时政府授予钱秀玲国家英雄勋章，称她为"比利时的中国母亲"。而当军事法庭审判纳粹分子时，又是钱秀玲组织起那些她救出的人，去为法尔根豪森辩护。

2015年6月24日晚，国家主席习近平在会晤比利时国王菲利普时，向其赠送《盖世太保枪口下的中国女人》。这本小说，就是以钱秀玲的故事为背景创作的。2002年，作为纪念世界反法西斯胜利70周年重点作品，该书由人民文学出版社隆重推出。同年，根据小说改编的16集同名电视连续剧开始在中国中央电视台热播，国人自此认识了钱秀玲这位女英雄。

无产阶级斗争的目的是要消灭剥削，赢来幸福。而幸福需要消除战争，拥抱和平。布鲁塞尔既诞生了"一切社会的历史都是阶级斗争的历史"这个著名论断，也诞生了浇灭战火与灾难的小英雄于廉。中国留学生钱秀玲，更在这异国他乡高高举起国际主义和人道主义两面大旗。这并不矛盾，因为和平和自由的获得，必须通过不断的斗争。推倒柏林墙的斗争，就持续了20多年。

开往根特的列车上，人们安详地休息、看书、读报。车窗外匆匆掠过的，是洒满阳光的麦田、草地、树林和房屋，以及在阳光下翩翩起飞的鸽群。布鲁塞尔的早晨，宁静、温馨而又迷人。

二、独特的根特

若不是儿子来此留学，我根本就无从知道欧洲有个根特。当然，我所不知道，还远不止于此。根特是个美丽的地方，若论气候的温和舒适、街道的整洁干净、交通的快捷便利、生活的闲适安逸，根特不让欧洲任何一个城市。

古风浩荡的根特，人口不过 30 万，却拥有两所大学：世界百强的根特大学、偏重人文的荷兰语言和文学学院。两所大学的在校师生，就超过 6 万人。此外，许多欧洲知名学者、文化名人，也都选择在此居住，根特因此而更加根深叶茂，特立于世。

1817 年成立的根特大学，今年迎来了两百年华诞，庆典的宣传专题片，丰华富丽，感人至深。根大有 130 多个系、11 个学院、5 个博士学校，这些教学机构分布在市内各区域，学校建筑除标有校徽外，和其他楼房再无差别，校区没有任何围栏，谁都可以自由出入。目前，根特大学在校生约四万余人，其中来自世界各国的留学生达 1400 多人。作为世界十大最佳研究中心之一，根特大学在医学、生物学、海洋学、欧洲法律、现代哲学、人工智能和基因培植等方面均走在世界前列。

根特的基础教育，与我国有颇多相似之处，小孩三个月到两岁半，可以上托儿所，两岁半就得上属于义务教育阶段的幼儿园，到了 6 岁，就该上小学了。根特教育部门对上幼儿园和小学的孩子，是要进行学校分配的。其分配学校原则大体是：就近入学、孩子的实际情况、家长的受教育程度、语言环境以及其他的一些因素，比如哥姐已经入读某校，弟妹就有进这所学校的优先权。教育部门把数据输入电脑，一切由电脑说了算。如果不满意，得等电脑第二轮出结果。总之，教育部门保证每个孩子都有学可上。

欧洲的教育都比较宽松，学校主张学生自由发展。在一家超市，我与来自广州的店主聊起教育，她说这边上学的费用很低，一年只要900块钱就全都搞定了，比广州不知要便宜多少呢！但学校要求很松，娃仔学不学和做不做作业，老师是不管的。

我很认真地观察了根特的学校，发现他们的教育很有特点。在一所幼儿园，我从头至尾观摩了一节室外活动课，感觉老师很负责任，她们不只是活动的组织者，更是活动的参与者。活动中，她们也是学生，违反规则，就得接受同学们的批评、责罚。我也看了某小学在公园里上的一节体育课，三十多个孩子，由两名老师带着，每开始一项运动，老师都先做示范，然后耐心指导。在斯图加特奔驰汽车博物馆，一拨学生手持相机、本子和笔，有模有样地采集各种数据，很认真地向工作人员询问相关问题。

这种模式下培养出来的人才，就必定具备科学研究的精细化素质。在欧洲，在比利时，在根特，我们所看到的，也全是科学的景致，精细、准确，而又不繁琐，商场超市、公共交通就不说了，维修老房子、更换街面的石块，规格、颜色，乃至纹路等，都要与原来的一模一样，不一样就得推翻重来。

且不要认为精细化了会失去情趣，根特人在享受生活方面，也有其独到之处。他们精心保留着许多古老的教堂，尽管一些教堂早已钟声不再。石头垒砌的旧屋，在各色玫瑰的映衬下叙说着远古的故事。下午四点多，市中心街道两旁就接连摆起了餐桌椅，桌上是必置鲜花的。下了班的人们，就着玫瑰花香啜口啤酒，一天的疲劳和紧张顿时散尽。

7月20日，恰逢一年一度的根特节，那是根特人三天三夜的狂欢。通往北海的古运河上，市中心这段早早就搭好了舞台，挂起了彩灯，各种美食、酒水、点心，也都在河两岸闪亮登场。根特节的保留节目，是"套上绞索游街"。装扮成囚犯的人们身穿白色长袍，脖子上套着黑白相间的绞索，由手持刀斧的公人差着在教堂、钟楼和城堡间行走。所过之处，围满了看热闹的观众。根特就这样在欢乐和轻松中，追思赢来自由和平等的昨天。

1536 年，生于根特、远在西班牙把持朝政的罗马大帝查理五世为攻下法国，进而控制整个意大利北部筹集军饷，决定向根特等低地国家征税。这一做法遭到了根特人的激烈反对，他们宣称所有税法都得以根特各行业协会自愿接受为准，否则非法。这就惹恼了查理五世，他亲率 5000 精兵，北征根特。奇怪的是，当查理五世过境他要攻打的法国时，法国国王弗兰西斯一世竟然屁颠屁颠跑到洛什恭迎大驾，并一路友好相送到巴黎。查理五世煊煊赫赫来到根特城下，根特竟也没有做出一丁点抵抗。

接下来就该查理五世吐槽了。他埋怨乡亲们太不给他面子，一声令下把反叛分子全部关了起来。为表示宽厚仁慈，他只处死了其中 25 名首要分子，余下的被责令游三天街，把锐气磨掉。游街时亮相，反抗组织中有身份有地位的，得着黑色长袍、赤脚；而普通市民、工人，则身穿白色衣服，脖子上套根黑白相间的绞索。

根特人不认为游街示众是耻辱，几百年来，他们自豪地宣称是"套着绞索的人"，就连根特的地名和啤酒，他们也热衷于用"Strop"（绞索）这个词来指代。对暴政的反抗和对公平正义的自信，作为一种精神特质，早已深入到了根特人的骨髓里。

夜幕降临，市中心运河两岸，挤满了欢乐的人们。玫瑰花盛开的河畔，酒肆成行，少男少女在这里欢歌、跳跃、谈情说爱。偶尔飘过一两声萨克斯、长号，令人不知今夕何夕、天上人间。教堂广场那边，则是别一番天地，摩肩接踵的人流、出其不意的杂耍、五光十色的买卖……原来，许多街衢的喧嚣，在节日里，都集中到根特河边来了。

三、一日看尽长安花

到根特的第四天，儿子也开始了他的休假。7 月 7 日早上，我们乘坐火车直达布鲁塞尔机场，8 点 35 分，准时登上了飞往德国汉堡的航班。一个多小时后，飞机在汉堡机场平安降落。

和根特一样，汉堡这座德国第二大城市，大街小巷也都开满了鲜花。不一样的是，汉堡随处可见玻璃和钢板建筑，这些二战后建起的现代楼宇，与同盟军飞机大轰炸中幸存下来的别墅、教堂交相辉映，诉说着一个真理：人道即天道，作恶必遭天谴。今日汉堡，不仅是德国最重要的海港和最大的外贸中心，也是德国北部的经济和文化大都市。城内运河密如蛛网，桥梁一座连着一座，汉堡因此而有"世界桥城"之称。

落脚汉堡，恰逢 20 国集团（G20）领导人第十二次峰会召开，运河上所有桥梁两端，都驻守着全副武装的警察。天空中，两架直升机来回巡飞；大街上，声声警笛不时传来。这一切，营造出高度戒严氛围。而内阿尔斯特湖边的市政中心广场上，却一派安详热闹景象。湖鸥翩然滑翔于水面之上，白鸽起落隐现在楼宇之间；身着节日盛装的人们，演奏着各种乐器；中小学生穿上崭新的校服，在老师的组织引导下，一丝不苟地参加全市鼓号队表演。旁边观赏的家长，兴奋地为孩子们鼓掌、拍照。

汉堡港上，军舰与货轮同驻，海鸥偕彩云齐飞。极目远方，一艘艘艨艟巨舰正劈波斩浪直驶过来；回望堤岸，一门门高耸塔吊在紧张有序起落抓放。繁忙的汉堡港拥有 300 多条国际航线，同世界上 1100 个大型港口保持联系，每年入港的海轮近两万艘，吞吐量6000 万吨左右。

下午 6 时许，匆匆辞别汉堡，转机飞向瑞士第一大城市，美丽万方的苏黎世。

欧洲廉价航空高度发达，两次飞行加起来才 30 多欧元，这让人何等的惊喜；但随之而来的不便，是托运行李得另外花钱，这又让人不愉快了。而对于那些每天在欧洲各国间通勤上班的"空中飞人"来说，廉价航班当然就是一份福利。

西欧的夏天大抵如此，总得等到夜里 10 点天才黑定。到达苏黎世，尽管已是下午 7 点多，却仍旧晌午过点的样子。流连于苏黎世湖，看湖上浩渺烟波，赏湖畔名人群雕，眼前鸥鸟翻飞，耳边弦歌回响，琼瑶仙境，莫过如此。苏黎世湖宽四公里，长约 40 公里，湖水晶莹如玉，令人沉醉。湖的东南端，是最壮观的一段，夏风无休止地卷起数米高的惊澜，将之恶狠狠地摔打到湖岸礁石上，击碎的巨浪再次腾空而起，散成漫天雪花。远眺彼岸，湖畔小镇如隽永的画卷，静静铺开。树林里的尖顶房子，五颜六色，密密麻麻，从水边一直延至山顶。

尽管土地金贵，但苏黎世许多小屋旁都还留有个木栅栏或铁丝围起来的菜园子，栅栏或铁丝边上，必有一两丛玫瑰，园子里的草莓、薄荷、生菜、覆盆子、西红柿，色泽鲜艳，旺盛蓬勃。

而最令我倾慕的，是那从山上奔腾而下的马利特河。重峦叠嶂中，清澈见底的泉水哗哗作响，喧闹过后，一头扑进苏黎世湖的怀抱。上帝把许多的美好给了阿尔卑斯，阿尔卑斯把更多的美好给了瑞士。山上积雪，随气温渐渐升高，源源不断融化到山下来，使得瑞士处处是宝镜般的湖泊。

马利特河南面坡上，是赫赫有名的苏黎世联邦理工学院。这所 1854 年成立的大学，以它的自由、严谨、深邃和博大，赢得了世人的惊叹和欢呼。这里先后诞生了包括爱因斯坦在内的 21 位诺贝尔奖得主，世界大学综合排名榜上，苏黎世联邦理工学院位列第八。

步入穹顶式的主教学楼，我立时为她的厚重和肃穆所震慑。百年建筑，威严无处不在，令人不敢造次。大楼静悄悄的，不见有人走动，却又分明处处有人在看着你。二楼过道上的明橱，摆放着糖、咖啡和杯子。显然，这是工间课余的茶歇处。对面墙上，贴满了德语海报，估计是学术活动的宣传单。

校园里，傍着古树的建筑美轮美奂，令人欣然陶醉。小路蜿蜒曲折，林木森森。夜幕降临，校园里弦歌如丝如缕，飘飘渺渺萦在耳畔；马利特河两岸，灯火渐次亮了起来，绰绰约约如梦幻一般。忽然想到，这歌声和灯火，不也是一朵朵盛开的玫瑰花么。

一日穿越三个国家，流连两大城市，这，已经不止是"一日看尽长安花"了。

四、山之奇与路之险

清晨，徜徉在苏黎世街头，头脑如水洗般明净清爽，尘思俗念一扫而空。六点钟不到，阳光就铺洒下来了，电车钢轨上，闪耀着缕缕金光。街心玫瑰园，几只早起的麻雀蹦跳着，它们勤快地从花圃里叼出枯草，然后衔起，径直飞到一座高楼的百叶窗檐子上。显然，它们在忙着筑巢呢！

昨天下午登机前缴了打火机，以致直到现在还抽不上烟，弄得浑身不自在，迎面见一老者正在小卖部前摆放水果箱，就上前边做手势边说："Thanks！good morning！fire，fire！"老头会意了，进去拿来盒火柴。"How much？"我问。老人不解地鼓起眼睛。我又重复了一遍。老人缓缓地摇头。我干脆把几枚欧币放在掌心上任他挑。他拨拉了一下，把我手指拳起来，说了串我一点也听不懂的话，我猜想他是说算了，火柴送给你。

听我说道此事，儿子笑了："那老头只会说德语，你那几句英语又不地道，他哪能听懂呢？他不会无缘无故送火柴给你的啰，要不他怎么划拉你手掌上的钱币呢？瑞士用的是瑞士法郎，收欧元他得去银行兑换，他不想劳神。"

原来如此。但我还是打内心感激那位勤劳善良且善解人意的老人。

儿子说上午就在老城区转转，下午去科莫湖。

苏黎世不愧为欧洲大陆上一颗璀璨的明珠，新城和老城间，有迷宫般的小道连接，马利特河北岸的老城区，遍布酒吧、咖啡屋和精品时装店。尤其令我兴奋的是此行让我知道，谜一般的《尤利西斯》，就写成于苏黎世。

下午四点多，到租车公司提取预先订好的马自达，此后的一周里，这辆车将是我们游历瑞士各地，乃至穿越意大利抵达法国里昂的好帮手。欧洲交通发达，出行便利，但除了特价航班外，欧洲的火车、地铁、公交，票价都很贵。假如持有驾照，以瑞士的低油价计，还是租车划得来。

儿子持有比利时小型汽车驾驶证，欧洲各国通用。

瑞士2号高速公路是苏黎世往意大利科莫一条重要通道，全长大约250公里。公路跟着湖泊、河流向前走，历苏黎世湖、梭格里湖、卢塞恩湖，以及罗伊斯河、提契诺河。瑞士是个多山的国度，愈往南，山愈险，景色愈奇丽。斧劈刀削般的山尖，棱角分明，不负寸草，往下百余米，则是茂密的云杉，谷底，是低缓狭长的草坡。

我算是彻底地臣服于阿尔卑斯山下的圣哥达隧道了。尽管一路上已经穿过不少隧道，但只有这圣哥达，才让我从昏昏然中完全醒了过来。长达16.3公里的隧道，只有一条管道供双向车辆行驶，而同一方向，又只有一股车道，其间还有几处拐弯。我们知道，在光线不足视线不良的单一道路上开车，时间长了一定会出现视觉和感觉上的混乱，十分危险。穿越圣哥达这样长的隧道，心都提到嗓子眼上了，我不住叮嘱儿子开慢点、小心！

假若事先知道是这样一种交通，我会断然拒绝儿子的"自驾游"。

好不容易出了隧道，夕阳西下，云飘朵朵似伞，蝉嘶声声如歌。山谷里的风愈发凉了，我提议停车休息片刻。在半坡一开阔处，儿子示意我们不要出声，他摁着手机，蹑手蹑脚溜到路边一丛灌木旁，蹲下。仔细聆听许久，才知道原来淘气的儿子是要录下山涧里隐约传来的牛羊铃铛声。

汽车终于驶出峡谷，再上高原。暮色中的田野，成行成列整齐地摆放着一些碌碡样的东西，到近前才发现，那是压实成圆柱状的麦秸。欧洲农村，麦秸和青草，都会晒干了，挤压成圆形，装进薄膜袋，收藏好来，作入冬后牲畜的口粮。

惊奇于眼前景色和环境，与瑞士有很大的不同。儿子说这里是科莫，我们已经到了意大利，意大利北部，在西欧属欠发达地区，物价跟瑞士比，差不多低了一半。他把车开到一家超市门前，进去买了我们日后两天的食品，有水果、面包、火腿肠、三明治、葡萄酒。欧洲白酒奇贵，一瓶低档白酒，标价 20 欧元。儿子本想趁此次我们来欧，要我把酒戒了，听他妈说突然戒酒，恐怕会有很多的不适，这才同意我喝点红酒解馋。说实在话，一瓶红星二锅头 24 欧元，就是让我喝我也舍不得。

当晚住的还是公寓式自助旅馆。等房东送钥匙过来的当口，楼上一家人热情再三地邀我们进家坐坐。这一家四口来自约旦，旅居意大利已经 10 年，男主人是一家制造厂的工程师，女的在科莫当地打零工，一对乖巧伶俐的儿女，都还念着高中。谈笑之间，女主人就端来了茶、点心和白糖，要我们无论如何也得"尝一尝"！

虽然经济赶不上瑞士，但在热情、坦诚、对人信任等上头，意大利是一点也不输与瑞士的。房东匆匆赶来了，她不住地埋怨自己记性差，忘了按约定的方式存放钥匙，给我们带来了不便。然后一再吩咐，屋里的糖、面包、奶酪、水果等，尽管享用好了。这样一说，我们反倒局促不安起来。

入夜，坐在阳台的躺椅上眺望远方稀疏的灯火，禁不住感慨万千。才两天时间，便经由三个国家进到了第四国。比利时、德意志、瑞士联邦、意大利，山川不一，风情各异。但有一点是一致的：湖光山色皆秀，人民幸福安康，淡泊宁静之中，蕴藉着永不停歇的奋发进取。

五、最是迷人少女峰

平野里的湖光山色，大体也就这样了。那么，高山上的呢？阿尔卑斯山是山山有河，崖崖见瀑，处处亮湖。我们要去的小镇因特拉肯，像根扁担，挑着两个湖，东头是布里恩茨，西边是图恩。拉丁文里的因特拉肯，原本就是"两湖之间"的意思。

欲登阿尔卑斯山脉少女峰，因特拉肯是必经之所。从科莫到因特拉肯，得从 2 号高速公路原线返回，再次穿越圣哥达隧道后右拐下 17 号盘山公路西行。如此一来，我们得重走昨天差不多一半的路程。在科莫待一个晚上搭一个上午，也就是为了多观赏一个欧洲国家的风光，这点收获，与两度穿越圣哥达隧道比，显然极不合算。

拐下 17 号普通公路，停车休息。蓦然，前方树丛中一块石碑引起我了的注意，走过去细看，石碑上端嵌有张军官照片，其下镌两段德文。儿子扫了一眼，说："这人是当年修那个铁路隧道的指挥官。"抬头看，山壁上果然有个火车隧道。原来，圣哥达最早的隧道，只通火车，长 15 公里，1872 年开建，1882 年通车，这在当时，也是世界第一。

午后的因特拉肯昏昏欲睡，低缓的草甸，高耸的云杉，形式各异的尖顶小木屋，以及挂在小木屋窗外的花篮，慵懒地沐浴着午后淡淡的阳光。因特拉肯，仿佛一个睡美人。

但跟着，这里的乡村公路就让我心慄胆怯了。我惊诧于驾车机会不多的儿子何来如此娴熟技术，最后结论，是苗族基因使然。但大苗山的公路再险，也险不过这里啊！我们要去的家庭旅馆，在因特拉肯一座山头上，那是个只有二三十户人家的地方。车子驶过湖堤，在布里恩茨湖的注目下持续攀升。柏油路只容一辆车通过，隔百来米，就有个掘进山体的会车点。汽车向上、拐弯，拐弯、再向上，遇到会车，受让的一方必在方向盘上抬手致谢。

不要说开车，就是坐在车上也紧张得不得了。天黑定时，终于上到山头小村寨。已先入住旅馆的两对印度年轻夫妇正在厨房里弄饭，我们的晚餐就只得等了。我仔细打量旅馆，发现这木楼前面接实地，后面悬空，悬空的底层贮存杂物，和我们苗家的吊脚楼异曲同工。过道板壁上，挂着几帧小镜框，全是阿尔卑斯山风光照，会客厅一侧，有两个装满图书的立柜。

住这，是为了明天有足够的时间登上少女峰。

早晨，踱步楼下，重重迷雾中，隐约可见绵延的山峰、冰川。山谷里，云团在奔突、滚涌、飘逸，被云雾笼罩的村庄，湿漉漉的青翠。

9 点半，云雾渐渐散去，驱车下山时，才看清这路的一面是草坡，另一面是长满云杉的峭壁。公路贴着山体转，稍有不慎，车子就会飞出路面。好不容易下到湖边，正暗自庆幸，儿子却说晚上还得回山上住。哎哟，我的老天！

瑞士对环境实行严格的保护，少女峰的起登点德尔格，是禁止汽车开进去的，须换乘火车。瑞士的环境保护由来已久，已成常态。季羡林在其回忆录《留德十年》中特别提到，1945 年 10 月，留学并因二战爆发滞留德国 10 年后，他终于可以假道瑞士回国，上了火车，一边欣赏窗外美景，一边想找个不太洁净有点垃圾的地方把从德国带来、"再无用武之地"的黑面包扔掉，结果从德瑞边境一直到瑞士首都伯尔尼，"竟没有找到哪怕是一片有点垃圾有点纸片的地方"，最后，他只得攥着那黑面包下了火车。

我从小生活在大苗山，山早已爬得够多了，登不登少女峰是无所谓的。儿子说那可不一样，少女峰是阿尔卑斯众山中的皇后，来瑞士，不登少女峰还有什么意思？2014 年 8 月，当时还在国内读硕士的儿子应邀到日内瓦参加一个学术活动，曾爬上过阿尔卑斯山的一段，远眺过少女峰。接着他留学西欧，对此地风物风光必当多有参悟，既然他这样说了，那就登吧！果不其然，缆车上俯瞰少女峰山川地貌、森林植被、房舍牛羊，那是怎样一个了得？缆车滑过绿油油的草皮，便是茂密的针叶林、直立的断崖、断崖边上横出的苍劲枝柯、黑幽幽深不见底的峡谷……总之，登少女峰让你感受到了一个完全不同于你所有历经的世界。

终点是个平坝，这里离主峰，还有一段很长的羊肠小路。就这样的路，竟还有山地自行车不时掠过。

哦，生命无处不在，极度顽强。海拔 3000 米处，三峰环两湖，嶙沙砾石漫山遍野。是何等样的雷电、风暴、狂雪，才能将这面峰峦年复一年劈削成满世界的飞沙走石呢？我蹲下身去，惊叹于这曾狂飙疾走的碎石间，竟窜出丝丝缕缕貌似干枯实则活着的小草，它的叶子短小得几乎可以忽略不计，但就是它们，拼力将那比小米还细的金黄色花朵撑了起来，笑看眼前的冰天雪地，这又是怎样一种神力啊！就这么一星半点草，竟还有土拨鼠光顾，它们耐心地拨拉出一个个浅洞，探下嘴去啃噬洞里的草茎。

山口两端，冰川雪峰遥遥相对。三个斜面都覆压着白雪的少女峰冲破迷雾，倒映到山口下的湖面上来。早已守候在这里的摄影发烧友们，不失时机地按下了相机的快门按钮。

哪有什么风满楼呢，山雨说来就来了，原定的徒步下山只得改乘齿轮轨道火车。这观光齿轮火车，在少女峰上已经运行了一百多年。瑞士联邦就是这么得意，尽管是世界上山最多的国家，却处处走在世界的前头。无论如何也想不到，少女峰之行即将结束时，瑞士又给了我一个不小的激动。火车临近终点，列车员在用英语、德语、日语报站后，紧接着是纯正的中国普通话："本次列车已抵达终点，请收拾好您的随身物品，准备下车，欢迎各位朋友下次再来！"

啊，神奇如许的少女峰，谁不期盼能再来亲近你呢？

六、飞鸟都不过的格里姆瑟尔山口

就要离开因特拉肯这小山寨了，还真有点不舍。住了两个晚上，我们跟房东彼特大叔也算有了交情。六十开外的彼特大叔是个乐天派，高个，留一部马克思式的大胡子，会说英语，我儿子和他交谈，没有任何障碍。每次见我们，总是他先热情打招呼。彼特大叔在村东头还有座木楼，他在那里开了个小卖部，大门的玻璃上贴着告示，写明他的上下班时间。那是严格按着瑞士政府的规定来的。

很奇怪，两天来竟没见多少村民走动，年轻人和小孩更是难得碰上一面。走遍全寨，也不见有学校。寨子前后除了草场，便是满山的云杉了。木楼前菜园和梨树，是有的，这和我们苗寨，倒挺相像。

把几个问题交给儿子，让他从彼特大叔那里讨答案。听儿子如此这般说，彼特大叔愉快地接受了我们的采访。他说，村里现在只有三分之一的人从事农业生产，主要就是养牛、种草、造林，少部分人进厂打工，大部分搞旅游；村里人都搬到两湖边上的镇子里去了，村里的房子，就留着开旅馆；当然，也有住不惯城里的老人留在村里，没有事，这些老人是不出门的；村里原来是有学校的，但孩子们都到镇上去念书，学校就撤了；尽管人们向往城市，却都不忘老家，打工发了财，就回来建新房子，村西头那几栋新楼，就是发了财的村民回来搞的。哎呀，这跟我们苗山，不也一样么？

彼特大叔说，他们对子女基本没有什么特别的期许，读书上学随其所好。当然了，子女也不能对父母有过高的要求。他一儿一女，儿子读职校，毕业了去当厨师；女儿在神哲学院学习，毕业后就当修女。彼特大叔笑呵呵说，还有什么问题，尽管问好了。然后很高兴地与我们一家三口合影留念。

车窗外，彼特大叔一再交代前面的路该怎么走，路上要注意什么。儿子说都记住了，非常感谢。汽车缓缓行走，彼特大叔神色落寞地举起手，挥动、挥动……

布里恩茨湖堤上，车子左转，驶入因特拉肯市中心。宽阔的草坪上空，无数的滑翔伞在飞翔。滑翔者在天上侧转、翻滚，十分惊恐。然而，接下来我们的旅程，比这还要惊恐。

日内瓦和巴黎，魂萦梦绕的地方，来瑞士不到日内瓦，等于白来。但若知道去日内瓦要走"魔鬼路"翻越格里姆瑟尔山口，那我宁可舍弃日内瓦。

格里姆瑟尔山口公路全程 37 公里，沿途全是陡峭的花岗岩地貌，海拔最高点 2165 米。据说，每年进入冬季，格里姆瑟尔山口公路就得关闭。这是一个连飞鸟都不愿过的山口，之字形公路循环往复，盘旋上升，车上回望来路，那路就像条被打断成数节的南蛇。刚爬坡时，每一次转弯总会遇到呼啸而来的车辆，渐渐地就没有来车了。公路一面是巉岩，一面是断崖，技术好，操作谨慎，不会出问题，但难保巉岩这面不会有滚石滑落下来？虽说是双向两车道，但不少路段根本就无法正常会车。公路对过的山谷，也是群山连绵不绝，薄暮冥冥中，堆积在黝黑山体上的白雪反射着幽幽的光，如同鬼影般瘆人。倘使有一两块冰片飞落到路面上，那还得了！汽车以不到 20 公里的时速攀升，引擎的轰鸣已经显得极不耐烦。

好不容易捱过一个多钟头，汽车终于爬到山口。见天光辉映下的一面湖，儿子兴奋得高喊了起来。又见山口前方几道冰川，更是喜不自胜，连喊"照相"，竟跳到路边一块巨石上做起姿势来。

我说趁天还没黑定赶紧走吧，这路不知道还有多远呢！话还没说完雨就飘了下来，下山的路更难走了，我明显感觉到车轮好几次打滑，紧张得反复提醒儿子注意。好在瑞士的山区公路尽管陡峭狭窄，但路面十分平整。瑞士对公路路面的要求极严，哪怕只有几厘米外倾，都要垫石头或搭桥，使它平齐起来。

转了个弯，一面湖水再度返照天色。儿子说这湖和刚才那湖是连通的。我说这么高的山上不可能有这么大的湖，一定是水库。果然，转过山腰，就见一座巨坝巍然矗立于两山之间，坝两端山岭上，耸立着架接高压线的铁搭，这当然就是水电站了。

终于下到了山底。路两旁，森林黑魆魆地茂盛着。淅沥细雨中，竟还有一两声鸟啼。汽车疾驶在平坦的公路上，偶尔急闪而过的村庄，灯火如豆，昏然欲睡。再看紧握方向盘的儿子，正目光炯炯，精神得很。原来这是个敢于挑战极限的人，不会放过任何机会，也从不认输，从硕士到博士；从古老的中国到比利时，一路走来，总有惊喜。我无意间说想去日内瓦看看，他便雨夜驱车踏上"魔鬼路"，翻越格里姆瑟尔山口。儿子的坚毅执着，对于我的优柔寡断，是一种反教！

穿越艰难险阻，日内瓦，美丽与和平同在的地方，很快就要出现在我们面前了。

七、你好，日内瓦

进入日内瓦前，先到蒙特勒近旁的西庸城堡。西庸城堡位于美丽的日内瓦湖畔，城堡脚下，湖水轻轻荡漾，城堡就好像是飘浮在湖面上一样。古堡栏杆、房舍、高塔，全部用花岗岩片石垒砌，石块间看不见一抹泥浆，工艺高超，委实奇妙。古堡墙上的石头，尽管不少已腐朽风化，但城堡所透出的坚固和美丽，依然如故。

公元 12 至 15 世纪，西庸是意大利王族萨伏依的领地，萨伏依家族在这片弹丸之地上建起城堡，以为他们夏天避暑的行宫。16 世纪，伯尔尼人攻城略地占领了西庸城堡，把它改造为军火库和监狱。诗人拜伦著名的长诗《西庸的囚徒》，让古堡一夜间扬名立万。古堡传奇和秀丽的诱惑，文人墨客是拒绝不了的，卢梭、雨果、大仲马等文坛巨匠，都曾在此留下了足迹。

漫步在西庸城堡主塔前草坪上，感叹时光的停滞与流驶。一群中学生来了，他们在主塔入口处列队，走进古堡参观。

当我们感叹年轻人不注重文化传统，斥责他们是"历史虚无主义者"的时候，我们能否反思一下自己的责任？神州境内，大城小镇，见证历史的自然景观、建筑物等，在我们手上基本都拆得差不多了？"纸上得来终觉浅，绝知此事要躬行"，没有了直观实景的潜移默化，单凭那纸上的方块字，民族文化又怎样承传得完好呢？

汽车在环日内瓦湖高速公路上奔驰，途经洛桑，停车参观了奥林匹克博物馆、圣母大教堂和圣佛朗索广场。依山而建、面向日内瓦湖的奥林匹克博物馆，厚重典雅，游人如织。战场上的搏杀，演变成绿茵场上的竞技，是人类数千年来从血泊中汲取教训赢得的最伟大的进步。我之所以景仰日内瓦，就因为她是人类和平的策源地。

当日内瓦湖上那冲天大喷泉出现在我眼前时，你可以想见我的激动。阳光下，巨大的水柱从湖面腾空而起，回落时散成半幅扇形水帘，赤、橙、黄、绿、青、蓝、紫，多彩的炫光在上头跳动，寓意天、地、人、水，游鱼、龟鳖、走兽、飞禽……的和谐相处。自古以来，日内瓦湖以她的美丽征服了无数的文学大师。拜伦赞美说这是一面晶莹的镜子，"有着沉思所需要的养料和空气"；詹姆斯推崇她是"出奇的蓝色的湖"；巴尔扎克语出惊人，直言日内瓦湖是"爱情的同义词"。

在我看来，日内瓦湖更是文明与和平的摇篮。这里不仅诞生过维护世界和平的"国际联盟"，更孕育出了人类社会发展史上必然要大书特书的《日内瓦公约》，这个旨在保护平民和战争受难者的国际公约，从缔结之年的 1864 年至 1949 年，85 年间不断修订、扩充，从一个公约派生出多个公约。这一系列公约，是国际人道主义法的重要组成部分，是约束战争和冲突状态下敌对双方行为规则的权威法律文件。我国于 1956 年加入此公约，至 1994 年 8 月，共有 187 个国家和地区成为《日内瓦公约》缔约国。

徜徉在联合国欧洲总部大广场，回望会议大楼前四列不锈钢旗杆上高高飘扬的世界各国国旗，思绪万千，其中那面五星红旗，更是令我心潮澎湃。6 月中旬以来，印度军队与中国军队在朗洞地区持续对峙，中方坚守正义立场，保持高度克制，力求和平解决问题。倘若战端一开，那么最终不分彼此，都将要付出鲜血和生命的代价。

广场上，一只高达 12 米的断腿靠椅直面总部大楼，我猜想它的意义，是在于告诫人们远离战争。果然，儿子说日内瓦艺术家丹尼尔·伯塞特设计的这把大椅子，就是为了敦促世界各国早日签署

"地雷议定书"，以减少地雷对无辜平民的伤害。

日内瓦湖畔这面矮坡上，除了联合国欧洲总部万国宫，国际红十字会总部、世界卫生组织等机构也都会聚于此。在这里，各国智慧合力，共同推出维护世界和平系列决策。于是，湛蓝湖面，轻翔起一群群美丽逗人的鸽子；绿荫小道，摇曳着一簇簇青翠欲滴的橄榄枝。日内瓦啊，迷人的世界和平之都。

傍晚，我们进入法国里昂。时值 7 月 14 日，法国国庆，里昂大街小巷，溢满了节日喜庆的色彩。涌向街头的人们，演绎出极度的繁华和热闹。隆重的音乐会，在古罗马露天剧院遗址出演，遗址后头山坡上，挤满了买不到票而来听演唱的人们。上山的各个路口，都有警察值守，警惕隐患、确保安全的同时，也给众人提供各种指导、帮助。忽然，面朝剧院遗址坐着的人们全都站了起来，齐刷刷仰望身后的天空。惊诧之际，礼炮突响，接着是腾空而起的焰火烟花。里昂的夜空，瞬间变成一片璀璨的海洋。

回望历史，法国这个国家也真够可怜，拿破仑时代能踏平德国，横扫欧洲。进入普鲁士时期，德意志开始报复了，从 1870 年到 1940 年，短短 60 年间，德寇的铁蹄三次践入法兰西这片浪漫的土地。特别是 1940 年 6 月 3 日的纳粹闪电战，使得法国一夜之间国不再国。

既往矣。德国总理一跪之后，法德和解，联手组建欧盟，促进欧洲一体化。从此，世界也由单极变成了多极，由国国之间相互防备变成了互利协作。人类渴盼的全球稳定、自由和美好，正一步步朝着我们走来。

八、再见，巴黎！再见，欧洲

巴黎，是我们西欧之行的最后一站。

根特到巴黎 300 多公里，坐大巴约需 3 个半小时。7 月 23 日早上 8 点，我们准时坐上开往巴黎的直达快巴。

西欧给我印象最深的，就是他们交通的极度发达。无论在哪个国家，哪座城市，也无论选择搭乘何种交通工具，都不必担忧座位。不管地铁、公交，还是火车站，都不设人工售票处和检票口，就更不用说安检了。机票、车票可以上网购买、打印，也可以在售票机上投币取票。

我到巴黎，是要参拜雨果和巴尔扎克的故居。

雨果故居博物馆位于巴黎中心孚日广场 6 号，从 1832 年到 1848 年，雨果在这 6 号楼二楼上生活了 16 年，他在这里雕琢出震惊世界的《巴黎圣母院》。而他的另一部巨著《悲惨世界》，绝大部分也是在这里创作的。

浪漫主义大师雨果在巴黎过的是一种优渥雅致的生活，他精于设计，擅长装饰，舍得花钱，着意让他并不宽敞的寓所舒适好看起来。雨果天然地亲近中国，屋里的实木家具，无声地叙述着中国明清时期的雍容典雅；桌上的中国瓷器，是烈焰舔灼后可传千年万载的恬淡静美。

法国人民酣畅淋漓地把自己对雨果的挚爱表现了出来，雨果一生中三个重要时期的基本活动，在故居博物馆都得到了展示。而这三个时期，又贯穿着一条主线，那就是人道主义精神，这也是雨果为人生、为文学的出发点和归宿。雨果的灵柩，因此而进入了巴黎先贤祠。

从雨果故居再往前，不多远便是巴黎圣母院。教堂广场上，呈 U 形排起两列队伍，绵延千余米。因岁月剥蚀，加之法国大革命你攻我打，雨果的《巴黎圣母院》问世时，巴黎圣母院已是百孔千疮。雨果在小说中对教堂充满诗意的描绘，引发了巨大反响，民众纷纷要求立即修复这座心中的圣院，政府当局顺应民意，很快就安排好了修葺。一部作品，能唤醒民众，施压政府，促成一大盛事，那么它的不朽，当是必然！

外面世界，是要亲眼看了才能有深刻体会的，没有亲临，你很难想象那实景是个什么样子。十数年前，塞纳河有个名叫方芳的女儿去到我的家乡大苗山，然后自愿留了下来，为资助苗山穷孩子上学读书四处奔波劳碌，我于是在长篇通讯《变化》里写她时也写到了这条河。今天，我亲临这条巴黎的母亲河，满怀忧伤。《变化》发表十三年后，我能与塞纳河对话，而她那踏上高高苗岭的女儿，却永远也回不来了！

回溯到20世纪20年代末，中国一个远游的学子来到巴黎，他先习法语，半年后考上巴黎大学文学艺术系，后来学贯中西成了著名的文学翻译家。他，就是大名鼎鼎的傅雷先生。在巴黎大学，我忽发怀古之心，揣测傅雷曾轻抚过教学楼的哪段栏杆；哪片阶石，曾经受过傅雷优雅的皮鞋！天地不仁，以万物为刍狗；圣人不仁，以百姓为刍狗。河清海晏时，傅、方二位，可否于天国作一次跨越时空的心灵对谈？

次日起了个大早，计划先到卢森堡公园溜一圈，然后再拜访巴尔扎克故居。卢森堡公园是美国作家海明威的至爱，他第一次到巴黎，就沉醉于这公园了。彼时，海明威是以加拿大《多伦多星报》驻法国记者身份带着新婚妻子来度蜜月的。巴黎之行，促成了海明威从记者向作家的转变。重返巴黎时，已为人父的海明威辞了记者职务，生活无着，穷困潦倒，他在《流动的盛宴》里写到："当你放弃了记者的工作，当你写了一些没人看的故事，当你饿着肚子、还要骗家里人说是跟朋友一起吃饭，这个时候，最理想的去处就是卢森堡公园了。因为在观象台广场和付吉拉尔街之间的路上，既看不到也闻不到食物的味道。"可是，看不到闻不到食物的味道就不会饿了吗？不可能！饿极了的海明威也会乱出手，他坦承有次趁人少偷捉了公园里一只鸽子，藏进儿子婴儿车带回，做当晚一家人的美宴。光环和喧哗的背后，文人落魄时的眼泪，有谁能够理会得到？

在巴尔扎克故居，我深切感受到了巴黎人的韧劲，那就是一个"扎"字。短短51年的生命旅程中，巴尔扎克这位"现代小说之父",一鼓作气创作出了91部长篇小说,塑造了2472个栩栩如生的人物形象,这是何等扎实的功夫啊!巴尔扎克的作品,合称为《人间喜剧》,被誉为"社会百科全书"。

我极力推崇中国的现实主义创作成果,事实上,以兰陵笑笑生为代表的东方批判现实主义,要比以巴尔扎克为代表的西方早了200年。但最终,中国现实主义文学创作无论作品的数量,还是艺术表达的多样性,都难以比肩西方,这同样是事实。东西方批判现实主义,对拜金主义和享乐主义一例是鄙薄的,这种鄙薄,使他们的作品赢得了大众,促进了社会的变革。但今天,究竟还有多少人读他们的作品?随着城市扩张,巴尔扎克故居原本的三楼变成了一楼,且门外芳草萋萋,几无人踪。反之,埃菲尔铁塔、卢森堡公园、香舍丽榭大街购物广场,却摩肩接踵,人流如织。作家们批判过的那一切,今天复又堂而皇之成了世人的追捧,这样看来,强调读名著就显得有点不合时宜了。

但匆匆行程中,我依然为欧洲各地书店、报刊亭,以及买书和读书人之多所折服。即使圣心堂所在的巴黎最高点蒙马特,也开有好几家书店。熙熙攘攘的威利特广场,花簇锦团中总可以看到沉醉于书本的影子。

浪漫的法国人常出惊人之举,走在爱丽舍宫对面的人行道上,突遇一群人凭栏驻足,全神贯注于总统府大门,那情景跟我们这里放学时家长在校门口外等着接小孩一个样。据说,浪漫总统小马哥晚些时候将出来接见市民。总统府前来回走动的警察笑眯眯的,很和蔼,就差没跟守候者攀谈了。过了一刻钟,还没见马克龙的影子,只好离开。

再见了,巴黎!再见了,欧洲!在手绘的西欧地图上,我将本次欧洲之旅所到过的城市作了连线,瑞、意、法三国的自驾游,是个近似于的等腰三角形;搭乘航班、大巴和火车穿行比、德、瑞、荷、法五国,是个直线交叉的"8"字和一个字母T。旅欧期间,处处感觉到热情、宽厚、和善，很多时候，我忘了自己身在他乡，忘了所遇的尽是外国人，直觉他们就是同居一城一地的大叔大妈、兄弟姐妹。啊，人与人的和谐、友爱，才是世间最美的风景。

塞罕坝阳光

一

塞罕坝位于围场满族蒙古族自治县境内，系内蒙古高原与河北北部的交接过渡段。塞罕坝这地名对于我这个南方人来说，颇感奇特。从北京到塞罕坝，有近 400 公里的路程。听说坝上草原十分迷人，又因对皇室"肇开灵圃，岁行秋狝"的"木兰围场"早就有了仰慕，所以当《民族文学》主编石一宁先生问我是否想去围场走走时，我毫不犹豫地回说那是再好不过的了。

石一宁主编联系了围场县文联主席张秀超，让她接待我们，给我们做向导。

然而，当围场出现在我眼前时，我的情绪瞬间一落千丈。

满清皇帝们每年"木兰秋狝"的地方，不说"千里松林"依然健在，些许旧迹总该存有吧？然而围场，真的就和内地所有县城一样，房子是新式楼房，一幢挨着一幢；街道水泥铺就，平坦笔直而又宽广；河道几近干涸的堤岸上，杨柳轻拂，绿荫匝地，倒也衬出几许江南的气息。

张秀超主席在县国税局门口等候我们，她戴了顶贝雷帽，披一袭米色风衣，风度翩翩，全然一副艺术家的派头。

午餐时，张秀超说围场县城是没有什么看头的，围场最美的地方是塞罕坝。她说这些年她接待了国内不少作家，这些作家都是冲着塞罕坝来的。石主编几次说要来，但直到现在还没来过。她要我们午饭后稍事休息，随便走走，明天一早就到坝上去。

二

第二天一早，张秀超弄来了辆小车，说司机是她的亲戚，我们这就到坝上去。路上张秀超介绍说，所谓坝上，指的是位于华北平原和内蒙古高原南端交界处，因这些地方都是阶梯样的形状，所以称作"坝上"。塞罕坝草原总面积约 350 平方公里，是内蒙古草原的一部分，这里平均海拔 1486 米，最高处海拔 2400 米。

张秀超说，塞罕坝的美丽，源自于他们挥洒的汗水。几十年前，还是中学生的她就跟着大人们到坝上来种树。是的，中学时代的记忆，是很清晰很深刻的。我们这一代人，念中学时还真没少干过大人们干的粗活重活。那么，塞罕坝上挺直的白杨林、悠扬的金莲花草、清亮的小渠水，无疑就是对张秀超们曾经付出的回应。

这时节的塞罕坝，俨然一个巨大的天然盆景。坝顶往下的斜坡上，有草场，有溪流，也有望不着边际的密林。草场里各色各样的鲜花开得正盛，万花千姿，各有不同，最漂亮的当推沟边、湖畔、沼泽里连片绽放的金莲花，朵朵鲜花随风摇曳，为成片的金黄色推波助澜，将之由眼前涌向远方，波连天涯；蝴蝶、蜻蜓翩然起落于其间的野百合、野罂粟、野菊花、铜罗花、走马芹、鸽子蓝、千枝梅……也在林间、草地竞相怒放。阳光下的塞罕坝，万紫千红，锦绣无边。

横亘在草原上的公路全都铺上了柏油和水泥，我们下车徒步，尽情享受这新鲜的空气和北国雄浑的景色。一条小渠逶迤着摆在原野上，清亮的河水汤汤流过来，到了柏油路旁，身子一矮，从路底下横穿了过去。这样的小渠，塞罕坝草原上多的是，一场大雨过后，森林的底端就会冲出来许多沟渠，森林涵养的水流，汩汩汩跌进沟渠里，用不着多久，一道天然的小河就形成了。当然，塞罕坝的主人，是不会听任雨水肆意造河的，雨后的草原上，总会看到一节节被新泥填上的沟坎。阳光下的塞罕坝，氤氲着无穷的生命力，估计用不着等到来春，这一段段新泥上，就会长出灌木丛、嫩草和鲜花。

最令我喜爱的当推我第一次亲密接触到的白桦林。疏朗通透的林地里，一株株躯干匀称的白桦树静静地伫立着，守望着这片神奇的土地，恭迎着各路来宾。白桦树洁白的树身上，因树脂腺体的作用而绽放出千奇百怪的纹饰，有如飞鸟的，有如鸣禽的，有如走兽的，更有如人的眼睛的。在静谧的林子里，突然发现四处有人在注视着你，那会是怎样一种惊窘。然而，张秀超告诉我们，这端庄美丽的白桦树皮里，富含多种人体所需的营养物质，它提炼出来的药物，能治愈人类多种疾病。

在此之前，我对白桦树的感觉，全部来自于美术、文学和影视作品，而且基本上还都是前苏联的。自古以来，白桦树便是俄罗斯文艺作品永恒的标配。坚强、勇敢、豪迈的哥萨克战士跨上骏马、挥舞着战刀快速穿行在一片片白桦树林中，血与火的战争，因此而附带了史诗般的凝重。即使在后来，苏联解体后梁晓声根据奥斯特洛夫斯基同名长篇小说改编、中俄合作拍摄的电视连续剧《钢铁是怎样炼成的》，也不断出现白桦树端俏的身姿。前苏联时期的俄罗斯文学，张扬了英雄主义和理想色彩，这样的文学创作理念，深深地影响着新中国长在红旗下的一代作家，梁晓声就声称他的创作永远坚守现实主义理想主义原则。

遍布于俄罗斯的白桦树，满载挺拔、优美、自信、骄傲的盛誉，它因之也就成了俄罗斯的国树，如同我们的巍巍国槐一样，是一种民族精神象征。

一片云彩飘来，阴影随之滚过阳光照耀下的辽阔草原。远处，有群绵羊缓缓移动，妻子很好奇地追过去，而那看似行动迟缓的羊群，转眼间就成一个整体移动到了山顶，并很快越过山岗消失了。

不知不觉中就到了午后 1 点，张秀超说得到前边松树林里去用我们带来的午餐。说话间，两只黑琴鸡忽地从草丛里窜到路面上来，它们旁若无人地在公路上蹦跳、追逐、嬉闹，一忽儿跑圈，一忽儿叽里咕噜地叫。似乎玩够了，它们同时回过头来望了下我们，然后抖抖翅膀，双双飞进白桦林里去。

三

塞罕坝长得最好最茂盛的林木首推松树，120 万亩有林地面上，百分之七十是油松、白皮松和落叶松。我们走进的这片落叶松林，此时正球针墨绿，浓艳欲滴。林下的落叶，松松软软的，踩踏上去，寂然无声。

目测这片森林，树龄不会低于 50 载，那么张秀超说他们读中学时上坝种的树，显然就不会是这片林子。但这些树，这些景色，却诚是新中国几代人心血和汗水换来的。

那许多的文字报道，许多的视频专题片，都淋漓尽致地把塞罕坝几代人的奋斗、坚忍、无私呈现出来了，这些报道，这些专题片，极其的感人，极其的令人振奋，极其的令人难以忘怀。

——1961 年，为了阻止风沙南侵，时任林业部国营林场管理总局副局长的刘琨，率专家组来到塞罕坝。在坝上，刘局长眉头紧锁，他眼里全是"尘沙飞舞烂石滚，无林无草无牛羊"的景色。专家在塞罕坝荒凉的高岭台地上考察了三天，没有找到任何治理捷径。但是，他们拿到了第一手珍贵资料。回去后经过反复论证，最后得出这样的结论：塞罕坝上可以种树，可以竖起一道绿色的屏障，阻住风沙的南侵。

——当时，塞罕坝的交通条件极为不便，只有一条蜿蜒的土路一头连着围场县城，一头连着内蒙古高原，路况还相当的差，去趟100公里外的围场县城，走上两三天。高寒的恶劣环境就不必说了，单是没有电、没有水，就足够考验一个人。冬天，白日里在冰天雪地里干活，入夜就守着炉火挨。烧的是什么？干透了的牛粪饼。炉面上，烤几个土豆。

——1962年，陆爱国在塞罕坝出生了，他的父亲，是林场的第一代创业者，而他的大儿子，现在也在林场的扑火队开消防车。可以说，这一家三代人都是务林人。有一次，陆爱国骑摩托车下山去确定一个疑似起火点，由于匆忙，路又陡，弄得连人带车摔出去老远，把腿摔伤了，陆爱国拄着拐杖，咬着牙，硬撑着当班，没下山疗养过一天。

1962年生。陆爱国。多么恰切的年份，多么动听的名字！但是为什么呢？塞罕坝，这个名字很奇怪的地方，为什么会有着这般强烈的政治色彩？为什么又会如此这般引人瞩目？它在历史上究竟又曾经是怎样一副面孔？它经历了怎样的沧海桑田？

透过张秀超的叙述，历史的帷幕，在塞罕坝上渐次拉开。

至迟到了清末，塞罕坝，这个浩大的皇家园囿，还是草木葳蕤、百兽出没、群鸟嘤咛之所。《围场厅志》记载，此地"落叶松万株成林，望之如一线，游骑蚁行，寸人豆马，不足拟之"。为政权日理万机、夙夜不寐，也为其"江山永固，万代不易"的康熙，在北巡中看好此地后，下令辟为皇家园囿，从此他每年都要亲自率领八旗子弟、三军将士来此围猎，以强悍子弟兵安边固本的铁质血性。秋狩之余，康熙帝乘兴写下这样的诗句："……鹿鸣秋草盛，人喜菊花香，日暮惟宫近，风高暑气藏。"

"十全老人"乾隆皇帝，一辈子都在炫耀他的文才武功，他留下的4万多首诗中大部分是写他战功的。"木兰秋狩"这套旨在习武的祖制，爱新觉罗·弘历岂能疏而略过？坐上龙椅后，踌躇满志的新皇帝便开始盘算如何去围场大显身手了。批阅监察御史丛洞关于珍惜国库不宜出猎的折子，乾隆禁不住剑眉倒竖，火起肺间。盛怒之下，他亲拟朱笔圣谕，晓告文武百官：巡猎是以猎讲武，马背上赢得了江山，万万不能偃旗息鼓，刀枪入库，马放南山；"秋狩"不是什么享乐游玩，也很辛苦的；和平年代，只有不断地把子弟兵拉出去练一练，才能武功日进，江山绵延。乾隆在位 60 年，亲自组织并参与了 40 次"木兰秋狩"。这个数字，远远超过了清朝任何一个皇帝。这期间，乾隆还在北京至承德的沿途路上修筑了 20 座行宫，众所周知的承德避暑山庄，便是其中之一。通过"木兰秋狩"，雍正年间享乐安逸惯了的八旗子弟重又接受了全新的战斗训练，为乾隆实现其包括两打金川、平定准噶尔、反击廓尔格等在内的"十全武功"，提供了坚强的技术支撑和实力保障。

从康熙到嘉庆 140 年里，整个清朝皇室的"木兰秋狩"总共进行了 105 次，到了道光皇帝，因国力太过于薄弱，才不得不宣告终止。

也就是说，这时候的围场和塞罕坝，依旧是林荫蔽日、水草丰美、百兽出没、群鸟蹁跹的好地方。

随着清王朝的没落，大批流民涌入围场，到坝上挖树开荒，从此渐渐断了塞罕坝的根，塞罕坝元气大伤。之后又经军阀匪寇劫掠、侵华日军伐木铺设铁路，松柏古树遂荡然无存，塞罕坝一片肃杀凄凉。

黄沙滚滚的塞罕坝，直接威胁到了南边的北京城。

我们由此结识了一个新名词：沙尘暴！

治理塞罕坝，保卫北京城。成了新中国国家林业部一项重大政治任务。

1962 年，塞罕坝机械林场成立，承德专署农业局局长王尚海被任命为第一任场长。随后，林业部工程师张启恩带着妻儿来了，场长王尚海的爱人带着五个孩子来了，河北承德农专 53 名毕业生来了，承德二中陈延娴等六名女高中毕业生来了，一批大学毕业生来了……他们挥洒青春与热血，在这片荒原上抒写一个个动人的传奇故事。

塞罕坝，于是迎来了这仰接云天的万顷碧浪。

塞罕坝，于是迎来了每年 50 余万慕名而至的中外游客。

塞罕坝，于是迎来了每年 4000 多万元的门票收入，还迎来了周边乡村生态旅游的勃兴，以及每年超过六亿元的社会综合总收入。

森林，是绿色银行。

绿水青山，便是金山银山。

……

松鼠在我们头顶上的松柯间跳来跳去，它们对游人早已不怎么待见；脚下，是一不小心就会踢到的朵朵蘑菇，它们在小草和落叶丛中探头露脑，含羞般打量着这个世界。

四

漫步在打草机剪裁过的草原上，张秀超又讲了一个动人的故事。

几年前，她接待了一位来自解放军某部的现役将军，将军说他已经打听到了，当年自卫反击战为救他命而被越军炮弹炸断一条腿的他的战友，就在塞罕坝上。对塞罕坝了如指掌的张秀超二话不说跳上将军的车。他们在坝上整整找了三天，这才在一座山头找到已成为"马倌"的将军战友。张秀超说，两人见面的一刹那，任谁看了都忍不住泪落。将军战友复员时就改名换姓，一头扎进了塞罕坝大森林里，所以尽管 30 年来将军历尽艰辛，却总也找不到他。将军战友的妻子是当地农民，也跟着他在林场牧马，两人无儿无女，山头上的小屋也家徒四壁。将军说，你们两公婆今天跟我走，你的部队不会不管你们。将军战友说这怎么成呢？我离不开这里，我的马也离不开我。将军的司机从车上搬下来两箱茅台酒，就着粗疏的菜肴，将军和他的战友整整叙了一个下午。临别时，将军塞给战友一沓钱，战友说什么也不收。将军的声音再次哽咽了："拿着……我这条命是用你一条腿换来的，这钱算得了什么……"

张秀超是个敏感的作家，她那本散文集《等等日子》，就写得让人不胜唏嘘、感喟。

刘过草的原上，却有星星点点的鲜花迎风绽放。啊，这是花的草原。

塞罕坝归来不久，我读到了张秀超发表在《人民日报》上的《又到金秋收获时》，这篇散文，描述了1946年就任围场县委副书记的蹇先任在国民党军强敌压境之际，组织群众抢收粮食、坚壁清野、突围转移的大智大勇。新中国成立后，蹇先任对围场总是牵肠挂肚，常来访贫问苦。贺捷生是蹇先任与贺龙的女儿，蹇先任故去后，贺捷生继续母亲的事业，每年都到围场来，为围场的脱贫攻坚出谋划策，送书送钱。文章情感恣意横溢，笔法粗粝狂放，一反张氏散文原有的细腻、婉约和节制。当然，这也说明了，一个好的作家应当拥有尽可能多的几副笔墨。

一方水土一方人。我仔细观察了张秀超的言行举止，发现她与塞罕坝有许多相似之处，热烈中的沉静，率直中的细腻，大气中的婉约……塞罕坝是艺术的，阳光下的塞罕坝，处处洋溢着迷人的色彩；张秀超也是艺术的，她文章的字里行间，处处流淌着塞罕坝的阳光。

五

到塞罕坝不到七星湖，那会是天大的遗憾。七星湖的全名为七星湖假鼠妇草湿地公园，位于塞罕坝机械林场北三公里处。在群山环抱上百万平方米的湿地内，湖泊连着湿地，水面映着草木，鱼跃浅底，鸟翔空中。

假鼠妇草，这名字来自日本。假鼠妇草是一种多年生草本植物，具根茎，秆单生，直立或基部斜倚，高 80 至 110 厘米，全秆 13 至 16 节；叶鞘光滑无毛，闭合处几达鞘口；叶舌质厚，绞硬，顶端圆形；叶片扁平或边缘内卷，宽 0.5 至 1 厘米，长 30 厘米；叶背光滑，叶面与边缘粗糙；花序大型，圆锥状，密集或疏松开展，长 15 至 20 厘米，每节有二到三个分枝，主枝粗壮，长 12 厘米，基部光滑，其上粗糙。假鼠妇草多生于山坡、林下、溪流、湿草地、湖泊边缘以及河岸浅水处。

2007 年，一位北京专家对七星湖出现这种草感到十分震惊，因为假鼠妇草一般生长在海拔 3000 米以上的高原，而七星湖海拔只有 1500 米。假鼠妇草具有较高科考和观赏价值，发现这种草后，七星湖公园悉加培植，还把公园的名字也改为了七星湖假鼠妇草湿地公园，假鼠妇草从此成了塞罕坝湿地的灵魂。

当地人称七星湖为"活泡子"，泡子即是湖泊，意思是七星湖是活着的，有生命力的。随着森林面积的扩大，降雨的增多，水源涵养能力的增强，塞罕坝湿地面积也不断增大。几年前，在七星湖不远的地方，真的又冒出来了一个新"泡子"。

不管七星湖也好，八星湖也罢，事实上，这是连在一起的一个大湖泊。我们看到水草丰美、野花遍地的水草滩，那是活动的浮层，其底下仍是湖水，与整个大湖相连。七星湖湖面宽广，水域最深处达六七米，鲫鱼游翕其中，各种候鸟也亲爱这里。为保护湖泊的天然属性，工人们在湖面上架起了栈道，在浮桥上建起了木屋。沿着近 5000 米的栈道，我们再次走进一片宽阔的白桦林，又一次感受这英雄树的绰约风姿。

走出林子，天已薄暮，身旁忽地掠过一群绵羊，当中几只回过头想到渠边饮水，却被急匆匆赶上来的中年蒙古族农妇喝住。我觉着奇怪，这妇女为什么要驱赶羊群急速往前冲。张秀超说，塞罕坝是禁止周边农民进坝来放牧的，围场和内蒙那边几个乡镇的草场实在太少了，把羊群放进来，得跟林场人员打游击，这也是迫不得已的。但是，"生态红线不可逾越。提高生态服务功能，保障京津冀生态安全，是国家顶层设计对张承地区提出的功能定位。"张秀超说。

经过几代人的努力奋斗，塞罕坝地区森林覆盖率已经达到百分之八十以上。眼前这一棵棵巍然挺拔、排列整齐的松树，忠诚地守护着脚下这片土地，保卫着周边大片农田和众多城市。塞罕坝森林育出的优质水源，是献给京津地区人民的一份深情厚谊。

斜阳穿过松树枝柯，静静地铺洒在我们脚下的草地上，草原、森林、湖泊、溪流、野花……在阳光下组合成一幅幅壮美的画卷。天工人可代，人工天不如。啊，此时的塞罕坝，此时的围场，其崔巍与秀美，其浩瀚与博大，跟满清当年的"木兰围场"比，一定会有之过而无不及吧？

塞罕坝，这蒙汉语组成的地名，早就注定了它的前世今生——这，必是一片令人无限着迷的"美丽的高地"。

金川梨花的消息

一

天很蓝，蓝得让人心颤；云朵很白，白得如同水洗过一般。山麓上、河畔旁、树梢头，一簇簇五色经幡在微风中轻轻飘动，让人真切地感到这里是个迥异于他乡的神奇之地。汽车驶下一段长长的坡道，傍着金川河继续南行，又转过一个山口，金川河谷里开得正热闹喧嚣的梨花，就扑面而来了。

这是一个童话般的仙境。

这是一个粉妆玉砌的世界。

苍劲的枝条上，没见一星半点叶芽，满缀着的是洁白如雪的花朵，仿佛梨林可着劲积攒了一冬的精华，定在这一瞬间绽放，将盈盈的春天端到这百里河谷来了。而河谷之上，绵延无尽的群山，光秃秃布满了砾石，不着寸草，面对川谷的多姿多彩，它们显然只有极度的沉默和难以言说的无奈。

金川的梨花，不只报告春的消息，不只报告今天的幸福与富裕，不只报告金川各族人民团结奋斗，携手并肩摆脱贫困走向美好的喜讯，春风里微微颤动的花瓣，还透露着金川历史上的哽咽，铁蹄长驱直进中的错愕和懊悔，刀与剑撞击之下的挣扎和哭泣……那梨花从中一座座碉楼堡垒告诉行云，告诉流水，这肥沃与贫瘠交织，宁静和骚动同在的地表下，凝固着成千上万战死者的血和泪。秋去春来，星转斗移，劲土下的血滴，化作朵朵如乳如雾的梨花。

二

金川河谷上，几乎每一道山坡，每一个隘口，每一座寨子，都雄踞着一两座碉楼。远远看去，碉楼笔立高耸，势如长剑，直刺苍穹，虽饱经风霜雨雪雷霆炮火，却依然坚挺如初。据说，乾隆大战金川前，这里碉楼林立，可称"千碉之国"。二战金川后，乾隆下令将硝烟中屹立不倒的碉楼悉数拆除。或因费工费时穷力难尽，或因军人尚需显耀战功，碉楼终未全部摧毁。

曾经，碉楼跟宝刀一样，是金川嘉绒人的至爱，他们视之与生命同为一体。木石结构的金川碉楼，一般高数层至数十层，每层架木为梁，铺板为楼。碉体以条石和片石垒砌，砌接石块的主要用料是黏土和麻筋，麻筋原料为红麻秆、青稞秆和麦秸秆等，将它们切为寸段，再捣成绒状与泥土搅拌，便成了黏性极强的粘合剂。碉楼有四面、六面甚至13面的，棱角分明，光滑平整，有如刀削斧劈，却遍布瞭望孔和射击孔。碉楼又分关碉和寨碉，一般两两相对，互为犄角，彼此呼应，成一有机整体。寨碉还布设专用暗道连接全寨各家各户，将攻守的功能发挥到了极致。

最有名的当是马尔邦碉王。这座号称"中国第一碉"的碉楼，矗立在马尔邦乡金川河西岸，碉高50米，基底的长宽分别为6.5米和五米，顺势上收，到了顶端，宽为三米。据说此碉石缝间的黏合剂是这样制作的：在荞面和黏土里掺入牛、马、羊、猪等动物的鲜血，不断搅拌。这样的黏合剂，比石灰水泥沙浆不知要坚硬牢固多少倍。20世纪60年代，当地掀起大规模的平坡造田运动，有人曾试图炸翻这座碉楼，取碉楼石料砌田埂，结果前后两次使用了大量的炸药，均无功而返。马尔邦碉王经受了金川战火，也经受了地壳运动和人为拆除的考验，如今依然高峻挺拔，气势恢弘，成了嘉绒藏人建筑智慧的杰出代表。与碉王相对的河东山麓上，还有一座高达28米石碉，两相对应，形成"一江南流，双碉守关"的宏伟格局。

碉楼，见证了一个时代的刀光剑影、血流成河。

满清政府两战金川的原因和过程就不必细述了，我们只说说这让清军吃尽苦头，让乾隆皇伤透脑筋的碉楼。

"垒石为房，其高大仅堪栖止者，曰住碉；其重重枪眼，高至七八层者，曰战碉。各土司类然，而瞻对战碉为甚。"这是瞻对之战时，川陕总督庆复在给乾隆皇帝的奏折里对碉楼所作的描写，可见当时川西北嘉绒地区普遍都有了石碉。

川藏大道地处川西边鄙，乾隆之前，这里基本脱离国家政权的有效管控，故民风彪悍，"夹坝"（劫匪）盛行。夹坝鱼肉乡里，劫掠商旅，横造祸端，嘉绒藏寨于是遍修寨堡和战碉，以捍卫劳动果实和生命财产安全。瞻对一战，清军的软弱无能让野心勃勃试图夺取小金川进而驾驭整个嘉绒地区的大金川土司莎罗奔窥探到了良机，于是开始在金川大肆修建碉楼堡垒。金川首役打了两年，清政府损兵折将数万。乾隆一怒之下，领班军机大臣、首席大学士纳亲赐死，太子太保、川陕总督张广泗处斩。若不是莎罗奔老上司岳钟琪出面"劝降"，绝地厮杀估计还得继续下去。

停战后的金川地区，再次大兴土木构筑石碉。莎罗奔之后，其侄子侄孙一个比一个凶狠狡诈，总在觊觎左邻右舍的人口和土地，不断挑衅滋事。拒金川一战26年后，索诺木掌控下的大小金川，碉楼堡垒遍布，百里金川已成铜墙铁壁。相比于叔祖父莎罗奔、父亲朗卡，索诺木更非等闲之辈，在他的铤而走险疯狂作法下，乾隆二战金川绵延了五个年头。

一场十几万大军碾压仅数千作乱土司官兵的战事，竟然长达整整5年，除了地理环境因素（地势险恶易守难攻）、气候条件因素

（雨雪无定高原缺氧），以及嘉绒土兵骁勇善战这一因素外，金川战碉的攻防作用是最直接最重要的因素。

从实战中看，清军的火炮对付花岗岩筑成的坚固石碉，无异于挠痒。有次战斗，清军将一座大战碉团团包围，然后架炮轰击。可接连发射了200多发炮弹，碉楼的外墙尽管弹痕累累，却只是伤了皮毛，根本动不到筋骨。而当清军攻到碉楼之下时，楼上石头、箭矢、毒弹顿如雨点般倾泻而下，埋伏四野的土兵乘势包抄过来，攻碉清兵的结局，可想而知。

克碉成了乾隆皇食不下咽夜不能寐的棘手问题。

他下令前线往北京押送来一批嘉绒工匠，命他们在香山仿造出了3座跟金川一模一样的碉楼，又从八旗子弟中挑选出2000名体格强壮身手敏捷的小伙子组建健锐云梯营，让他们对着仿碉日夜苦练攻碉本领。最终，乾隆赢了。赢了的乾隆把两伐金川列为他"十全武功"中的"首功"。

金川安宁镇炭厂沟口一座小山，拾179级石阶而上，便到了护卫乾隆"御制平定金川勒铭噶喇侬之碑"的亭阁。亭高12米，由16根直径约40厘米的柏木圆柱支撑，亭檐四角的龙头高高扬起，俯瞰大地，笑傲长天。亭子顶部为重檐歇山式，盖琉璃瓦，这是典型的皇家建筑式样。亭阁四周，有石砌围墙，墙上抄录乾隆二战金川概况。御碑高4.5米（含碑座高5.2米）、宽1.56米、厚0.25米；御碑由四部分组成，碑座是用花岗石錾成的一只巨大的立体托鼋，碑身为当地一等大青石，碑帽为弧形花岗石雕錾，有栩栩如生的二龙戏珠浮雕。碑文用四种文字镌刻，前面是汉文和满文，背面是蒙文和藏文。

御制平定金川勒铭噶喇依之碑

向不云乎？弗加征而自臣属，谓之归顺。始逆命而终徕服，谓之归降。若今索之穷蹙，率弟兄出碉献印，不但不可谓之归顺，即归降亦不可得。而方彼其抗命相拒，历五年之长。兹已密围巢穴，火器围攻，腹心溃内，羽翼失傍（官军初围贼巢，蚁众犹负隅抗拒。我兵用大炮四面环击，贼自揣力不能支，日形窘迫。先是逆酋之母、姑、姐、妹情急来投，自请遣人回巢招谕。索诺木乃遣其兄冈达克、彭楚克，以次诣营恳求，皆就拘系。其党恶之布笼普、阿纳木等先后求降。山塔尔、萨木坦等并经擒获。于是进围益急，贼势日蹙。官军复摧其近碉，断其水道。番众恐惧，纷纷溃出。索诺木遂率其兄弟莎罗奔甲尔瓦、沃杂尔斯丹巴，及两土妇，并助恶之大头人丹巴沃杂尔、阿木鲁绰窝斯甲、尼玛噶喇克巴，偕俩喇嘛，挈属二千余人出寨。逆酋跪捧印信，群泥首乞命。由是罪人斯得，献俘奏凯）。方将（琢）砻搜穴，利斧其吭，生擒亦易，旦夕灭亡，乃始匍匐请命，又安得比之肉袒牵羊。噶喇依者，盖其世守官寨，故多深堑高墙。我师万层险历，千战威扬。譬之大木已尽去其枝叶，则本根亦可待其立僵。然而逆贼有言：官军若至，当毁其重器，聚族焚而自戕。使果如所云，则虽献馘藏事，终不如生获尽美尽善之庆。是盖凶渠罪大恶极，而且贪生苟延，以致献俘阙下，明正典刑。于是疆界厥地，屯戍我兵。镇群番而永靖，树丰碑以告成功。岁在丙申仲春日吉时良。

"十全老人"的得意是丝毫不加以掩饰的。开头一句"从来不是这样说的吗？"就带足了拿捏、嘲讽、睨视的味道，接着他解释怎样做才能称得上是"归顺",怎样做才能称得上是"归降",然后又评判说,像索诺木的这种行为,非但算不得"归顺",就连"归降"也算不得。如此当头棒喝,等待索诺木这个"逆酋"的下场就十分清楚了。此时的皇帝,心情好得很呢,为"镇群番而永靖,树丰碑以告成功",这块"御碑",就必须得搞!写碑文的时间呢,就在这丙申年(1776年)春二月最最吉祥的时辰。

此间,嘉绒本教喇嘛或直接联手当地土司官兵抵抗官军,或间接为土军提供匿藏庇护,极端藐视天威。那么战后,这笔账也该算算。八百里加急传圣旨——摧毁金川雍仲拉顶寺,押寺院15名喇嘛、和尚至江宁喇嘛寺为奴,永不为继。即使做得这样彻底了,乾隆还不解气,紧接着他又下令:铲除本教后,雍仲拉顶寺的金顶及所有材料,全部运回北京,雍仲拉顶寺改建格鲁派黄教寺院,名广法寺,嘉绒地区,务必全面推行佛教!

乾隆大笔一挥,题写了"正教恒宣"御匾,由军队专程护卫送到金川莫莫扎村,悬挂在广法寺正殿大门上。

三

乾隆皇帝虽然下令灭除本教,但考虑到金川后续官员以及地方百姓都笃信本教,为防节外生枝,故又施恩怀柔了一下,特批金川僧众、信徒在信奉佛教的基础上,可信本教。这样一来,金川寺的名字,就成了雍仲拉顶广发大寺院。

出金川县城,沿211省道顺着金川河走30公里,到一个叫莫莫扎的村子,横跨过金川河上挂满经幡的铁索桥,便是传说中始建于公元2世纪的雍仲拉顶寺了。寺院前开阔的园子里,油菜花迎风摇曳,几株石块垒着根部的橘树,静静地伫立在一片葱茏中,仔细看去,树上还挂着不少金灿灿的果子。

寺院的院墙石块垒砌,除正殿外墙为金黄色外,其余墙体均喷涂成赭红色。广法寺建筑宏伟壮观，气势如虹，纯金屋顶在春阳照耀下闪闪发光。乾隆皇废掉雍仲拉顶寺后重建广法寺，列其为清代皇家四大寺庙，规定凡嘉绒教徒欲将进藏学佛修炼，必须取得广法寺授予的名号，没有广法寺名号，即便学成也不作数；有广法寺名号的，西藏归来即可获得晋级加冕的优厚待遇。

现任雍仲拉顶广法寺住持是班玛仁清活佛。班玛仁清，四川阿坝县哇尔玛乡人，生于 1968 年 6 月 20 日，10 岁时被确认为嘉绒仲木哈热之转世灵童，11 岁在夺登寺大法王主持下剃度为僧。2001年，34 岁的班玛仁清接位雍仲拉顶广法寺第 78 任法台，肩负起管理嘉绒地区众多寺院的重任。班玛仁清才识精进，德行严谨，道法超迈，在佛学界有较高的声望。

很不凑巧，我们到来时班玛仁清活佛恰好有事外出，幸得陪同我们来的金川县委宣传部部长郑刚先生是班玛仁清的挚友，通过他的介绍，我略知了一些与活佛有关的故事。

班玛仁清接任广法寺法台时，寺院满目疮痍、破损不堪，驻守寺庙的喇嘛们，生活十分困难。目睹此种窘境，班玛仁清只得向亲友伸手，筹措路费，外出弘法化缘。化缘得的钱，活佛一个子也舍不得花，全用在寺庙建设和安排众喇嘛的生活之上。三年后，班玛仁清仁又捐出化缘所得，资助当地政府修建广法寺前的金川河铁索桥。再过两年，班玛仁清全面拓宽填平广法寺周边连通铁索桥的道路，彻底解决了村寨群众出行难这一问题。过铁索桥时，几辆小汽车等候在桥两端，礼让我们先行。铁索桥能通行汽车，这对于我，还是第一次领略到。

2009 年 4 月 18 日，班玛仁清仁活佛主持开工重建广法寺，重建项目包括寺院大门、大经堂（大雄宝殿）、千佛殿、汉观音殿、僧房、禅房、碑亭等。2011 年 11 月 18 日，重建工程竣工，广法寺隆重举行了开光大典，来自全国各地的 3000 多名信徒参加了大典仪式。

　　寺院大门正对着的大经堂（大雄宝殿），是寺庙僧众念经及法事活动的地方，其建筑为三层重檐歇山式顶，木石结构，高 35 米，总面积达 1000 多平方米。大经堂内，群龙柱绕，经幡空悬，色彩雍容华贵，整厅金碧辉煌。大殿里供奉着目前嘉绒地区寺庙中最大的三尊佛像，正中是八米高的法身佛东巴辛饶弥沃佛祖，左边是七米高的化身佛普贤白光（辛纳乌格）佛，右侧是七米高的报身佛。在佛龛左侧的墙壁上，有唐卡彩绘夏扎巴扎西迦敦大师画像，而右侧，则是唐卡彩绘坚参西饶大师画像。另外，殿内还供奉了两尊二米高精巧华美的舍利塔。大大小小、形态各异、栩栩如生的 200 尊众佛塑像，也在其中。郑刚部长说，大经堂内还供奉着九套大藏经、七套甘珠尔和六套丹珠尔。雍仲拉顶广法寺藏纳的大幅唐卡和壁画，更是数不胜数。

　　郑刚部长说，班玛仁清活佛非常节俭，寺院有一部小车，但他很少使用，外出开会、弘法，都是买票坐班车，还自带干粮。寺院收入，除了用于寺院本身建设之外，全部捐助了当地贫困学生。为培养更多的本教佛学人才，班玛仁清还创办了一所佛教学校，修建了藏书达好几万册的图书馆。

　　多年来，班玛仁清活佛为雍仲本教的弘传和发展竭心尽力，不仅在川藏地区新建了多所雍仲本教寺庙，还在内地多个地方建了雍仲本教道场。班玛仁清个人出资请专家翻译编印雍仲本教经文，以便内地各族信众能正确认识、明辨古象雄文明雍仲本教的精髓。迄今为止，班玛仁清活佛的本教弟子及信徒已达好几万人。

　　步出寺院大门，回头仰望，雄伟的雍仲拉顶广法寺静静地肃立在散淡的春阳中，门楼上金光四射的宝顶，与正前方的大经堂遥相呼应，更增添了雍仲拉顶广法寺的轩昂气势和卓然风采。

　　"正教恒宣"，收服民心，以期长治久安。两百多年滔滔岁月，如过眼云烟，而汉地佛教与象雄本教的交汇、融合，却达到了空前完美的地步。如今，雍仲拉顶广法寺大经堂右侧，供奉着一尊高 2.7

米、重达 250 多公斤的汉传白玉观世音菩萨像。汉传观音殿建在藏传佛教寺庙里，这在嘉绒藏地实属罕见，这是藏汉一家、民族团结的最好写照。寺院里的广场宽阔平坦，到了 11 月中旬，一年一度的祈福法会就在这里举行。法会期间，喇嘛们跳起金刚舞，祈祷风调雨顺，国泰民安；金川百姓则带来了锅庄舞，赞美丰收，歌唱幸福美好的新生活。

督建雍仲拉顶广法寺的同时，清政府在川西嘉绒藏地废除土司制度，全面推行"改土归流"政策。大小金川分别设置了乾隆皇钦定的阿尔古厅和美诺厅，两厅为嘉绒地区政府管理机构，由朝廷选派官员轮流执政，从而全面稳定了当地社会秩序，确保川藏大道的安全畅通，促进了民族大融合、大团结、大发展，进一步巩固了祖国西南边疆。

百里金川河谷，绚丽的梨花尽情绽放，传诵着稳定、祥和、美好的消息。

四

嘉绒藏族人民，勤劳勇敢，奋发图强，充满智慧。

大金川地区，古称"东女国"，嘉绒，藏语的意思就是"女王的谷地"。遥想那远古的时代，这里曾由一群美丽、浪漫、多情而又富有诗意的藏族女子治理，那是何等的令人着迷。穿越千年时光与她们对话，那该会有多少激情和灵感，可写出多少部情节跌宕起伏、故事引人入胜的长篇巨构！

很早，嘉绒藏人就发明了酿酒工艺，由于酿酒全过程及所有原料为本地独有，他们酿制的藏酒风味独特，绵厚醇香，深受消费者喜爱，对社会经济发展起到了积极的促进作用。

将玉米、小麦、青稞、高粱按一定比例混合后煮成半生熟，然后摊开，拌入一种叫吾俄基麦朵草制成的酒曲，趁热放进土陶罐内，加盖并裹上毡子保温，任其发酵两到三天，当有酒味逸出时，拿去毡子，再静置 15 到 20 天，等浓郁的酒香飘出来了，再行蒸馏，蒸馏得出的醇酒，才是藏酒。嘉绒藏人能蒸出酒精含量高达 50 至 60 度的白酒，这在当时，颇不简单。

与藏酒一样，嘉绒藏族的住房也别具风貌。中国作家协会民族文学杂志社"多民族作家走进金川文学实践活动"即将结束时，因担心我赶不上次日成都飞柳州的航班，恰好当天下午阿坝州人大常委会主任谷运龙要到省城开会，活动主办方遂让我搭乘谷主任的车子到成都。沿途经过的几个寨子，谷主任说那都是嘉绒藏寨，嘉绒藏人的房屋有个突出的特点，屋顶每一个直角都有支塔状石柱，那是碉楼的象征，藏语叫"拉吾则"，一般用作神位供奉。

自古以来，嘉绒藏寨就有刨石建房的传统，房屋多建于向阳避风的坡地、河畔，以几户几十户为一寨子。砌石形同砌砖，把大小不等的石块垒砌为墙，大石块砌一圈后，用小石子和黏土取平，再往上砌一圈，逐层累砌，基宽顶窄，墙面略呈梯形。这种房子，和我在瑞士阿尔卑斯山上看到的农民住家极其相似，只是瑞士农村房屋屋顶上盖的，也是切薄了的形状各异的大青石片。

爱美且极具审美能力的嘉绒藏人很喜欢打扮自己的房子，他们用红、蓝、黑、白几种颜色勾画墙面和窗户的周边，在墙上画太阳和月亮，很有层次和立体感。这还不是一次性的，每年秋天，他们都要在房屋原有的图案上重新刷色，于是整个寨子便又焕然一新。房屋掩映在鲜花绿树丛中，处处充满了美丽和希望。

金川古老的供水设备和供水系统，也是嘉绒藏人最具智慧的发明。

大金川东岸咯尔乡复兴村的地表下，埋藏着许多堪称古董的土陶水管。这个村有座建在山岗上的本教古老寺庙，寺庙临大金川江一面为悬崖峭壁，其余皆为陡坡，地势十分险要。咯尔丹喇嘛寺之所以有名，是因为此寺一尊观音菩萨的肚脐能视情况或流或断"圣水"，令不明就里的人叹为观止。其实这"圣水"来自于嘉绒人的土陶管供水系统，机关由人控制，舍得给钱的，便有"圣水"喷出来洗手；一文不施的，手还没伸到菩萨肚脐底下，水流便戛然而止。格尔丹寺因此而大发"水"财。"圣水"源头，是距寺庙 7.5 公里的咯尔后山一眼山泉，8000 多根埋在地下的土陶水管依山而下，直抵寺庙水池。表面上，外人还真看不出机巧。

土陶水管用陶土烧制，外皮呈土黄色，不上釉。土陶水管制作相当考究，规格规范，管长为 90 厘米，外围直径 12 厘米，内空直径三厘米。水管两端有公榫和母榫，公榫母榫的尺寸完全一样，扣上后严丝合缝，滴水不漏。水管埋设深度一般在 1.5 米左右，有的地段则深达五至六米。

乾隆第二次讨伐金川时，清军重重包围了多个碉寨堡垒，试图用断粮绝水方式逼迫土军就范，殊不知官寨碉楼都有土陶管供水系统，清军的围困，徒靡费时日。其后的炮火连天，攻城略地，碉堡及其碉寨全被摧毁，但地下的土陶水管连同整个供水系统，却基本完整地保存了下来。

嘉绒藏族的智慧还体现在牛皮船的制造上。

最早记载牛皮船的典籍是《旧唐书》，在卷 197 的《东女国传》中有："其王所居名康延川，中有弱水南流，用牛皮船以渡。"

牛皮船以牛皮、树枝条和藤条等为材料，用鱼鳔粘接而成。船底部为整张牛皮，周边用三至四片牛皮拼接，船底、船身周遭以柏树枝或藤条为骨架，两面蒙皮，船身围三道圈，一般情况下，吃水线在一至二道圈之间。行驶时掌船者双脚蹬住船底骨架，两膝微曲抵着船围，双手执桨，左右划水。最大的牛皮船承重可达 500 公斤。

相传，东女国女副官高允黎明时分从格尔丹寺乘牛皮船下噶尔崖，一路风驰电掣，到达噶尔崖，旭日初升。女王见状大喜，颁旨广造牛皮船，以备军用。此后，一代又一代东女国后裔，就凭借这种制作巧妙的船只游弋于百里金川河。如今，金川江面上还不时可见人们乘坐牛皮船撒网、垂钓。而对于探险者来说，牛皮船则是漂流大金川的首选工具。

二战金川清军荡平勒乌围官寨时，狡猾的索诺木就是于夜色中趁乱，搭乘牛皮船顺流而下逃往他老巢噶尔崖的。无道之酋，岂有善终？索诺木在他的出生地彻底覆没，这也算是应了天意了。

五

在莫莫扎村村"两委"宣传栏前，我仔细观看了宣传栏上的内容，深深地为这个红色村寨的踏实进取折服了。

莫莫扎村现有 270 户人家，人口 946 人，全村党员 63 人，预备党员二人，入党积极分子五人。2008 年，新任村党支部书记杨国华在村口，也就是离宣传栏不到 100 米的红色司通（藏语翻译）遗址广场上，面对全村党员、村民代表喊出"先烈的鲜血绝不能白流，老少边山穷绝不是贫困落后的代名词，莫莫扎村一定要做金川脱贫致富的领头羊"豪迈誓言。从那时起，村"两委"积极筹划，提出"风尚新美，环境秀美，百姓富美"的奋斗目标，励志争创"五村"，即党的建设示范村、扶贫攻坚示范村、孝善和俭示范村、乡村旅游示范村和乡村振兴示范村，带领群众励精图治，艰苦奋斗，终于改变了昔日落后的面貌。

莫莫扎村有着光荣的革命传统。

当年，红军长征到达金川时，藏族群众不仅献出了自己的粮油、皮袄，还主动给红军当司通（翻译）、向导，为红军在金川建立苏维埃政权做出了卓越的贡献。金川参加红军的人数很多，以莫莫扎村人为最，其中最突出的当推"两杨"，即杨太和杨金莲（杨金莲被誉为"长征路上的格桑花"，其本名板登卓，杨金莲是长征胜利到达延安后蔡畅给她取的汉名），他们不仅积极为苏维埃政权奔忙，最后还几乎全家随红军北上，誓言将革命进行到底。今天，几组藏民拥戴红军的群雕矗立在村底司通遗址广场上，作为对那段辉煌历程的纪念，以及对后世的革命传统教育。

红色基因，让莫莫扎村闯出了一条"党建强村，产业兴村，旅游扶村，美化靓村"的脱贫致富坚实道路。以杨国华为代表的莫莫扎村"两委"，带领全村群众，聚焦产业致富。2018 年，全村花椒产值达九万余元，生猪出栏 5000 余头，人均收入达 1.2 万元，实现了从贫困到富裕的根本转变。

进入新时代的莫莫扎村，村道水泥硬化，房舍整齐干净。一个寨子，修竹茂林，古木参天，泉水叮咚，洁白的梨花映衬着洁白的云朵，人们的脸上洋溢着和善安详的笑容。金川河从这里缓缓流过，把它所见到的一切带到大渡河，带到长江，带到远方。

而金川梨花，在这美丽的春天里，带给了我们最美丽的消息。

严格说来，由于地理条件的限制，金川的发展是艰难的。但是，金川人励志图强，硬是在一川贫瘠的土地上建设起自己美丽的家园。漫步林间地头，我发现只要有一点土，有一小片地，村民们都要用石头把它圈起来，整平了，种下小麦、青稞等庄稼。梨林里，间种各种应季蔬菜、瓜果。到了秋天，归拢起枯萎了的瓜豆藤蔓，或沤化，或焚烧，用作梨树的肥料。因此，年复一年的春天，金川的梨花才漫天的灿烂、芬芳。

农村是这样，那么城里呢？金川城里的人们，一样的珍爱土地，一样的注重生态环境保护。整洁干净的金川老街，晃眼便可见百年梨树、春榆树。这些老梨树、春榆树，有的长在人家院墙之外，有的立在院子里头，仔细看，那围墙没有一道是笔直的，都在为老树让路。而每一棵梨树，梨花都蓬勃着旺盛，花期过后，丰盈的果实就会压低一树的枝条。

金川雪梨，驰名遐迩。这里的雪梨，有鸡腿梨、金花梨等多个品种，其中以金花梨最负盛名，全国包括北京在内，都从金川引种。近几年，金川县发挥生态环境及特殊地域优势，以市场需求为导向，积极实施品牌战略，大力调整农业产业结构，发展雪梨优势产业。现已建成全国最大的原产优质雪梨生产基地，种植雪梨面积达 4.2 万亩，年产量达 2.5 万吨。如今的金川雪梨，已形成产业链，除了当水果卖，还建起食品加工厂，生产雪梨糕、雪梨果汁饮品，满足了市场的不同需求。金川雪梨，是金川一大支柱产业。

辞作蓬莱仙，愿做金川人！

春头如霞如雪的梨树花，秋来似金似火的梨树叶，滔滔南流的金川江，莽莽苍苍的嘎达岭，孕育了祖国西南一隅的人杰地灵。小小金川，人才辈出，尤其是文艺人才，足以令人仰望。全程陪同中国作家协会民族文学杂志社"多民族作家走进金川文学实践"活动的金川县委宣传部和县文联的负责人，就是其中两位颇有成就的本土作家，他们的作品或厚重雄浑，或清丽典雅，但都跟金川的梨花一样，也在为世界捎去关于嘉绒河谷的消息。

第二辑　情思飞扬

　　学校旁边的坡岭，那时全是杜鹃花。春天，我看着它们长出新芽，箭出花蕾，迎风怒放，红红猎猎开满一坡一岭。淡淡花香中，我眼前幻化出秦岭、终南山、蛤蟆滩……我将亲临景致与名著里的风景一一对应，这景致于是亲切得含情脉脉。此时的我，也已不再是本我，我获得了超越。

家在贝江边上

一

这是一条名叫贝江的河。

贝在中国，至少从商代开始，就已经充任货币的职能了。以此来看，"贝江"这个名字就有意义了。贝江贝江，顾名思义就是钱江嘛，流金淌银，流光溢彩，多美！生活在这条美丽江上的人们，就很有钱，很快乐，很幸福了。这是贝江这条河的名中应有之义。

然而，这浩浩汤汤的贝江河，一波接着一波，到底幸福和快乐藏在哪一波里？苦寒凄啼的杜鹃，一任风吹浪打的水鸟，哀婉地诉说着这一方没有尽头的苦难。啊！这九曲回肠的贝江，承载着太多的忧伤和叹息，也背负了我五味杂陈的记忆。

有我童年欢乐的那幢老屋，早已消失无踪，连同我在那里做过的无数的梦。老宅墙头，长满蒿棘，它们绿了又黄，黄了又绿。我于中秋月夜重步前堂旧址，空阶落叶，石上苔痕，在萤火虫的明灭中忽隐忽现，稍用力跺一足，便有怪兽扑喇着从枯絮败草中蹿了出来，没头没脑朝西端沟坎下撞去。

原来，不是这样的！

原来的房子，两层半高，有堂屋和两厢，并一层半后来买下的隔壁屋，总宽 15 米，深 10 米。主屋一楼净高至少 5 米，屋顶东西侧半层镶了楼板，就成了两个阁楼。阁楼下的四间小房，是我们兄弟的卧室。那时，贝江下游一带房子都这个模样，屋顶盖青瓦，四面的墙、中间隔墙，厚达 20 多厘米，全部泥砖错位垒砌，楼面则由杉圆木和杉板搭构，清爽齐整。这种房子，不惧祝融之灾，真正实现了亲切地气，冬暖夏凉。

我至今记得，家里当年有几件来历很不清楚的家具。正堂屋一条香案、一张八仙桌、几只和八仙桌一样很沉很重的独凳，外加一条长 2 米多、宽 80 厘米、高 60 厘米的长凳，这条长凳外侧，从头到尾镶接一块 10 来厘米宽的裙板，裙板雕着一连串卷草纹，四条腿为束腰回纹内侧翻卷马蹄腿，刻工相当老到，纹饰十分精致。

祖母说，这些杂碎都是用老山楠木整的，死重烂重。她老人家一有空，就拿块抹布抹这些破古董，一边抹还一边喃喃自语，天知道她说些什么呢？

更为可疑的是，家里还有一尊古旧的脸盆架，高 1.7 米，长宽分别为 80 厘米和 60 厘米；承放脸盆处高 70 厘米，由四条上粗下细连续收腰圆腿支撑，三围抹边，下设一抽屉，用作存放洗漱器具；距此 40 厘米高的背板中间，镶嵌一面鹅蛋形镜子，两侧分别榫接两片镜画，左侧那片画的是两只喜鹊抓站红梅横枝，右边是两只黄鹂头碰头振翅扭脖子观赏一串金黄枇杷果；镜画外侧，是一支径直向上木雕花蕾；再往上，又榫接块底部与背板等宽的半月形镂空彩云木雕。脸盆架通体髹以老漆，乌黑铮亮。然而承盆面板多处涂漆已经老化龟裂，它最终的损毁，应该和这个有关，而到我高中毕业时，这个宝贝还完完整整没缺胳膊少腿。

我问祖母，这些玩意都是从哪来的？祖母说是土改时分地主浮财分来的。我就信了。但是她又说，那加厚搪瓷贵妃画粉彩脸盆、青瓷带耳宽口油盅、铁质连灶烧水小鼎锅等，都是分的地主浮财。这样一来，就有问题了。西江村有钱的地主只一个，那么多的人家连个油壶都分不到，而这些，都给了你，那还叫分吗？

"乱世黄金，盛世古董"。饥肠辘辘年代，谁还搁意这些。果然，随着老屋的拆毁，古董杂碎渐次遁迹于无形。

云际山麓周边，直到 20 世纪末，交通还极端的不便，赶圩走的依旧是羊肠小路，挑个百八十斤担子，任你铁打的壮汉，回到家一样要累得半死，而在木作工艺方面，别说既往，就是现在这方圆几十里地，都难有精于雕龙刻凤的匠家，事实是直到 20 世纪 60 年代末，当地人要开解木头，还得到外面请人。因此，这些精致的家什，肯定是从远方运进来的。那么，这些硬重如铁的宝贝，又怎样才运得进来的呢？一次，祖母无意中说，从前小火船，是可以从贝江口上到西江河来的。

哦，原来如此！

但是，小火轮开进两岸长满芦苇的西江河，我们这代人根本就无从看见。

二

善良的人们刚过上几年平静的日子，疾风暴雨的"运动"就又扑过来了。破四旧、立四新、兴无灭资、横扫一切牛鬼蛇神，斗争的浪潮一波紧接一波。

隔壁家躲过无数次运动的地主莫老伯，尽管平时胆小如鼠大气不敢轻易喘喘，这次却也躲不过了，五花大绑绑起，带上白纸糊的高顶帽，押到小河边枫木坪跪着接受批斗，最后在一片很不整齐的"该杀"声中给拖到不远处的窝坎旁。枪声响过，血红的枫叶纷纷飘落。

莫老伯遗下三个伶俐的子女，姐姐不过十二三岁，小弟年纪和我一样，还不满五岁。三姐弟随后的命运可想而知，在村里，他们可怜巴巴地成了大小鬼学成年人搞批斗的对象。15 岁的树哥，扮作民兵营长，吆喝七八个同龄人，肩扛木头步枪，腰藏棕绳，他们勒令地主崽开门、跪下，任由他们胡捆乱绑拖出去"游街"。在寨底大门口，鬼怪最多的树哥砍了几条叉刺（即铁篱笆，枝条上长满尖硬利刺的灌木），挥舞着命令三姐弟"老实点"，不然就会"皮痒"！他还说，等下在晒谷坪开"批斗会"，要让这三个小"四类分子"跪叉刺。

恰巧队长周伯扛把犁经过，见状喝道："你们搞什么？这是你们可以搞的吗？赶快把棕索解下来！"

三姐弟一获救，便兔子般撒腿往家跑。从此，他们家那黝黑沉重的杉木门，再也不敢轻易打开。没过多久，他们的母亲便带着他们背离故土，远走他乡。

他们遗下的房子，后来由村里安排给县城下来"插户"的一家人住。知青大返城后，莫伯母回来跟我父亲说要把房子卖给我们。父亲给了莫伯母 500 元，这房子就成了我们的"连舍"。

世事巧妙难预。1978 年恢复中考，我考上融水县中学，三姐弟中的小弟也从另一个大队初中考了上来。更巧的是，我俩竟同一个班，初始几天，我激动不已，多次主动跟他攀谈，他却总是郁闷无语，我于是也就索然。少小时候，两个屁孩争抢着看一本小人书那种情缘，看来今生再也难以续上了。

后来，他上了一所中专学校，毕业后分配到县里一个较好的单位，据说事业、家庭都发展得很不错。

啊，造化弄人！

三

我七岁上学，学校就在西江河边上。夏天炎热难耐，我们一帮搞鬼仔，总会在课余甚至逃课扎到河里去消夏。

那时的西江河，一年四季江水哗哗，从学校往下的河段，拐弯处总会积水成潭，幽幽皇皇深不见底。我是绝不敢到这些地方游水的，祖母也严令我们兄弟不得乱去玩水。带头斗地主崽的那些小伙伴，他们敢去。水潭边一般都有一两棵四季常青的水柳曲、牛筋树，他们扒开苇丛，踏出一条路走到树苑底，马喽般蹿上树，站直身子，平展双臂走过横跨进潭中央的枝柯，以树枝为跳板，得意洋洋做颤巍巍状，使树枝上下弹动好几下，然后借着最足的弹力，双臂并拢伸过头顶腾空一蹿，在空中蜷做一团连翻三个跟斗，再头下脚上笔直地插进水里，四五分钟后，才在水潭边任一方位的芦苇丛中冒出脑壳来。

他们动作真的很美，令我仰慕无比。我曾下决心学会了不容他们耻笑，可恨我只爬到第一个枝杈处，便哆嗦着闭上眼睛抱紧树身滑溜了下来。

当然，也有我敢做的事。伸手不见五指的漆黑之夜，我敢一个人钻进河边芦苇丛去掏鸟窝。我白天看到一个鸟巢，便记牢了方位，决定夜里去掏它。摸黑进了苇丛，敛声屏息移步，岂知野禽特别灵醒，离鸟巢至少还有五米多远，我敢肯定自己绝然没有发出任何声响，可窝里的竹鸡就扑啦啦冲开重重苇秆飞走了。我气急败坏把鸟巢端了回家，里面有四只黑茸茸圆滚滚的雏鸟。母亲说："白手捉鸟，犯法难了！"令我赶紧将雏鸟连同鸟窝一起放回原处。

岂知天一亮，那窝雏鸟就被寨底阿松弄到晒谷坪上来玩乐开心了。他一次一只，将雏鸟摆放在篮球架斜杆连接处，邀几个跟他一样敢腾空翻筋斗扎猛子的调皮鬼拿弹弓在 30 米开外轮番赛射，结果可想而知，三次都只他一人射中。雏鸟孱弱，一击毙命，阿松耸耸肩说这不好玩，他找了根拽陀螺的绳子，跑到机房里浸透机油，然后绑在那只零余的雏鸟脚上，点燃。可怜那团黑绒绒的小生命撕裂嗓子惊叫着在晒谷坪上乱窜，不消三分钟便气绝倒地，连一丝抽搐的力气都没有。

阿松真的白手抓鸟"犯法"了。秋后他还去河里玩水，这个时候当然只有他一人去，在西江口那个深潭，他几个空翻后扎下去就再也不见浮头。苦寒岁月，却家家孩子比鸡鸭多，一只鸡仔不见归笼，家人会点火把满寨找，个把小孩三天两头不见影子，大人以为又去哪亲戚家蹭饭搭铺了，根本就不理会。许是阿松托了梦给家人，第二天，大人们潜下水去，发现他脚朝上直挺挺地定在那，柔长的水草，缠住他全身。

八九岁的小孩，家里破席子一卷，不声不响就埋了。据说，阿松全身就一条跳水时穿的短裤，余下的衣物，得留给弟妹。

那年头，我们这些顽皮的小鬼，就跟河边上的芦苇一样，谁也不睬地疯长着。枫叶荻花秋瑟瑟。生活，令我们过早地品味到了人世间的苦难和艰辛！

四

佛说：是你的，终归是你的；不是你的，你抢也抢不来。

西江村依山而建，一座座泥砖瓦房散落在一面斜坡上，最高处有一块平地，旧社会有点钱的人家，就集中在这块平地上。

小时候听大人们说，云际最有钱的地主是韦子香，他有成一排的十几间房，有岗哨门楼的院子就在平地东端。偌大一个院墙之外，还有很宽的菜园、果园和花园。一棵歪脖子老梨树，几篷虬虬驳驳的凤尾草，在春风秋雨里展示着主人曾经的富有和奢华。

最要好的玩伴贾息华多次神秘兮兮地告诉我，在没有月光的夜晚，韦子香花园苏铁丛中和老梨树下，会有金猪银蛇窜来窜去。我曾经暗夜里去那里瞄过几回，毛都没见一根。息华说，金猪银蛇出没，是韦子香埋藏在地底下的金银财宝显的灵，还没换牙的幼童才可以看见，换过牙的还看见，那这个人就得死。他说得如此恐怖阴仄，气得我给了他一脚："为什么你早不这样讲，你想害死我么？"

接下来村里一家人就出事了。

韦子香筑起的院墙，土改后就给全部拆除了，他本人被赶到村底河边他的碾米房等死。大院这一排房子，通通分给原来的佃户长工。靠东头边首两间，分给了长工莫三伯一家。

1972 年底，莫三伯要建猪圈，他让儿子个闰挖开地主院墙残留的基础起石头，挖了两天半，忽地就挖出了个坛子，撬开坛盖，嗬哟，里面是满满冬冬的银子！一家人那个高兴劲就别提了，打听好兑换办法，让生产队、大队给开证明，抬起那坛银子就去县城里银行换钱。据说，那坛银子换了整整 900 元人民币，这在当时十里八寨，无疑就是特大新闻。

可怜一家人才买了几斤猪肉打牙祭，麻烦就接连不断了，先是个闰媳妇莫名其妙地卧床，送到县医院，天津下放来的医生也搞不懂罹的是什么病，打针吃药个多月，像是好了，出院。可回到家才几天又犯了，再住院。如是反反复复，住院出院，一年多里，花了五六百块，最终还是撒手尘寰，落得人财两空。接着，个闰也染上怪疾，任你中医西医秘方偏方都对不上症，成天软板板一副病快快模样，30 挂零就完全丧失了劳动。

村上人一致认为，这个家被那坛银子害惨了。

五

多年后我才知道，韦子香并不是什么云际大地主，这宅院、田地、银子，不是他的，这全是融水县城里威名赫赫大户人家叶长发的。韦子香不过是代表叶长发在这里经营管理罢了。

"命中注有终须有，命中注无莫强求"。改革开放初期，有人不信这个，他们买来探测器，从早到晚一拨一拨地到老梨树下翻来覆去，累得人仰马翻终至一无所获，"止增笑耳"！

而那时候，生活中即使有笑声，也是干涩的。

大地主留给村里人均近两亩的良田，"集中力量办大事"弄起来的生产队竟然"办"不好它。发了神经的队领导，一忽儿要种粟米，一忽儿要种高粱，一忽儿要种三角麦，都没有好收成，饿得家家黄口雏儿哇哇乱叫。临近春节，上头良心忽发，通知大伙去挑"返销粮"。我家分得50斤，10岁的我欢天喜地拿两条布袋、一根扁担，跟着母亲走30多里路到下廓粮所，挑回这50斤"仓库米"返销粮。"仓库米"是我们对返销粮亲切的称呼，它有一个专用名词叫"陈化粮"，现在用来给猪做饲料。仓库米煮的饭，没有一丝米浆，很糙，还有一股难闻的味道；煮粥，则清水归清水，米粒归米粒。尽管如此，能吃到"仓库米"，我们已经真的幸福无边了，它毕竟是大米啊。吃那高粱、粟米、三角麦，就怕屙屎，经常蹲在茅屎坑上好半天，用尽吃奶的力气也屙不出来。我们这一代人基本都有胃病，我以为就是吃这些粗粮害的。

最着鬼那年，所有三角麦都不结实，胖嘟嘟的秸秆，乌黑发亮的叶子，铺天盖地，蔚为壮观，但枝头上却颗粒不具，最终叶子秆子通通烂在田里。队长无法可想，跑去长濑、沟滩求情，央他们借给几千斤木薯暂度饥荒，来年按一斤对一斤偿还他们白米。这几千斤木薯，西江村白米还债整整还了三年。几十年后，沟滩人还拿这个奚落西江人，说："水稻可能难伺候，木薯却烂贱呀，你们也种不来？你们田亩是我们的三倍多，是吃米吃腻了，才拿白米换我们的木薯吧！"

六

1975年秋，我升初中了。这所初中，就在贝江边上。上学期间，我们每晚挑水、游泳、洗衣服，都得到贝江上去。滔滔贝江留给我的，是无奈和残忍的记忆。

父亲对我们兄弟，有着近乎残酷的严格。因此一般在公共场所正式场合，我们都极其胆怯怕事，绝不敢抛头露面强充先锋。但在私人圈子，特别是喝了几杯后，我们则报复似的轻率直言，放胆臧否，大有长空朗朗，舍我其谁之概。这样一来，我们的进步可想而知。

直到上了初中，我还不是红小兵。为此，父亲十分恼火，一次给我理发，他又唠叨起这事，说我连本村某某女同学都不如。我知道，此时辩解非但无益，反倒会激他更恼怒。我默不作声，父亲却越说越来气，直接就拿推剪在我头上狠狠敲了一下，痛得我龇牙咧嘴嗷嗷直叫。

万难人，天眷顾。不期而至的荣誉径直就垂青了我。开学半个月，"把批林批孔运动普及深入持久地进行下去"的最高指示下来了，公社举行中小学生"批林批孔运动"学习心得报告大会，要求全社各中小学推举一名学生代表在会上登台发言。语文科任、时年已五旬的王起老师鼎力推荐了我。王老师在推选会上一再说我那篇作文，是他好几年来都没看到过了的。"这次要选，就选他，以后选谁，我不管！"

至今犹记得，我那篇作文，王老师从头到尾用毛笔密密画红圈，一路旁批"好""很好""夹叙夹议，好"。其中这一句："林彪首先说毛主席是天才，后来又说他儿子是超天才，这不是说他的儿子超过了毛主席吗？在这里，林彪试图凌驾于毛主席之上、篡党夺权的狼子野心，已经不昭自明了！"王老师更是又圈又点："飞来神笔，很不简单，很了不起！"

现在回想这些，令我从心底为自己少年的轻狂感到羞愧，也为我们这一代人早早接受残酷的斗争教育感到悲哀。

说惧怕父亲，有一件事更加难忘。

那时的贝江，秋天爱涨水。中午水退后，我到江边洗衣服，刚近水边，浸在浑水里的马蹄竹丛就噼里啪啦地发出声响来。靠近去看，见有一截网纲缠在竹蔸上不停地抖动，将网提溜上来，嗬哟，七缠八绕裹了一条大沟虾！我狂喜不已，然而喜悦转瞬即逝，学校是弄不成鱼来吃的。把它拿过河给父亲弄，这念头也只一闪即罢。父亲见到鱼，不知将会怎样发落我呢！我只好将沟虾从破网中抖搂出来，让它重新游到浊浪滚滚的江心去。

那年月，贝江及其各支流小溪，活蹦乱跳的鲶鱼、锦鲤、勾虾多的是，回水潭边按个撮箕下去，提起来就是半箕鱼虾。轻易得，却无人去弄，因为鱼要有油煎煮才好吃，没有油，不管怎么弄也出不来味道。而那时，我们最缺的就是食油。

一个月即将过去，几百号同学混得就像开水焯韭菜，死熟烂熟了。9月底那个星期天回到学校，东良来的梁召清同学见我如见救星，猛喊："你总算来了，等你好久啦！你赶快再过河，去你爸那里搞半把斤猪油来。"梁召清的父亲教我们体育，还兼学校总务主任。周末他父亲回家，必然要撵他回去劳动，这次不知搞什么鬼，竟不回。不回家就邀附近村几个同学，弄了十几捆雷公根，大摇大摆地扛到学校下面那条小溪捶捣。雷公根汁液毒性很大，可以毒死鱼。一条沟二三十斤锦鲤、勾虾全被他们毒翻。但搞不到油，他们要吃鱼就难了。"你爸自己煮吃，不有大把油么！"我说。梁召清很诚恳地道："唷，你装痴，我爸自己煮吃我得舔边么？他像猫防老鼠般防着我。这不，他回家了，米、油、盐，甚至火柴都放进箱子里锁死，鬼敢动他的啊！哎，搞鱼你不参加，出点油总可以吧？"

真是梁老师的崽啊，这个理论我听得耳朵都起茧了！梁老师大概顾及别人小看他自己开小灶，却撵儿子吃食堂，故而每天做完早操课间操，他都要拿我们训话，舞手把脚唾星四溅地大讲特讲"供给派"和"伸手派"的关系，讲"出力有份"和"自食其力"的道理。但是梁老师的崽啊，你又怎么知道我要吃你们的鱼呢？我书包里就带了一瓶辣椒焖鱼仔，我缺鱼么？

召清看出我的心思，就把拉我到食堂。食堂比过年还热闹，几个同学光着膀子，破鱼的破鱼，刷锅的刷锅，砍柴火的砍柴火，整一个叽喳乱忙。他们果然厉害，搞到的勾虾，每一条都比前次贝江涨水我偶遇的那条大多了。我心萌意动，赶紧过河，一口气跑上码头，跑到商店。这是供销社设在这里的店，为新安、云际两个大队"发展经济，保障供给"，由父亲主理。我风风火火跑进店里去，父亲埋头在靠里边的桌子上拨拉算盘。我不敢出声，磨磨蹭蹭地靠在窗子边等他问话。好半晌过去了，父亲才抬起头来，问："你来干什么？嗯？"

"我，我想要点猪油！"我说。

"要来做什么？"

老天！我怎么没想好要应对这个问题？现在，这个问题怎么回答？直说煮鱼吧，那么非但得不到油，可能还挨揍；胡乱编个其他理由吧，只能死得更惨。于是我就徐庶进曹营，一言不发。又过了许久，父亲起身，拿秤，开缸盖，从缸里取出两条咸肉，反复称了几下，再切分成三份，用油纸包好了，说："你拿这三份去，一份给龙老师，一份给雷老师，你那份让雷老师给蒸熟了，留着慢慢吃。你不要只顾着自己，你几个弟妹，他们读书也要用钱的！唉……"父亲还没说完，声音已经发哽，递过纸包一瞬，头就扭到身后。

见我带回的是咸肉不是油，梁召清很气恼，顺手把咸肉丢到案板上："这怎整？这怎整？咸肉能炼出油来吗？"

我说："你们随便整吧，你们的鱼，我不吃！"

那一刻，别说鱼，就是龙肉我也不想吃了。

初中新生活一个月刚过去，学校就接到通知：全体师生开赴永乐大龙潭，参与揽口水利工程大会战。

我的初中生活，以这样一种形式开始了。

七

1975 年秋，神州处处红旗招展，群山沸腾，大小工地更是人来车往，热火朝天。

大龙潭又叫黑龙潭，是一个石山密布的荒野。这里真有一口吓死人的大龙潭，潭水黑幽幽的，丢块石头下去，半天不见回音。时近冬天，早晚两头，潭面上弥漫着涔涔雾气，迷迷蒙蒙一片，几近不见潭水。据说，曾有地质队用尽他们的探绳，依然探不到底。

揽口电排灌站，是融水苗族自治县自主上马的一大工程。大龙潭工地，是揽口排灌站排水主渠道的重要一段，揽口工程竣工后，将一举解决融水、永乐以及和睦等沿线公社所属旱田旱地的灌溉问题，同时还可以开垦出数千亩新的"大寨田"。融水全县党员带头，全民动员，各族人民信心百倍，激情满怀，干劲冲天，誓把河山重安排。大龙潭边狭长的平地上，蜿蜒起伏密密麻麻盖满了工棚，放眼望去，不见头尾。

我很幸运，才吭哧吭哧抬了两天土，就被安排当了报道员，每天在学校的工段上跑跑，写一两篇狗屁不通的表扬稿交指挥部广播站广播。

一天下午，阳光明媚，秋蝉在石山壁上的枯树枝头拼命嘶叫，再过些时日，这世界就不属于它们了，它们得赶紧趁热闹啊。我写完稿子，急匆匆揣起就往指挥部赶，路过老师住的工棚时，我下意识地透过竹篱笆围起的棚壁往里瞅，真是不看还好，一看我就耳热心跳不已，好比偷东西被捉了现场。我看到惊心动魄的一幕：平素不苟言笑的某老师坐在竹子搭成的床边，留长辫子、身材瘦长却很漂亮的高年级那位女同学，则双手环抱老师的腰，歪歪斜斜地躺在他怀里。他们呢喃着说话，老师的手，来来回回梳理着女同学的长发。我屏息敛气赶紧闪开，跑了老远后才发现自己出了一身汗。这老师和我父亲交情好，我一直很敬佩他。这个事，我也始终不敢对任何人说。然而，老师的风流韵事，在男同学中还是很快就传开了。

其后，我与这位老师碰面，总有浑身不自在的感觉。

在工地上，新生得两人共一铺。就那天下半夜，我做了个怪梦，梦中迷迷糊糊搂了同铺的同学，他要挣脱开，我便陡然惊醒，醒了后恨不得一头撞墙死去。

我的生理特征开始变化，喉结尖凸出来，说话声像公鸭叫般难听。我知道，我已经告别小小少年，唱起青春之歌了。

水利工地奋战三个月，我们挥别了难忘的 1975 年，冷风细雨中噼啪作响的红旗，转过来引领我们班师回校。离寒假还有将近一个月，我们一边休整，一边按老师划定的范围读书，准备迎接根本就不着边际的期末考试。

钟声阵阵，通铺、教室、菜地，三点一线，劳动啊劳动，读书啊读书，我们要做又红又专的无产阶级革命事业接班人。一天课间操后刚回到教室，本村同学贾息华就跑来说："你妈来了，在食堂那。"我感觉奇怪，母亲来学校干什么？来了又不找我，却去食堂？贾息华一贯喜欢恶作剧，我盯牢他那满是青春疙瘩的脸，看出他不是搞鬼，于是跑到食堂。原来不只母亲一人，村上三四个伯妈大婶也在，她们不知怎么晓得学校食堂要买菜，就每人挑一担来了。我到的时候，总务主任梁老师正在那居高临下舞手把脚唾星四溅："我这学校不是圩亭，都给你们来摆菜卖啦？嗯？再讲……你看看你看看（他招呼我母亲），你这菜是给人吃的吗？做猪菜都还嫌老了呢！"

怪不得今天课间操梁老师不像以往那样兜着我们训，原来来了更能让他张扬口才的听训对象。

母亲挑的是一担撮箕，"上海青"密密实实地压到了撮箕耳，外层几张菜叶子，确实裂边蔫黄难看。母亲恳求说："那就便宜点吧，学校说要，我们就挑来了。我不要学校给钱，这菜的钱，就顶我仔的菜金还不可以吗？"

母亲，你出我的丑了，你拿菜来这里卖，老师、同学会怎样看我！那一刻，我真的恨死了母亲。我没跟她说半句话，转身就走。

母亲她们挑来的菜，梁老师按三分钱一斤的价都收了。学校食堂账簿上记我交了两块钱，算一个月菜金。

八

某老师和女学生的情事，忽然间就闹大了。

九点半下晚修，我们洗漱闹腾完毕已经 11 点了，到人人酣然入梦甚至梦呓连连时，却常常会怵然惊起。初二年级那一头的楼板，不定什么时候就让木棍、铁锤给擂得"砰砰"响，又听他们班长黄彦雄喊："某某某（某老师的名字），你乱逍遥也要小声点呵，好不好？信不信我敢下去捉你们？"哎哟老天，今晚又将无人入眠！

据说，因为被频频调动，上级新任命的学校革委主任张延秀（人称张大帅）很不爽，加上水利大会战人马倥偬，整个教育系统乱成一团麻，他也就干脆懒得来就任，学校因此就无人操心某老师的烂事。

黄班长本事大，学校不管他管，他将某老师的事捅到大队革委去。大队革委学大寨也腻了，早就想搞搞文化方面的事，能够修理修理某老师，那就不是土老帽啦。哈哈，黄班长聪明，我想困觉你送枕头，有前途！他们策划星期天组织全大队干部群众，开千人大会批斗某老师，连带那位女同学，责令他们老实交代勾搭成奸的详细过程。据说，这个做法，大队革委主任龙有声完全同意，却遭到已经靠边站，威信仍然很高的大队长莫文育激烈反对。他说："你们不要太嘚瑟，要他们当众讲经过，你们想过瘾还是怎的？要斗斗老师还可以，老师乱搞这个，是太坏了，不像话！斗学生不行，学生懂什么？斗她就是出我们的丑。"

星期天的批斗会，我是不可能参加的，家里有无尽的劳动等着我。后来听说，新安大队各村屯仅来了二三十人，批斗大会虎头蛇尾不了了之。

不久，那女同学就退学回家去了。

她回家后我们才知道，原来她家早就把她许给黄班长二哥，因为某老师横出一脚，此事訇然告吹。黄班长二哥想不通，未已便脑筋岔路，见人不管熟否，一概指着对方脑门，笑眯眯道："你这个人，成问题！"

九

但凡热闹过后，总会有安静得令人感到可怕的一阵。

新安中学是融水公社所属最偏远的一所农村初中，服务区域为新安、云际两个大队，因离城镇远，我们生活所需，大多要靠自给。开垦荒地，种粮种菜，花的时间要比在教室听课看书多得多。更可怜的是，教我们的，除了三四个随时可能调走、身份属"革命干部"（地富阶级出身的代名词）的公办老师外，都是吃工分的民办老师。"知识越多越反动""专而不红，等于无用"。报纸上成天宣传这个，课堂上老师也常常宣讲这个。那么，我们究竟来学校干什么？早早投身到阶级斗争、生产斗争和科学实验"三大革命"实践锻炼中去，岂不更好？

1976 年元旦悄然过去，而刊有《人民日报》"元旦社论"的报纸，一个星期后才姗姗到来。1 月 7 日的晚修，班主任覃老师（他是吃工分的民办教师）要我在班上念"元旦社论"——《世上无难事，只要肯登攀》，当念到："教育革命沿着毛主席指引的方向，在斗争中前进，努力把学校改造成无产阶级专政的工具，培养有社会主义觉悟的有文化的劳动者，取得了可喜的成绩"这一段时，覃老师要大家鼓掌，我以为是老师奖赏我念得好，后来才知道，原来老师非常希望学校能"成为无产阶级专政的工具"。这个社论，反复强调阶级斗争，强调继续开展对《水浒传》的评论，说"当前国际形势大好，天下大乱"。以我们的年龄，根本就领会不了这些。

第二天做完课间操，梁老师不像以往那样猛吹哨子，而是很哀伤地低着头，将双臂大幅度张开，再往胸前一拢。那是要我们集队的动作。他声音暗哑地问："你们知道吗？周总理逝世了……"接着，他一字一顿开讲"总理遗言"，讲他对国家前途的忧虑，最后，他哭了。一个操场忧忧戚戚的，就像开追悼会。

到了晚上，我们看到了一个全然不同的梁老师。

晚饭后，黄班长他们那个文艺宣传队在篮球场上张灯结彩，敲锣打鼓，做样板戏开演前的准备。梁老师披一件大氅（长过膝盖的棉大衣），步履迟缓地踱过来，到了支着一盏汽灯的桌子前，他站住了，眯缝着眼睛瞅那嘶嘶作响比电灯还亮堂的汽灯，足足三分钟纹丝不动。忽然，他右臂掀开大氅往上一劈，"啪啦"一声，汽灯倏地腾飞起来，直飞六七米远才着地，"哐啷""哐啷"，玻璃灯罩一路翻滚着爆裂成碎米花。

沸腾的篮球场瞬时死一般寂静。梁老师板着阴黑的脸，一步一顿地踱回一旁的寝室。

不知谁说："周总理死了，他难过。"

黄班长说："又不是他爸死，真成问题！"

他竟然学说了他二哥的谵语。

文艺队的事，留黄班长他们弄，他们在学校的日子不多了。时光无情，他们很快就要毕业离校。而我们，就老老实实地积肥、垦荒，种下老师、同学从家里带来的菜秧，还种了金桔、柑子。更搞笑的是，记不清福建莆田还是什么地方一所中学，种出一个50多斤的特大红薯，老师天天拿这个训导我们，说如果我们种不出，就"只专不红"，就"等于无用"。

学校请来农技员，指导我们拿皮尺丈量，严格按宣传资料上的标准开挖种红薯的坑坑，标准是长和宽2米，深1.5米，坑底要铺垫半米厚的猪粪、鸡粪、草木灰。薯种是县教育局派发下来的，一共10颗。雷树群老师视薯种同命，非由他放进薯坑不可，别人碰都不能碰。

对满腔热情、积极围绕在雷老师身旁搞这类事的那些同学，我十分愕然：都是农家子弟，这种活路难道没做过？怎么这样狂热啊！搞这种玩意时，我常常会躲懒，趁他们不注意溜回大通铺去躺着看小说。周末回家，我都跟村上知青借书看，现在带来的，有《野火春风斗古城》《苦菜花》《创业史》几本，我用牛皮纸给它们做了"衣服"，平时锁在衣箱里，别人是看不到的。借书时，知青们一再交代：书不能转借他人，更不能讲是跟他们借的。我向他们做过保证，我要信守诺言。

这些书，给我打开了一个新世界，如此我看周围，才有诗意。

学校旁边的坡岭，那时全是杜鹃花。春天，我看着它们长出新芽，箭出花蕾，迎风怒放，红猎猎开满一坡一岭。淡淡花香中，我眼前幻化出秦岭、终南山、蛤蟆滩……我将亲临景致与名著里的风景一一对应，这景致于是亲切得含情脉脉。此时的我，也已不再是本我，我获得了超越。

这是何等的写意，何等的幸福啊！

这不长的一段时期，是那样的安静。

十

安静，是轰烈的前夜，是孕育浮华癫狂的包衣。

"谈笑凯歌还。世上无难事，只要肯登攀。"正当我们激情满怀唱着这支谱了曲的词，祝福毛主席他老人家万寿无疆的时候，9月9日晴空一声炸雷，他走了。

学校要扎松门、做花圈，要给所有的柑子树、桔子树、篙竹、杜鹃通通挂满小白花，买尽了供销商店的铁丝、白纸，还不够，又派20多个同学到县城采买。那天，我们几个在教室里扎花圈，周围静悄悄的，剪子剪纸的声音清晰可闻。或许想打破沉闷，班上数学成绩最好的戴兆征脱口说了句："搞这样多，浪费钱。""你怎么这样讲话？难道你对毛主席没有感情？"指导我们扎花圈的粟老师立马丢了剪刀，目光越过老花眼镜边框，盯住戴兆征。"啊，我错了，我错了！"个子矮小的戴同学忙不迭声想自我解脱。

我以为这话说了就算了，没什么大不了的。

谁也料不到，第二天上午，公社武装部长莫连军、文教委办主任吴振芳、新安大队革委主任龙有声一干人等匆匆赶来了，莫部长还带着枪。他们一到，全校集合，随后戴兆征被隔离搜查。老师、班干部在部长、主任的安排下，不仅搜查戴兆征的课桌、书包、床铺、衣箱，还查了全校同学和几个家庭成分高的老师。我们何曾见过这等架势？谁又能有所准备？戴兆征那里搜不出任何问题，反倒我衣箱里那几本小说被搜走了。

很快，戴兆征被责令写悔过书，我则被要求如实写出几本书的来历。

我一反我的胆小怕事习性，声言坚决不写。我们都认为像极了电影《渡江侦察记》里国民党情报处长的雷树群老师，斜起脑袋，眼镜一闪一闪，斯斯文文地跟我说，你不写也可，但总得讲清书是怎么来的吧？我脱口而出：从我父亲那里拿的，他们收购站收的旧书。

这样讲是可以讲得通的，供销社收购站确实收废旧书报，学校的旧报纸就拿去那里卖，我也确实只要有空就过去翻弄父亲他们收来的旧书。但是，父亲记性好得可以吓死人，我拿过几本《联共（布）党史简明教程》之类的书，想瞒下一两本，但是不行，几个月后父亲还点着书名要我把书一一退回。假如他们去找父亲对质，父亲说没有这回事，那我就害了父亲了。

他们果然去了，万万想不到，在我眼里原则问题上一定会大义灭亲的父亲，开口就说这些书确实是他们收来的。我知道，父亲说这些话的时候，心里边肯定恨不得一把将我掐死了才算！

他们还查出，戴兆征出身地主家庭，当然这个不用费力气，入学填表肯定填有。但当戴兆征的祖父镇反时被镇压的情况也被捅出来后，他们"着实震惊"了："原来真的是老子反动儿混蛋啊！"

戴兆征被处以"留校察看"，我则"记大过一次"，写"认识"（检讨书）三次。

我知道，我和戴兆征都完了，保送上高中，铁定不会有我们的份了。"两委"已经放话：就是送你们去，人家也不要啊，还不如把名额给别人！

果然，1977年7月5日公布的保送高中名单，没有戴兆征和我的名字。

审定名单时，父亲求过学校革委主任张延秀，张延秀说最后决定权在大队革委主任龙有声那里。父亲又去找龙有声主任。龙主任说："学校的事，哪轮到我哟！"

其实，名单是他们几个"两委"成员秘密商定的，雷树群老师参加，帮我和戴兆征说了话，但没用。

父亲什么也不再说了，他让湖南来的铁匠老李，专门为我打了把锃亮的锄头。

十一

1977届新安中学毕业的两个班，有新安大队58人，云际大队30人，这一届保送生，将全部进入融水县最高学府融水中学。按百分之七十的保送升学率计，新安中学本届升入高中共62人，由于云际大队革委无权参与最终的保送名单核定，云际大队实际获保送的人数远比新安要少，只有9人！谁说"文革"时期无腐败，这是什么？这就是当年在新安大队"革委"操纵下，学校保送新生方面一个典型腐败案例。

毕竟中国此时新的曙光已经初现，暗箱操作保送上去的新安村籍学生，经融中复核，发现有十几人"根本不能胜任高中阶段学习"，退回。融中要新安上报替补生，新安大队和学校"两委"竟然置之不理！

忍受不了新安大队"革委"的轻慢、凌辱，云际大队有识之士毅然决然"勒紧裤带办自己的初中"，并且"先办一个复读班，让1977年保送不上高中的回来读"。于是，我跟母亲说，我想去复读班试试，争取上高中。母亲甘愿继续忍受繁重的劳动，忍受旁人的风言冷语，给我借足了学费。

我走进初中复读班时，划时代的伟大之举横空出世，邓小平果断地踢开了凭手茧上大学的怪诞，明令全国统一恢复高考。老师告诉我们，中考的恢复，很快就会到来。看到"恶霸地主"子女也能光明正大地上大学，我感到无比的兴奋。我想，只要是考，我一定能考上高中。不过，考试说到底只是一种形式，是一个过程，最根本、最值得欢呼庆幸的，是我们终于赶上了一个真正的、全面开放的读书时代。

愚昧荒唐的岁月，没有桥梁的贝江，将几代优秀儿女无情地撂搁在彼岸，他们胼手胝足，苦苦挣扎，到头来还是家徒四壁，一贫如洗。眼前座座绿油油的山岭流金淌银，但不属于他们；贝江河天天划过一船船山歌酬唱、打情骂俏、挥金如土的盛世旅游，和他们也没有一毛钱关系。他们没有回忆，没有畅想，有的只是"文革"初中毕业生身份和动辄就会引发斗殴纠纷的些许瘦山薄地。贝江滩头走黑道，他们不敢；浪迹天涯去打工，老板不纳。他们上下不讨好，成了这个时代多余的人。他们能够做的，只有固守家园，每日晨昏，在祖传的潮黑小屋里，在落满苍蝇摇摇欲坠的餐桌边，念念有词地掐指数着惊蛰春分清明谷雨24个节气，直到齿发脱尽，沟壑爬满他们脸庞。

圩日我孑然而行，讶然于这一街楼房被薄瓦，被杉木板条不伦不类地装饰出来的苗族民居，耳边不断袭来"美丽贝江""风情苗都"的聒噪。融水什么都缺，唯独不缺杉木板条。融水、四荣、怀宝几个乡镇几乎所有最适宜种植杉木的山地，半个世纪来一直为贝江林场占据。为了一个虚无飘渺的贵族梦，家园对生民的惠酬，最终竟宁与无情风雨摧残，不与可怜苍生；国家拨放的茅草房、泥砖房、低矮房改造专项资金，对于最紧迫需要改造的人家，却就是水中月、镜中花。看着这一栋栋城市富足居民私房不经屋主同意，就被杉木柱条从头到脚密密包裹，我总会不自主地吟诵起白居易的《新乐府》："一丈毯，千两丝。天不知寒人要暖，少夺人衣作地衣。"可是，情况还绝不仅仅止于此，原住民家园的物产，国家财政转移支付的公帑，被不厌其烦地用来打扮那几个麻风景点，最后却也成了几大神仙旅游公司全武行奋起争抢的"唐僧肉"……

恍惚中，人群里突然有个声音高喊我的名字，远瞅近看，却不见一张脸为我所熟。"喊，眼界恁高，不认得我了？真的是相濡以沫，相忘于江湖啦！"我定睛一看："戴兆征！""嗬嗬，我讲嘛，你不是那种人！"

我是哪种人，我不知道。但我知道，如果不是时代的荒诞，聪明的戴兆征不应该是这个样。眼前的他，突出的矮小，突出的羸弱不堪，他应该小我一两岁，然而，他稀疏的头发已然全白，他的外表，超越实际年龄不止 10 岁，而他的家，就在贝江口边上那个曾经被誉为"鱼米之乡"的村庄里啊！

贝江，不就是钱江吗？不就是幸福和富足的代名词么？但为何沿岸的怨愁，总像这一江碧浪，不断，不止，不休……

告别防城港

我曾经豪情万丈，归来却空空的行囊……

——题记

一

曾经，为了难舍的文学梦，我辞了公职，奔向万人瞩目的防城港。

美丽的海滨新城，处处勃发着青春的力量。宽广笔直的迎宾大道纵贯南北，五彩缤纷的高楼耸入云端；一弯湛蓝的海水倒映着黛色山峦，静静的海面泊着艘艘高艟巨舰……尽管如此，港城却并不止步，她像章鱼般，每时每刻都从不同的角度，将强有力的触角伸向浅海滩涂。工地上，塔吊巨臂24小时不停地蠕动，挖掘机、装载机穿梭往来一派繁忙。

这一切的一切，连同那裹满咸腥味的海风，令我痴迷、沉醉、流连。我在心底里感叹——命运惜我，这里将是我一生最美好的归宿了。

二

港城新兴，万端初创，百般艰难。就连这肩负"舆论先行"重任的防城港报社，此时也还没有自己的办公大楼。市委将党校六楼的一层腾空出来，让给报社办公。

社长兼总编辑张世敏先生看了我的作品剪贴本，将我派到副刊部去编"月亮湾"副刊。搞文学，是我的梦想，如今能当上文学编辑，美梦成真，我黯淡的心房，霎时洒满了皎洁的月光。

月亮湾本是港城一处地名，江山半岛将北部湾一部分海面围成一个半圆的月亮，使之成为美丽迷人的风景区，因而也就有了这样一个美丽而富于诗意的名字。用这个地名做报纸副刊名，就很名副其实了。我的办公桌临近南窗，每天早晚，凭窗远眺，见那三三两两勤劳的赶海人在退潮后的滩涂上拾贝捡虾，直觉就是一幅诗意十足、动静结合的水彩画。

然而不久，诗意就离我而去，银色的月光，刹那间被厚重的乌云遮盖。

中秋佳节将至，苍穹中渐成的满月辉映下来，照着的却是这半轮月亮湾。夜幕下的防城港，大街上人迹渺渺，商店早早关了门，熬夜写稿，饥肠辘辘想买包方便面就只能是海中望月。偶尔擦肩而过的零星行人，操着我一个字也听不懂的方言土语。月光将我瘦削的身影拉长，涂抹到不知哪家沉重的门板上，兀然引来一串凄厉的狗叫，由是倍感落寞惶恐。此番南来，形同孤雁，我铁定了心舍弃铁饭碗，狂言"为了与生俱来的奋斗欲、创造欲，为了我的文学梦"，不得不"放弃已经相当熟悉的工作"（所引均为我请辞报告文字），义无反顾，豪气冲天，却将妻儿撂在了千里之外的家乡。每日晨昏，刚上小学的雏儿难道再也不问起他落拓的父亲？

对，儿子是可以不问他这个父亲的，从出生到上学，为父的我给儿子的关爱和快乐，寥寥可数。儿子在这个人世间发出第一声呼喊，我还痴迷在自己的文学美梦中，忽南忽北，与他离多聚少。离别时牵扯出来的思念，到相聚时却又被严父的臭架子取代，这是怎样的一种悲哀？贫穷不是罪过，责任亏欠才是罪过。夜深人静，扪心自问，我亏欠妻儿的，实在可以车载斗量。白居易诗云，"问君何落拓，云仆生草莱"。千里奔驰途中，我曾暗暗发誓，此次南下，定要好好舞动我的笔，干出点名堂，使我的家尽快成为完整、温馨的家。

三

我们这些天南地北望海而来的各路神人，散居在报社租借的几栋民房里。我住的这一栋，就有来自吉林、陕西、甘肃、安徽的几位大侠，分别跑政法、财贸、城建、农业这些行口。他们跑线，早出晚归，有时跑远了，甚至不归，因此我与他们的见面，也仅限于不多的几个星期天。

陕西来的白鹤平，敢讲话，且能言善辩，他臧否报社管理、分配制度，让领导层很是挠头；他还敢帮我们讲话，"让无力者有力"，尽显老陕敦厚仁义之风。我的到来，算是晚了，就只能住在底层一楼，住我楼上的白兄，星期天常常一身休闲服敲门进来，端个搪瓷大茶缸，掀开我床上的垫被一屁股就坐下去，然后天上地下一通胡侃。老白哲学系出身，思路极其严谨缜密，出语成趣，幽默有度。给他茶缸续水时，见那缸壁上满是厚厚的茶垢，我便不禁唏嘘再三。每次离去前，白兄总要拍拍我的床铺，说："这是不能久住的，看看，多潮！"

安徽长江边上来的小夏，直接就跟我说他是不会调过来的。他来此，是"考察考察"边贸好不好做，好做就搞上一两脚，不好做就直接走人，这和办公室赵主任私下给我的介绍，大体相当。

1991 年中越两国关系正常化以来，两国经贸合作发展迅速，广西径直得利，边贸火爆得要热死人。据说报社为数不多的"元老"里，就有好几个百万富翁，上班于他们，不再是为了饭碗，而是为了诗意。

张总不属于元老派，他的到来另有原因。创办好几年了，《防城港报》这张报纸的班子就是搞不成五湖四海，几大派系明争暗斗，致使报纸数度无法正常出版，闹成新闻界特大笑话。几经协调无效，市委只好彻底解散原班子，商调执掌《右江日报》的张总过来接棒。我到时，组织部门正启动程序，对张总进行例行考核。一日早上，张总把我叫进他的办公室，递给我一份"干部履历表"和一叠写有字的稿纸，说："来，你的字不错，帮我个忙，将稿纸的内容填进这个表去。"我的字能好到哪里去呢，我初来乍到，张总就对我信任有加，将这种私密性、保密性都很强的文件交给我填写，我当时是颇为受宠若惊的。张总将空调温度调到最舒服档："你就在这里写，我在隔壁，有人敲门你不必理会。"

翌日，年纪和我相仿的一位"元老"有意无意地踱到我办公桌前，"唉"地叹了口气："一开始我搞不懂，能走的都走了，你却来，而且辞掉公职。原来……"

他的感叹情有可原：此次全国各地来应聘的，均须参加报社的统考，且试用期为一年，唯我免试，且试用期仅四个月。张总明确告诉我，四个月试用期是形式，明年初就可以给我办进编。

编完稿，我就翻阅从资料室小林那里借来的几本《防城港市年鉴》，抄录当地文人墨客资讯，我还给广西区内相识的作家、诗人去函，求他们赐稿，我想尽快建立一支实力强的"月亮湾"副刊作者队伍。

四

新兴的防城港求贤若渴，是人才，在这里就必有用武之地。筹备建市之初，我高中时的两个同学大学一毕业就前来拓荒，现在他们一个位居著名国企副总，一个官至实权部门副处长。他们以自身资证：在防城港干，前程无忧。据说，市里有个文件，属于防城港急需人才的，自己又愿意服务港城，那么就算原单位卡住人事档案不放也无所谓，只要人来就行，防港有关部门可以凭借来者的有效证件，为其重新建档。显然，这里袭用了当年深圳特区的"猎人"办法。

晚霞在北部湾海面上热烈跳动的周末，百无聊赖，遂与老同学余君、蒙君散步看景。到港口，拾级上了一艘正靠港卸货的俄罗斯轮船，又大开一回眼界。这艘巨轮，装载进口尿素，高高的门吊正扬着长长的铁臂，从巨轮的甲板上将尿素抓吊到码头上的卡车里。

上得船来，还未及细看，俄罗斯高大魁梧的海员就吸着烟踱过来，他用英语朝我们问话。这下糟了，那洋话我至多只能听懂其中个别词，正寻思如何开溜，蒙君却极其流利地操起英语与海员侃了起来。这个时候，我才猛然记起蒙君大学念的是外语系。防城港朝国际大都市方向发展，太需要蒙君这样才华横溢的建设者了。

趁他们海聊，我漫步宽阔的甲板上，怅望那海鸥翻飞的地方。

这北部湾的海给我的感觉与我想象中的海截然不同，但具体之不同在哪里，我又分辨不出来。

防城港是中国最优良的港口之一，水静、湾深、淤泥少，巨轮可直接靠近码头。防城港是西南最便捷的出海通道，在这里，随时可看见挂着内蒙古、四川、云南、贵州等外省牌照的大小汽车匆匆来去。几年后，南昆铁路一通车，这里的繁华就更不用说了。

归途中，又见海滩拾贝者。我很浪漫地跟余君、蒙君说，赶在一个假日的早晨，我们也去那滩涂上捡它一回。余君、蒙君笑笑，不置可否。

浪漫的想法很快被现实击得粉碎。我这不争气的身体，迫使我不得不离开防城港再去做一次人生冲浪。先是水土不适导致肠胃功能紊乱，继而防城港的天热使我吃尽苦头，我每天最多只能入睡三小时。港城虽有海风，但那风夹带着咸味，吹在身上腻腻的。我决意以最坚强的毅力挺住，然而我又自问：我能挺得住吗？北回归线最南端的阳光，差不多整日都是直射着。我想，恐怕等不得我做出一点成绩，我的身体便先行垮了下来。更悬乎的是，这些年大量教师涌进港城学校，市区中小学已全部满员，我的妻子要调进城区学校，猴年马月不知数！几番思忖，我决定告别防城港。

五

但是，离开后往哪里走呢？我不知道。故而做出决定后，我又犹豫起来。问天意吧，走和留交给天定。于是我摸出枚硬币，计划分三次将它抛掷到桌面上，只要正面有两次朝上，我就留下，否则离开。至于到哪里去，走着看再说。卜测的结果吓我一跳：连续三次都是反面朝上。天意如此，只能认了！

我匆匆赶到张总在边防站的临时寓所，见报社几个中层正在跟他说事，我刚想退出，张总却让我直说有何事。我说明天我要离开，来道个别。他们一听，个个面露讶色。张总说，报社已经新租一栋民房，过两天我就可以搬过去。一楼潮，住不得，报社的领导懂，这不马上就可解决了。我说不是这个问题，我的问题很多，迫切需要尽快解决。而这些，报社一时半会是难以帮办的。张总沉思良久，说："那好吧，明天报社的车送你到南宁。"

我说不出有多难过，刚刚熟悉了这座城市，熟悉了身边的人，就又要背起行囊。但是，退路已经斩断，前路又在何方呢？我回答不出，只能用"车到山前必有路"来宽慰自己。是夜，我辗转反侧，至天亮无法入眠。

朝霞万道的早晨，北部湾海面上，流金碎银轻轻荡漾。报社的采访车载着我、资料员小林，驶出防城港市。

"有什么感觉?"小林问我。

我说:"你指什么?我最初是为海而来的。"

"那么谈谈海吧!"

"这里的海和我想象的不一样。"

"你印象中的海是杨朔散文里的海吧?那是北方的海,父性的海,汹涌澎湃,力量无穷。而南方的海,是母性的海,温柔并且多情。这么温柔多情的地方,你为什么不留下来?"

我的嗓子眼突然噎住了。是啊,我是热爱生活的,热爱生活的人一定热爱生命,热爱自己的事业。贤者先立业而后成家。我一介庸人,决意先成家后立业,我斩断后路别妇抛雏孤注一掷奔走此方,莫不是为了命中不舍的文学事业,然而现在……

感谢小林,她同样是热爱生活的,她的热爱使她能悟出海的不一样,从而解开我心头的疑惑。一方水土养一方人,我崇尚形象外在的力量,而南方的海却是含蓄的内在的,于是我只好告别了刚刚认识的她,回到我的生我之地。

采访车箭一般飞驰,上了南北公路,港城便远远留在后方。

像海鸥那样飞

一、与儿子 QQ 聊天

教育部出国人员外语培训中心的英语培训可以关注一下，看看是否有合适的时间参加一期——打完这行字，我顺势按下了回车键，这些字符瞬即以几千万分之一秒的速度飞越崇山峻岭、江河湖泊，飞向两千公里外的北京，定格在北京一所著名大学某个房间或教室的另一台电脑屏幕上。

"啾啾"两声响起，电脑屏幕的任务栏上一格红灯闪烁，点开——没有时间，九月份都还要上课。

不放暑假吗？——按回车键。

约莫一分钟，又是两声"啾啾"，点开——你就不要再操心我的学业了我有自己的安排。

玩 QQ，我是笨鸟，好不容易从键盘到屏幕安排好"好的"两个字，对话框里顷刻又刷来——你是不是还要逼我去读个博后！几乎同时，惯性让我按下回车键，"好的"两个字迅即飞了出去，于是这"好的"就成了对对方后一句问话的回答，此时想要再收回来也已不可能了。

我怔在那里，哑然无措。

二、曾经狠逼儿子飞

我一向认为，人是需要承受点压力的。逼迫一个人做点事，这不特殊，也不重要，有时甚至还很有必要。重要的是这种逼迫是否过头了，被逼者能否承受得住？老鹰这样教雏鹰学飞，老鹰将雏鹰携向百丈悬崖之端，然后一翅膀将雏鹰扫下悬崖，雏鹰在垂直坠落的过程中拼命挣扎嘶叫，展翅扑腾，这拼命的挣扎展翅中雏鹰清楚地知道，它必须飞起来，飞不起来就必定粉身碎骨。这种逼迫才惊心动魄，这种逼迫叫做"置之死地而后生"，是雏鹰今后七十几年生命历程的起始。

动植物的生存的法则是一样的，只有逼其强大起来，才可以生存下去。雏鹰一生都要面对的热风冷雨、电闪雷鸣、豺狼虎豹、陷阱杀伐，我们的子女难道就可以不面对？子女的生存，我们血脉的强悍，需要我们对下一代施以适当的逼。儿子四岁那年，我带他到南宁看大世界，在白龙公园逛了一个下午出来，儿子喊累了，要我背。我说还是自己走走好，锻炼锻炼。儿子撅起小嘴赖在那不走。路边正好有捆两米多长的篾片，我扯了一支扬起来唬他："不走就打。"过往游人纷纷侧目，这就叫"知我者谓我心忧，不知我者谓我做秀"了。

高二学校分文理科，我让儿子读文科，他语文、英语明显要优于物理、化学，再说，他读文科，我书架上的书就能继续有用。但儿子执拗于理科，他认为他物理最好。事实上，儿子多年来痴迷的都是他抠下零花钱订的《飞行器》《兵器知识》《船舶与舰艇》《计算机及其外部设备》之类的期刊，我书架上的书，他连翻一下的兴趣都没有。儿子动手能力强，花300多元钱，就能自己捣鼓出商场里标价上千元的山地自行车，家里第一台电脑，也是儿子比照《自己动手装电脑》组装的，性能和速度远超一些品牌机。较劲一个星期，到了学校规定的最后期限，我没办法了，说那就随你吧，只是将来千万不要后悔。但每周，我仍要逼他抄古文，像《送东阳马生序》《黄生借书说》《庖丁解牛》这些我当年背过的，则至少要抄三遍以上。尽管已进理科班的儿子极不情愿，但我的絮叨他是无法抗拒的，最终老老实实地抄了一大本。大学才读一个学期，儿子忽发奇想，说要休学再考文科，向节目主持人方向发展。我知道后哈哈大笑："你这岂不是开国际玩笑啊？当初要你读文你硬要读理，现在生米煮成熟饭你想退堂！你一个学地质勘探的怎么一忽儿心血来潮要上镜？"笑归笑，儿子的忽发奇想我却不得不认真对待，儿子可从来不是说说就罢的主，他是说了就要做的。儿子读小学四年级时，我们一家就住在窑埠古渡边上，担心他独自下河搞水，我没给他买游泳圈，于是他将家里还来不及清理掉的包装盒泡沫板抖搂出来，然后菜刀锤子一齐上，硬是捣鼓了艘救生艇，呼朋唤友扛下河去。等我发觉，七月天里惊出一身冷汗。如今相隔几千里，我只能一天五六条短信轰他，我以我搞新闻数十年的体验陈述利弊，晓以利害，还从网上下载近百篇资料塞到他邮箱里去。这些资料估计他都看了，但不见回音，不见回音我就直接电话劝告、逼迫，他也只是听，不回话，听筒里偶尔传来一声叹息。我使出最后一招，让他给我他们班主任的电话号码。他这才出声："你要这个干嘛？我们不叫班主任的，叫辅导员！"我说那也行。"你总不至于要辅导员找我谈话吧？"我说那讲不定。"兴师动众的，唉，算了，我不惹你了还不行吗？"

　　我们这代人，有很多的不如意，于是就将很多的希冀放到了子女身上，逼迫他们做我们想做而没有做到的，逼迫他们去实现我们没有实现也不可能实现了的梦想；坎坷的人生给我们带来了诸多的阴影，于是在梦想的让渡中，这些阴影也不可逆转地迁移到了子女的心坎上，使得他们本来应当铺满春阳的少年时光，罩上了厚重的雾霾，使得他们本来应当展示青春风采的朗朗笑声，变成了无奈的沉重叹息。他们在不经意的失误带来的惶恐不安中，得到的远不是谅解、宽慰和扶持，而是他们根本无法接受的"不争气"和"垮了的一代"这类斥责。我们这代人就是这样无理、霸蛮和愚蠢。比起逼子女练飞自己先坠崖底飞起来拿命示范的老鹰，我们的可怜不言而喻。

曾经很长一段时间，每天在印刷厂照排室跟夜班录入员校改版面，等着清样出来签完字夜已深沉，在大街的冷寂中狂飙单车回到家，家里只有客厅一盏灯燃着微弱的光等着我。我蹑手蹑脚开门进了儿子卧室，在他床边站定，借窗外透进来的微光默默打量他的睡态。儿子侧着身睡，很安静，连一丝鼻息都听不到，却总要顽皮地把一只脚撑出被子外。我怜惜地摸摸这只脚，轻轻地把它挪进被子里去。我知道，除了我，没有人能保护好他，我肩上的责任，沉重于山。我的这些举动，儿子是不知道的，他只知道他上学时我刚入睡不久，于是他开门关门格外小心，但最后那细微的咔嚓一声，我总还是听得到。

有个星期天我起得算早，可阳台上的阳光比我还早。我扶着栏杆往下看，恰好推着单车去学校补课的儿子也抬头往家看，他看见我，眼睛眯成一条缝，笑了。阳光打在他脸上，柔柔的，荡漾着青春的纯净；两颗虎牙反射着太阳光辉，那笑容由是更加动人。他冲我挥了挥手："拜拜"，偏腿上车，箭一般地飞走了。我没有笑，没有语言，也没有动作，只觉得阳光很晃眼。

我对儿子的逼，除了絮絮叨叨外，便是这无声的暗劲。

三、那个暑假儿子去打工

对儿子，我最不满意的是他事事无所用心全凭兴趣而为，而且性子、动作都慢，与我的急性子比，完全就是两个极端。假期在家，每每凌晨一两点还泡在网上，白天则日上三竿才懒懒散散爬起来。我想治一治他这个毛病，却苦于无计可施，也狠不起心肠。

孰料大一暑假再回来，这毛病只持续一周，情况就有了变化。

晚餐桌上，儿子期期艾艾地说他准备去外边打工，已经找好了地方。我与妻子对视一眼，都觉得不可思议。我问打什么工啊。"这个你们不用管，反正我得自己去挣点学费。"儿子低头扒拉碗里的饭。"还学费呢，路费怕你都挣不了。这样吧，我请你打工，就一大早起床，搞家里卫生，清洁程度到我认可为止，每天 10 元，怎样？"儿子说他从来不看好家族企业。

翌日，儿子果然起了个大早。我一看床头的钟，哎哟，才六点半。他动作很轻，几时出门我竟不知道。

晚上将近 7 点儿子才回来，一脸的疲惫不堪，匆匆吃了他妈给他留的饭菜，冲了凉就进房间睡觉，一连几天都如此。我跟妻子说，到底是打什么工，我总觉得这事有点不对劲，得好好问问。妻子感觉亦然。很快就到周末，妻子叫儿子晚上早点回来，今晚我们加点菜。

儿子真的六点钟到家，但依旧闷闷不语。我提议喝点啤酒。儿子说好。我是没备有啤酒的，赶紧下楼买。一瓶将要见底，儿子说他已经炒了前头那个老板，换了个口，新老板戴副眼镜，斯斯文文的，看来比较实在，中午饭老板是和伙计一起在店里吃的，不像前面那位，说好供应午餐，却打发工仔到大东门那乌七八糟的饭摊吃三块五的所谓快餐；而且脾气还很暴，动不动就骂人。新老板卖布艺玩意，也在五星街那带，生意好，请了五个小工还忙不过来。老板承诺底薪每天 10 元，包中餐，还另有销售提成。此时离儿子开学，也就只有 30 天了。

儿子幽幽地诉说着，我和他妈都不插嘴。我们发现，儿子真的长大了。

此后每晚儿子回到家，总是就先进房间写写算算，还一张张清点着从兜里掏出来那抓花花绿绿和电蚊香片一样大小的硬纸牌。他妈说他是在盘点当天的销售业绩，那些花花绿绿的硬纸牌面值有大有小，是月底销售提成的兑换券。

一天，餐桌上儿子心情很好，他说老板要给他加薪，五人中只他获此殊荣。"前天店里来了对老美，是我接待的，这回老板一脚进账八千多，老板说前所未有。见我能跟老外讲英语，老板更是惊讶。"看着儿子晒黑了的脸，我兴奋得连干了两杯。儿子又说，他没有告诉老板自己还读着书。我正色道："你辞工一定要提前跟老板讲，好让他有准备招人接替。"儿子说这个他懂。

果然，儿子跟老板说将要结束打工时，老板还以为他嫌钱少："再给你每天加五块，怎样？"此前老板还跟他切磋邀他入股合伙干呢，当老板知道他还要回学校时，差点惊跌眼镜。那时候不同于现在，那时柳州大学生假期打工的基本还没有。

三十天儿子赚了一千多块辛苦钱，离家时他买了条红河烟放在我书架上，对我他不说，却告诉了他妈。

儿子读的是工科，矿产资源勘探专业，这个专业很辛苦，于是这个专业两个班八十多人几乎都是男生。但是要读好这个专业却颇不容易，因此从这个专业毕业出来，根本不愁就业。那年，我们一干人赴北京国家教育行政学院受训，每个周末，我从京南大兴出发，倒几次车赶往位于京北海淀的石油勘探开发研究院。儿子此时已签了石勘院的一家石油勘探公司，搞地震波数据处理。这个大院，前身是中国石油大学，建筑布局严谨，掩映在阴阴郁郁的古树间，成群的喜鹊在楼廊、树柯间蹦来跳去，大院就成了热闹喧嚣中一个十分难得的清凉之所。这清凉之所里硕士博士身影憧憧，于是这清凉中包裹了浓郁得化不开的学术韵味。

父子同居一室，和从前一样没有多少话语。但此时的儿子，已经不像在家时睡的那样恬静了。我在熟睡中常常被他窸窸窣窣的起床、开灯、翻书声吵醒过来，到凌晨三四点他总算睡了后，我又会听到他不清楚的梦呓和叹息。

"考研吧你！"天亮了我说。儿子无言。

"还记得那三篇古文么？"我问。

"记得！"

"那你怕什么？"

"我怕什么？"

……

这种对话很累。于是我说，我们去郭沫若故居看看吧！儿子在电脑上查了地图，说好吧！学工科的儿子在北京都五年了，去个名人故居还要查地图，这样看来，他对自己还是有主张的，而且这种主张很对我脾胃。到积水潭，下车徒步，走过几条胡同口，回头竟不见了他，只好站在路边等。几分钟后，儿子赶来："嘿，这边有家老理发店，理次发才八块。好了，以后理发有地方了。"我这才属意地从头到脚打量他，那套读书时穿的衣服松松垮垮挂在单薄的身上，显得尤其搞笑。我说不看什么故居了，我带有钱，去给你买套西装。儿子死活不干。

即使经济再紧张，给儿子买一两套好衣服我还是办得到的。但儿子说不。

当年我逼他抄古文，或许害苦了他。

四、逼儿子考研

从北京回来后，给儿子发信依然是考研、考研、考研。在 QQ 上，我给他灌输："青春短暂。过去了的不能重来，你务必在 30 岁前，将该拿到手的学问学历都拿了！"此后不管传去的文字、句式有何种变化，这个意思大体不变。对此，儿子不置一言可否，有时干脆就直接闪开。到了年底，儿子突然说决定考研了。

我很兴奋，就好像他不是决定考，而是已经考上了。此后一遇到有关的考研资料、经验之谈，我就下载整理，然后一股脑发到他的邮箱里去。

但他给他妈的电话却依然是上班、出差、出差、上班，一忽儿河北唐山，一忽儿川西某地，近的自驾车，远的就空中飞。有一阵，去得最多的是曹妃甸。此间他喜欢上了摄影，而且上手很快，传回来的那些景色都很美。传回来的曹妃甸风光，有一张海鸥飞翔的特写令我感动莫名。一大群海鸥在蓝天里展翅飞翔，朝霞映照在它们灰白色的翅羽上，光彩夺目，那雪白的扇形尾翼，被染成鲜艳欲滴的金红色；海面上碧波荡漾，万顷金光涌向水天相接的远方……

就这样很诗意地去与 150 多万人竞争，有可能获胜吗？我心有怅恨但不能说，怕坏儿子的情绪。网络告诉我，硕士研究生入学考试虽然只有四门卷，但题量大得吓人，不经努力拼搏刻苦钻研，光看完卷就让你缴械投降。单说英语科，不仅题量大，题型还特别的古怪，非考级可比。新东方的老师这样调侃硕士研究生英语考试：

这是世界上最难的考试，因为一个单词如果有 10 种意思的话，它只会考你从来不会留意的最后两个意思。面对这样的考试，如果没有一年半载的充分准备，就算考过了八级也要抓瞎。

果然，这一年工科国家线 A 区英语定死在 36 分，儿子以一分之差被拉了下来。虽然儿子不在家，但这个家那段时间阴云惨淡，暮霭重重。我说话更少，喝酒更多了；不喝酒一句话不说，喝了酒就没完没了地说。妻子被我惹恼了：你这样逼他有意义吗？为什么就要读研？只要身体好，干什么不行？他就是一辈子打工又有什么不好？

是啊，这个世界上哪可能有干这个不行干那个不好的呢？同样是开发资源，找石油的难道就一定比收破烂的高贵？为什么非得逼迫孩子去考试去读书？这身边因读而致贫的例子还少么？这身边大学毕业即失业的例子还少么？世间三百六十行，行行出状元。你笑剃头佬贱，剃头佬笑你漂。这世间是人就平等，你不敬我，我又凭什么尊你！道理大家都懂，安慰别人谁都会。可子女没出息真的落到自己头上，我们又有谁能开怀畅意？

我频频拨打儿子的电话，他不接。我气极，却又无可奈何。我在电脑上将那张海鸥飞翔的照片放大至满屏：儿子，你为什么不像海鸥那样高傲地飞？

五、儿子考取硕士生

儿子终于在一个月后给我发来短信：能给我 8000 元吗？算我借，以后一定还你。我想去北二外进修英语！积水潭胡同口儿子衣着松松垮垮的模样又跳了回来，我心酸楚，立马回复：没有半点问题，十天后给你。

十天内我东挪西借，总算凑够了 8000 块。儿子辞了职，住进北二外学生宿舍。

国家计划内硕士研究生入学考试考四门课程，公共课的政治和外语满分为 100，两门专业课均为 150 分，录取时全国分三区划总分和英语单科两条线，一区（A 区）最高，英语是个硬指标，三区无论哪区，只要英语少一分，总分哪怕第一也无望。除此之外，各校还有大量应届毕业推免生（学校推荐免入学考试），这部分约占招生计划总数的三分之一。每年 150 万考生，能上去的只有 20 万人不到。我劝儿子考二区或者三区，儿子说那还不如不考。

儿子报考 A 区一所大学的海洋地质学专业，这一次，他决定全力以赴。

辞了职到学校里用功，就心无旁骛了，我因此也少了担忧。至于儿子用功程度如何，我们无从知晓。他考完后回家，他妈说这个崽瘦多了。我一看，是瘦了蛮多。

儿子说如果这次还不上他就要去查分，分数不够就查卷。他信心满满。我说你这不会是自我感觉良好吧，去年你也是这样胸有成竹的。他妈骂我你怎么就这样讨厌？

等查询成绩我比儿子还着急，国家公告查分明明还得等一个礼拜，我却每晚都挤进儿子报考那所学校的网站，巴望突然可以提前查分。此间我还溜进该校考研论坛，分享论坛里考生的喜怒哀乐。论坛里揪心的考生很多，分析考卷答案、估测自己分数、预测国家线等等，无所不有。估分低了的，大喊"悲催"，哀叹"杯具了"。有人还做了模型，分析历年来国家线涨跌变化情况，推导出这一年的录取线，事后证明，这个分析非常准确。现在的孩子聪明透顶，岂是"垮了的一代"！

可以查分的一刻到了，儿子、妻子、我齐齐站到书房里的电脑前，儿子输入姓名、考号、身份证号，说："你来点吧！"我推妻子："你来！"妻子推儿子："还是你自己来！"儿子坐下，挪动鼠标，轻轻一点，总分390，英语68分。比对去年，这个成绩无论英语还是总分，都绰绰有余了。我一把将儿子拉起来，紧紧抱住他："儿子，好样的，祝贺你！"我轻轻拍打他的背脊，说："真是难为你了……"

将近两年啊，这几百个日日夜夜是怎样挨过来的，是怎样的欢乐和痛苦，是怎样的憧憬和绝望，是怎样的放下了又捡起，非此中人，绝难想象。儿子知道他不是一个人在战斗，他也因此而坚强地挺了过来。这之中，我的作用微不足道，儿子的老师、同学、朋友，乃至他原单位同事、领导，他们给他出主意、讲方法、解难题、找真题，这种关心和帮助才是直截了当极端给力的啊！儿子在考研论坛里向志愿辅导考生的硕士生师兄求教，尽管用的是网名，还是给我发现了。我发短信给他，说那个叫"老虎"的真是助人为乐。儿子回信：你怎么总是无处不在的哩？

这一年，全国 A 区工科学术型硕士研究生入学国家线英语、政治定在40分，专业课定为60分，总分为300分。各校以一比一点二的比例从高到低通知考生进入复试。也就是说，即使初试成绩很高，复试不合格同样被刷下来。我叮嘱儿子全身心进入复试准备，强化英语口语。儿子二话不说，将五分钟的英语口语自我介绍中文稿拟稿任务交给我，我花了好半天写成发过去。他回信说你这个完全是汉语，英语是不能这样说的。

结果，在进入复试的考生中，儿子复试成绩还是名列前茅。

但很快就有一事让我们纠结起来：国家重视培养专业硕士，专业硕士好就业，学校也动员初试考得好的考生报读专硕，儿子在专硕、学硕两者间颇难取舍，问我怎么办。我问两者间最大的区别在哪里，儿子回复说专硕不可以直博而学硕可以。那你就按原来报考的，读学术型硕士。我这下果断了。

是海鸥，就要在大海上飞。

六、儿子读了博士

一年的基础课专业课后，儿子真的开始飞了。新疆、青海、甘肃、四川……满天飞，考察、取样、做模拟实验……等到我们收到他从疆北邮来的特产时，他人已到了川西。我疑惑不解：海洋地质学的怎么老在内陆转圈？儿子说，地质都是相通的，何况几亿万年前，这些地方也是大海，真到海里去取样或实验，成本高且不说，今天的条件也还不完备。

"你要写点东西啊，研究生不能没有论文吧！"我又逼他了。

几个月后，儿子说完成了一篇论文。我当即让他发到我邮箱："看看能不能在文字上为你把把关！"论文发过来，我一看就傻了眼：这哪是我能对付得了的啊？那一个个专业术语、数据、概念，对我来说简直就如同天书。文字方面，简洁利索、明白畅晓，十足的论文范式，我一个字也动不了。"你这个是自己弄的吗？"看看，我这是怎样一种心态！儿子对此没有任何回应，他的不回应令我无地自容。

这篇论文投向几家核心刊物，不久，桂林理工大学学报就通知说要采用。

这一年，学校研究生院奖励儿子发表论文 2000 元，加上研究生津贴节余和导师发给的酬劳，儿子一下子有了一万多块钱进账。寒假回家，他不容商量地拿一台液晶大屏幕电视将我们用了十几年的乐华彩电打发到房间一个角落里去。

而他身上，还是那套松松垮垮洗得快溶了的衣服。

这一年，我更大的欣慰是，由于学位课程成绩都在优秀层级以上，经学校严格审核、复试，儿子被批准进入博士生阶段培养。之后不久，按照"选拔一流学生、到国外一流的学科专业、师从一流导师"三个"一流"原则，经层层选拔，儿子被国家派往比利时攻读博士学位。

海鸥，迎着风浪展翅飞……

斗马节和变形金刚

与马相识，得追溯到我的童年时代。我现在还依稀记得，工农路（现改回原来的雅儒路）上外婆家的斜对面，有一个专门为拉车的马削蹄钉掌的铺子，这铺子一天到晚叮叮当当，掌柜和伙计忙得不行。按生意行规来看，当时这铺子确实红火得很。

我大约三岁的时候，常常伫立于铺子一旁，看钉马掌的师傅用削薄而锐利的刀片把马蹄的硬甲切掉，然后再将铁掌钉到马蹄上去。那固定铁掌的方形铁钉，足有寸余长，铁锤每敲击一下，马便全身悚动一下。马很痛苦这一印象，那时便深深地烙在我幼小的心灵中。及至上学，我对马的认识进一步加深，也知道了马能通人性，无论搏杀得多么凌乱的沙场上，战马都不会误踏伤员。那年月，除了会哼唱《马儿哟，你慢些走》外，还背熟了韩愈的《马说》。也算此生有幸，我们这代人还看到过奚落老教授解说"马尾巴功能"的电影。

1978 年，我写了章散文诗《马蹄得得》，发表在县里的文学刊物《笙歌》上，在这章散文诗中，我感叹马的辛苦劳作，讴歌马的牺牲精神。我这样写到："你的铁鞋踏破了，肩上的重纤还紧紧勒着，但你依旧在跑。矿碴、卵石，多么尖硬呀，你全然不顾，还是向前。'得得！得得！'在你跑过的大道上，是很大的一片烟尘。但再大的烟尘也休想把你那健美的身形盖过。你说，在你的面前是无障的坦道。你夜间短暂的休息也都站着，是准备随时进击?! 而你对主人的要求顶多莫过是嚼一把粗糠，然后又埋头为人类干着无尽的重活。"

这是我在县刊发表的第二个"文学作品"。

改革开放了，生活逐渐好了起来。每年的 12 月 26 日，在融水大苗山，便有人牵头搞起个据说是民族传统文化的"斗马节"，这节很快就被一帮文化人和一帮赋闲人炒得沸沸扬扬，大街边的宣传橱窗，挂满了县内那些著名摄影家勇气冲天拍下的双马腾空搏击的一刹那。说句大实话，我当时看了图片，颇为佩服摄影艺术家舍身忘我的精神。据说——我这里还是据说，绝未经过考证——大苗山有关方面很有可能要将这个节日"申遗"，而且据说，他们还志在必得。

"申遗"成功，这自然是好事了，较之于融水早在汉唐时代就设州置郡而无灿烂的文化成就，也没有厚重的文化底蕴，这斗马节能"申遗"而且真能成为非物质文化遗产，当然就很令我等兴奋得通体舒泰起来，既然有了骄傲的资本，岂能不自豪乎? 然而很长一段时间里，我都没有光顾过那众人趋之若鹜的场面。一来没有机会，二来我每每认为，举凡热闹得过分的物事，究其实并非真的有什么意义。直到那年，大苗山在县城极隆重地搞起了县庆，其中一项内容便是"斗马"。作为活动全程强迫性的参与者，我自然也就亲眼目睹了一回头脑中极熟稔了的"民族节"。

但是，这亲临其境的耳闻目睹，令我对大苗山这一"传统节日"的印象，从根本上发生了改变。

两匹公马各由其主牵进斗马场中央，另一人则又牵来了一匹母马，在人的驱使下，母马轮流挑逗两匹公马，等到公马性起，又突然将母马牵走，两匹公马狠起性子来，搏斗由此开始。这一刻，摄像机、照相机跟着活跃起来，场外的人也跟着活跃起来，马的撕咬、搏击也就越来越凌厉。远在几十米外的一幢高楼顶上的我已不忍卒看。蓦然，一匹公马在对方凌空奋击下轰然倒地，它挣扎挺动了几下，便再也站不起来了。"哇"，牵着我衣脚躲在我身旁的儿子惊吓得哭出声来，引得周围人一阵笑。

这就是我的同胞们所津津乐道的"传统名节"吗？倘如此，试问这传统节日有多少价值呢？赞之者说此节能激发人的斗志，弘扬民族向上的精神！我的老天，人的斗志能靠马来激发吗？民族向上的精神能靠这"斗马""斗鸡""斗鸟"之类的七斗八斗来弘扬吗？马们本来亲善友好，群睦相处，它们无意于决斗，人却要设法挑起它们决斗，试图从中获取极度的快感，这是幸耶还是不幸？

而我常见我的一些同胞，于休闲状态中一个不服一个地打嘴仗，一个比一个话更损，我就想，这大概与他们热衷操纵的"斗马"之类活动有关。

暑假里带儿子到市里龙潭公园游玩，见到供人骑着照相的德保矮马，四岁的儿子径直跑过去，先用一双小手抚摸马脖子，再摸马的脸，那马也极友善地伸出舌头来舔儿子的手。一种至纯至善的情感油然涌上心头，我急忙举起相机，迅速摄下了这一情景。

这一瞬间，我在心中默默祈祷，祈祷我们的后辈不再像我们这样，以观"斗马"为乐、为雅、抑或为……

之后不久，我一家便调到了柳州，开始远离了斗马这个传统的节日。

长年累月奔波于桂中各地采访，忙得不可开交，我的儿子，在我不经意间长大了。作为父亲，我是愧对他的，我很少甚至可以说几乎没有认认真真像回事地关照他玩过，我烦他的打搅，常常用三言两语打发他，让他独自做他想做的事。

儿子他们这一代，有他们的喜好和玩法。

一天傍晚，我和儿子一前一后相迈进家门，儿子将书包往沙发上一扔，便扯住我，说："爸爸，你和我一起看一下电视吧，动画片的。"儿子是动画片迷，这我知道，我也像大多数孩子的父亲一样，再怎么说也会允许孩子有看动画片的权利，至于孩子怎么看，看了之后有什么感想及受益，大概许多孩子的父亲也和我一样，是不太理会的。我也曾经有过坐在儿子一旁有心无心地看上一两次动画片的时候，但我的"评论"往往让他感到多余，往往就遭到不客气的驱逐。

我欣然接受儿子的邀请，在沙发上坐了下来。可儿子却另外搬来一只小靠椅，双脚踏在靠椅下的横方上，手肘支着膝盖，双手托住两腮，极投入地看起来。我并无心思看画面，好像那是一只老鼠被超人追赶的故事。我全神只在于从侧面打量儿子，看他那双明亮的大眼睛跟着画面上的故事情节忽闪忽闪的，眉尖忽而上扬，忽而紧拧一处，有时还露出挺伤心难过的表情，那是米老鼠被追得无处可逃的时候吧。

整个过程，儿子没有跟我说一句话，我也不敢出声打岔，到了最后，只听他"唉"地叹了一声气，接着没精打采地提起小靠椅放到墙边上去。"怎么啦，今晚的动画片没意思?"我问。"才不呢，你不懂的。什么有意思没意思，那只神通广大的老鼠，为什么就被超人抓住了呢? 真可怜!"

接着他说："要是能帮它一把就好了。"

我问："你怎么才能帮它呢?"

儿子说："你给我买个变形金刚呀，变形金刚厉害呢。"

"你喜欢变形金刚?"我问。

儿子点了点头，但很快又摇摇头，说："上星期我们班上张小三带了个变形金刚到学校玩，另一个同学不小心把他的变形金刚弄坏了，小三非要人家赔30块钱不可。嘿，变形金刚专整坏人，不欺负好人。同学们都说小三的变形金刚是臭变形金刚，大家都不跟小三玩了。"

据说，这演变形金刚的动画片，是从日本"进口"来的，十分粘人，还没多久，国外的这类动画片就风靡了整个中国，孩子们传染似的都要看变形金刚一类的片子。跟着，各式各样、大大小小的变形金刚玩具便充斥了从大城市到小村镇的所有儿童玩具店，甚至大街旁的地摊上也差不多随处可以见到这类玩意，质量好的自然全都是进口来的，以至于心理学家及教育界人士对此颇为忧虑。而我却从这上头看到了日本人的精明，先用最先进、传播广泛的媒体"征服"亿万中国"小皇帝"，接下来便是更实惠更直接的"物质收拾"。如我这般年纪的父亲，谁又没按小家伙们的要求买过一两个变形金刚呢？如我儿子这般年纪的小家伙们，哪个又没拥有一两个甚至更多的变形金刚呢？

现在的小学生似乎都多了门课外作业——写日记（我赞成这个做法），我从儿子每天必交的日记上看到这样一则：

> 十一月五日，今晚我看了电影《崂山道士》，里面有个人能够穿墙而过，很厚很厚的墙他都能够穿过去。我想，要是我们也能够这样就好了……

《聊斋》里的"崂山道士"，确有穿墙而过的本事，那是师父苦熬苦练得来的绝活。想学艺的后生，耐不住那份寂苦，学了皮毛便以为得了真经，回到村里向人吹嘘如何如何了得，结果撞墙撞得头破血流。这卖大碗茶老翁藏在小说中的深奥哲理，三年级以下的少儿是难以领会得到的。但是，我们自己的电影，能使我们的孩子喜欢，并且引发出他们的一些想象，这难道不是一件很值得庆幸的事吗？

第三辑　记忆深处

　　我知道，我的祖母，时刻都在云端上看着我呢，她保佑我，指引我朝着最美好的方向看。她美丽而神秘的故乡，已经从云中走过来了。

云中故乡来

卡玛一座城，在哪里？我们手也摸不着，脚也走不到……

——高尔基《童年》

一

"古时苗人住在广阔的水乡，古时苗人住在水乡边的地方；打从人间出现了魔鬼，苗人不得安居，受难的苗人要从水乡迁走，受难的苗人要从水乡迁去……日月向西走，山河往东行。我们的祖先啊，顺着日落的方向走，跋山涉水来西方……西方万重山，山峰顶着天，好地方就在山那边，好生活就在山那边……

"砍倒这棵枫香树，就变成千样物，变成百样个物神。树茎变成布谷鸟，树根变成个黄鹂，树梢变成脊宇鸟，树叶变成燕子飞，树疙瘩变成蝉儿鸣，树木片变成了鱼种……"

那年 10 月底，我公差抵达贵阳，办完公事，专程拜会了著名苗族学者燕宝先生。在秋阳盈盈的书房里，燕宝先生用苗语吟唱了《苗族古歌》中的几段"跋山涉水"歌和"砍枫香树"歌。燕宝先生略带沙哑的吟唱，将我带回了童年时代，祖母当年坐在火塘边吟哦这些歌谣的情景，又一次浮现在我眼前。

二

　　祖母是贵州人，苗族。小时候，我们兄弟几个除了常常听她喃唱听不懂的苗歌外，偶尔还听她讲她家曾经是"贵族"。她一说这个我们就觉得很好笑，一个目不识丁的苗人老太婆，怎么会是贵族啊！但一直以来，我总感到疑惑：斗大字不识，只知道自己姓汪的祖母，怎么会有"贵族"这个概念，又是怎么懂得这个概念的含义的呢？直到前年端午，我回融水，其间与一位姓何的表叔喝了酒，心中的疑惑才有所开解。

　　祖母祖籍贵州龙里。那里汪氏一族，势力在清末民初委实了得，先黔军各所部，后国民革命军左翼军所辖的四个军中，都有汪氏族人充任军机要务。我祖母的祖父，是当地十分显赫的乡绅，与黔军首领王家烈颇有渊源。而祖母的大伯父汪蔚同，直接就给何氏表叔曾祖父何厚光师长当机要参谋。1938 年，在阻击日军，让国民政府顺利西迁的武汉大会战中，汪蔚同壮烈殉国。祖母的父亲汪蔚贤读过不少书，他为人厚道、精明，并且极其务实。兄弟都出去求职谋官了，他就在家里精心打理祖屋、田产和山林。动荡年代中，大户人家的做法都是变卖不动产，换成金银珠宝以备不测。而我这位曾外祖父，却在辛亥革命的枪炮声中，携银买舟东来，到从江东南面一带买了好几座大山的杉木，然后还将家小全部接过来。曾外祖父这一房，从此在这里安下了家。

　　这些故事，祖母从来没有给我们讲过。何表叔当年参加过大苗山剿匪，其后长期在本县要害部门任职，可谓见多识广。但他所了解的，也仅止如此。至于这个曾经显赫一时的家族是怎样倏然泯失的，因为故事拥有者那一代人已经全部死去，也因为何表叔说的那个地方实在高远，脚是走不到了的，由是我的疑惑，或将成为永远的秘密。

三

现在想来，祖母贵族出身的说法也还有一些蛛丝马迹可证。比如她的第一次婚配就是许给了罗城县一徐姓名门。据说民国时期的徐氏家族，出的尽是文武大员，文官至少出身岭南大学，武官不用讲就是受训于保定陆军学校和广州黄埔军校了。试想，在那个极端讲究门当户对的时代，祖母如果出身低微，能嫁到这样的大户人家来吗？又据说，祖母先头的丈夫，是在国民革命军任上染疾不治的。其后，经人介绍，祖母拖带一儿一女再嫁我祖父。如是，苗裔贵族少妇从锦衣玉食的云端，急剧坠落到了粗茶淡饭、极尽劳苦的社会最底层。

一般地，就我所接触到的苗人看，他们无论读了多少书，也无论远离故土在外生活多少年，他们的口音总是难以改变的。但是，能讲一口地道白苗的祖母，讲汉话时却一丝苗话口音也不带。不少苗人，特别是妇女，到了老年，是非要穿苗族服装不可的。但我的祖母，却没有这个偏好。家中来客，如果不是亲眼看到她同我父亲讲苗话，那就根本不知道她是苗人。有意思的是，耳濡目染，我们几个她一手拉扯大的兄弟，小时也都能听懂会说几句正宗贵州白苗。

祖母信佛，这在苗族里似乎有点不可思议。虽然祖母不尽食素，但有一些忌讳在她那里还是绝对不可动摇的。比如泥鳅、黄鳝、塘角鱼这类她认为没有鳞甲的鱼，再比如猫、狗这类她认为通人性的头牲，以及那些病死或不明死因的禽畜，她是坚决不吃的。非但她自己不吃，也不允许我们吃。我曾几次气急败坏地看着她佝偻着背脊蹒跚跚将我忙碌一天从河沟里捞回来的泥鳅、斑鱼、塘角鱼端到河边倒到河里去，也曾几次看到她把家里那些死鸡死鸭死兔死狗埋到屋头的柚子树下。

小时候，我们兄弟不止一次恶作剧般问祖母："你的老家在哪里呀?"祖母说:"贵州。""贵州那样大的,到底在哪里?"祖母很认真地讲了一个地名,用的是苗语,她可能是无法把那个地名翻译成汉语。我们就异口同声地拖长腔调问:"哪——里——呀?"祖母知道我们又调皮了,举起巴掌做出要惩罚我们的样子,却还是皱着一脸笑纹,用苗话嗔道:"星邦勿!"(意思是:鬼打你们。)

信佛的祖母慈悲为怀,她的善良慈爱远近闻名。小时候,隔三差五我们就见到一些穿着苗服的男女老少背着米袋,挂着打狗棍满脸尘垢进村来乞讨。他们每次刚到村口,就有村人一路小跑着呼喊:"赍米人来了,赍米人来了!"然后就是一家跟着一家哐哐当当的关门声依次传来。我们兄弟条件反射也要关门,此时若祖母在,我们就会受到呵斥。门不仅不许关,祖母还将一干苗人延进家来,木薯饭红薯饭或者兑水饭,先管个饱。米缸里如果还有米,那就先全装进他们的米袋再说。从"赍米人"的叙述中,祖母得知他们是遭火灾受难了。苗寨房子全是木楼,廊连瓦接,一家失火,全寨遭殃。政府救助有限,他们就只能自己出来讨要了。

这个时候,如果细心,就会看到祖母很不明显的一丝惆怅。她望着远而高的绵绵山峦喃喃自语:"天不求地天会亮,人不求人自古难。"

四

在中国少数民族中,苗族是一个奇特而又神秘的民族。直到现在,桂北一带还流传着这样的说法:"汉族住平地,侗族住水边,苗族住山坡而瑶族住树上。"

这看似简单的"住山坡",宣示着苗民饱蘸血泪的苦难和仇恨。

我曾对融水苗族的根源做过一番研究。研究使我发现,这个"山坡上"的民族,它的历史其实就是一部长途奔驰,躲难逃命的血海深仇史。

　　进入农业社会以后，苗民的祖先九黎部落集团在黄河下游和长江下游之间的淮河平原生息繁衍。自然条件的优越，再加上勤劳和聪明，淮河平原一带很快富裕起来，于是，为争夺资源和财产的战争不可避免地就在这一带爆发了。据史书记载和民间传说，大约四千年前，以蚩尤为首的九黎部落集团与黄帝领导的华夏部落集团先后进行三次大战，其目的就是为了守卫和夺取这块富庶之地。最后，这场旷日持久的"中原逐鹿"以蚩尤战败被杀，余部纷纷逃窜而告终。残余的蚩尤部落逃到长江中下游，他们在那里建立了一个新的部落——三苗集团。这是苗族的第一次奔逃。

　　长江中下游平原并不逊于淮河平原，苗族很快又发达起来。自尧开始，以尧、舜、禹为首的华夏集团，踵肩相接地问鼎长江三角平原，频频向三苗发起进攻，"窜三苗于三危"。经尧、舜、禹三代的不断"讨伐"，三苗部落集团瓦解，残余部落被迫迁入鄱阳、洞庭两湖以南江西、湖南的千山万壑之中，被蔑称为"南蛮""荆蛮"或"荆楚"。这是苗族历史上的第二次迁徙。

　　苗族不愧是一个伟大而又坚忍不拔的民族。他们从富庶的平原被迫迁徙到贫瘠的山区后，一切从头再来，脚踏实地地改变着自己的生活，经济很快繁荣发展了。但是，命运并不格外垂青这个民族，福祉也不永远与之相伴。春秋战国这 549 年当中，"五霸""七雄"连年挥戈，战事不断。"春秋各国，大小战争凡 213 次；战国大小战争 220 次"。兵连祸结，苗民首当其冲。还在楚国强盛时期，就有部分苗民为避战乱，扶老携幼逃入人烟稀少的武陵山区（被蔑称为"五陵蛮"——笔者注）。秦灭楚后，苗民大量往西南迁逃。"秦代吞巴并蜀来楚，于是川、湘、鄂诸蛮，相率避入深山穷谷之中，与鸟兽处而不肯投降。但他们依然在艰苦的环境中，继续其族类的繁殖。"（《中国史纲·第一卷史前史、殷周史》，翦伯赞著）"至西汉之初，川、黔、湘、鄂一带的山溪江谷间，已经布满了南蛮之族（被蔑称为五溪蛮）。"这第三次大迁徙，已经注定了这个可怜的民族将永远被固定在"山坡上"。这次大逃难中,有一部分苗族人沿巫水进入广西融县(今融水苗族自治县中、北部)、三江等地。

秦汉至宋,封建王朝继续对"武陵蛮""五溪蛮"用武,迫使苗族再度西徙,大部分苗民进入了贵州、云南、四川。这是苗族历史上第四次大迁徙。

元、明、清时期,由于战乱,苗族再一次大规模向西、向南迁逃,经由云南、广西进入越南、老挝和泰国。这是苗族历史上第五次整体大逃亡。

这个善良、勤劳、充满智慧的民族,在自己祖国大地上不停地奔逐逃命,把它一路上的形迹摹写下来,就是一个逼真的问号再加上一个逼真的感叹号!

五

再嫁我祖父的祖母,告别了衣食无忧的生活,开始了山野粗人的艰苦打拼。

我祖父在我的曾祖父母相继过世后,一副肩膀支撑个脑袋扑棱进到云际大山里闯荡。据说,娶我祖母时,他已经在大山水源丰沛处开垦出三四亩薄田,还种下近百亩杉树。祖母来了后,他们节衣缩食再接再厉,开辟出20多亩梯田,拥有了三四百亩杉木山场,还圈养了8头水牛和20多头黄牛。他们积攒财富的速度,令远在十几里外县城里的大地主叶长发都感到惊讶。叶长发专门嘱咐在西江为他看管田产的韦子香请祖父下山做客,并要他善待祖父一家。县城一些有钱人,甚至不惜放低身份来认祖父母做亲戚。"贫居闹市无人问,富在深山有远亲。"《增广贤文》讲的,看来就是这个!因有祖德,及至我在县城念高中,饿极了只要麻痹起脸皮,总可以到这些大舅姑妈家蹭一两顿好饭。

或许是祖母念佛吃斋带来的福,拥有这样一份财产的人家,到后来划成分时，我们家竟然给划了贫农。

四野部队进大苗山剿匪，全副武装带队的就是我前面提到的何表叔。不知是何表叔做工作还是祖母大慈大悲，佛心大发，反正那几十头黄牛水牛，绝大部分奉献给了部队。如此一来，尽管有人对划我们家成分有异议，但那时就是给他们一万个牛胆，他们也绝不敢开口说大军做事乱来。

小时候常听祖母念叨："近河不可乱用水，靠山不可枉烧柴！"当时我不明其意，现在想来，它反映了祖母极强的节俭意识。正因为节俭，祖父母一家后来在共产党政府安排下山就近落户时，给这个村带了一份连小财主都垂涎不已的厚礼。我十几岁时，村里谁家要盖房子，经生产队批准上山砍木头，尾径小于 30 厘米，一般是连看也不看的。做立柱的杉木，我们小孩要三个人才能合抱得过来。

好报却不能持恒。在云际大山脚下这个村子里，祖父很不习惯地经历了互助组、合作社和人民公社洒向江天的热风暴雨。看到他余下的那些的牛被合拢起来圈到互助组牛棚里养，然后给公社食堂一天一头杀掉搞"加菜"，他两眼含泪喃到"这样做怕不成"；看到他的杉树一棵一棵地被砍来搭牛棚、炼钢铁、当柴火煮大锅饭，他两眼喷火喊道"这样做没道理"。直到后来，身高一米八几的祖父扛不住饿，囫囵咽下一堆堆野蕨根、薯凉块，终于全身浮肿卧床不起并很快死去，人们好像才明白祖父"怕不成"和"没道理"的善意苦心。所以此后，尽管山外边的斗私批修如火如荼，云际大山下的几个村子，农闲时积极开垦种菜种杂粮的自留地却无人干预。

身体单薄的祖母，60 多岁脱离生产队后，每天肩扛锄头腰挂柴刀到沟冲里拾掇自留地，种下竹子、洋芋及各种时鲜瓜果菜蔬。一年四季除了肉食难得一见外，素炒漂白笋、米汤煮大芥菜、灶烧青椒蘸芋头、手抓酸菜撒芝麻、木薯粉蒸糙米饭之类，一日三餐，还能供应。

也正因为这样，当苦大仇深的老农，动不动开口就是吃糠咽菜唉声叹气地给我们做忆苦思甜报告时，我总是忍不住笑出声来。因为这种苦根本不用回忆，我们现时吃的也差不多。记得有位老农说着说着就爆出个令我们垂涎欲滴的情节来。他说："同学们呀，你们生在红旗底下，长在蜜罐里头，就不晓得万恶的旧社会地主老财有多坏啦！逢年过节，他家杀鸡杀鸭，一家人把好吃好喝大补特补的汤喝了，丢下那些难啃死的全鸡全鸭给我们长工吃……"他义愤填膺控诉，我们却反向骚动起来。主席台上领导面面相觑，不知所措。亏得"革委主任"情急生智，振臂高呼："不忘阶级苦，牢记血泪仇！"突如其来的口号声，巧妙地遮掩了主持人极度的尴尬。

本国老农的忆苦思甜教育不了我们，那就请国外的来。1973年，鸭绿江对岸三千里锦绣河山著名电影《卖花姑娘》来了，生产队分批发票，让全村人轮流到县城电影院去接受阶级教育。一个在旧社会受尽残酷剥削和压迫的老农扬言，看这个电影至少要带三条手巾，不然后面的眼泪没有得抹。"老财主毒打我半死我没流一滴眼泪，看这个电影我从头哭到尾！"他还说他哭得气喘不过，连电影讲什么都不晓得。

父亲让我们兄弟和祖母一大早赶到拉利码头。他弄了一艘小船，要从贝江水路送我们去县城。这一次，我们兄弟是电影还没放映就哭得一塌糊涂了。

大热的天，老旧的电影院门口排了长长两列队，等出口那边两列队缓缓走出清完场才能进去。我不耐烦地看到，出来的队伍里除上了年纪的妇女似乎眼眶红红哭过外，年轻人都你推我搡地打情骂俏。背着步枪维持秩序的民兵想管管他们，可能惮于对方人多势众而不了了之。

好不容易进了检票门，领着我们到电影院的几个县城干表弟妹止步门外，很老道地嘱咐："把飞（票）撕烂，免得等下搞丢了让别人捡到不好办。"兄弟仨照办，记好座号，把票撕了丢掉，进了屋里找好座位坐下。

正片放映前，是新闻简报，内容记不清楚了，片头的"八一"五角星伴随着雄壮的背景音乐不断地喷射着光芒却煞是好看。就在这时，一束晃动的手电光柱领着三个人朝我们这边走来，光柱很快晃到我们婆孙脸上："票呢？"

"撕了。"我说。

"撕了在哪？"

"丢了！"我们兄弟还坐着不动。

"哼，丢了。你怎么不说是吃下肚去了？"说话间，手电男一把将我从座位上拎了起来，拽到过道边上去。两个撕了票的弟弟也被喝令过来。好在祖母的票没撕没丢，她将票和一些零碎钱放在一起，用布巾一层层包裹得好好的。见这样子，祖母也过来了，跟手电男，还有手电男惊动来的影院领导讲情况。她讲得啰里啰唆，更多的是埋怨我们顽皮不懂事。她这样非但换不来手电男的同情开恩，反而惹得他想把我们兄弟从侧门赶出去。三弟见手电男一脸凶神恶煞，哭了。我觉得委屈，也哭了。于是三兄弟一起号啕大哭起来。领导见状，跟手电男一番耳语，最后决定允许我们站在过道观影。

三伏天里，几把吊扇挂在高高的顶棚上要死不活地转悠，挤满人的影院燠热无比，发给观众准备擦泪的手帕，现在全变成了纳凉的扇子翩翩挥舞着。过道侧门因有重帘遮光，门敞着，微风徐徐吹来，我们兄弟不觉得热，还可以自由走动，很是惬意。而经过"新闻简报"时那轮嚎啕，卖花姑娘母女的苦难，已经煽动不出我们的泪水了。

那三个心安理得坐我们座位的，直到银幕快要映出"再见"二字，才发现他们是看下一场的。手电男向我们道歉，我恨恨地骂他："你妈的！"

有意思的是，六年后，已在县中学读高中的我，由班主任、语文老师梁柯林力荐，成了当时县委宣传部影评组唯一一名学生影评员。电影院放映新片，影评员是首批免费观众。在电影院开工作会那天，我和手电男又一次聚首。他显然已经不认识我了，但我却牢牢记得他。至此知道他也姓韦，已升任影院搞宣传的负责人。会后我跟他提起1973年那件事，他茫然，真的是所有记忆都荡然无存了。他朗然一笑："嗬，我处理这种事真的多得打堆了，哪还记得了啊！对不起了，老弟！"他在我瘦削的肩头上用力拍了一巴掌，似乎他这一巴掌，就可以将我当年的屈辱拍散了。

在县城，祖母的几个干亲戚不住地恳求我们多住几天。于是我们在这些亲戚家轮流着住了一个星期。从那以后，祖母就再也没有到过县城。

六

烦闷的时候，祖母常常会用低沉的调子幽幽然然吟哦一些老苗歌，后来我知道，那是她那个民族口口相传，赫赫有名的《苗族古歌》。我曾恳请燕宝先生用苗语两次唱其中的"砍枫香树"部分，最后我确认，这是祖母当年喃唱得最多的一支苗族歌谣。

1966年，大苗山苗族自治县更名为融水苗族自治县，此后两年里，政府对全县人口布局进行微调，洞头、安太等几个乡陆续有苗族移民被安置到西江村六笛沟里生活。

六笛沟是西江村北面云迹山脚下一个大冲沟，有五六十亩冷水薄瘠田，新中国成立前由佃户耕种，新中国成立后基本搁置留荒没人管。至20世纪60年代中期，六笛沟还是一个原始森林密布、四处阴阴沉沉、虎豹豺狼肆意出没之地。政府安置苗族同胞到此生活，西江村很为他们能否在这凶险的环境里坚持下去表示担忧。但苗人就是苗人，他们节衣缩食，起早贪黑，勤恳地刈除、焚烧田地里的野草、杂树，夯实田垄，将一筐又一筐的草木灰倾倒到深水烂涩田里，冷水田于是被改造成暖水田。同时，他们还积极地将一些山地开垦成畲田。到70年代初，六笛沟的田亩产量，竟奇迹般地达到甚至超过了沟外田亩的水平。

从元宝山麓迁来的这些苗人，初时连汉语都说不好，壮话对他们来讲，就更加好比老鸦聒噪难听难闻。反过来，西江壮人对这些着装、言语都令他们讶然的苗人，也分外感到神秘莫测难以接近。于是，祖母就成了西江村壮人和六笛沟苗族移民友好往来、沟通的民间大使。那些年，经祖母撮合，西江村不少人家的孩子跟移民苗人的孩子打起了"同年"（像兄弟一样亲的朋友）。苗人钻沟砍山猎获獐子、羚羊、穿山甲，总会通过祖母邀上"同年"家亲友好几十人进沟去喝几杯"热闹热闹"。好客的西江壮人，逢年过节也没少请苗族同年爸、同年崽出沟来欢聚。

那些年，西江人和移民之间，小矛盾不是没有，但双方都能宽宏大量，及时化解，总体上都还和和睦睦，亲密得像塘角鱼捞堆一样。西江村个别人责任心不强，轮到他牧牛，将牛赶出村口就转身去做自家活路，浪牛就跑进六笛沟的稻田、菜园，糟蹋庄稼。苗人胆小，一次二次也就算了，次数一多，苗人自然气不过，就来找祖母，要她帮忙理论。他们在火塘边跟祖母如此这般说完，祖母就给他们唱《砍枫香树》歌，来人边听边跟着吟唱，最后心满意足打道回府。

当然，西江村这边，祖母也会登门。她跟当事人说："他叔耶，下次轮到你放牛，你忙，就跟我讲一声，我在山脚做菜园，也搁意帮你看看嘛！"当事人一般都会连声称谢："不用，不用，下次我注意就是啦！四婆，多谢啊！"

我对燕宝先生翻译整理的《苗族古歌》尤为注意，知道"砍枫香树"歌的大意是：枫香树栽在寨子鱼塘边上，鹭鸶和白鹤都来树上栖息，它们饿了，就偷吃鱼塘里的鱼，而养鱼的人认为是住在离枫香树不远处一对男女所偷，于是发生争执。后来经过理老评判，把枫香树砍了。枫香树被砍倒后，树茎变成布谷鸟，树根变成黄鹂，树梢变成脊宇鸟，树叶变成燕子飞，树疙瘩变成蝉儿鸣，树木片变成了鱼种……

原来，这歌在苗人那里，有调处纠纷，安抚受委屈方积极向前看的作用。

祖母唱这歌的调子，我是不会忘记的。

七

祖母最爱念叨的一句民谚是："娘想仔，长江水；仔想娘，扁挑头。"我发现，她念叨这个的时候，就是我父亲又长时间没回来看她了。

那时，父亲在离家 10 多里外的县糖烟酒公司当差，一年半载难得回家一次。于是，祖母就常常埋怨他。而对我们兄弟来说，却巴不得他永远不回来，这样我们就很自由很畅快了。小时候，我们确实调皮捣蛋。和村里伙伴有纷争，我们兄弟能团结一致"同仇敌忾"。如果我们当中的一个被对方打倒在地，那么对方兄弟中的另一个想跑是跑不了的；如果很不巧我们中的一个单独在某地方受了欺负，那么不出三天，这个"仇"是一定要报的。

祖母为我们担忧，呵斥得了这个管不了那个。她很怕我们吃亏。但最终，我们还是把亏吃大了。

不管时间过了多久，也不管是我们犯事还是人家欺负我们，只要我们出手打了架，那么父亲回来我们所受到的惩罚铁定要增加一倍。责骂、鞭打、罚跪、饿饭，这些都还是平常的，最厉害的是"吊半边猪"——吊起来鞭打。摸清楚了这个路数，个别年长点的小伙伴就会在父亲面前添油加醋，甚至编造事实告我们的状，他们的目的，无非是想看我们兄弟遭受皮肉之苦。我曾警告过一位邻居仁兄："如果你再这样搞，不管你告的是我还是老二老三，你试试看吧，你的鸡呀鸭的等下就会全死光光！"

那时，每当父亲暴跳如雷要动大刑时，我们心里必定祷告在地里干活的祖母快快回家。父亲畏惧祖母，祖母在家我们就阿弥陀佛了。在父亲这一支脉系里，他是独苗。祖母说父亲从小就得到千容万忍的优待："八岁给他抽烟，12 岁让他喝酒。你公装套猎获山猪野兔，把好肉腊了尽留他吃。讲他一句不好的话，你公要骂人一夜晚！""你们几个调皮是调皮了，搞鬼是搞鬼了，那也是鬼打的他们先惹事。你爸想打你们，哼，不行！"

　　一次，二弟被怀疑偷了学校一本连环画。父亲回家听说了这个事，拿起棕绳二话不说就将二弟一只手一只脚绑了起来，绳子飞过屋梁，整个人侧着身子被悬在半空中，这就叫"吊半边猪"。正当我们哆哆嗦嗦寒战不已时，祖母气喘吁吁地跑上楼来——原来小伙伴中还有识事体的，他急奔菜园唤回了祖母。祖母要解开父亲拴在房门扣手上的绳索，父亲刚说句"哪个来救都没有用"，就挨了祖母一巴掌。二弟获解救后，好半晌才抱着祖母大放悲声。

　　祖母担心二弟被吓得丢了魂，到了下午，便在楼上举行她隆重的"招魂"仪式。她在楼角对着云际山古庙方向摆好方桌，嘱我给两盏高脚佛灯灯盘添满她长年备着的桐油，端上桌摆正位子点燃，又协助她取来香纸蜡烛，以及柚子柑橘等供品，一例摆好，然后她洗手净脸，翻出藏在箱子底的白色粗布小沙弥衣，令我们一一穿上。接着她在前，我们兄弟在后，跟她一齐跪下，先伏地磕头三次，之后闭目闻香息念向心，听她念念有词一连串的喃喃祈祷。整个仪式，庄严肃穆，持续约一个多钟头。平时，我们若遇到溺水获救、大病不死，这个仪式就要举行。招过魂后，当晚黄昏，牛羊归圈，着事的那位还要由手持捞绞（一种用麻绳或胶线织成的圆锥形网兜，有竹木手柄相连接，用于捕捞鱼虾的器具）的祖母领着，到村巷里左捞捞右捞捞。祖母压低嗓门呼唤："（着事者名号）的魂啊，快快回来呀！"

　　这最后一关叫"捞魂"。

　　这些仪式，是在极其秘密的状态下进行的，因此对我们兄弟来说，就觉得十分的神秘，仪式过后，三五天内都不敢大声说话。

父亲不惩罚我们，难道还要为我们伸张正义么？父亲一向坚持"有过责已，"一向认为"打"能够把"走斜路的"打回到正路上来，所以他打我们的时候，下手都很重。这种情况下，如果没有我们亲爱的祖母，后果那是真的不敢设想了。

八

年迈的祖母还得经营她开垦的自留地。她在山坡上、冲沟里开垦出一畦畦菜地，种上红薯、芋头或竹笋。她一天到晚整理着她的"作品"，锄草、施肥、浇水。有时我们埋怨她不好好在家做饭，害得我们天天夜里 10 点钟才吃上饭。祖母说："夜饭夜饭，不晚点还叫夜饭？"

秋天来了，祖母一背篓一背篓地背回她辛劳的成果。落日的余晖，在她花白的头顶上闪烁。

但杂粮毕竟是杂粮，我们还是饥饿无比。一个星期天中午，我从山上扛柴火回来，揭开锅盖，见锅底仅存两勺子锅巴，便加水将它们洇湿，然后很仔细地揭开出来焙炒。快弄好时，祖母蹒跚到灶台前，眯缝着眼睛探望。说："好香的，你煮什么？"我不情愿地盛了一小半给她。祖母很快就吃完了，说："很好吃，还有吗？"我没好气地用锅铲把锅头弄得很响："有，有，大把多呢！"

祖母默默地走到案板旁，放下碗，什么也不说了。

不上学的日子里，我就得上山打柴，每天至少要找回来两担柴火。那天在瀑布冲沟里砍柴，我发现一株立着的野柿已经干枯，心情一下子好极了，三下五除二便放倒了它。树是砍倒了，岂知这立着干死了的野柿子异常沉重，我一个人根本扛不动它。把枝柯修下来，凑够一挑回家，跟祖母说我碰到一棵上好的干柴。祖母听了也很高兴，说我跟你去抬它回家。把柿树搬挪到冲沟口后，祖母在前我在后，一声"起"，柿树就给抬了起来。婆孙俩抬那硬重的野柿树走在细窄的田埂上，那真是一幅令人感动的图画。开始我还觉得不是很负重，没多久就感到越来越沉，将要走完田埂路时，我再也坚持不住了，突地就把我这一头扔下来，祖母猝不及防，猛然被柿树拽到田埂下。恰好寨上一大叔路过，见状厉声呵斥我不懂事，撂木头不跟婆讲声，这不是要害死老人吗？

所幸田埂不算太高，其下又是密实的蒿草，祖母只受了惊吓，并无大碍。

伴随后面三个弟妹相继出生、长大，祖母也迈进了高龄，此时她即使下地，也干不了重活了，我们这个家，陷入了极端困难的境地，"木薯粉蒸糙米饭"，已成了传说，隔三差五断炊，却成了常事。我们三个大的读书住校，周末回家要粮食，看到米缸仅存两三筒米，只好空手返校。十几里的路上，我们思量的就是如何向总务处主任交代"暂时"交不了粮食的缘由。中学时代，学校总务主任比所有老师都熟悉我们兄弟以及我们的家境。

我们兄弟在饥饿中长大，祖母在饥饿中垂垂老矣。

九

1978 年我考上了高中。那年考上县中的，全大队就我一个。其时，祖母尽管已经 77 岁，但她的头脑还很清楚，逢人必说："我的大孙到县里去读书了，他是状元啊！"每次星期天离家返校，她总要佝偻着背脊，坚持从寨顶上的家送我到寨子底下的路口，再目送我走出她的视线。

从没喊过苦和累的祖母晚年常常这样唤我："仔，来，给我捶捶背，这不争气的腰怎么这样酸胀的！"我就挪张凳子，一边手拿本书卷着看，一边手攥成拳头，漫不经心地给她捶。祖母于是很气恼："做事不能三心二意的，三心二意想做得成大事？"我抛开书本，说：

"那讲好了啊,捶 20 下。""40!"于是,我大声数数,两只拳头急促用力捶着。此等捶背,受之者何其苦也!然而祖母却说:"好,好,好受多了!竹山底那蔸大头竹好久没去看了,说不定有好多笋呢,明早我去看看。"

历史课老师给我们讲昏庸的晋惠帝司马衷"何不食肉糜"的故事,我印象分外深刻。

那年头,不光我们兄弟,同学们差不多个个都像饿鬼。我们肚里没有一星半点油水,食堂天天大白菜,清水煮熟后,淋一小瓢花生油撒半斤盐巴搅拌,盖在四两米饭上,就是我们一餐的伙食。那碗饭三扒两口下肚,快得就像直接倒进去,一个钟头还没过,肚子就又叽里呱啦闹起革命来。每晚自修的下半节,我们的心思早已不在教室,大家心里祈求下晚修的铃声快点响起,好跑到宿舍后边的松树林里占个位置,将从家里带来的红薯、木薯、芋头等弄熟了,让肚子不再叽咕叽咕然后多做几个美梦。

我们热切盼望着月底的到来。学校月底盘点我们交的菜金,倘有结余,那就给我们加菜。也就是说,只有到月底,我们才有可能吃上一次肉。尽管全是肥膘肉,每人也不过十来小片,但大锅水熬熟后,炊事员加酱油、豆腐乳一卤,那个肉香就喷发而出,百米之外都闻得到。我们领到加菜,很小心、很神圣地捧回宿舍,先把肉汤滤到米饭里拌匀,然后一小口一小口慢慢享用小碗里的肉片,细细感受它的肥腻和醇香。我舍不得一次把它吃掉,总要留一半到第二天中午。这样,其他同学加一次菜,我则加了两次。当然,每次加菜,食堂总会有剩余的,还想吃,那得拿钱买,一碗两角。家境宽裕的同学,就有连买四五份并一餐搞完的。

有次月底加菜,正好是星期五,我犹豫了很久,最后决定拿出两角钱来买一份。第二天中午放学,我将加菜倒进饭盒里,匆匆赶回家。当晚,祖母见桌上有肉,惊讶地连问今天是过什么节。她吃了一块,说:"城里的大师傅就是有本事,猪肉煮的这样好吃。"这个加菜，花了我两天四餐的菜票。而在祖母，也是唯——一次吃上我给她买的猪肉。

十

这个时候，一股凛冽的阴风，正悄然向我们家袭来。

1980 年盛行的家庭联产承包责任制，其实就是分田到户的前奏。我父亲自忖供销社的差事不足为虑了，经营好自家经济才是根本，于是辞职回家。

按说，人均一亩三分水田分下去，应该不算少了。可是，村里个别人觉得还不够，硬是要组织起来，团结一致把六笛沟的移民赶走。他们总的说辞是要为子孙后代着想："以后人口增加了，去哪里要田地？"

矛盾就这样生成了，自私酝酿的苦酒急剧发酵，可怜的村民在主事者无法无天的疯狂挟持下，如同登上拆了制动装置的快车，正风驰电掣般飞向绝崖断壁。苗人在田里插上了禾苗，他们要拔掉，然后再插上他们自己的秧苗。"每家都要去人，不去就是叛徒，今后他家有什么事大伙都不理！"后来，秧苗来不及拔了，直接就用耙耙掉。已经返青的禾苗，东歪西倒漂浮在田面上，任晚来的风轻轻吹拂，茫然无序地缓缓移动。

其实父亲回家来，我们家也就两个劳力，春耕大忙时节，自家地里的草都扯不干净，哪里腾得出手去薅人家栽下的秧？

更主要的是，苗族移民是政府安排的，政府在，岂可容忍苗人遭遇第六次迁徙的厄运！在各种力量或明或暗的作用下，事态愈发严重起来，苗人们连门都不敢出了。大队、公社两级工作全部失效后，由县里四套班子组成，有公、检、法、司参与的阵容强大的工作组立即进村驻扎。他们明察暗访，摸底排查，开会动员，个别谈话，以案说法，苦口婆心，试图说动村人收回己见，与苗人和睦相处。但个别骨干自以为组织得力，有恃无恐，滴水不漏，甚至煽动群众跟工作组搞起了"躲猫猫"。工作组怒了，发出狠话："我们来的时候，就没打算空手回去，你们试试看吧！"一个月后，工作组悄然收网，带走了六个村民。

倒霉跟着就降临到我们家。因为不参加"拔苗""驱苗"，因为大队党支部安排工作组长住在我家，而最后被带走的六个村民，又确实是这次驱赶苗族移民行动的骨干。于是，按"驱苗"主事者的说法，父亲就成了"铁板钉钉"的"内奸""叛徒"。他们的秘密会议一个接着一个，诡异的阴云笼罩了整个村庄。我们家笼子里的鸡鸭，圈子里的猪牛，逮鼠看家的猫狗，接二连三地被毒死。那一阵，整个村子从抹黑到天亮，瘆人的狗吠声从村头到巷尾，此起彼伏，连绵不绝。可恶的猫头鹰也来助虐，不知藏在哪家楼头瓦脊里，"呜哇呜——咕噜噜咕噜噜"地一整夜发出时近时远时高时低恐怖至极的叫声。半夜惊醒过来，我全身透彻冰凉。

平时一大早就来我家，在家门口青石板上坐着跟祖母聊一整天都舍不得走的几个老人，这时候渐渐不见了影子。偶尔相见，祖母想跟她们说话，她们都转过脸快步走开。祖母问："这些婆佬怎么了？"我不知怎么回答，我能说什么呢？

荒疏农耕几十年，父亲对种好杂优水稻这个新品种确实力不从心。他以为只要肥力足，就一定会硕果累累。家肥全部投进去，化肥也大把大把地撒，结果是整畦整畦禾苗郁郁葱葱，胀果率却不及半数。打下的谷子挑到河边漂洗，浮起来的谷瘪飘飘荡荡，盖满整个河面。尽管村里大多数人家粮食也不增产，但我们的失败给他们带来的那个快乐，他们是一点也不掩饰的。在河边，他们故意一唱一和："这是什么河呀？""西江河呗，问这个，你是不是发癫了？""我发癫？哼，西江河哪会是这样的？分明是黄河嘛！"

这个时候，父亲心情坏到了极点。他这个畏惧母亲的典型孝子，偶尔竟也冲着祖母发起了脾气。

十一

祖母肯定明白，她的家遇到灾难了。她要进沟里去问个明白。父亲不仅拦住了她，还狠狠地训了她一顿。

此后，每天六点钟就起床的祖母再也起不来了，伤心和病痛将她击倒在床上。可是，每次听说我回家来了，她就挣扎着要下地。我去扶她，说："婆，我给您捶捶背吧！"她说："不用，我总是躺着，腰背不酸胀了。"她抬头看看我，脸上绽开了慈爱的笑容。

"你看看我，咳，这该死的脚，总是穿不稳这鞋。"祖母低头用脚扒拉她的鞋，那是她常年穿的一种名叫"元宝鞋"的胶鞋，在我印象中，她没穿过别的样式的鞋。

我决意要给祖母买一双鞋。我抽了空，专程到县百货大楼鞋帽柜台，认真挑选了一双咖啡色棉布鞋，鞋底柔软，鞋帮很高，穿起来能包裹整个脚部。记得这双鞋要八块多钱，我买下了，星期天送回去，帮着祖母穿上。"合适，合适，好，真好！"祖母说着，一只脚还特意使劲地往地下蹬了蹬。

1984年秋，我满怀悲怆地离开了融水县城，来到广西与贵州交界处一个小乡镇，在此地中学执起了教鞭。学生跟我说，从我脚下这条河往上，不多远就是贵州的从江。我一下子似乎就参透了一部禅学：我从哪里来？又将往哪里去？我来将干什么？我去又将如何？是冥冥中命的安排，要我代祖母礼拜故地，还是祖母佑护我，特意让我到她的故里近旁躲避可能发生的灭顶之灾？

是的，慈爱的祖母总在佑护着我，我数次身临险境却毫发无损，都应该是祖母对我慈爱的保护。

转眼到了深秋，我持续数月的忐忑不安应验了。

那天下午，父亲打来长途电话，我心有所感忐忑不安地拿起话筒。父亲一句"你婆不在了……"便让我僵直在那，一任泪水哗哗直流。老式手摇把电话电流声很大，数百里外，父亲的声音简直就像蚊子叫，我只断断续续听父亲说："不要难过……不要怕……你婆……会保佑你的……"

次日，我请了假，舟车替换，日夜兼程往家赶，到家时，祖母已装殓入椁，我请求母亲开棺让我看祖母最后一眼。母亲说不行，测算下葬日课的本家大哥选的日子在一个月后，祖母遗体已作了相应处理，棺椁已经封死，打不开了！我手扶棺椁一侧，身子不由自主地往下坠，我跪下了。我哭，却哭不出声，声音挤压在胸腔里，我感觉我的胸口要爆炸了，几分钟里，我眼前一片漆黑，看不见任何东西……

母亲将我扶起来，递给我一把香："给你婆烧炷香！"她又哽咽着说："他婆，你孙子给你烧香了，你不要挂心了……他还要去给你挣钱啊……以后年年清明给你烧香送钱啊……"

我颤抖着，几次点香不燃，还是母亲帮我点燃了。我想，这香不是我请来的，祖母拒绝了。我想必定是这样的，要不为何点不燃！

我记得，祖母最后一次送我走到村口时，我跟她说春节回来我一定买很多的猪肉，我们吃个饱！祖母笑说那好啊！可是祖母，您竟等不到春节。在春节之前，还有中秋、国庆两个节，我或许会回来，您竟然也等不到了！啊啊，您等不到的太多了，等不到您孙子们成家立业，等不到不明不白笼罩我们全家的冤霾随风飘散……其实您是应该等得到的，不说百岁，九十寿缘您总要有，可是，您谜一般的人生句号，为什么就画定在84岁这个坎上！

出殡的日子还远着，我不得不返回工作单位。在翻越横亘富禄和大年之间那座大山时，身边、脚下全是云雾缭绕。走着走着，忽然祖母的声音在我耳边响起："仔啊，你抬眼看看前头，你看看吧，那是我的家！"我伫立举目一看，一个村落若隐若现地飘浮在一抹云端之上，梨树、棕榈树婆婆娑娑，爬在竹篱笆上的扶桑花畅开着一层层淡紫色的花瓣，崭新的木楼错落有致地散布在山坡上，中间那排房子，分外的高大宽敞，巍峨的门楼上，悬挂着光芒透亮的灯笼，杀鸡宰鹅，人们忙忙碌碌地进进出出……这情景分明是在过节。可是，事实上我的前面历来就是一个大冲槽，决然不会有什么村落人家！我使劲盯着那画面看了近三分钟，一片云雾飘过，村落不见了，熟识的冲槽依旧清晰地摆在那里！

云中，故乡来？

故乡，在云中！

十二

因为无法参加祖母的葬礼，我叫二弟尽可能详尽地把祖母葬礼的全过程记录下来，然后寄给我。二弟照办了，他这封信，足足写满 10 页信纸，都是写实，没有废话。

收到信的那天，我闭门焚香，一字不漏地虔诚读信，强忍泪水的一次次冲撞欲出。之后我取出稿纸，工工整整地将二弟的信誊录了一份。二弟的信，我附上回信寄回给他保存。这里摘抄几节二弟关于祖母葬礼的实录，以作纪念：

> 农历十月十八日，雨越下越厚，天气很冷，早席过后，就准备扶柩上山。村里的叔伯兄弟都主动执杠，将祖母的棺椁抬往墓地。山路逼窄，泥泞难走，出殡的队伍缓缓移动。大家的脸上，流淌着绵绵无尽的雨水、泪水和汗水……
>
> 在村口，我们止步了，目送祖母的灵柩在风雨飘摇中渐行渐远。什么时候啊，敬爱的祖母才能回到家？！
>
> 临近黄昏，我和本族韦清大哥到祖母的新家去给她老人家再行祭奠。韦清大哥说，这口地名为黄猄下塘，在它的前方，有一条大鲤鱼翩然游动。有鲤鱼就有黄猄，有鲤鱼就得有水来养。所以，当祖母的灵柩缓缓移进金坑后，苍天竟作倾盆

雨……

　　我们可否这样认为：这倾盆雨亦是老天为慈祥的祖母洒泪呢？

　　祖母说过：积善积德，平安一生；害人的人，最终害他自己。这些浅显的道理，文盲的祖母时常念叨，并且身体力行、力戒。而那多少念过点书的搏命轻狂之徒，却反其道而行之，多么可悲可怜复可叹啊！

　　祖母下葬那天，不能到场的我，在离家几百里外的斗室里笔蘸泪水，疾书几副挽联，兹录于下：

一

您走了，如同闪电划破长空，看云际山为您阴雨；
孙来矣，好比孤鸟哭碎秋林，盼西江水助孙成材。

二

生时默默，却出手助弱无数，诚因只为苗佬；
死时谔谔，而来者悼您有泪，实见皆是壮人。

三

路也漫漫，路也迢迢，劬劬儿孙三双半；
何处有安？何处有家？浩浩功劳万代长。

　　读过这几副挽联的朋友都说不错，情真意切，只是不够工，个别地方还失律，需要修正。在一定的字数内，要高度概括纷繁杂蔓的情感，而且还有平仄对仗等律令限制，挽联创作是十分困难的。我在古诗词和对联方面只有爱好，没有研究和历练。但我对我的祖母有深厚的感情，中国人都说"长孙当满仔"，感情能不深吗？既然在深情的支配下写出来了，也就不想再改动了。再说，跳出忧伤情感的掌控，一味地在文字上雕雕琢琢，有必要吗？

我知道，我的祖母，时刻都在云端上看着我呢，她保佑我，指引我朝着最美好的方向看。她美丽而神秘的故乡，已经从云中走过来了。

父亲的三次建房

一

父亲这辈子建了三次房，他以此为他最大的功劳："嗨，一个人一生莫讲建三次房，就是建一次也很了不得。这世上多少人一辈子住祖传的房子，谁统计过？"

但是，父亲言犹在耳，家乡老寨的人家便接二连三推倒了吊脚楼、泥砖房，到寨底下公路边、平坝上盖起了砖混结构小洋楼。

老了的父亲说，那还不是搭帮了政府！

二

老家这个寨子，离县城二十多里，虽不算远，但因贝江阻隔，交通很不便利。从县城到贝江边的公路，20 年前就修好了，汽车却开不进寨子里来。老寨的吊脚楼、泥砖房，散布在一面坡上，赶个圩回来，已经看见家门口了，却还得吭哧吭哧把单车连同赶圩买回来的杂货，下死劲扛到坡上的木楼去。

父亲第一次建房是在 1954 年。那年父亲 19 岁，是寨子里的青年突击队员。当年，寨里决定在寨子后头大山脚下修一座水库，青年突击队因此就有了一显身手的机会。他们龙腾虎跃，只一个多月就搬走了个一米多高的小山包，等他们往下掘进时，速度却慢了下来。"那时劈山动土，全靠人肩马驮，几十号人马，一天也弄不走几方土。"驻寨工作队的汉族同志见掘出来的泥土黏性足，就说这些泥巴打砖盖房最好了，他们家乡打砖用的泥，没法跟这些比，挖丢不要，真可惜！

父亲怦然心动：山外边汉族同志那些高大房子墙砖，用的竟是这种泥，那我们何不试试，也建些漂亮的房子出来？父亲是怎样游说寨顶十多户人家愿意在水库工地打泥砖，然后推倒吊脚楼，再盖高达两层半砖木结构泥砖房的，他不说，我也就无从知道了。我只知道，要想说服苗人不住楼下圈养鸡猪牛羊、一年四季塘火不灭的吊脚楼，别说当年，就是今天也很不容易。吊脚楼是苗族的标志性建筑，如果连这个都不住了，那还算苗人吗？父亲说，驻寨工作队为他们制作了打泥砖的模子，帮他们搭盖砖坯遮雨棚，教他们拌泥浆打泥砖，还从他们的老家请来了工匠，给父亲和其他 13 户人家盖房子。两年后，水库碧波荡漾，雀影点点，苇絮翩翩，原来全是廊连瓦接高高低低一排排吊脚楼的山寨，只有寨底一带依旧木楼绰绰，寨顶靠近水库那一面，则成了清一色的泥砖大瓦房。

这次建房，父亲说他卖了四头牛，如果算上木料、人工等杂七杂八，那么比价于现在，也在 20 万元之数。父亲建的泥砖房，高两层半，有堂屋和两厢，共三开间，总宽 12 米，净深 10 米。一楼净高至少 5 米，屋顶那半层镶了楼板，就成了东西两侧两个阁楼。泥砖房屋顶盖青瓦，四面的墙、中间隔墙，厚达 26 厘米，全部泥砖错位垒砌，楼面则由杉圆木和杉木板搭构，清爽齐整。这种房子，真正实现了冬暖夏凉。

这还不算，泥砖房更大的好处，是不用担心火烛。

吊脚楼廊连瓦接的年代，祝融频频光顾苗寨。寨火偷袭总在冬季最冷的下半夜，寨底呼天抢地声一经传出，男女老少全给哀伤罩住。火从木楼火塘一角燃起，风助火势，只十来分钟，火舌就舔过整座木楼。那一个火光冲天，那一个摧枯拉朽，那一个悲惨哀号，直叫人魂飞魄散！着火的木楼救无可救，楼里的人能够逃出来，已属万幸。救火只能救相邻人家，将挨着火险处人家的瓦片、瓦夹通通捅下来，再将整个屋架推倒。"这时候没道理可讲，必须这样做！"父亲说。这种时候，作为青年突击手的父亲，身影总是跳跃在抢险救灾最前线。

寨底吊脚楼几乎年年遭灾，而寨顶的泥砖房，仿佛神灵庇护，半个多世纪安然无事。

寨底人家开始冷落吊脚楼了，他们希望能盖起泥砖房。他们四处找土，却发现寨子附近再无能够制砖之土，有人就打起水田的主意，想从田里取土制砖。这个动议，在全寨大会上无可置疑地遭到否决。父亲于是就给他们想办法，他想出来的办法，其实也是汉族地区的经验，搞土舂墙。土舂墙是在房屋四围的柱子和柱子之间钉夹板做模，拿少量的田泥、稻草和上山泥、石碴搅拌，然后倒进夹板模里夯实，等土墙干透后拆模往上再夯。夯土墙好办，一个人也能施工，这样建房，既省工又省料，若论质量和效果，那是一点也不输给泥砖房的。

很快，父亲就有了示范建土舂墙房的机会。

堂哥的第二个小孩出世后，父亲终于同意了他分家的诉求。父亲将一畦菜地分给堂哥建房。堂哥住惯了泥砖房，当然不愿意再盖吊脚楼。父亲让堂哥盖土舂墙房，堂哥很乐意。土舂墙房得先竖屋架子，这屋架子用杉木构建。苗寨缺水少田，独不缺杉木，满山满岭看去，尽是郁郁葱葱的杉木林，树龄三四十年的，两个大人都合抱不过来。山寨吊脚楼的柱子，用的就是这种木头。

土舂墙屋架子和吊脚楼屋架子大致一样，先在平地上制作、组装好后，才整体竖立起来。屋架的梁和柱相接处，梁出榫，柱凿卯，榫舌穿过榫卯，用木销卡死。整个屋架不使一枚铁钉，以防铁钉锈蚀木头。竖屋架时，全寨男女老少都到场，比过年还热闹。屋架的一侧对齐基位后，青壮劳力分两拨人马，一拨用绳子拉，一拨用木杠顶，"哎哟嘿哟……""哎哟嘿哟……"屋架子"吱咔""吱咔"地回应着呼号声缓缓立起，最后在直逼云霄的"呀——呜"（苗语：好呀）声中稳稳定位。正堂屋门口方向两三个妇女，则又在"呀——呜""呀——呜"带节拍的呼喊声中，接连不断地将箩筐里的三角粽抛过屋梁。抢喜的男女老少，绕屋柱穿梭往来，流连其中，欢呼其中，沉醉其中。"抢粽子"，是苗寨竖屋仪式的高潮。

那些年生活不容易，大哥竖屋抛的三箩粽，里边掺有大半木薯粉。但那已经算是好的了，寨底几家竖屋时，抛三角粽仅仅就是做个样子，粽叶确是粽叶，包的却是沙子！尽管难成这样，仪式却总还得做。因为大伙心里，揣着炽热厚重的梦想。

山寨的吊脚楼，渐渐被土春墙瓦房代替。

父亲那一代青年突击手，也日益消了强健，消了念想，他们开始步履蹒跚，开始对过往日子不倦的记忆。任他们谁也想不到，就在他们晃着华发日稀的头颅，品着重阳酒欢快地谈论哪家又种了几山杉木，哪家儿女懂事孝顺有出息的时候，一场顷刻毁了寨顶五幢泥砖房的大火，让他们又一次泪洒心房。

秋深了，田里的稻谷收回来，晒干，扬净，一麻袋一麻袋装好了，全都搬进楼上专用的谷仓。他们留足口粮，余下的只等粮商来运走。年轻人到大都市打工去了，留守寨子的老人，就都上山料理杉木。"这场火来得很怪，幸好那天没风，要不全寨完了！"那天，十多个老人在寨子对面的云际山上劳作，见寨子起火，他们扔下锄头连滚带爬跑回来，拼老命救火。"寨顶各家水缸的水全部泼尽，幸好水库里还蓄有水，大胶管接过来劈头盖脑冲。你四伯爷家刷了20几年油漆的大棺材，烧成炭灰，四伯爷为此差点咽了气。寨顶13家泥砖房，1954年盖的，现在剩八家，那五家全部家当，连同几万斤谷子，上天了。唉，唉……"

后来查明，这场灾难的罪魁祸首是四伯爷家泄漏的沼气。

县里实施"灶改"工程，全寨人举双手拥护。建了沼气池，技术人员挨家挨户反复演示沼气炉灶使用方法，只要按示范操作，就不会出问题。九十好几的四伯爷，眼蒙耳聋，记性也差。那天许是饿了，拧了炉灶旋钮想打火热饭，不见燃火，老人骂了句粗话，丢下炉灶一脚高一脚低挪到寨头去晒太阳。

寨子刻薄的后生愤愤然：老不死的棺材烧了活该。

不久，县里开始在各山区乡镇实施民房改建工程，苗寨的吊脚楼、老房子的木材，全部交付民房改建办公室（简称"改建办"），"改建办"投工投料为苗家建砖混房，这种不用木头的房子不惧火烛。父亲得到信息，跑到县里要改建指标。"改建办"说民房改建项目主要落在边远山区，你们那里不在项目范畴。但你们自己提出要改，我们可以考虑安排指标。指标下来了，先改寨底的吊脚楼、土舂墙房，屋柱、抬梁、桁条、楼板、瓦夹拆了下来，堆积成一座座小山，但要运出去就难了，老房料扛到拉利码头，搁在贝江边，等凑够数扎成木排运出去；改建房的红砖、水泥、钢筋，汽车拉到小卜码头，卸车、上船过河、起岸，再人挑马驮七八里才到寨。"改建办"改了三家房，说这本亏得够大了。

我老家那一带，是有名的暴雨区。那年夏末，老天就像水库开闸，一个多星期里天天暴雨如注。跟着，大苗山百年不遇的特大洪水暴发了，贝江顷刻洪流滚滚，浊浪滔天，"改建办"堆积在拉利码头边上的拆房木料，一夜之间无影无踪。

此次洪灾，大苗山经济直接、间接损失过百亿元，民房改建项目戛然下马。

父亲的建房梦，却不会给洪水冲走。两年后，他请来木材老板，让老板给他房子的木材估价。木材老板远瞅近看，左敲右打，足足折腾了半天，最后开价四万元。父亲说，得，你给我钱，这房子就归你了。这幢 20 世纪 50 年代建的泥砖房，完成了它见证山寨沧桑巨变的使命。

　　父亲计划尽快筹够款项，到寨底河边建一座砖混房。岂料才半年工夫，从没做过生意的父亲，就让那四万元缩水成了三万。无法可想之下，他令我们兄弟上山扛木头，下河捡卵石，积极筹备建房材料，又扩建鱼塘取泥打砖，足足准备了两年，才在寨底河边自留地用泥砖建起一栋仿制"小洋楼"。

　　"小洋楼"还没竣工，我们兄弟几个就相继告别小山寨，落籍城里。

　　父亲"小洋楼"建成后，我回了一趟家。父亲在他的"小洋楼"周围植树、种竹，还无师自通地搞起了盆景园，培植了不少罗汉松、凤尾草、墨兰。小桥流水，绿树掩映，七彩摇曳，墨瓦粉墙上，洒满了细碎的阳光……远远看去，和庭院深深的花园别墅没有两样。

　　后半夜，床底下一阵"倏倏倏"既像流沙，又像蚕食的声音将我从梦中扰醒，我开灯起床，查遍房间各个角落，却不见有一丝异象。关灯再睡，"倏倏倏"的声音再次响起；开灯，声音消失。如是反复再三，折腾不已。"着鬼了"这一念想，竟然兀自地闯进了我的脑海。

　　次日早饭，我提起昨夜遇到的怪事。母亲欲言又止，最后她放下饭碗，叹了声气："这房子遭白蚁了，房子遭白蚁，不是好事啊！南面空着的三间房，好几根承梁都给蛀空了，那楼板，一踩就会塌啊……"

　　父亲说放了几次药都搞不掂它，主要是没找到它们的窝，找到它们的窝就好办了，一窝端。"不过不要紧，今年底，最迟明年夏天，我就拆了它再建，搞钢筋水泥的，看这小邋杂奈我其何！"我告诉他钢筋水泥对付不了白蚁，要免除蚁害，还真得找到它的老巢才成。我说你种的竹子太多，林子过阴招白蚁。父亲说有道理，过些天把竹子连根拔了。

白蚁问题，在父亲清理完竹园后解决了。而他梦寐以求建一座钢筋水泥房子的问题，却迟迟无法解决。那两年，父亲不停地尝试他认为能快速致富的生产项目，育了几十亩杉树苗，种了50多亩罗汉果和上百亩晚熟美国柑。一次次电话，父亲无不得意地重复这句话：又有一笔进账，房子有望年底开工。

父亲找钱的速度，总也赶不上物价的飞涨。两年时间，建房师傅的工资就由原来一天40元，涨到了一百七八十元。水泥钢材红砖，涨的也不低。算来算去，父亲种养兼顾积攒的钱，离他想要盖的房子需要的钱，总还差那么一大截。

终于有一天，父亲打来电话，那声音透出的激动，令人想不到是七旬老人所为。他高喊房子马上就要动工，钱的问题解决了，政府安排的泥砖房改造补助款到手了，四万元哪。"嘿嘿，建房师傅给我算了下，老房子木料，能抵两层楼的钢筋款，这样一来，我盖三层没问题。"

浩荡吹来的春风，圆了父亲第三次建房梦。

到去年，全寨所有泥砖房人家都领了房改补助。于是，那记录着老寨风云的吊脚楼、泥砖房、土舂墙房，一间接一间，消遁在如诗似画的晴岚雾霭中。

三

穿行在拆除了瓦顶、屋架、楼板的颓垣断壁中，看着划擦在残存泥砖墙上高过头顶的单车手把印痕，乡亲们肩扛着单车在小巷中行进的情景，又一次呈现在我的眼前。驮人的单车由人来驮，这在当年，也是一种幸福！那块给我童年无限欢乐的大青石，如今两条硕大的镀锌管跨压其上。父亲说，这是政府全资建设的人畜饮水和消防用水工程专用管道。它们从几十里外的山头逶迤而来，又经这里凌空而下。斜阳中，镀锌管反射着耀眼的光芒，煞是迷人。几株挺拔的香樟、杉树幼苗，于墙根泥缝处探头探脑，张望着这个陌生的世界。用不了几番春风夏雨，这曾留下过叹息、欢笑、哭泣、歌声的老寨，就会成为一座绿油油的山岗。"嘀——嘀——嘀——"汽车喇叭声蓦然传来，循声看去，又一辆面包车从寨底山坳口拐过来，停靠在炊烟袅娜的一家新屋旁。公路"村村通"工程，两年前让山寨进城的公路改道贝江口，接通江口电站大坝，贝江天堑，由此变为通途。

吊脚楼、泥砖房、土春墙房彻底消失了，苗人还是苗人么？

据说，在寨底平坝上，民委将很快给建一座芦笙柱。而寨子里像父亲这样健在的当年青年突击手，早已把他们的芦笙翻出来擦得通体铮亮。

父亲的项目

一

北京的十月，天高气爽，尽管太阳依旧明晃晃的，但阳光照在身上，已经不觉着热了。傍晚时分，我在儿子家楼栋的顶层极目通州东南面，竭力搜寻记忆中的大杜社。

通州最大的看点是水，这里五河交汇，沟渠纵横，京杭大运河北段起点也在这里。运河河面宽广，河水静如处子；堤岸树木，烟环雾绕。烟树深处，昔日的青纱麦浪已不复存在，取而代之的，是林立的高楼和纵横的街衢。

20 年前，陪父亲追项目欠款，我到过通州。因少年时代曾为刘绍棠的《青枝绿叶》着迷过，我对通州，于是就有了种特殊的感情。20 年前的通州，小麦、高粱、玉米、西瓜，各展其势，淋漓尽致地演绎着生命的精彩。古老的运河热烈而生动，通州新的蓝图，已初现端倪。

项目，这个词我们今天已经耳熟能详了。但在 20 年前，这个词于我是陌生的。即便今天，对这个毫无文学色彩的词，我依旧喜欢不起来。可我的父亲，对这个词却有着与众不同的挚爱，尽管其时他已经 50 多岁了。在通州与空军某部生产基地徐主任聊天，父亲操苗话口音很重的普通话三番五次提到这个词。因为觉得难听，我频频打断了他的说话。

徐主任是湖北安陆人，部队转业直接转到了大杜社空军生产基地。对父亲的话题，他似乎很感兴趣。"让你爸随便讲嘛，我听得懂。我们南方人，普通话能好到哪里去呢！"

因出口纸夹板这个项目，父亲与徐主任的基地有了两年多的交往。出口国外的高级纸夹板，要用密度很高不会翘不会裂的材质生产，这种材质，又以南方的红椎木为上。红椎木，我们融水大苗山里多的是。

父亲在财贸系统干了20年，他当然深谙项目的曲款致繁，他参与过许多涉农项目的分析、论证和立项，但那些项目上或不上，最终没有一个由他拍板，当他能够自行决断一个项目的前途时，可以想见他的踌躇满志！父亲痴迷于项目，为项目奔波，为项目功亏一篑，为项目败了再战，屡败屡战……凭感觉我发现，父亲在项目上的锲而不舍狠下功夫，不单单是为了赚钱，他想要证明点什么，他要证明一个估计连他自己也说不清楚而我们则永远也破解不了的命题。

20年前的通州地广人稀，但因只有9字头一路公交车在八王坟和通州间运行，每天的高峰期，车厢里就拥挤得跟沙丁鱼罐头一般。《青枝绿叶》里的恬淡韵味，正渐次消失……

20年光阴倏然飞逝。弹指一挥间，大地有了万千变化。抬眼望，是飞机频频掠过的天空。此刻的北京，为中国，为世界而忙。

二

1988年秋，因结算项目款，父亲有了他一生中的首次北京之行，他很高兴地邀母亲同往。那几年，徐主任的事业正值隆盛，基地天天高朋满座胜友如云。春风得意的徐主任一声令下，派专人专车陪同我父母遍游了故宫、长城、颐和园……还安排他们登上部队的直升飞机，在北京城上空美美地兜了几圈。这种待遇，即使放在今天也很值得炫耀。

一年多后再度来京，父亲便成了我的向导，他领着我把他游过的景点重游了一遍。那些天我们早出晚归，乐不思蜀。在我的印象里，父亲总是行色匆匆，像这般悠闲，是从来没有过的，估计他对此行结账拿钱很有把握。

等过了20天还没有结果，我就很不耐烦起来了。学校即将开学，除了两个班的语文，我还兼着一个班的班主任，开学前我必须回去。可拿不到钱，父亲就还得等。他那副样子，似乎也甘愿等下去，他东走走西看看，甚至还到操场上去逗那三匹狼狗玩。这就更让我窝火至极了，我寻茬找岔发泄我的不满，抱怨天热，挑剔基地食堂的饭菜不好吃，无计可施之后，竟率性指责起父亲来，我数说他不该舍家去搞什么荒山开发，钱搞不到反而破坏了生态环境。起初，父亲默不做声，等我说到乱砍树木毁坏生态环境时，他勃然大怒，跳起来喝道："你懂什么？你要懂天都亮了！你不就是想回去吗？好，明天让你走得了！"

我真的得走了。父亲执意要送我到大杜社车站，仿佛昨晚我给他带来的不愉快并没有发生过。

空军生产基地离大杜社有段不短的距离，这是一段沙石路。这个季节，路旁的玉米都快齐人高了，一望无际的玉米，在骄阳下飘浮着悠悠的甜香。草蝉趴在玉米叶上嘶叫，旷野就愈发的沉闷了起来。偶尔飚过一辆自行车，车上小伙子敞开的衬衫飒飒飞舞，如同两面疾行的旗子。

看着父亲单薄的背影，我禁不住有点感伤。纸夹板项目做了三年多，这个项目最终并没有达到预期。50多万元货款只拿到了10万，这落到谁的头上谁都会着急。来京之前，父亲说这次无论如何要拿到20万元，拿不到这个数他就什么事情也干不了。是的，父亲所有的积蓄都投进了这个项目，银行里还贷着款。父亲的下一个目标是办林场，造杉木林。万事俱备只欠东风，这个东风就是北京基地能尽快把纸夹板的欠款给结付了。

京郊的原野一望无际，玉米、高粱、小麦，还有那成行成排耸立在公路旁的白杨树，都让我深切地领略了北国的雄浑与坦荡。通州是迷人的，迷人的通州是北京的后花园，北京往东的公交车，终点就在通州城，从大杜社到通州，只能搭乘小公交车。

大杜社车站很杂乱，人力三轮车在小公交的缝隙间左冲右突，马达声、揽客的吆喝声、乘客引颈向驾驶室里司机打探线路的声音……乱成一片。父亲不搭理催促我们赶紧上车的司机，径直到售票处买票。父亲买了两张票，说现在也没什么事可做，干脆送我到通州。到通州，他又挤上公交车，说干脆送我到北京站算了。

北京站前广场的铁栅栏旁，我把相机递给父亲，让他给我拍张以北京站为背景的留影，从没敢想过会到北京来，今后能否再来更不敢想，留一个纪念吧。

父亲小心翼翼接过相机，满脸受宠若惊的样子，他把相机捧到我前面，不住地问询该怎么操作。我说其他的你不用管，你只要按下这个按钮就可以了。

这张相片，我的神情极不自然。

潮水般的人流拥着我进了检票口，我用力推开身旁的人往回看。紧紧抓着栅栏的父亲神情落寞，他使劲瞪着眼睛朝我这边张望。我刚冲他挥一挥手，视线就迷糊了，不知栅栏外的父亲，此时是否看得见我。

三

三声汽笛后，**179** 次列车缓缓驶出北京站，一路往南驰骋。

当我索然地把照相机放进背包时，突见包里有个装着馒头和鸡蛋的薄膜袋，触手摸摸，馒头和鸡蛋都还余温尚存。我心头突起一阵悸动，这肯定是父亲早上让基地食堂师傅给我准备的，他预料到我在路上将没钱吃饭了。

20 天前，正是这趟列车把我们从柳州送到了北京。20 天后，再上这趟回家的车，我心里是别一番滋味。来的时候，父子俩怀揣同一个念想：事情很快就会办妥的，钱到手了，往后的事情就都好办了。两人愉快地谈天、喝水、吃饭、睡觉，等待着飞驰的列车把我们带进充满希望的明天。如今父亲留下，我独自一人返回，此种境况下，心情还能和来时一样吗？

我是长子，父亲很信任我，他始终认为我这个长子能为他分担一点重担。搞这个项目时，他特地跑到离家 40 余里的四荣乡中学，要我帮他起草给林业部门的报告、拟定与村屯合作砍伐荒山杂树改造杉木林的合同。他给我描述他们即将拥有的灿烂辉煌，甚至还要我跟他一起进山去"实地看看"。

耐不住父亲的催促，几个月后我到了那个大冲槽。这冲槽与我老家仅隔道山梁，冲槽两面坡绵延数千米，坡上全是郁郁苍苍高达二三十米的乔木，其中尤以红椎木为盛，储量至少在 5000 立方米以上。父亲说当下红椎木均价每立方 200 元，这里光红椎木就值 100 万元。那其他的木头呢？正材之外的次材呢？还有那可以当柴火卖的枝丫边角料，你再给我算上个一二十万没有问题！父亲拍拍他身旁一棵水桶般粗的红椎树，笑眯眯地说："你们这些树一辈子躲在这深山老林里，现在该出去大显身手了啰！"

这冲槽两面山的杂木迟迟没砍，是因为这地方远离贝江，木头很难运输出去。冲槽外的山岭分到各家各户后，改种的杉树早已成林。当地村民对这没能产生效益冲槽多有抱怨，他们测算过，杉木一般一二十年就可以成材，此冲槽 20 年后杉木出材可达 8000 立方米，即使按时价 1 立方米杉木原木 800 元计，这里就有 600 万元。600 万元对村民们来说，那是一个天文数字。他们强烈要求把杂树林发包出去，砍木还山，尽快种上杉树。他们中的代表找到我父亲，正为平头竹针项目焦头烂额的父亲喜不自胜，连呼"苍天佑我"。各种合同、手续一揽子办下来后，父亲将几年前栽培香菇木耳、办杉木苗圃等老"项目"赚的10多万元全部投了进去。他请人开辟进山道路，让拖拉机从贝江边上直接开进了冲槽。

湖南武冈来的民工很了不得，他们在连空气都泛绿的冲槽里搭起工棚，顿顿油渣炒辣椒下饭，却每天伐木解板不少于12个小时。高高的红椎木、青榄树、梨木、棉木，应着手提油锯的"唰唰"声成行成片倒下来，笔直壮硕的树干裁断后，很快就变成山槽口平地上一座座原木垛。

北京大杜社基地广西专员唐明生，此时正在融水中寨乡组织纸夹板货源，从中寨木商老李那，他得到父亲有大量他们亟需的优等原木这一信息，就赶紧跑过来看。进到冲槽后，小唐当即拍胸口说这里所有的木头他全包了。小唐说，作为供货方，父亲他们只要按规格把木头开解成纸夹板半成品，办好融水放行手续就成，余下的车皮、缴税等概由他们承担。真是踏破铁鞋无觅处，得来全不费功夫。红椎木一夜间有了高于原木好几倍附加值，这岂不是天上掉下了个金元宝？签合同后，父亲要在县城最好的酒楼宴请小唐。小唐说地方由你定，单我来买。

父亲又贷了一笔款，添置了四台柴油机和四组圆盘锯，突击加工起纸夹板来。得知这个消息后，我心生隐忧：原木全部按基地方的规格加工成纸夹板半成品，生米煮成熟饭，万一中途有变，这货卖给谁？父亲初一听，也愣了，但他很快淡定了下来："有合同在呢，怕什么？再说中寨老李他们铺的摊子还要大，他们的货发过去都一年了，货发一批账结一次，可靠得很呢！"

头一年还挺顺利，货发过去后顶多10天，北京的货款就会打过来，父母亲也因此有了次愉快的北京之旅。到第二年，我的预感应验了，先是融水方面突然收紧了木材半成品出口的限制，父亲跑上跑下，求这方拜那个，几天下来就又黑瘦了许多。接着，北京的货款一拖再拖，长途电话和电报不知催了多少次，就是无果。父亲急忙找小唐，小唐二话不说，带父亲去中寨乡见老李。老李说你担忧什么咧，北京我去过，他们是正规单位，家底厚得很呢，哪可能少得了你的钱？

问题的严重远远超出了预料。我们一到通州，徐主任就开门见山地说，因为当前某种特殊原因，原本定好出口韩国、日本的纸夹板，现在都出不去了。徐主任令他的手下领我们到基地露天仓库去现场看看。小伙子将苫在码得整整齐齐板料上的毡布掀开，一股木材在高湿高温下沤出的刺鼻气味立刻蹿了出来。小伙子说："如果再下场雨，这些纸夹板就全报废了。"

晚餐桌上，徐主任说老韦你不用急，你发来的货我都认，但结账得等段时间，我们现在也很难搞。父亲说："国家都遇到了大麻烦，我们损失点算不了什么。我这次来，老李也托我帮结他的账……""老李的你别管，这次就先处理你的。"

……

列车经停了好几个站，乘客越上越多，走道上全都挤满了人。有乘客在座椅边角上以手支颐，就稀里哗啦打起呼噜来。钻到椅子底下的，竟然也能酣然入梦。一少妇抱着哭闹的小孩在堆满人的走道上挤来挤去，估计是她家婆或母亲的妇女就挨在我座位边上。反正也无法入睡，我起身把座位让给她们。她们怔了片刻，嘴里不住地呢喃感激。孰知她们这一坐，就直坐到了长沙站下车。我挤在车厢连接处，站得两只脚都肿了起来。

火车拉长汽笛，跟着"哐噹哐噹"穿越过一座黑魆魆的桥梁。祖国的列车，长时间负重前行。

四

开学工作很繁忙，忙得我几乎忘记了还待在北京的父亲。

星期六放学前，给班上同学讲完新学期应注意事项，我夹起一摞作业本往宿舍走，刚过教室拐角处，校长就大声喊我接长途电话。我想这一定是父亲打来的，匆匆上到办公室楼上走廊，一把抓过窗台里搁在电话旁的话筒。电话那头，父亲说他很好，不用为他操心。他嗫嗫嚅嚅说，能不能想办法帮他借个3000元，并立即送到山场工地给武冈来的工头老马。还说借不到钱，山场那边就要出大事了。

我在脑海里把所有远的近的亲戚朋友都过了一遍，推测他们谁可以借给我3000块钱，最后我锁定了大苏沟的一位亲表哥，这表哥长年从事木材生意，在四荣乡小有名气，他应该可以借钱给我。如果他都借不了钱给我，那还有谁能借钱给我呢？

学校到大苏沟有五六里路。下午四点多，我到小圩上买了点水果，骑上单车就往大苏沟奔。表哥见我来，直呼稀客稀客。精得像个鬼的表哥似乎已察觉到我来的目的，还没等我坐下就不停地数落起我父亲来，说我父亲不应该去搞木头，"木头生意你以为好搞的？好多人在木头上倾家荡产了呢！你爸这个人，睡梦都想发财的，放着公家事不做，下海了。嘿，不是我爱多嘴，总有一天他挨水泡死。"又说他前两天才挨林站拦下三车木头，"不但没收，还要罚款呢。我这回是难翻身了啰！"借钱的事看来不用提了，提了便是自找没趣，我于是不顾表哥一家热情再三的拉扯，骑车返回学校。

无法可想之下，我斗胆找到搭班教数学且兼职学校出纳的贾老师。贾老师是本地人，家里有很多木山，他应该有钱。我期期艾艾说了我的想法，我说这钱就借两个月，两个月后一定还他，利息由他定。贾老师说扯什么利息呢，你写个条子吧，要注明两个月后还。

我拿到钱赶紧乘车赶往县城，在县城借了辆自行车又直奔山场工地。见我到来，老马如释重负："你终于来了啊！你再不来，这帮人就要把木头便宜处理了走人。"老马说，你爸这样放手不管不行啊，那两个仔隔天运一船柴火出去卖，却一分钱没给我们，他们拉的说是柴火，其实夹带了好多大木头在里面呢！

老马说的"那两个仔"是兄弟俩,他们是冲槽所属这个村的人,父亲让他们入伙,就念他们既也姓韦又是本地人,他们入伙是没出一分钱的。父亲让他们帮管理,根本就没想到他们会是这样一种搞法。本来这村上还有一个合伙人,见两兄弟乱搞一通,那人就干脆退出来不干了。

我让老马写了张领条,给了他钱。我说想要点好的红椎木开些枋条。老马说这有何难,他叫来两个工人:"你们给韦老板选几根最好木头,解成枋条来。"他又问我什么时候要货,怎么给我送出去。我说你们弄好了,我就让那"两个仔"给我送出去。

结婚五年了,我还没有一套好点的家具。红椎木硬实,而且使用越久,木头的颜色越漂亮,是打家具的上等材料,如果没有这个项目,要想专门去弄这木头,很不容易。

大苗山的美丽,不只因为贝江婉约旖旎。绵延无尽的群山,在林涛中仿佛一座座岛屿,承载着苗山的雄奇深邃。大苗山富饶却贫困,美艳却无力。父辈们、同辈们,无数的勇敢者在深山老林里探险,在贝江滩头上弄潮,却总也走不出一条富裕路。他们头顶国家级贫困县的帽子,心中贮满了苍凉。

冲槽两面坡的树木,全都砍倒了,木头滑到槽底,裁成了木段,摞成垛。一些锯解出来的板枋,胡乱地堆放。四台圆盘锯,也锈迹斑斑。父亲说的没错,借不到钱给老马发工资,这些人要搞事。

父亲是1962年从柳州拖拉机厂精简下放回乡的,回到家没几年,上面就又抽调他到县糖业烟酒公司当差,没多久即转到公社供销社。他兢兢业业、恪尽职守,事业却并不如意。当改革开放的春风吹进了大苗山,他毫不犹豫地辞了职。决定辞职的前一天晚上,他与我做了次长谈。他说他这辈子不容易,除了因是独子祖母不让他参军当兵外,工农商他都干过了,就没干过自主创业。"政策这样好,资源这样多,我不信干不出名堂来。"

许是长期饥馑在父亲心头烙下了深重的创痕,他一回家,就把分给我们的八亩多责任田全种上了水稻。耘田时，他领我们兄弟在田里挥汗；间或他抽烟，就蹲在田坎上乐滋滋看那迎风摇曳的青葱禾苗。夏收了，面对堆成小山似的谷子，父亲笑得合不拢口，见谁都亲。说来也够怪的，田地是这片田地，人是这些人，大家伙起来种，种不出谷子；各种各的，就粮食满仓了！

首战告捷迅速扩张了父亲的欲望，他决定要创更大的业。听说政府大力扶持养牛项目，有无息贷款，他立即找了有关部门。这一次，他贷款买了十几只半大不小的水牛黄牛，黄牛他赶到云际山上放养，水牛留在身边伺候。这个项目他失败了，败得很彻底。从山外买来的牛不适应大山里的气候，很快就染上了连兽医也无法对付的恶疾。病牛满山跑，跑不动了就倒毙在草丛林间，有的还跌下了深涧冲沟。这个打击令父亲性格发生了很大的变化，他动辄铁青起脸骂人。我知道他不是痛惜钱，他痛惜的是几个月来跟这些牛建立起的感情。

不久，父亲曾经的同事，后来在土产公司当会计的张伯来了，他带来了好消息，搞平头竹针项目。张伯说这个项目搞好了，一年内每人进账十万八万不成问题。他要父亲把供销社原本打算在贝江边上开分社盖的房子清理好，改造成生产平头竹针的厂房。平头竹针是广西出口日本的重点项目，有多少销多少，融水又是优质毛竹的产地，完全不用考虑平头竹针的原材料。这样看来，发财唾手可得。父亲下决心甩开臂膀大干一场，争取尽快把买牛的贷款还清。

机器很快就安装了起来。几个月后，他们价值 10 万元的产品运到梧州，梧州外贸说这些平头竹针用的不是正材，出不了口，只能内销，给的钱还抵不了他们的运费。的确如此，因毛竹俏销，父亲他们在贝江口一带很难买到品质好的竹子，他们的竹针，很大一部分是用竹尾加工的。这一打击让父亲清醒认识到质量的重要，他不再细抠成本，而是敢花大钱到贝江上游山里买优等竹子，扎排运回来。有次连夜从沟滩撑排下来，在石门潭竹排撞上暗礁，父亲跌进河里，险些没命。

正材加工出来的平头竹针运到梧州，梧州方面又说，竹针好是好了，可你们熏了硫磺，熏硫磺的，一支都不收。

这个失败，对父亲来说无异于灭顶之灾，一夜之间，他的头发全都白了。

但我看不到他的颓唐、服输。他像只蛰伏的豹子，窥伺着新目标的出现。

因寻找竹针原料，父亲发现贝江边上这个冲槽贮存有大量的红椎木，也了解到这山槽的木头要发包出去。竹针厂倒闭了，他决定开发这山木头。

五

纸夹板这个项目，无疑也失败了。在北京待了一个多月，父亲只等到 10 万块钱，还了贷款，支付了所有应付的款项，父亲已身无分文。

从 1980 年辞职回乡决定大展宏图，到 1990 年所有尝试的项目大都以失败告终，父亲用了十年的时间书写了一部他的奋斗史。这部奋斗史所饱含的困顿、辛酸、屈辱、血和泪，父亲一个人扛了起来。在世人的眼里，他是成功的，他拥有了无数的赞誉和羡慕。乡里的干部甚至给他戴高帽，说按他的能力，当个县长都绰绰有余。

可我们却连个好点的房子都没有。

先是父亲断然将大屋拆了，一家人搬到河边住简易木板房，然后责令几个弟妹放学后和星期天到河里抬石头下地脚，弄了间比老房子小一半的泥砖房。父亲说老房子长期不住人就会朽掉，不拆了留它干什么？其实我知道，他是急迫找钱投资朋友们不断给他推介的大小项目。他很信服他朋友"先治坡后治窝"的理论，"只要有了钱，想住什么样的房子不行呢？"

　　放假回家，饭桌上我总要论说父亲的种种失误，说他不顾及家人，有点钱就迫不及待地撒出去；说他轻信朋友，有些朋友明显就是骗子；说他不负责任，没让几个弟妹很好地完成学业。我说这些时，父亲自顾喝他的酒，一声不吭。

　　初秋时节，父亲联合上两户人家，成立了个造林联合体，联合体要承包云际山上 5000 亩荒山营造杉木林。我听说后明确表示反对，我对父亲说，杉木至少要 20 年才成材，不说 20 年后市场对杉木还有没有需求，20 年后你都 80 岁了，还能上山砍木头？

　　父亲直接把我顶了个结实：我绿化祖国不行吗？

　　父亲这次的决定了不得。

　　10 年前父亲在自家山地上种的杉树已经长大成林，笔直的杉林郁郁葱葱，过往行人无不称奇。见父亲搞了联合体要大干一场，几个寨子的人就按捺不住了，都把分到自家的荒山开垦出来，准备种上杉树。

　　造林得有树苗。父亲请来民工开垦了 30 亩坡地，自己进山采种，精心培育了几百万株杉苗，除满足联合体造林之外，全部供应给其他造林户。这一次，卖树苗赚了六万多元的父亲，神色还是那样平和。他到三江请来大批工人，要赶在一个月内把 5000 亩山地全种上杉苗。

　　父亲的身影，倥偬在高高的云际山上。陪伴他在羊肠小路上奔波的，是那只被我们唤做"阿狼"的忠实的杂交犬。

　　造林联合体引起了有关部门的关注，乡林业站、乡党委政府、县林业局，不断地有人进山来，他们总结联合体造林经验，要在全县进行推广。广西日报和广西人民广播电台记者进山那次，我作陪同。当记者用普通话采访父亲的时候，父亲颇有点难为情地看着我。我说："你爱用什么话回答就用什么话回答好了，没有问题的。"父亲面露羞赧，像小孩做错了事情一样。但我看得出，父亲再一次收获了他人生旅程的新舒畅。

父亲没有豪言壮语，他说他从小生活在这大山里，就喜欢跟山林打交道。他说现在家家户户都造了林，不出十年，这里的山就是金山、银山。他说他这个老万元户已经不值得一提了，云际山下人家，万元户十万元户现在多的是。大山曾经让我们贫困，大山如今让我们富裕了起来。

的确如此。这绵延的大山上，过去除了荒草，就是没有多少经济价值的荆棘杂树，几大冲槽虽然原始森林密布，却也藤蔓盖过树木，孬材盛过好材。云际山人想要找点油盐钱，只能砍柴卖或烧炭卖，日子过得十分艰辛。现如今，开垦出来的山地，覆盖着绿油油的杉树幼苗，阳光下它们迎风摇曳，展现出一派欣欣向荣的景致。

这年底，北京通州生产基地又结付了 10 万元货款给父亲。父亲连声叹息："老徐他们也不容易啊！"

六

大造杉树林后，父亲就再也不出去搞项目了，他专心致志于云际山上一片片林地，从安太乡请来两个小伙子跟他一起抚育日见长高的杉树。云际山土质肥沃，他精心培育的杉苗又十分健壮，杉树一个劲地往上飚长。

但父亲对项目的热情始终没有减退。县林业局水果办给他推荐一种晚熟美国橙子，说这个品种发展前景好，且非常适合山区栽培。父亲当机立断，减少水稻种植面积，腾出田亩来做果园。晚熟橙他种了 8 亩多，还在果树下种了秋花生。花生收摘了，藤蔓留地沤化作肥料。晚熟橙这个项目落地时，弟妹们都已离开家，老家就只有父母两人了。那些日子里，侍弄果园两老常常忙到深夜，好在果园就在屋边，不用担心安全问题。母亲说，若有月亮，你爸半夜三更总要进到果园里去转来转去。

这还不算，父亲又将果园边上的一个泥塘扩展开来，说是要养鱼。七十好几的老人，依旧为项目折腾不已。我们兄弟回家，没有一个不责备他的。但不管我们怎么说，父亲最终想怎么做还是怎么做。我们的话对于他，没有任何作用。

我儿子考上了北京一所大学，临行前特地回老家跟爷爷奶奶话别。父亲说，到北京读书好啊！你到了北京，有空了就去通州看看徐主任，他人挺好的。这个时候，父亲还念着旧日的项目人。此种情义，令我唏嘘不已！

父亲这一辈子，可谓历尽了坎坷。小时候贫困，父亲只念了3年私塾，后来通过自学，才有了很强的写算能力。他那一手漂亮的毛笔字，我是自愧弗如的。在柳州工作不久，就遇上精简下放，回家生了一大帮儿女。在供销社谋事，微薄的工资抵不了生产队算出来的超支款，他就自学织网，每晚下河打鱼，以此弥补生计。节假日回家，换了衣服马上领我们兄弟上山下地，砍柴、烧炭、种苞谷、红薯、木薯、芋头，让全家人免受饥寒。在与生活的抗争中，父亲始终挺直着腰杆，从来不向困难低过头。他一生中经营过无数的项目，而最大的项目，则是经营我们这个大家庭。

岁月如刻刀，在父亲脸上雕出缕缕纹路，那是生命坚强的年轮。

儿子夫妇在北京买了房子，我跟父亲说要由我带他去一次北京。父亲精神陡然一振："好啊！都过了20多年了，不知老徐还在通州没，通州可能大变样了啰！"但紧接着他就病倒了，去北京，也就说说而已。

今年7月，我因公赴京，又一次来到了通州。相比于20年前，通州发生了翻天覆地的变化。北京城市副中心花落通州，给精心描绘了20多年的画卷添上浓墨重彩的一笔。古运河碧波万顷，势如游龙；宽阔笔直的街道，箭一般直插远方；耸入云端的楼宇，在晚霞中熠熠闪亮；鸽子悠悠盘旋，一抹抹岚雾在运河上氤氲……今日通州，一切都是崭新的，只有路旁那高大的白杨树，依稀留存着记忆的旧痕。微风吹过，白杨树银色的叶背反转开来，成就了一排飞舞的乳白，那哗哗哗的声音，如热烈的鼓掌，欢迎着每一位过往行人。

青山巍巍特高耸

一

当硕大的棺椁稳稳下沉到金井底部时，我跪到刚掘出来的松土堆上，捧三把黄土撒向坟池——这山岗全是密林，父亲，您就枕着林涛休息吧。这两天，来来往往的乡亲们都说您是个耐不得闲空，进了棺材还伸手要锄头的人。那么现在，不管您愿意不愿意，都得躺下，躺在这莽莽苍苍延绵不绝的山脉上——时令虽已深秋，但这满目的青山啊，依旧青翠，这青翠分明是缘于对您的无尽依恋……

这一刻：2015 年 10 月 2 日 12 时 30 分，一个让荒山起绿浪，鸟鸣唤林涛，一个视青山如命、毕生勤谨、劳作不止的老人，刚刚过了 80 大寿之后，就幕天席地，永远与青山作伴了。

前一日，我中学时的班主任、后来多次下乡住到我家的融水县委原副书记梁柯林老师，从首府南宁发来了唁电，用五首词，描述了父亲一生的辛苦劳碌：

"西江一蓑翁，平生不作秀。裁得青山在，绿水永长流……朴实见真情，勤谨世称颂。耕读永承续，古风亦家风……阁楼侃俚语，丰收喜劳动，此乃人间乐。何处觅影踪？有青峰，特高耸！"

啊，"何处觅影踪？有青峰，特高耸"！

二

父亲这辈子真是苦命，虽说曾长期在外做事，但他对土地、对山林的眷恋，总是铭心刻骨。做公家事的那些年，节假日他一回到家来，就换下衣服，领我们兄弟到地里去干活：打柴、烧炭、开荒、种杂粮……早出晚归，有月亮的晚上，总要干到十点多钟。披星戴月。那时候我对这个成语的含义，就有了非同一般的理会。

劳动，似乎是父亲一生的使命。

1935 年 8 月 12 日，父亲在云际山上呱呱坠地，到 1949 年底祖国南疆迎来新中国旭日时，巍巍青山上已有了祖父开垦出来的十多亩水田、旱地，而他们房屋边上那两百来亩冲槽，杉树、毛竹都也长得高大峻拔、葱郁成林了。父亲说，那些年祖父最得意的，是他养育的那群牛，有黄牛，水牛也不少，总数多达四五十头。云际山里草肥水美，黄牛水牛都长得很壮实，那架势，一个中等规模的养殖场，已经在云际山上定数了。动荡年代，安居远离战火的深山老林，只要头脑灵活，经营得当，日子倒也过得悠闲、安稳、滋润。

十来岁就开始下地劳作的父亲，也曾上过几年学，那是私塾。父亲说上过私塾后，就要到县里的公立新式小学念高小，云际山弄里读书的弟子，那时走的都是这条路。但天有不测风云，一个极其致命的变故，就让父亲再也无法与那几个私塾同学一样继续上学了。他同母异父的兄弟，我祖母从贵州那边带过来的我的大伯，因忍受不了云际山上的孤寂，以及繁重的劳作，偷了我祖父几十块大洋，跑回贵州闯荡并终于落草为寇。我伯母闻听此讯后，不哭也不闹，撂下他们才一岁多的儿子，也就是我的堂哥——远走他乡。无奈之下，父亲只得辍学，回家照看他那满地爬着哭闹不休的侄子。

或许有过这样的经历，所以，父亲对我们要求十分严苛，对于我们在读书写字上出现的散漫，他深恶痛绝，责罚起来，那是十分可怕的。父亲这辈子，就凭他那几年私塾打下的基础，开始了他顽强的自学生涯，通过自学，他获得了很强的读、写、算能力，而他那手毛笔行书，更是潇洒漂亮之至。

新政权成立了，政府自然不可能还让老百姓单家独户住在大山上，政府将祖父一家四口安置到云际山脚下的西江屯，父亲从此开始了新的生活，16 岁那年，他加入中国新民主主义青年团（也就是后来的共青团），在满怀激情投入到几轮火热的社会主义劳动竞赛后，由于吃苦耐劳表现突出加上能写会算，被招录到了柳州拖拉机厂。1962 年，城市日益吃紧，工厂企业开始精简下放职工，父亲便又回到了家乡。之后，被安排到县糖业烟酒公司，不久转入县供销社。为了照顾家庭，父亲打报告申请到供销社设在贝江边上的新安购销点，上边同意了，还让他当这个点的负责人。父亲处事，既讲原则，又重感情。我在新安中学读初中时，到购销店里去拿煤油、墨水、作业本等，是要按牌价付钱的，一分也不能少；而新安、云际的困难户，特别是沟滩、长赖、木茎、白石坡和六笛沟几个村屯的苗族同胞，到店里买生活日杂用品，比如牙膏、肥皂、食盐、小孩的写字簿，甚至咸肉咸鱼之类，父亲总是让他们先赊着，等有钱了再还，个别极困难的还不了赊欠款，父亲就自掏腰包把他们的数目给抹平了。几十年后，这里的乡亲们都还十分的感念他，他们说："这达汗，呜啊！"（苗语，达汗：我父亲名字；呜：好的意思）

新安、云际虽说离县城只十来公里，交通却极端的不便，羊肠小径七弯八拐，赶次街，总得走上三个多钟头。正因为如此，县里才特别重视新安这个购销点。购销点收上来的土特产、县里调拨到点上的日杂货，只能走融江及融江支流贝江这条水路。县木帆社每月按时将供销社调拨的商品运进来，再把购销点收购的山苍子、钩藤、薯莨等药材，以及村屯企业加工的办公桌椅、床架送出去。有阵子，为了节省公家开支，父亲租只大木船，领着购销点的员工发货进货。入冬后，贝江山高月小，水落石出，货船上滩经常被搁底。

每每到了这种境地，父亲就跳进水里，肩勒绳索当起了纤夫。数九寒天，河水如刀，几个浅滩下来，父亲冻得浑身麻木。他晚年持续发作、难以抑制的关节疼痛，就是当年下水拉船落下的。

正因此，那些年县财贸战线先进生产工作者光荣榜上，父亲的名字都在上头。

吃大锅饭的年代里，老家农业生产极度乏力，生产队交了公购粮后，几乎就没有什么余粮了。新安购销点旁边有不少空地，父亲在这些空地上搭起瓜架，种了南瓜、冬瓜。春华秋实，入秋后，父亲种的瓜菜丰收了，摘下来，令我们兄弟几个放学后去把瓜抬回家。这些瓜个大肉实，很有分量。我现在还清楚地记得，有个南瓜比大水缸口还要大，我们都称它为南瓜王，这瓜让我和二弟抬的趔趔趄趄，热汗涔涔。

父亲又学会了织网。晴暖的黄昏，他拎张网下到贝江河里去打鱼，每次都有很好的收获。他把鱼焙干了，星期天带回家来，给我们无尽的欢喜。

堂哥一气添了三个小孩后，就常常借酒发疯，砸盆摔碗，无端踹着这个凶指着那个骂，找茬子闹分家。但他这种搞法，是要躲着父亲的，对父亲，他永存恐惧，从来不敢在父亲面前有些许放肆。那天临近中午，堂哥不知又在哪里喝多了，先是拿斧子扬言要砍人，把那大门立柱砍得砰砰响，见寨上人都围着看热闹，堂哥就更来劲了，他扔下斧子，转身进房间端来支鸟枪，扣得扳机噼啪响，说今天非打死几个人不可。躲在里间楼梯底的大嫂，见状赶紧抱起他们的小仔，跑个三魂丢了两魂。这时，巷口那头不知谁喊了声"你想死了，你叔回来啦"！堂哥闻听，顿时酒醒一半，甩了鸟枪，兔子般也逃得无影无踪。

父亲跟堂哥谈了几次，又喊族上长者来做工作，都没有什么效果。见堂哥分家自过意愿已决，父亲就拔了屋头对面一块菜地里的菜，把这块菜地让给堂哥建房，又备下了酒菜，请寨上叔伯、兄弟上山砍来当年我祖父种下的杉树给堂哥打屋架。那些日子，用作宅基地的菜园上，斧声凿声叮当，木屑刨花飞扬，木工师傅都是一个村的，你帮我我帮你，不计工价，主家管一日三餐就行，不管哪家起房子都这样。就在木屋架行将竖起来时，堂哥不知得到何方"高人"指点，说这菜地风水不好，不能做房屋住人，硬要把房子建到菜园上方的斜坡高头去。父亲又依了他，领着寨上几个要好的弟兄，锄头撮箕，夜以继日，总算满足了堂哥的要求，在斜坡上开出一块宽敞的屋地来。屋架竖起来后，叔侄两人也就很长时间里没有什么话好说的了。

分家后，我们家就只母亲一个正式劳动力了，比及春种大忙时节，父亲必得请假回来，领着我们兄弟开荒锄地，种下红薯、芋头、瓜豆。有一次为抢季节垦地种黄豆，白天累了一天，见晚上月色清朗，父亲又强迫我们在地里干到深夜十点多钟。

秋天来了，收割过多茬还残存的红薯藤叶渐渐枯黄、凋萎、随风四处飘零。这时候，就该挖取地下的红薯了。父亲回来，调整好犁铧，套上黄牛，领着我们兄弟赶往地里起获年头种下的希望。

父亲吆喝着牛在前面下犁，犁尖轻轻触碰到膨胀开来的厢垄土表，成球成串、长的短的、大的小的红薯，就蹦跳着滚落到垄基间来了。跟在后面的我们兄弟几个，赶紧把红薯捡起来，剥泥除茎，按大小分别装进箩筐里，大个的抬回家，搁楼上脱水糖化；小个的拿到河边洗干净了，晾干，晚上吃过饭，就把它们研磨成粉末，浸泡在水里，等大人们农闲时，捞出来蒸成薯粉，切成细条，再团成球状，晒干。薯粉是个好东西，过年吃火锅，放两团薯粉进去，那就是上等佳肴了。走村串寨探亲访友，送一袋薯粉，便是厚实的礼品。

那几年，年年风调雨顺，随随便便种下的红薯、木薯，都有很好的收成，但主粮水稻，依旧低产，一亩地打下来的谷子，晒干扬净，所得竟不到 200 斤，上了公购粮，全寨人就只有不到半年的口粮了。没有米的日子，就靠红薯芋头顶一天三餐，我十来岁染上的胃病，想来就是这些粗粮杂食带来的。拼着杂粮过的日子，酸楚不堪，所以尽管眼前的红薯堆成了座山，我们却高兴不起来，因为它无法替代主粮，满足不了我们的吃饱米饭的愿望。

牛拖着犁铧又一次走到了地的尽头，父亲把犁尖深插进地里，让牛原地休息。他点燃支烟，默默地眺望着高而远的云际群山，久久没动。他心里此刻，一定有了很多的想法。

三

1979 年的秋天，和以往并没有什么不同，可是这个时候，父亲却做出了个他一生中又一个重要的决定：辞职回家从事农业生产。

这时我已到县高中读书，周末，班上同学在学校听老师给我们补被荒唐岁月拉下来的课，我却每个星期六下午都要回家干农活。那天回家扛了一天柴火，累得全身酸痛，吃过晚饭上楼，想看下书便早点休息，刚进房间，父亲就跟着上来了，来了坐在床边上，不说话。我看我的书，也不出声。过了许久，父亲开口了，"你是长子，这事得跟你商量下，我打算辞职了。"听他说到辞职回家，我心里咯噔了一下，"为什么呢？"我问。父亲说："这也是形势所迫，没办法了，你们兄妹要吃饭，还要读书，不这样又能怎样呢？"我头脑一片空白，无言以对。这个时候，我能说什么呢？父亲肯定也不会是要征求我什么意见，他只是把这个事情告诉我这个长子，告诉了我以后，他心里或许就会坦然些，踏实些。

因为之前父亲经常回家带领我们兄弟干活，所以他辞职回来专事农耕，我也不觉得有什么不一样，倒是他过去的同事、熟人、朋友，见面时总要问，你这把年纪了退职回来种田，能习惯吗？父亲说，我本来就是农民，有什么不习惯的呢？何况这田里的活路，还不及购销点的三分之一呢。

那段时间，大队里的头面人物，包括小学校长，隔三差五就会聚拢到我们家里来，酒喝到兴头上，就有人说那个事该办了吧。这时候才知道，原来在辞职之前，父亲就已和村里几个积极分子暗中商量好了要搞分田到户。到了来年春头，我们这个小队果然第一个在全大队把田分到了各家各户，我家八口人，分得水田十多亩。这个结果，让父亲对田园近乎狂热的爱瞬间毫无掩饰地表露无遗。半夜三更，他会像猫似地溜到田埂上，蹲在那里静静地吸烟。他说，有这样好的田地，还愁没好日子过吗？果然，从那以后，白米饭我们就可以随意享用了。

父亲是绝不会止于有饭吃饱就算了这上头的，他的目光又一次投向了云际大山。他说："俗话讲得好，人勤地生宝。只要勤，荒山野岭遍金银。"于是在大山深处，他开辟出数十亩木耳园，当年就拿下了"万元户"这个称号。到县里参加劳模表彰大会，披红戴花登台领奖，县长黄乾佩亲自给他发了块写着"勤劳致富，爱国光荣"的镜匾。镜匾挂到家里厅堂最显眼处，父亲就愈发的高兴了，到了秋天，他联合本村两户人家，承包起云际山上五千多亩荒山，请来工人，采籽育苗，垦地炼山，把这些荒山野岭营造成了一望无边的杉树林场。

苗圃培育的杉树苗，自己造林用不完，当然就要外销出去。周边几个村屯见父亲造林势头如此强劲，也心动了，纷纷跑来苗圃买杉苗，他们的自留山场，也全都种上了杉树。而今，放眼贝江两岸，处处满目葱茏，无边无际的杉树林海，山风过处，泛起阵阵绿波。

这批杉木苗，父亲收入将近 20 万元。

命理书上说，1935 年生的人，勤劳正直，头脑聪明，但不善蓄财，我以为说的很对。父亲不停奔忙，所得每一分钱，或者投到了山上地里，或者资助贫困亲友，或者借给生意场上的朋友。

入秋后的某个日子，我和三弟回家，午后日头将地坪晒得冒起白烟，家的大门敞开着，却没人在家，寻到屋头，透过竹林，见老迈的父母正弯腰弓背在小河对面的深水田里割稻，我和三弟跑过去，三下五除二把那田里的稻谷收拾了个干净。这是块烂涔田，别人家早就撂荒不种了，父亲却出钱租来种。为这，我们兄弟不止一次数落父亲，每次他都说就种这一稻，明年再也不种了。父亲说是这样说了，但年复一年，那些田却总不见闲着。

平日里再忙，父亲也必定要把房前屋后收拾得伶伶俐俐、井井有条。秋天，瓜绿果黄，鸡叫鱼欢。瘦黑的父亲搬来张躺椅，难得一见地在斜阳下打起盹来。

而那些从父亲这里赊取杉苗，或借钱的人，生活不容易的，还与不还父亲从不理会；几个做生意的朋友，都跟他借钱，所借的钱数目还不小，父亲资金周转不过来，也曾催过他们还钱，这些人却总是找这样那样的理由拖着不还。据我所知，像当时中寨乡搞木材生意的李树华，借了父亲一大笔钱，后来钱没还上人却殁了。父亲说，人死债亡，算了吧。融水镇西廓村吴小芳，小父亲至少 10 岁，却异常热乎地跟父亲打上了"老同"，借了父亲三万元，拍胸口保证年底一定还清，结果年复一年，直到父亲住院我上门去追讨，他都不还，说什么下个月就有笔进账，到时他一定会亲自把钱送到家里来。"放心吧哎哟，别说我同年住院要用钱，就是不住院我也得还他钱了，这钱借了许多年，我真不好意思啊！"

我是多一句话也不想跟这个人说了。

父亲的善良，或许会像一枚钉子，楔在这些人心上。倘使这些人还有一颗人的心！

四

2011 年 11 月早间一个周日，父亲来柳州看我，说近段总觉得不太舒爽，脚风湿痛得难受。我带他到小区近旁的市中西医结合医院检查，检查结果出来，门诊医生看看单子，又看看父亲，满脸狐疑，说得住院了，这样子不住院治疗不行。为便于照料，我决定让父亲就住进这家医院。

这是父亲这辈子第一次住院。

表面上看，父亲的身体还真像是没有问题，他依旧跟过去一样的坚强、镇定、乐观。但检查结果显示，他多种毛病纠织于一身：尿酸奇高、血压也高，左肾严重衰竭，肌酐指数高。医生端详了父亲许久，问："你有什么感觉？"父亲笑了笑说："除了这脚痛，别的没有感觉。"医生说："没那么简单的，你是我见过的第一例病症严重却看似没病的病人，住院吧，好好治。"

从这天起，我便在家、单位、菜市场和医院这四点一线间陀螺般忙开来了，一日三餐换着口味给父亲做饭，盯着他把药吃了，守着他打完点滴。好几个夜晚，我衣不解带伏在父亲病床一头，熬不过去了就昏然入睡。早上查房的护士脚步轻盈，却往往让我一个激灵醒了过来。护士说，对床的病人晚上回家，你可以上去躺躺的。医生来了，也这样说，但那床我一次也没躺过。

因为实在赶不及，有两次局务会我没能按时参加，局长很不客气地当众训斥了我。

这期间，还得管着个来柳州念初中的侄子，忙和累的叠加，让我眼见着消瘦了许多。这时候，却是父亲反过来安慰我："不要急啊，凡事该哪样就是哪样，急是没有用的。"

父亲叫我带些书给他解闷，我给他送去《三国演义》和《明朝的那些事儿》。有时候，他会和我讲起过去的一些事，我也主动跟他谈及他的一些朋友。当谈到他在柳州的几个好友时，他很高兴，说："好吧，过几天出院了，就先去看看他们，然后再回融水。"

下午的阳光很暖和，药水点滴完后，我搀着父亲下楼，到医院附近一家理发店理发。理完发回到病房，调好卫生间喷头出水的水温后，脚底滑了一下，顿觉让父亲独自淋浴会很危险，于是盛了热水，放好凳子，叫父亲进来洗澡。搓洗完头后，父亲见我还不出去，就显得有点难为情。我说："这有什么呢？把衣服全脱啦，这水都又凉了！"

看着父亲瘦小的身体，我鼻头禁不住一阵酸楚。深秋的阳光透过窗玻璃照射进来，光柱里是无以计数悬浮在半空中飞舞的尘埃。人，是世间最伟大的生灵，但有谁敢说自己摆脱得了和这尘埃一样细小、无助、随风飘荡的际遇，再庞大的躯体，也经不起细小的病毒、细菌侵掠，一粒看不见的感冒病毒潜过来，就可以把我们击倒击垮，此时，无论计划如何宏伟、精致、有用，都随时可能付诸东流。

洗了澡，父亲说舒服多了，我得坐一下，成天躺着的，骨头都痛完了。他回忆起过往的岁月，说青年时代公社开展社会主义劳动竞赛和覃秀峰伯去贝江放木排石门潭滩头木排被冲散了险些遇难的事，说在县糖烟酒公司时下乡去搞毛泽东思想宣传队的事，说在供销社上班时贝江滩头拉纤的事，说在拉利原购销点创办竹签厂以及到宜州搞米石厂的事，还说到了为催纸夹板欠款几次上北京通州找空军某部生产基地徐主任的事……这一个下午，他都兴致勃勃的。

这个下午，父亲还说到了他的几个发小，其中之一，就有曾给他颁发县劳模奖、融水改革开放后第一任县长的黄乾佩，他为黄伯伯后来的际遇再三感叹不已……

一个多礼拜过去了，父亲见还出不了院，就有点急起来了。他跟医生说："这样下去不行，我家里还有很多事情要办的，你们该用的药快点用，要不我就出院了。"我也直接问医生到底能不能治好，要不要转院。医生说能治，但不会很快，要有耐心。

又过去了20来天，见每天仍旧服一样的药，吊一样的药水，父亲的烦躁便到达了极点，他抵触我，反抗他自己，更反抗医生和护士，拔针头、摔东西、赌气不吃饭，闹着要回家。我极力解释、劝说、安抚，还喊来了早几年随单位——一家国有兵工企业从融水迁来柳州的亲戚陪伴他，帮着做工作，父亲这才稍稍安定了下来。

那些天，他时时牵挂着老家橘园里该收摘的美国橙，还有那鱼塘里的鱼。美国橙这晚熟水果，老家的果园里每年都有五六千斤收成，这橙子用不着拿去市场卖，春节期间自会有人来家买。果园加上鱼塘，一年的收入在两万块钱以上。三弟来看父亲，说收果的事用不着操心，他回去就找人全摘了，做好保鲜；鱼塘的鱼，就更不必操心了，老妈会料理好的。

父亲看来是放心了，他积极配合着医生的治疗。

就在我暗自庆幸一切将要好起来的时候，突如其来的意外竟差点击垮了我。那天，出差来柳的融水兄弟韦世美，听说父亲住院，专门赶来探望，这也是父亲住院后融水第一个来看望他的客人。父亲还记得世美，见了他分外高兴，念念叨叨说了不少话。晚上，我做好了给父亲的饭，叫侄子送到医院，还叮嘱他看着爷爷吃完饭后把饭盒拿回来。侄子回来时，说爷爷心情很好，送去的饭菜都吃完了。我跟世美开玩笑说："还是你这当过乡长的有办法，会做群众工作，你今天跟他那样一讲，他思想就通了！"妻子吃罢饭，说她先去医院看看，要我们晚点再过去。结果20分钟不到就打来电话，火急火燎说出事情了，得赶紧过去。

我一路狂奔赶到医院时，医生已在病房里用屏风围起一个狭小的手术空间，父亲躺在移动手术台上，额头、半边脸上都是血，穿在身上的衣服，一只袖子给剪开脱了下来，也沾了血渍。我问怎么回事，医生说是父亲下床时跌磕的，得清洗创口、缝针，但问题不是很严重，不用着急。

我很难过，真想找个地方大哭一场。紧张了半个多月，满以为今晚能放松些许，却不料是这样一个结果，我怅然无助地祈祷祖宗显灵，帮我一把。

又过了两天，主管医生把我叫到他办公室，说现在看来不好办了，得转院，估计老人并发了脑梗，他们这里没有CT，无法做出确凿诊断。我的老天，这话怎么到了现在才说呢？你们这可是二级甲等医院啊！此时再多的怨恨也没有用，只得打电话给在学校上课的妻子，让她赶快请假过来帮忙。办完转院手续，市中西医结合医院的救护车一路呼啸把父亲送到了市人民医院。

CT检查结果出来了，果然脑血管梗阻，而且情况还不一般，医生会诊决定先治脑梗，其他问题跟着解决。

经过一段时间的吃药打针，梗阻疏通了，父亲的情绪也就稳定了一些。接下来治疗肾衰竭，泌尿科从主管医生到科主任，轮番动员我们签字做透析。在百度，我了解到了透析的必要性，以及做了透析可能产生的难以排除的预后，情况与医生的说法很不一样，于是我断然地拒绝了他们。后来的事实证明，我的决断是正确的。

十分滑稽的是，那天从住院部下楼，我舍电梯走步梯，在三楼拐过那层的通道时，不意间就见了大门紧闭的透析室，这透析室门口，贴了副对联，对联的内容，与生意人家求神求财求旺没有两样。看着这副对联，再俯瞰一楼门诊大厅来来往往熙熙攘攘胜过春运时火车站汽车站里的人流，我心中禁不住升腾起了阵阵悲凉。

父亲终于能够下床行走了，尽管还很不利索。但无论我们怎样劝说，他就一句话，出院回家。最后只得办了出院手续，送他回到那青山四合的小村庄。

初冬时节，白天还有淡淡的太阳，到了近晚，便寒意砭骨了。回到家已是后晌，夕阳归山，收了柑果的屋前橘园里，美国橙的青枝绿叶映照着中国大山里的残阳，一派葱郁逼人。父亲从屋头柴火堆里扯出根木棍，当拐杖拄着，云际山就在他眼前，他定定地朝山上望了许久，才一瘸一瘸地挪进果园，右手拄着木棍，左手伸出去清除果树上的枯枝。有事情做的父亲心里快活了，就哼起了歌曲来："朋友来了有好酒，若是那豺狼来了，等待它的有猎枪……"

寒冷的天气对于脑梗病人，危害最大，这是我着手写这篇文字时才从网上了解得到的。冬天的云际大山里，出奇的冷，就算不起风，寒流也会顺着大山冲槽、小溪缓缓覆压过来，将房前屋后的杉木柱子、枯竹篱笆冻得咔咔直响。寒冷如同看不见的小虫子，沿着衣领、衣脚、袖口径自钻到身上来，继而啃噬入骨。电火炉取暖，暖了前面却暖不了后面；烧木炭呢，要好点，暖气可以回旋一室之内。但烧木炭，从生火到整个炭盆熊熊燃烧，得花不短的一段时间。就因为这初冬的寒冷，父亲回家还不到半个月，又来到了柳州，住进据说治脑梗很有实力的市工人医院。

我知道，父亲不到万不得已，是绝不肯离开云际山的。但父亲哪里会想到，从此以后，他就再也爬不动山了，一根拐杖从此与他形影不离。拿着拐杖他还不服，再次出院后，我把他安顿在县城大同街的家，由母亲照料他。这条街有不少原木帆社的老职工，当年都给父亲他们运过货的，平时父亲对他们，都热情有加，父亲住在这里，应该不会寂寞。可人住下来了，父亲心却住不下来，他上街买了一大堆高筒水靴、镰刀锄头，盘算着哪个时辰到来，就应该上山去护理他的杉树和竹子了。

此后的双休日，我都赶回融水探望父亲，帮他打理卧室，陪他吃顿饭，说说话。这说话中，父亲自然要提到山上杉林抚育的事，说抚育得赶紧进行，不然林木就会被草藤缠住，长不起来；说那几块田的来水沟，也得整理了，否则没水进田；说果园果子收了，得及时剪枝追肥，要不明年就挂不着果了。这些话听得多了后，我便不耐烦起来，很急躁地打断他的话，不容他再说。这种时候，父亲便很失落，也很难过。然而最终，我还是拗不过他，不得不答应他，等天气暖点了，就送他回去。

五

好在这年的早春不长，寒流在不知不觉中消失了。

但此刻，父亲的腿脚却更加的不灵便了。虽说此前也要攀附着楼梯扶手慢慢腾挪，但他终归能够自己上到四楼来；现在等我做好了饭喊他上楼，他是真的走不动了。伴随着夏天的到来，他回老家的意志也更加的坚定了，他长时间枯坐在一楼厨房那张躺椅上，不吃不喝，也不说话，眼眶里不时有泪光闪烁。这让我突然间意识到了点什么，我心头悚了一下，当即决定收拾好他的衣服、药物、日常用品，开车送他回村里去。

故乡是剪不断的脐带。一个人，假如最终无法回到自己的包衣地，将会抱恨终天。

初夏的阳光很柔和，云际山被映照得一片透亮。自从离开家乡后，我就很少登上这座大山了。今天，我决计再上一次这座山的顶峰，去看一看能让一位八旬老人如此迷恋的这座山，到底有多大的魅力。我叫上堂哥，我们径直从寨子后头山的正面爬上去，这是上到云际山顶最短的一条路，这条路弯弯曲曲，路面坑坑洼洼，一不小心就会把脚崴了，从山麓到峰尖，有五个大拐弯，三十几个小弯。到了半山腰，就有不少路段是走在坡脊上的，还有不少的路段，一面贴着山体，一面下瞰悬崖。

跟堂哥消除隔阂，已经许多年了，不管怎么说，我们总还是依袭着一份血缘的。"兄弟阋于墙，外御其务（侮）"，何况父亲对于他，远胜过生身之父，就是分家以后，父亲也还时常暗地里保护着他。刚把田分到户那年，堂哥家分得的牛窜进寨上一人家的菜园子里去，这家的主妇便抢起柴刀把牛的脚后筋给砍断了。牛被砍断脚后筋，也就废了，种田人没了耕牛，那结果可想而知。砍牛的人家以牛侵犯他们的利益在先，强说他们砍牛没有错。父亲就跟他们摆事实，讲道理，最后，砍伤牛的这家人不得不按市场价赔了堂哥的牛钱。我离家外出闯荡较早，对父亲在山上做的一切，是模糊的，堂哥却一清二楚，我们的自留山、承包山场的四至界址，他也没有不知道的，甚至连祖父当年在山上的创业，堂哥都能说出许多根根茎茎来。

半山腰的林荫小道旁，几棵酸枣树斜立着，绿油油的枝叶间，挂满了蚕豆般大的酸枣子，这还没成熟的酸枣，皮色青翠，略带灰白，一粒粒挤挨着，从叶缝间探头觑脑，争抢着要看天上的太阳。当年放牛或扛柴火路过这地方，酸枣子熟了，我少不得在这几棵树上蹭上溜下，尽管那酸枣酸得牙齿都要软了。

爬了两个多钟头，云际寺还高高在上，此时的我，早已汗流浃背气喘吁吁。从这里极目远眺，融水县城尽收眼底，蜿蜒曲折的贝江河，游龙一般，就在眼前。贝江之北，是以云际山为主峰派生出去的重峦叠嶂，山峦间溢满了缓缓移动的晴岚雾霭，山峦就像是大海里一座座小岛，这些岛屿，覆盖着郁郁葱葱的杉林，恰似一波波绿浪。堂哥说，对面那片从寺庙延伸到沟底下来的林地，大约五百多亩，是村里分给我们家的，20年前，父亲拿这块地种了杉树，这拨树，前几年砍了，却没卖得什么钱。

这个我还是知道的，那年父亲请来三江富禄的苗胞帮砍树，人扛马驮运到山下，剥了树皮尾径达20厘米的杉木，堆满了寨底下西江河两岸。杉树刚砍，国家宏观调控就来了，这堆木头，300块钱一立方米都卖不出去。而在这之前，尾径18厘米的统材，最低价每立方米都能卖到700元。此一役，让不断寻求干一番大事业的父亲，再次遭遇了"滑铁卢"。那段日子，只要一回到老家西江，我就跟父亲较劲，我把造林难致富的现实说透了，可父亲却执意要继续干下去，他让富禄苗胞们在砍过树木的林地上开垦，把联合体承包的荒山炼了，开挖树坑，还要我们兄弟几个给他凑钱，说是要给工人开伙食费、工资。"算是我借你们的吧，等我卖了木头还你们。"

我问堂哥，这庙底新种的杉木怎么长得这般快，看样子没过几年又可以砍了？堂哥说："这不是新种的，是窜蔸林，砍了木头后从树蔸窜出来的新苗，一般长得都快。这片林地有新种的，那是在窜不出苗的地方补的树秧，这些树秧，长得都慢。前年，我叔不晓得听哪个讲的，说杉树林里适合间种竹子，这块地里，他又种进去不少楠竹。云际山几个冲槽，种竹子还是蛮合适的，当年我们公种的楠竹，大的都有鼎锅那么粗。"

堂哥还说，翻过前面山坳，就是他家分的山场，他几个儿子也把山场再分了，各人造各人的林，过个一二十年，这杉树就可以砍了。造林好啊，造林好比开银行，砍树就像是从银行里取钱。

我说取钱是好，但到那一天不给你把钱取出来了呢，怎么办？

堂哥笑嘿嘿说，那，不可能吧？

盘过山坳，先到十二株，到了这里，离山顶就不远了。从十二株往东，五道山脊分割的冲槽坡地，就是父亲他们造林联合体的林场了，当年种下的杉树，现在树根都茶杯口般粗了。堂哥说，这些林木只要再抚育一次，就可以任由它们自己生长了，你爸他挂记的，就是这个事。

一条清亮的小溪拦着了我们的去路，它在平野上哗啦啦地流淌了一段，跟着又一头扎进了深涧里。平野之上的那片松林，是美国湿地松，面积五百来亩。这个我知道，当年为了拿到这批美国松苗木，我陪父亲到县林业局副局长谢子秋家去过，想不到二十多年后，这些苗木长起来了，长成了能掀起阵阵松涛的林海。

我为此地有如此宽阔的平坝感到疑惑，正要出声，堂哥就发话了，说这里原是我们祖父母当年开垦出来的田亩。

哦，我似乎明白了些什么！

松树林下边的冲槽，又是一片竹木混交林，这当然也是父亲的杰作。那年，为拿到这批速生丰产毛竹的竹苗，我跟父亲到融水乡林业站老潘站长的家喝酒。潘站长说，这竹子生长很快，三年后即可出笋，而且产量高，春笋每亩达 3500 公斤，冬笋 500 多公斤，年产值超过两万元，种植规模达 200 亩，年收入就不会低于 300 万元。父亲的目标是 500 亩，已完成的这 100 多亩，年后就可以出笋了。

从十二株盘过云际古寺，有一段不短的距离，这段地界里，有好几株杉树笔直向上，耸入云天。堂哥说这是父亲特意留作采种用的。哦，他肯定是汲取了当年四出采集杉树种籽无比艰难的教训，故而特意留下这些树木了。堂哥说那倒不是，这些杉树经过用心培育，生长速度以及抗风雪抗病虫害等方面性能都很好，留作种子，二代木材质量将会更加坚挺。

经过一处房屋宅地遗址，堂哥说这就是他们当年的家了。我仔细打量这个遗址，从宅基地看，当年的房子坐北朝南，横宽20来米，纵深10米，垒基的片石粗粝厚实。想当年，这基石之上，也就是几十根木柱子矗立着，然后板壁或竹篱镶嵌，屋顶上，覆盖着木皮或茅草。屋前及东西两端，有柚子树、柿子树、梨树和茶树，都还郁郁葱葱地茂盛着。我无法揣测得到，父亲每次经过，是否会在这里逗留、沉思，但是我想，他这辈子之所以能够持之以恒地倔强拼搏，克难奋斗，且毫无怨言，一定是这个地方，常常在给他以某种昭示。我清楚地记得那次他陷入迷糊状态时曾跟我说，云际山上我砍有几蔸杉木，你用那些木头做个房子，让我去那住我就满足了！

金色的阳光又一次冲破云层洒了下来，映照在漫无边际的杉树林上，碧绿的针状叶片显得格外的苍劲有力，展示出这崇山峻岭的无限生机。

上世纪70年代末，父亲辞职回来，这座大山，便布满了他的足迹。他的人生字典里，有个典故他最爱，那就是"愚公移山"！

六

五月里，已经考取国家公派留学，准备到比利时攻读博士学位的儿子，在出国前回了趟柳州。在北京读研，他已有三年多没回来了，这次回来，他说要去融水看看爷爷奶奶。我自然很高兴，决定周末就去。朋友老覃听说了，也定要跟去，车子都快要开出城了，还硬要我们回头接他。说："我怎么也得去看看老爷子！"到家后我在厨房里忙着弄饭，老覃说老爷子见了孙仔，好激动，搂着孙子亲了又亲，连说你回来了，你终于回来了啊！儿子的眼眶红了一阵，把手机递给老覃，让覃伯伯帮拍几张跟爷爷的合影。老覃还说，爷孙两个相挨着坐在屋头那张长木凳上，老爷子说道他治山种树的设想，当孙的说："阿公，你老了，就不要成天往山上跑了，好好休息休息呗！"

我想，这必是上天的着意安排，让儿子在出国前见上他祖父一面。

曾经，儿子给他爷爷的信，是他爷爷极端的珍爱，但凡有客人来家，当爷爷的都会拿出来展示一番。

父亲对我们的夸赞，从来都是背着我们的。

大爱无言啊！

中秋节到了，我又匆匆赶回老家，做好了饭叫父亲起来吃。这一次，他起不来床了。离家时，我进到房间跟他说，爸，你一定要坚持住啊，国庆放长假，我再回来看你！父亲伸过手来拉着我的手，说："你讲话要算数啊……"我何曾敢想，与他五十多年的父子情分，竟由这样一句话来作结。或许他还要说些什么，我却再也无法听到了。作为他的儿子，我秉承了他不服输的性格和说了就做的脾气，一直也在匆匆往前赶。

这，就是命。

上面说的是我反复想到的，我想到的我大体都说到了。但父亲于我，终有我想不清楚的地方，我为此长久地难以释怀。此间的某日某时，父亲老友莫强伯伯的一句话突然跃入我脑海，我这才似乎有了一刻顿悟。

莫强伯伯对我父亲说的这句话是：一般人是很难理解你的，不管你在哪里，也不管你做什么，结果都是这样！

莫强伯伯先后参加过柳北抗日挺进队和都宜忻人民解放总队，是县供销社领导，曾经很长一段时间被"靠边站"。我发现，莫强伯伯是父亲众多朋友中极其难得的诤友，父亲辞职，莫伯伯是极力反对的，在此之前，他还曾多次设法要将父亲调进他主管的县土产公司。

他们这一代人，经历非同寻常，有一个早晨从平地里腾空，华彩绚丽的；也有不知道哪一刻从云端上跌落，众叛亲离的。但不管怎样，他们这代人都有一个共同的特质，那就是坚忍不拔，志在必得，他们行动大于言说，他们的行动必将在一定的范围内产生影响力，其能量无异于空谷足音。

我于是理解了，父亲一直在用他的行动，潜移默化地影响着我们；而我们，则需用自己的毕生，去消化他的影响力。

然而，我曾很长时间里跟父亲抵牾着，并且从根本上对他的感受置之不理。现在想来，不论是谁，最大的痛苦看来也莫过于失去理解和呼应。

后悔已没有用，留给我的，就只有忏悔了！

2015 年 9 月 29 日凌晨 3 时许，四弟在电话里说，爸走了……

我起身穿衣，踱进书房，索寞地坐到写字台前，手指在桌面上来来回回划拉，整个大脑一片空白。过了许久，天边起了曙色，妻子已收拾好换洗衣服，说动身了吧，出了城，天就亮了。

连日里，族上的人和乡亲们都来了，他们忙里忙外，甚是劳顿。我失神落魄坐在屋檐下，仰望着高耸的云际山，看山头的云和山上的树，一任眼泪在胸腔里奔突、滚涌、积蓄，喉头间却发不出一丝声响。父亲这辈子来去匆匆的剪影，不时掠过我的脑海，特别是当后来这几年他经受疾病折磨所透出的痛苦神色，电影般在我眼前回放时，心头就像被螃蟹的巨螯死死钳住一样。

"树犹如此，人何以堪？"在这世上整整拼搏了 80 个年头，父亲也倦了，累了，累了倦了之后，撒手走了。他这一走，又何尝不是解脱呢？

但巍巍青山啊，你对于父亲，究竟有着怎样异乎寻常的分量！

10 月 2 日近午，我们送他上山这一刻，秋阳倏地冲破重重迷雾，将和煦的光辉洒遍了远远近近的峰峦。

斯人独憔悴

出门搔白首，若负平生志。

冠盖满京华，斯人独憔悴。

——杜甫《梦李白》

一

这些年来，我在百度上反复寻找一个人的相关资讯，搜索的结果，令我沮丧到了极点。

这个人，声望当年横跨融水政、经、文、教数界，可谓尽人皆知，无人不晓。但一向十分给力的百度，对这个人却出奇的悭吝，任凭我转换方法频频输入多个关键词，最终跳出来的，却只有一篇他与别人合写的文章。严格地说，这是一个调查报告，标题为《浅谈融水县活立木蓄积量减少的原因及对策》，刊发在1988年出版的《广西林业》杂志第二期，署名：韦仲伦、潘兴登、莫志成。我要寻找的，就是三个作者中最后这一位——莫志成。

对百度的吝啬，我颇为愤懑：为何那些垃圾一般无聊、恶俗得让人难以忍受的东西，左一条右一条接连不断充斥着网页，而像莫志成这样在一个县举足轻重的人物，却连最简单的生平简介都没有。你百度真的就这样残忍，这样决绝？但是很快，我就知道我错了。

百度百科的"人物"条目，大部分是自己，抑或圈子里的狐朋狗友做的，以此自吹和互捧。有一定贡献和影响力的人物，则由官方来做。那么，悭客自有其主，我责百度，完全错了。

曾经众口交赞的"大苗山好儿子"走了，赤条条的来赤条条的去，像风一样吹走，不留丝须痕迹。在儿子这方来说，真的是赤子了。而在像路人甲、路人乙之类的父母兄弟姐妹一干众人那里，照喝酒，照聊天，照玩乐。"小楼一夜听春雨，深巷明朝卖杏花。"若向他们问询这个走了的"儿子"，或茫然，或垂首，或是顾左右而言他，通通不肯轻置一词。"亲戚或余悲，他人亦已歌；死去何所道，托体同山阿！"这样看来，在他的身后，在他所挚爱的那个地方，也就只能如此而已。

二

但是在我，却是要写下这篇文字的。假如不写，我将永难安宁。

我不矫情，也不用借名人、要人来抬高自己，恰恰相反，如果有违我的做人准则，有辱我的人格尊严，纵使对方握有生杀予夺利器，我一样会拍案而起，夺利器而对决。这脾气，有与生俱来的成分，也有长期以来受到莫志成老师影响的成分。

三

1979 年，我 15 岁，正在融水县中学读书。五月里的一个上午，我刚做完课间操回到教室，就被学校总务处来人叫去接听电话。说来可怜，我是到这个时候，才第一次有了接听电话的机会。到了总务处电话机旁，我傻乎乎地东张西望不知所措。总务处龙阿姨见我这个样子，笑着指指搁在一旁的话筒，说："拿起来接！"

这个电话，是莫志成打来的。他自报姓名，然后说他是县广播站的编辑，我寄给他们的稿件已经收到，写得不错，已经采用想和我见见面，问我什么时候可以到他那里去下。我听了，激动得声音直打战："中午放学，我，我就可以去。"

多年以后，我才懂得为自己的冒昧失礼愧疚。搞文字的人，一般会打更熬夜，那么第二天中午就必得小憩以弥补夜间睡眠不足。初夏中午，我却去吵烦一个不曾谋面的老师，足见当时我这个"山里的孩子"不识礼节到了何种程度。

吃过午饭出发，找到在县总工会大院里办公的县广播站时，已是下午 1 点钟了，院子里静悄悄的，只有树上一些鸟儿不时发出声声啼叫。问过门卫，知道那坐在平房前桉树下，怀里抱着个睡熟小孩的人，就是莫志成老师。莫老师分明也看见了我，腾出手来招呼："你是晓明吧？过来过来！"他一手抱着小孩，弓身进屋拿来一把小靠椅："坐，坐！"再进屋，弓着身，拿了一杯水："来，水，水。"又进屋，拿了篇稿子："这是你的大作。"

我说要来，莫老师就长时间抱着孩子在门前的桉树下等我。

眼前这位令我受宠若惊的莫老师，也就二十七八岁样子，个头不高，额头高，眼睛不大，单眼皮，面貌有点像今天我们熟知的大作家莫言，口音则和我们班上永乐乡来的同学一个味。我问："莫老师，你老家是永乐的吧？"他很惊讶："是的，是的，你怎么晓得？"我说有几个永乐的同学，说话口音很像他。这样，莫老师就从我的学校、学习、生活问起，嘱咐我好好读书，争取考上大学。他说你的文章写得很好，昨夜广播播了，知道吗。我说不知道，学校没接县里的有线广播。莫老师"哦"了一声，又说，你喜欢读鲁迅的书，是吧？读鲁迅的作品好，但作文不要模仿鲁迅的口气。他那个时代，是那样说话的，我们现在还这样说，就不对了；而且半文半白的句子，播出来听众听不明白，还是简洁明快好，要明白如话，人人看了、听了都懂才好。我低头翻看我的习作，只见 3 页稿纸都涂上了一道道红墨水，那一刻，我的脸肯定也红得像那几页稿纸一样。

大约一个月后，学校的高音喇叭，每天早晚也开始播送县广播站的融水新闻了，我的名字，很快就为同学们所知悉。

学校肯定有新闻，但那时候，我哪懂什么新闻啊，我写给县广播站的，都是些谈学习、谈成长之类的心得体会作文。莫老师给了我非同一般的关爱，这些作文，他都修改签播了。每播一篇，我就得到五角钱稿费。

但这期间，有一篇应该算是新闻的稿子却不见采用，令我很纳闷。

此新闻稿，乃一兄弟加文友的"拜把子"带我去丹江中学（我后来在此辞职的融水县二中）访问黄武强先生所得。那天，匆匆赶到黄老先生平房住所时，黄昏已矣。此前坊间盛传浩劫中被灌马粪的黄老，出干校就失语了，孰料见面，他说话清楚得很，还不停地催我们提问题。我不知道该问什么，只好做记录。黄老师侃侃而谈，间或停下问我记得全没有。临别，老先生起身，低头从面前的学生课桌箱桶里扯出几张白纸，拿过毛笔、墨盒，认认真真抄写他的两首"七绝"送给我们。当晚，我将这次"采访"写成千余字的报道，投进学校附近的广播站稿箱。此后天天留意广播，一个星期过去了，这篇稿子都没见播出。再见莫老师时，我壮胆问收到稿子没有，莫老师不回答，却讲他们站里有个耳朵背、已经准备退休的老同志听错了领导讲话，在调整办公室搬家当时，把站里唯一一台电视机给摔坏了。为电视机该不该由老同志赔这个问题，全站分成两派，互不相让。

至今，莫志成老师不答我问，却给我讲故事的原由，我还无法理会。

四

随着投稿次数的增多，我与莫志成老师渐渐熟识了起来。有段时间，一有课外活动我就往县广播站跑，送去稿子顺便看莫老师编稿改稿。

20 世纪 80 年代，融水县广播站在邮电局旁、几个街口和县直单位门口都设置有投稿箱，通讯员将稿件折叠好，连信封都不用，直接就塞进投稿箱。每天早晚，县广播站工作人员骑着自行车一路开箱取稿。稿件汇总登记后，按新闻（消息和通讯）、文艺（新闻以外的所有稿件）两大类再分给编辑部两个编辑。莫志成老师负责编新闻类稿件，这种工作对他来说小菜一碟。他端坐办公桌前，手执朱红大笔，俨然那一堆稿件生死去留之判官，不能用的稿子，他在标题上方写"不用"二字；决定用的稿子，他三勾两画，几分钟就搞定一篇。

他改好一篇，就顺手递给我："帮看看，有改错的没有，还可不可以改？"我就仔细揣摩他修改过的地方，推究他为什么要这样改，他这样遣词用字有什么好处。这样的经历，大约持续了一年多。

莫老师不吸烟，却爱喝点小酒。他喝酒讲究杯杯见底，喝完亮杯，杯中不许留有半滴，否则，一例加罚一杯。酒意微醺时，他会令我拿笔记录他即席口授的新闻稿。一篇几百字的消息，他文不加点讲完，标题、导语、主体、结语一应俱全。口授完毕，他又让我用普通话朗读记录稿，他则一边听，一边指出我记录的失误。

每年春秋两季例行的全县通讯员作品研讨班、写作培训班，莫老师都郑重其事地给我发通知。县里请来广西人民广播电台、广西日报社资深编辑、记者给培训班学员上课，评改作品，此种机会于我来说，不啻"三好生"奖励。因连续两年获评积极通讯员，到 1981 年我高中快毕业时，县广播站给通讯员统一换发记者证，我也领到了这个由县委宣传部签发的红派司。

彼时，县里对广播站的重视，几乎到了无以复加的程度。县广播站直属县委宣传部，正科级编制，统辖全县各乡镇广播站。思想解放、拨乱反正、改革开放、家庭联产承包、处理"文革"遗留问题……所有重大信息，都从那个大院平房发布出去。因此当年的县总工会，是融水唯一一处警卫森严的地方。

因为重要，县广播站搬到了秀峰路，有了独立的院子和办公大楼，莫志成老师也承担了更重要的责任，官至主管业务副站长。

此后的县广播站自办节目，内容更加丰富起来，除了新闻、文艺作品外，影评杂论之类的文章也大量播出。我写的《浸透阳光的泪水——评故事片〈等到满山红叶时〉》，莫老师签发时说："这篇可以一字不改了！"那个星期，我心里灌满了蜜糖。

风靡一时的流行歌曲，县广播站也不停地播。比如《牧羊曲》《军港之夜》《在希望的田野上》《请到天涯海角来》等，甚至还播放了邓丽君的歌。不久就听说，县广播站受到县里某领导的严厉批评，莫老师也被责令写了检讨。但那几年，融水县人民广播站却连连获自治区嘉奖，因为自治区的调查统计表明，融水广播站自办节目收听率，在全区各县总是名列前茅。

20世纪80年代初，文艺复兴、精神多元、探索无罪，那是多么值得留恋的岁月啊！

五

我辗转山区几所中学当老师后，纯粹意义上的文学创作基本停止，给县广播站写稿的闲情逸致，也被繁重的教学任务挤掉了。但每次回家，我都要到秀峰路边上的院子里拜访莫老师，并且加入了他们那个开怀畅饮的圈子。

非凡的亲和力使得一大群人聚拢在莫老师身边，他一举手，一投足，便自然而然透出能左右身边人的"派"来。他不媚上，却关爱、亲近左右及下属；对那些庸碌短视之辈，他的评价也只一句"这个人，唉，咪拉咪唉的"罢了。

但是，当知道我遭遇不白之冤（并非我向他诉说）时，他却拍案而起，直斥冤屈我者："这小人落井下石的诬陷你也信？用这种突然袭击的把戏对付一个涉世不深的年轻人，良心何在？"莫志成老师怒目金刚的义举，令不少人误以为我们有亲戚关系。莫老师嘱我："不要怕他们。这些靠抄山歌起家的，董花咪才是他们的衣食父母，他们只敢在你面前耍威风。唉，有什么了不得呢，还不是咪拉咪唆的！"

董花咪是融水20世纪六七十年代的"歌王"，她山歌唱到首府南宁，声名盛极一时。可这"歌王"斗大字不识一个，于是抄了她山歌拿去报刊发表的，很快也成了名人，并且还当上了领导董花咪这类人的官。

永乐一乡，英豪辈出。柳北抗日挺进队司令员莫矜，当年跃出永乐磐石群山，率一干飒爽英姿儿女纵横百里融江，神没鬼出，歼敌无数，令日本鬼子闻风丧胆。从此，耿介遗风在玉融大地浩然吹开，遂成一统。我读莫矜史料，常会不由自主地想到志成老师。正直耿介的莫志成，拒绝一切奴颜婢膝。他有个从小到大玩在一起的伙伴，官至正厅，他从不言及。有知情者欲经他求"厅官"办事，他说："这个我都不好意思，你好意思？"

一日，赶圩的弟弟找来，恰遇我俩怡然对饮。其弟坐下，才干两杯，就面红耳赤地诉说起家中田亩被人强占，很可气，打算找人与强蛮者"过硬"这事。见他们谈家事，我欲退出，被莫老师喝住："别走，你也听听。"兄长肃然与弟言，此等事体绝不可蛮干，得找村里，村里搞不拢，再找乡里，一步步按程序走下去，直至走通。万不能一遇事就动怒，更不能"布衣"跟"布衣"动"布衣之怒"。接着，他来了段古文，"秦王曰：布衣之怒，亦免冠徒跣，以头抢地耳"，停下，饮一口，问："晓明，你说，语出何典？"我隐约记得学过此文，然论题目和出处，确乎答不出来了。莫老师"嘿嘿"一笑，眯缝着眼睛盯我："高考语文状元，不过乃尔。自罚一杯！"接下来，他又朗然而出："……此三子者，皆布衣之士也，怀怒未发，休祲降于天，与臣而将四矣。若士必怒，伏尸二人，流血五步，天下缟素，今日是也……哈哈！布衣也有别，布衣可以是士，是侠士，是视死如归为名留青史之君子，也可以是莽夫，是颠仔，是逐利斗气逞一时快意之恶徒。晓明啊，真的要好好读点书，不要自鸣得意，故步自封，否则你那点东西过不了几年，就会全部还给你的老师。你信不信？"

早年参军入伍，退伍后又进到广西民族学院当"工农兵学员"的莫志成，胸有万壑，却甘为人梯，委实可佩可感。军队是一所大学校，广西民族学院又是一所大学校，读了两所大学的莫志成，功力自然不凡。他说，因当年捉笔挥洒大批判文章的需要，他们强迫自己囫囵吞枣狂读古今中外名典，由是，他们那些大块头文章，逻辑严谨，气势磅礴，力敌千钧，"就像一发发炮弹轰过去，顽固透顶的思想堡垒，顷刻土崩瓦解"。如歌岁月飘然而逝。十多年过去了，他竟还能够大段大段背诵《共产党宣言》《哥达纲领批判》等科学社会主义经典著作，着实令我钦敬不已。

六

在我数次申请调回家乡，却又数次被以"工作需要"为由责令在远离家乡的几个乡中学兜圈的时候，莫志成调到县委办公室当了秘书。用他的话说，是"专任文字秘书"，不是那种"搞照相的"或"搞数字的"秘书。我举杯庆贺："英雄终于有了用武之地。"

我调四荣乡中学后，儿子一岁多点，我们夫妇的工作又十分繁重，就想请个保姆，然薪资杯水，勉强温饱，保姆岂可请得起哉。偏偏这个时候，我的工作量竟又无端增加了一倍多。我借酒浇愁，却每每醉后醒来，痛感生存的无奈与无助。看着挤牙缝订的几种文学报刊，摆到书桌上才几日，便尘土盈寸，我的心头，也一片尘埃飘荡。

一日上午上完课，百无聊赖，便抱起犬子于陋室外楼廊梳小分头玩。我将儿子柔软的头发忽儿梳往左，忽儿梳往右，儿子静偎我怀，忽闪着黑亮如漆的大眼睛，百般乖巧听话。此刻心上，才铺满宁静和温馨，俗世的丑陋与残忍，一概抛到九霄云外。

忽地，校长在楼下大声喊我："有客人来！"从楼廊栏杆空隙往下瞰，就见莫老师笑眯眯地站在那招手。他旁边，除校长外，另有一位我不认识的高个子。

我抱着儿子赶紧下楼，莫老师说下乡路过，特意来看看我。他指着高个子介绍说："韦仲伦，也爱舞文弄墨。"他们买来一大堆菜，我们直接就去了厨房。莫老师洗手捋袖，争着掌勺，转眼间桌上就摆满了色香味俱全的碗碟。妻子买来散装酒，我说："没有杯啊，怎么办？"莫老师嗔道："装斯文，拿碗喝！"此等豪放，令妻子许久反应不过来。几天之后，她还意味深长感叹："原来这就是你崇拜至极的莫老师，难怪！"

此时的莫老师，俨然一地道"下乡干部"。他夸了我妻子贤惠能干，有旺夫相，又夸我儿子聪明，长得靓，还掏出张 10 元钱，硬塞给儿子。我说这还不到过年，师出无名。"哪有这么多道理！买玩具，不，买笔来乱写乱画你爸的书也行。"

妻儿离席后，我们又扯上了文学。莫老师说现在的文学全是狗屁，狗屁不如，什么小说、诗歌我通通不读。稍顷，复言："报告文学还可以，我现在只看这个。"

恐怕与我不熟，韦仲伦少有言语，只喝酒。我下午没课，结果我们喝到四点多。

此番聚首，差点改变了我的人生轨迹。

三天后黄昏时分，四荣乡党委副书记曾令亮不打招呼莅临寒舍。那个时候，四荣中学教工的宿舍和厨房是分开的，我一家三口在离宿舍百来米远的厨房正准备吃饭，书记大人就径步厨房，进门就说来得早不如来得巧，我来和韦老师喝两杯先。我和妻子惶然不知所措，妻子要再上街买点菜。他拦住，说："这就行，这就行！"也好，主随客便，喝吧！

我闹腾几番才挨着家门口拐了30度角的弯到这个地方，多少带有点"放"的味道，旁人看我的眼色，我清楚得很。我低头做人，无怨做事，除了教案，其他文体一字不写。再见吧，文学，我不做梦了。莫老师何方神圣，大家不知，故不惊诧。现在，本地书记大人轻车从简，找无梦人喝酒，这算哪道方程式呢？所以夜色中，总有那么几个脑袋朝我厨房探来瞄去。

书记大人与我，平生素昧，唯见过一次面，也是在教师工作会上。我识他，他未必识我。但书记就是书记，群众工作方法犹探囊取物。他说我的连襟是他中学的老师，并且当年对他很关爱。好，这就把我们情感拉近了。在说了一大堆他中学时代趣事后，猝然问我何时负笈梁柯林老师门下。我照直答，至此书记屈身寒舍目的粲然。他说在县里开会，梁柯林于他询我。语之曰，我的学生，你得多加关照。于是书记大人就来告知，打算提我到乡里妥加培养。

乡干部的职位，是不入我法眼的。梁老师亦戏称，那是一帮"撵山狗"。但梁老师做这样的安排，肯定有他的打算，于是我答应试试。

我真蠢！这是可以让我试的吗？我算老几呢？但书记并不以为忤，仍恳切相告："教育局那里你不必顾虑，现在财政包干，全乡老师、干部工资都由我们自己发，教育局不同意又奈我何。"

及后，县教育局果不同意："就怕你发不了工资，他的档案在我这里呢！此子动机不纯谁都清楚，入党了，要做官！"

屁股粘黄泥，不是屎也是屎。我说不是我爱得的，谁信？运交华盖你还不老实，还敢翻身！

再见莫老师，他问："工作怎么样了？"我答还是那样。他讶然："怎么，你不去乡团委干？曾令亮拍的胸口不算数？"

此前我一直纳闷：调四荣，还来不及禀报柯林老师，他怎么就会找了曾书记？现在，内幕里的一切，全都透亮了。

七

我下决心不再思量文学，就做个混日子的教书匠。然而，只要与莫老师在一起，我们谈的还是文学。某次，我开玩笑说："莫老师，你不该在自己写的散文、文学评论上联署某领导名字。"我话没说完，一向幽默轻松的莫老师满脸肃然，连声问："你听说了什么？谁说了什么？"在我好一阵沉默之后，他喟然长叹："不说就算了，唉，你不懂的！"此中果有外人不料之秘，高处不胜寒啊！

这次我们还谈文章，在县委大院那间苏式平房，人各一包柳江产袋装三花米酒，促膝对谈刘宾雁的《第二种忠诚》《人妖之间》。莫老师问："你注意到没有，现在不少好作品并不讲究文字上的精雕细琢，甚至好像故意不管语病，而讲究气势，讲究文意，有一泻千里力透纸背气概？"

因为刚读过《孟子·万章》，记得"故说《诗》者，不以文害辞，不以辞害志；以意逆志，是为得之"几句，于是回答说其实不是现在，古人早就注意并强调了这个。莫老师听我讲了该典，对我"加强了读书学习"大加称许。在我，则依旧服他，县委秘书的工作，怎一个"忙"字了得？平时不见他得空捧书本，可文坛上风吹草动，他竟了如指掌。我将疑惑诉之柯林老师，已是县委副书记的柯林说："莫志成是看书的，只不过我们看不到他看书的时候而已。"

莫志成当县委办秘书之前，他和柯林交往深或浅我不知道。但莫老师成了梁老师的部下后，他们的亲密，整个县委大院尽人皆知。再加上韦周这个团县委书记，三人就成了融水政界一道独具魅力的风景。不知出于何意，有人将他们并称为苗山政坛"三剑客"。当然，这是另外的话题了。

文章署名，除了荣耀，更重要的是负责；所谓笔名，除了诗意，更重要的是为了避免不必要的麻烦。因署名不慎，莫志成老师很快就惹上了一起笔墨官司，并且由于事涉我的大叔，我因此不得不斡旋其间，以祈冰释双方怨怼。

改革开放初期，融水涌动一股干部经商暗流，倒腾的就是一县的财政支柱——杉木。支柱一经碰撞，财政立马吃紧。撼动财政，岂可容忍。县委下令打击，绝不姑息养奸，同时开足宣传机器，力触挺险者灵魂。此时，莫志成已荣升县委办副主任。某日，下属送篇查处木材走私案新闻稿审签，莫主任哪有时间审？大笔一挥，只改导语，语气如雷，遣词成刀，签下"情况属实，可发"数字。下属见主任也有文字功劳，遂添"莫志成"三字在前，传真《广西日报》发表。一则消息，三个作者，也算一绝。然署多少名字，皆不成问题，问题是这个消息严重失实，它将我大叔，时任融水县处纠办（调处土地山林水利纠纷办公室）副主任的徐树信说成是"木商"，这样一来，麻烦就大了。树信叔说他到了《广西日报》，才知道是县委签字要发的稿。树信要求报社登启事更正，报社拒绝，说责任不在他们。"我处理山林纠纷，竟成了木商，那我还要开展工作吗？别人不知道我，难道你莫志成也不知道我？你这样写，这样发，意欲何为？图名图利？扯淡！他莫志成算什么文人，简直就是一个文痞！"我说："叔，不必生气，我知他的为人，这里边肯定有误会，容我问下。""误会？哼，我找过他三次，他说对不起，但那个口气，石头都没有怎硬！我要跟他走法律（程序），看最后哪个硬！"

我后来将了解到的真实情况告诉树信叔，转达了莫老师提议由我安排，他们坐在一起喝两杯和解的诚意。几番下来，树信叔也没了先前的那般怨恨。

如今，两个因文而识，因识而斗的融水政界名人在本不该作古的年纪俱已作古，九泉之下，设若他们邂逅于某条小路，是金刚怒目呢还是弥勒开怀？他们曾经的办公室，不过隔几个过道而已，结果是从不经商的被白纸黑字判定为"木商"；毅然决然跳进商海里去的，到头来却也还是一介可怜的文人。

八

"忽如一夜春风来，千树万树梨花开。"曾经视经商为洪水猛兽，视商人为佞子奸贼，筑壁固守清贫的大苗山，在灯红酒绿夹带外来大款人影憧憧的轮番冲击下，渐次撕开裂口。尤其令人难以置信的是，驰名海内外某公司，竟然在苗山融水也有了个分号。"一夜间成巨富"似乎不再是神话传说，"没有做不到，只有想不到；只要动动脑，你就是富豪。"能够呼风唤雨改天换地的干部们，搞点生意还不易如反掌？于是一个个主任、局长、乡长、书记争先恐后扑通扑通跃入商海。几十年后，他们中腰缠万贯者没见几个，而被海水呛死海礁刮伤的，还真不少。

此外，融水实在太穷了，国家级贫困县啊，干部、教师工资正常发放都难！没办法，于是各部门、各单位集思广益，有条件上，没有条件创造条件也要上。组建公司、出租资产、资源入股、停薪留职等五花八门的改革新花，一夜之间齐齐怒放开来。

也就此时，莫志成作为后备干部，被下派到白云乡挂任党委书记。"把这个人才丢到那里，简直就是犯罪！"县委某新任副书记发话，于是遴调莫志成回县委，在政策研究室挂个主任空衔，实际办公在苗山实业开发总公司，坐总经理交椅，有"相机行事，随意调度人、财、物"诸权。

1994 年，我在当时还驻扎柳州的《桂中日报》当记者。四月里雾霭沉沉的某日早，我像以往一样从雅儒路上的小姑家步行到地委大院上班，跨马路到龙城饭店门口，迎面走来莫志成老师，他一把将我拉进饭店，说："喝早茶，谭伯他们几个都在。"我说我要上班编稿组版。"还上什么鸟班，柯林他爸死了，你不去南宁悼唁？"

我顿觉既悲且难。柯林不但是我敬爱的老师，我在柳州半年来，还多得他的关顾。梁伯伯故去，按理我应该去悼念。但梁老师并未知会我，这里边可有规矩章程，我不懂，也不敢造次。见我犹豫不决，莫老师故作凶色："我现在命令你请假，跟我去南宁！"我只好拿起服务台电话找编辑部领导，接电话的恰是部主任，我一说事，主任就说："好，你去吧。稿子你放哪？你的版面我来做。"梁彬伯伯这样的老领导，地委机关报干部是知晓的，我的请假因此不难。

这个早茶，莫老师让我领略了款爷风范。他一个劲儿地招呼服务员上这上那，擦脸毛巾要用热开水涮过，酒要茅台。他招呼谭伯（曾任融水副县长，在柳州行署退休）："谭伯，要什么尽管点，痛快就好！"一瓶酒快见底了，他凑近我耳语："等下你去结账，放心，我现在有的是钱，尽管花！"说着他用力拍了拍腰间一个胀鼓鼓的挂包。这哪是耳语哟，服务员都能听个伶清。我往谭伯方向瞟了一眼，几个老同志微笑的意味复杂到家了。

我从来不问莫志成做什么生意，师生之间，哪些该问哪些不该问，我还是懂的。但莫老师断断续续，看似不经意中娓娓道来的故事，却常常让我魂飞魄散。波涛诡谲的商海，本就无情可言，文人身陷其中，不死也要脱三层皮。他说他们苗山实业公司一行几人到东北追货款，豪爽的东北客户在太阳岛上款待他们，70 几度的东北高粱酒，满一杯至少半斤，一口一杯给一万。喝惯苗山米酒的融水人哪扛得动这个？遂要对方"搞白酒"，说我们大苗来的"搞啤酒"，还"一瓶算走一个"。对方说，爽快！结果从早上 9 点到下午太阳行将落山，白酒、啤酒不知搞掉多少瓶，双方醉眼蒙眬，话也粗了起来。真个"酒香吹得游人醉"，醉了的莫老师同伴"直把哈市当融州"，以为太阳岛是苗山望江楼，无所顾忌嘻嘻哈哈将满瓶啤酒往对方一人头上尽情浇。东北客户顿时毛了，一脚将他踹飞 3 米多远。"敢情是要搞真的啦！"莫老师同伴拎起一空酒瓶劈头就敲，瓶体迸处，血花飞溅。莫志成见状，酒醒大半，趁着对方慌乱，用融水土语招呼自家人赶紧跑。他们屁滚尿流地爬上一艘快艇，说要赶航班，催船主快开，钱好说，加倍！五六分钟后，对方才追过来，而此时，东北客户再怎么狠也只能望江兴叹了。

当然，那八九万元欠款，也就从此不提。

莫志成还亲赴越南考察，寻求可开发的项目。他说那边的铜很贱，当时如果能搞一批过来，那就大大发了一笔。但铜这个东西越南一直军管，不好办。那个时代在越南搞边贸可真是要玩命的……

他说这些，我都听得毛骨悚然，全身发冷。我说莫老师，这些年来，你不累吗？他道："你小看我？我是侦察兵出身的！"我又委婉道："商场险恶，留意退路！"此等说辞，委实苍白无用至极。

20世纪90年代初，志成老师为生意上的事，隔三差五跑柳州，具体干什么，我不问。反正他一到，就拉柯林老师和我去快餐店喝几杯。

九

20世纪最后几年，我离开柳州，到惠州晚报、南国早报等地闯荡，都觉得不很如意。这一时期，我与莫志成老师的联系，基本也就中断。

也许，从1979年第一次给县广播站投稿，到次年莫老师给我发通讯员证，就已经注定我一生和新闻工作会有不解之缘了。

要说立志，我们这一代人，当初可真是个个志在高远的。我的志向是要当一名胸中罗万象、笔底起风雷的作家。几十年来，我不停地折腾，就是为当作家劈山开路，垒柱搭桥。现在我知道，要当作家真的很难。我当记者，其实也是为文学创作做准备，所以我这个记者，最终也当得很不称职。到了想写不敢写，想发不能发，并且由于多数人的不争气，比如一切都往级别、金钱上靠，致使记者成为可以随意嘲弄的对象时，我看到了又一个很大的江湖，于是对这个行当，干脆就彻底地厌倦了。

所以，当有关方面处理我所在报社闭馆问题、匆匆分流在编人员时，我毫不犹豫地选择了回归。这之后，我与莫志成老师才又有了联系。

出差融水，先见了韦周老兄，便问起了莫志成，韦周兄说："走，看看他去。"

见了面，莫老师猛地一把将我紧紧搂住："你为什么总不来看我呢?"我说我这几年四处漂泊，都快成野人了，不好意思问候老师啊!他说这我知道，都知道，现在好了吗?

大家安坐后，我把自己的近况告诉了莫志成老师。他说："也好，也好。你看看我，秀才造反，三年不成。岂止三年不成，现在是一事无成了咯!"他转过脸跟韦周说："冰箱里有鸡、鸭、鱼，什么都有。你动手，搞两个菜，我们和晓明好好喝两杯。"韦周说："还搞什么搞，去饭店!"

我亦附和："不必麻烦，去饭店随便吃点就行，我请客。"

下楼时我发现，莫志成老师腿脚不很灵便，问怎么回事。他答痛风，不要紧的。

这次见面，莫志成老师风采依旧，幽默依旧，所言依旧令人倍感温暖。但我还是看到了一些不对劲——他的家似乎缺少了女主人的操持，失去了作为一个家的温馨情调。而且他腿脚的不灵便，也好像不只他说的痛风那么简单，他举起酒杯时，手的颤抖十分明显，我已不忍再与他碰杯了。

午餐在3点结束，莫志成老师抓我的手不放："回我那里，我还有很多话要跟你讲。"我扶他上了一辆柔姿车，说："莫老师，我公务在身，今天就到此，我们后会有期。"

我的猜测不久就得到确认，莫志成老师已与嫂子离婚，一个人孤零零住在那个三楼单元房;他的病，是无法根除的类风湿。他工资的一半，用来请人照料他。

那几年，我匆匆回融水，又匆匆离开，几无从容安住过。先是探望久病的岳母，继而慰安老迈的岳父。时间短，事情多，忙得晕头转向。好几个子夜时分，我踯躅县委大院门口，院子里玉兰的甜香徐徐吹来，沁人心脾，一如莫志成老师高贵的品质。墙内那栋楼，三楼的窗口，隐约间仿佛灯还亮，再看院子，漆黑寂静，只有虫鸣唧唧——太晚了！进去的念想于是消退。

但我心头却一阵阵发紧，步履变得更加滞缓、拖沓。

我为什么不早点来，为什么不上这楼呢？我无法回答。

十

又是一个周末，家小俱在融水的龙城教育通联部主任梁照琼要回去，我给他 50 元，嘱他将之全部买了猪肉，替我送给莫老师。

照琼照办了，回来跟我说莫志成行动已相当困难，但思维依旧清晰，那天留他喝酒、吃饭。照琼说，其间莫志成老师很仔细地问了我，以及我家人的情况。他听照琼讲了后，很宽慰地说，这样就好了！

2008 年 10 月间一个燠热的晚上，韦周兄打来电话。他那边很嘈杂，于是就拼命喊，带哭腔的声音震得我耳鼓发麻："莫志成死了，他不理我们了，他开大嘴巴在这里笑啊……"

我蹙眉："哪有这样报丧的！"转而想想，这也很对。因为这才合乎韦周兄性情，合乎"三剑客"情分。

我继而唏嘘：莫志成的死，本在预料之中；料不到的，是如此仓促，仓促得让我难以置信——当过侦察兵，应该有超强的生命力啊！俱言人生本无常，生死乃自然之规。但是，曾经烙在你心底里的那人的关爱、帮助和温暖，以及他坦然、潇洒，乃至落寞的背影，一瞬间真的和这个人一道远远离你而去，你能不心如刀绞、潸然泪下吗？

是夜，我反复在几页白纸上划拉杜甫的《梦李白》：

浮云终日行，游子久不至。
三夜频梦君，情亲见君意。
告归常局促，苦道来不易。
江湖多风波，舟楫恐失坠。
出门搔白首，若负平生志。
冠盖满京华，斯人独憔悴。
孰云网恢恢，将老身反累。
千秋万岁名，寂寞身后事。

次日早，再看昨夜划拉的那几页纸，不禁悚然一惊：歪歪斜斜的诗句，首尾相接，画出的竟是一个密密实实的花圈！我急步书房外的阳台，遥对北天，将几页纸点燃，以此祭奠我情胜手足的莫志成老师，我的大哥……

十一

转眼，五年又将过去。

近五年来，我常常想，假如当年莫老师不到县委办，那今天会是怎样一种状况？我的答案是，一定会成为融水最权威的文学新闻大家！或许早就调到柳州、南宁主持文学、新闻工作也不一定；又假使专致于从政，心不旁骛，那会如何呢？我的答案是：以他的才华，以他擅长于协调、平衡，能顾全大局，富有政治艺术的从容淡定，一定会政绩累累，福分一方。就算这些都虚，有一点却是可以确定的，那就是他不会这么早就死去！可惜，历史不可假设，过去不能重新再来。

当年，连幼儿园小朋友都在喃："无农不稳，无工不富，无商不活。"莫志成为沉沉睡着的大苗山尽快"活"起来,扑通一下跃入商海,做融水政界第一个"吃螃蟹"的人。他竭力操练,尽一切机会扮演商人角色。但不管他怎样努力,力图做到惟妙惟肖,最终给人的感觉,都还不是一个地道的"老板"。龙城饭店喝早茶,谭伯等老同志的微笑,已经为此作了判定。

有人可能会问,这有政府背景地干,应该只赚不赔才对,怎么可能赔了?朋友啊,不知你这个问的前提背景是过去还是当下?如果是过去,那么很遗憾,我只能告诉你,你对我们改革开放刚开始那一段历史真的不了解,这不怪你。那个年代制度不完备,形形色色钻政策空子的骗子多如牛毛。一个昨天还在码头上卸货扛活的流浪汉,今天鼻梁架了一副眼镜,西装革履,由几个喽啰前呼后拥来到你面前,不经意似地掏出一张与政府高官合影的照片让你欣赏。你说,你这科级、处级是高大起来了呢,还是矮小下去?你愿意不愿意、放心不放心与他合作?当你被骗得一干二净再拨打对方那砖头般的"大哥大",传来的是服务员小姐甜甜的语音提示"该用户已停机",然后你发疯般地满世界找,终于在某个码头看到,那个骗你的"腕"此时一身褴褛,正吭哧吭哧地扛活,你是不是会有"老天,你不用跳河,由我来跳算了"的冲动?比这个骗子更大的骗子,今早才从他这把你的,还有甲的、乙的、丙的……所有款项全都席卷一空,他现在也愿死,拜托你就捡起你脚下那块石头,冲他后脑勺来一下。

都破产了么!

在海水里泡几次,在盐碱地里滚几次,在……几次。身,累累伤痕;心,已然死去。亲朋侧目,妻女离散,与你抱在一起的,只有挥之不去的梦魇。

为什么要下海?活该!

是啊,为什么下海?是谁害了他们?这也是我多年来苦求答案而不得的一个问题。

这是一部时代的教材，这是为后人免蹈覆辙必须交出的学费！因而，"冠盖满京华"，必有人憔悴。只是从情感上说，我一万个不愿意这个"有人"是莫志成。

但是，我又能有什么办法？

第四辑　囊萤映雪

　　普天之下，善良之心、恻隐之心，应是与生俱来，读书则能不断地推进它，强化它，升华它。但是，恶劣的、残忍的环境，则必然要遮蔽它，扼杀它，泯灭它。如此一来，滚滚红尘中孙犁大师一生一世能够傲骨干云霄就弥足珍贵了。

柳宗元的背影

一

"柳州柳刺史，种柳柳江边。谈笑为故事，推移成昔年。垂阴当覆地，耸干会参天。"不用说，大家都知道这是柳宗元的诗。这首很有陶渊明韵味的《种柳戏题》，清新恬淡，明白畅晓，盎然成趣。是的，柳宗元追慕陶渊明，"山谷尝谓白乐天、柳子厚俱效陶渊明做诗，而子厚诗为近。"（俞鼎孙、俞经《儒学警语》）若仅仅如此也就罢了，怎料柳刺史紧接着又来了一句"好作思人树，惭无惠化传"。这就可以见出，柳宗元效的只是陶诗的风骨意蕴，而非陶氏隐逸寡欲的淡泊人生。一生都在积极用世、追问生命意义的柳宗元，注定要振作有为，注定要有"惠"德"惠"政"传"给未来。元和十一年（816 年）春天的柳宗元，已经破译"独钓寒江雪"谶意，已经誓言决绝卑污固守圣洁，已经和淳朴敦厚的柳州百姓水乳交融，他快乐，他一扫心底千层块垒，在柳堤，在百花盛开的时候种柳、放歌。澄碧透亮的柳江水，也很善解人意，在情暖的风中流淌着一串串属于他这位品列唐宋八大家的文化伟人的故事。

这才一年的时间啊，郁闷灰冷绝望的心就有了如许这般彻底的改变。是何种因由让曾自认"立身一败，万事瓦裂，身残家破，为世大谬"的柳刺史重又有了信心，有了雄心，有了耐心的呢？

二

唐宪宗元和九年（814 年）底，朝廷的征召让柳宗元"漫卷诗书喜欲狂"，他"南来不作楚臣悲，重入修门自有期。为报春风汩罗道，莫将波浪枉明时"。踌躇满志拜别了永州，一路高歌赶回帝都等待上位，岂料在京满打满算才三个月，生性狐疑的宪宗皇帝一道敕令下来，柳宗元及其同党只得再次起身离京。柳宗元被贬往比永州更远的"岭外"柳州，与同样命途多舛被贬连州的好友刘禹锡牵衣搭襟，洒泪东南官道。在衡阳，落魄的大雁还得分手，一个西南，一个东南，沦为孤雁，从此各自形影相吊。柳宗元对刘禹锡说："今朝不用临河别，垂泪千行便濯缨。"他有太多的懊悔和愤懑："十年憔悴到秦京，谁料翻为岭外行！直以慵疏招物议，休将文字占时名。"他说他可以不做官，只愿在长安郊外种地写诗，自食其力并为朝廷唱唱赞歌。但就这点愿望，最后竟也成空。在朝廷眼里，他是不可饶恕的罪人，与其他同党一道"纵逢恩赦，不在量移之限"。这是何等巨大的打击！

柳州终于到了，荒凉凄冷早在料想之中。一州辖三县，人口3000 出头，又在"岭外"，愚蛮不化，语俚鄙俗。比之永州，自然好不到哪里去。而新贬地的燠热褥雨，疮疖瘴疠，较之永州之野的"异蛇"，更令柳宗元沮丧透顶。到柳州没几日，抑郁难耐的柳刺史登上城楼，借眼前景色大倒苦水："城上高楼接大荒，海天愁思正茫茫。惊风乱飐芙蓉水，密雨斜侵薜荔墙。岭树重遮千里目，江流曲似九回肠。共来百越文身地，犹自音书滞一乡。"（《登柳州城楼寄漳汀封连四州》）总而言之，"十年憔悴"的一贬再贬，柳宗元已经彻底看透了深藏金銮殿里的"圣主"那冷厉如刀的目光，那是除了皇帝老子他自己，对任何人都不放心的目光。故乡，此时已是可望不可即的幻景。"如何望乡处，西北是融州。"（《登柳州鹅山》）啊啊，既然归去已属飘渺，那就且把他乡作故乡吧。

同样是贬斥，但这次已不复是没有任何实权的"司马员外置同正员"（等同八品但没有编制的闲官），而是在编在职的六品刺史大吏了。刺史是一个州的最高首长，集军政大权于一身。柳州京城远隔千山万水，那么我就彻底地"将在外而君命有所不受"了。于是柳宗元放开手脚，在柳州将自己经纶满腹的才华和壮志凌云的抱负张扬到了极致。边鄙蛮地的百姓虽然顽愚剽悍，心底却也还残存朴实憨厚的温暖。这就够了，我以诗书化民，民将永记我情。"柳州柳刺史，种柳柳江边。谈笑为故事，推移成昔年。垂阴当覆地，耸干会参天。好作思人树，惭无惠化传。"今天，我柳刺史在这柳江边种植柳树，将会成为人们今后谈笑的故事；这柳树随着时间的推移，将会成为一种史迹……看见柳树，人们会思念种树的人。但是惭愧啊，我却没有什么好的政绩可以流传下来。柳宗元谦和羞赧地一笑，将自己的背影完美地融进了南国这片热土。

抡圆了臂膀的柳宗元，文化引领，移风易俗，铲除恶习，狠狠地甩出几招漂亮的"自选动作"。

——释奴婢。那时，柳州人多穷，能够作为抵押物的，只有自己骨肉子女。若要借贷，就把子女抵押给放贷人家，到期了无钱赎回，子女就成为债主永久的奴隶。岁岁年年，日积月累，大量失去人身自由的奴婢，成了柳州社会动荡不安的严重隐患。依例，奴隶终生不得赎身，在主人家做劳工，也不计工钱。柳宗元下令，奴隶做工要算工钱，奴隶可以用自己的工钱为自己赎身；奴隶家里有了钱，也可以直接拿钱替做奴隶的子女赎身。奴婢们一旦知道自己也可以获得解放，知道自己也可以拥有尊严，他们就会自觉地迸发出无穷的智慧和力量为自己的解放和尊严而斗争。柳宗元一篇《童区寄传》，对此作了生动的描述。新政由于照顾了奴隶主的经济利益，推进得十分顺利，不到一年时间，大量可怜的奴婢就陆陆续续恢复了人身自由，回到了各自的家，成了有尊严的人。柳宗元此举，被上级视为社会管理最佳模式予以推广，岭南各州相继跟进。中原文明春风，徐徐吹越五岭，尽情抚拂、涵养壮乡的一山一水、一草一木。

——破恶习。柳州壮侗人家历来只信鬼神不信医，生病了找巫师，杀鸡宰鸭祭神祀鬼。巫师用鸡骨头占卜，为事主祈求消灾除病。如果鸡鸭这些小头牲不见效，那就屠杀猪马牛羊等大家伙。如果还不灵，患者就只得哀叹"鬼神不留我了"，找块破布盖住头脸不吃不喝躺着等死，死了却不埋，遗弃于野，瘴疠瘟疫由此而滋生横行。此种恶习，令柳宗元瞠目结舌。倡导"统合儒释，宣涤凝滞"的柳宗元认为对这些"未化之区愚民"，"唯浮图事神而语大，可因而入焉，以佐教化"。佛家教义力量神奇而巨大，可以导入这种力量，帮助为政者教化民众，引领民众走向开放和文明。于是柳宗元将捣弄巫术不事农耕之徒统统驱赶到偏远地方集中管理，然后放开手脚修复焚毁百年的大云佛寺等庙宇，有计划地利用佛教戒杀的主张和讲究大中之道的教义，引导百姓去掉滥杀牲口的陋习。钻研过医学的柳宗元，还深入患者木楼茅舍，望闻问切，开方抓药，治愈了一例例伤寒咳嗽、摆子痢疾。巫师神汉没了生意，只好撕了面具，老老实实脱鞋下田，自食其力。

——上项目。柳州有柳江河，不缺水，但城中居民要到柳江河边去取水，往往费力费时费神，搞不好还有被凶猛河水卷走的危险。倘若让柳州人挥锄动土，则必得请高人择个良辰吉日；若要打井取水，那就简直跟要他们的命没两样。柳宗元掘井取水这个动作，今天我们叫做"上项目"。他安排工人在城东门大张旗鼓掘土打井，开工当天，市民里三层外三层围了个水泄不通，他们都想看看这个新市长的笑话。结果他们看到的是柳市长第一个上前执锨挖土，还一铲将土块抛出几米远，柳市长毛事没有。不仅没事，半个月后还让他们尝到了从未尝过的甜井水，于是人人主动四出查找水源，勘测地形。柳州这下一口气打了 10 多口井，柳市长的自来水项目工程圆满竣工。

——搞绿化。仁者乐山，智者乐水。柳宗元且仁且智，既乐山也乐水，这在他的诗文中写得很清楚。乐山乐水就得美化山美化水，公务之余、法定节假日，柳宗元带领他的干部职工走出公署家门参加义务劳动，他们开荒垦地，植树造林，绿化美化新柳州。仅大云寺一带，他们就种竹三万竿，种菜上百畦；而在柳江河畔，他们遍植柳树，余荫及今。

——兴文教。执文坛牛耳的文化大师柳刺史，当然深谙"文化强市"的战略意义。甫抵柳州，风尘未洗，柳刺史就着手重建文庙，修葺寺院，还在治所一旁创办了长山书房，搜罗儒释经典，招来孺子童生，口授手教，培养读书种子。岭南诸生，俱知柳宗元文名，相约跋山涉水，不辞劳苦投其门下。得柳大师点拨，文章果然面貌一新；进京赶考，大多一举而中。"衡湘以南，为进士者，皆以子厚为师，其经承子厚口讲指画，为文词者悉有法度可观。"（韩愈《柳子厚墓志铭》）躬身大地的柳宗元，在柳州人眼里分明就是一尊神。"愿侯福我兮寿我，驱疠鬼兮山之左。下无苦湿兮高无乾，秔余充羡兮蛇蛟结蟠。我民报事兮无怠，其始自今兮钦于世世。"韩愈先生在《柳州罗池庙碑》里以柳州人口吻吟诵"享神诗"称颂柳宗元业绩——祈愿柳大人啊给我福分给我寿缘，把瘴疠恶鬼赶到深山里去啊让我们没了忧患；低洼地方没了潮湿闷热之苦啊高坡之上不会干旱，我们的粮食堆满谷仓啊那些毒蛇蛟龙就让它们纠缠一堆沉下河底不再来祸害我们；我们这些您的子民啊矢志不移和从前一样有事就来禀报，我们对您的仰慕钦敬从开始到现在啊还将世世代代永无停息。

短短四年间，在柳州刺史这个职任上，柳宗元以他文化巨擘的悲悯情怀，勤政爱民，如春风化雨，如灯塔破雾，将中华民族又一个未经教化的小兄弟领进了文明上升的境地，促使其成为中华文明大家庭中的一员。柳州开化了，柳宗元却倒下了，像一棵树，倒在他的任所。但从此，柳州就耸立起一个高大的背影，一支入云的标杆，一座世人永远仰望的丰碑。

<h2 align="center">三</h2>

唐宪宗永和十二年（817 年）秋日，柳宗元与部将欧阳翼等饮酒于亭子间，酒酣耳热之际，46 岁的柳刺史对部将说："吾弃于时，而寄于此，与若等好。明年，吾将死，死而为神。后三年，为庙祀我。"（我被时势所抛弃，而寄居于柳州，认识了你们并和你们交好，这是缘分啊。明年，我将要死去，我死了会成为神的。再过三年，请你们修座庙来祭祀我吧！）到了第二年，47 岁的柳宗元真的死了。又过了三年，柳宗元的神灵果然出现在州署后堂，还托梦欧阳翼："馆我罗池！"要求在罗池建庙。欧阳翼将此事与地方贤达一说，大家马上动手建庙。罗池庙竣工那天，照例举行祭拜，又设宴祷告，祈求市长英灵永远庇护可怜的柳州民众。有个远道而来姓李名仪的后生从没见过也没听说过柳市长，更兼自己本来就粗鲁少教，宴席上狂喝滥饮，直至酩酊大醉。这还不算，后生醉酒后颠三倒四，乱喊乱叫，口出狂言，轻慢柳市长灵位，结果跌跌撞撞刚出庙门就倒地归西，真真的酒醒不见牛腊巴了。

这些轶闻见于韩愈《柳州罗池庙碑》，独尊儒教的韩愈对柳宗元的"统合儒释"很不以为然，为此两位好友还长期争吵不休。韩愈本人是从不言说"乱力怪神"的，但他这篇碑文，却把这些传说写得活灵活现。看来，韩愈也从了柳州人的心愿，把柳宗元看得真的成了神了。

柳侯祠《龙城石刻》残碑，是目前能见到的唯一的柳宗元手迹碑刻。碑文曰："龙城柳，神所守。驱厉鬼，出匕首。福四民，制九丑。柳宗元，元和十二年。"26 个字，印证了柳宗元在厄运面前的不屈服，印证了柳宗元的敢说敢做，印证了柳宗元的凛然正气刚直不阿。事实上，柳宗元至死都不后悔参与并领导了"永贞革新"，至死都不认为他们的改革大逆不道不具有合理性和进步意义。在柳州的四年里，柳宗元以他耸入云天的政治道德、思想道德和文章道德，为柳州人树起了激恶扬善不拘不囿的龙的精神标杆，更熏陶出柳州人无论从政为官、从学为文，绝少蝇营狗苟、阿谀媚上的铮铮风骨。此碑自明代发掘出来后，历朝历代求学求官远走天涯的文人士子，无不摩拓成帖珍藏怀中，以为精神武器。明代柳州戴钦、佘勉学、余立、徐养正、张翀、孙克恕、龙文光、周琦等八人，史称"柳州八贤"，从历史文献记载中我们不仅看到他们斐然的文采和清廉的节操，更看到他们一个个刚直不阿、勇斗权奸、充满着柳宗元精神元素的人格魅力。

柳州文教起于唐，兴于宋，盛于明清，绵延千年不绝。南宋时期，吴敏、王安中、汪伯彦三丞相流落柳州，感于柳刺史往事，遂于柳江南岸驾鹤山麓修建驾鹤书院。这是已知广西最早的正规书院。学而优则仕。有宋一代，柳宗元曾经"如何望乡处，西北是融州"的融州，竟然诞生出了覃光佃、覃庆元、覃昌祖孙三代进士为官造福百姓的奇迹，朝野为之震动，后人备受鼓舞。到了明代，柳州进士王启元归隐蟠龙山埋头读书著述，又建起"王氏山房"。灯塔山上，由是风云际会，群贤毕至。王侯公卿、迁客骚人，莫不以到此一游为荣、为雅、为知足。

文化源脉不死，民族势必永固。柳宗元身后一千多年来，历代柳州地方官俱以柳宗元为榜样，施德政，兴文教，修葺柳侯寺，振臂疾呼楷模柳宗元。南宋名相王安中滞留柳州期间，吟诗告诫后生学子："子厚文章百世师，寻常稽首望罗池。"明代广西参议解缙则宣称："子厚文章迈汉唐！"清代柳州知府谭襄世赞曰："一代才名盛，千秋俎豆光。"清乾隆年间右江分巡道（道署柳州）王锦的《柳江书院碑记》，更是直接向青年学子喊话："夫人文章得如柳，可以止矣。即未能得其全而学其半，是虽上方不足，要已下比有余矣。"

文化的能量远远超越原子能量。一千多年来，柳宗元播下的文
化种子不断裂变、积聚、裂变，持续释放出炫目光辉，整个柳州历
史无比骄傲地厚重起来。如今，这千年历史文化名城，在柳宗元敢
为人先精神鼓舞下，力倡柳州创造，同心同德建设"五美五好"新
柳州。文化领域更是百花齐放，竞相争艳，不必说那饮誉海内外的
《白莲》《八桂大歌》等大型歌舞，也不必说那令人心醉的百里柳江
画廊，更不必说柳州已经和正在修复、建设的柳江古人类遗址、园
博园、工业博物馆、军事博物园、文宣庙和开元寺等特大型文化项
目工程，单说那柳宗元曾经赏识有加的一块石头，现在已蔚然而成
为了柳州最具代表性的文化产业。早在 20 世纪 80 年代，柳州奇石就
走出国门，先后在新加坡、日本、泰国等地举办展览，引起多方关
注。1994 年，柳州首次承办中国第二届观赏石展，令海内外来宾对
这座山水园林城市赞不绝口、叹为观止，"柳州国际奇石艺术节"从
此成了一年一度石文化展示固定节目。柳州，这是一座名副其实的
"中华石都"。

柳宗元在《柳州山近治可游者记》中提及"其壁曰龙壁，其下
多秀石，可砚"。他采龙壁石制砚，送给在连州的哥们刘禹锡。刘禹
锡得砚欣喜若狂，立马用此砚磨墨润笔，写下夸砚名诗。而《与卫
淮南石琴荐启》，又让我们读到了柳宗元采龙璧石制作琴座，送给淮
南节度使卫次公的雅事。可见，柳州有文字记载的玩石始祖乃文化
大师柳刺史。

柳侯祠春明景和，罗池湖波澜不惊，古树藤萝荫蔽下的一物一
景，都屏息静默，谛听着柳宗元踩在青石板上的脚步声。

电闪雷鸣前夜的微笑

历史是一条河，只在岸上观赏而不跳下去畅游、浸泳，终其一生恐怕都会是误读。对如我这般的许多人来说，张之洞就是一个例子。受中学历史课的潜默，这许多人如我，只知道张之洞是晚清重臣，是倡导"中体西用"的改革派、实干家。囿于惯性或惰性，我们无从知晓张之洞一生最为得意的到底是什么。因此，晚清电闪雷鸣前夜张之洞的微笑，就成了今天我们难以猜透的谜。

你可能想不到，张之洞最为得意的，竟是他旁迈一步就成了的教育大家。

在学问著作方面，张之洞津津乐道的，不是他那气势非凡、警句迭出、能言人之所不敢言的廷报奏章、政论散文，而是如此这般几部著作——《书目答问》《輶轩语》和《劝学篇》。

38岁那年，朝廷再次派张之洞南下，到四川当乡试副主考。乡试结束，留其西署学政。此番南下，张之洞照旧鼎举书院，让西南边鄙莘莘学子的朗朗书声，拌和着醉人的芙蓉稻香在天府之国的朗朗晴空畅然飘荡。公务之余，两榜出身的张之洞凭借自己能如流倒背《说文》的非凡功底，隆重推出具有划时代意义的《书目答问》《輶轩语》。两书甫一刊行，即刻超越四川，风行神州大地，数种翻刻本骤然迭至，由是举凡读书人，几近"家置一编"。

晚年的张之洞这样评价《书目答问》："宗旨纯备，于学术源流门径，开示详明，令学者读书即可得师。"比对今日绞尽脑汁希冀出人头地而一无足观者，这样一个不经意就功盛名隆的大教育家，怎不令人敬仰？张氏自信从何而来？答案早就摆在那里了。而《輶轩语》书名，翻译过来就是"天子使者的告诫"。张之洞通过此书告诉秀才、童生乃至塾师，应该怎样学做绅士，怎样通经读史，怎样应付考试……

"今人不见古时月，古月还在照今人。"今天，还有学者以张之洞中途退出"戊戌变法"为由，斥其保守、倒退。对此，读了《庚子西狩丛谈》的我不再苟同。吴永的《庚子西狩丛谈》中记载，张之洞的前辈、洋务派领袖李鸿章曾很不高兴地说："从前有许多言官，遇事弹纠，放言高论，盛名鼎鼎；后来放了外任，负到实在事责，从前芒角，立时收敛，一言不敢妄发；迨至升任封疆，则痛恨言官，更甚于人。"以李鸿藻、张之洞等人为首的"清流派"，十分憎恶以李鸿章为首的"洋务派"，视其为"浊流"，所以无论李鸿章办什么事，第一个跳出来谏言的就是张之洞等人。在深受其苦的李鸿章眼里，张之洞是典型的不当家不知柴米油盐贵之徒，只会凭书生之见，大放厥词，故而斥责道："后来你张之洞自己也做到了督抚，你知道你们言官有多讨厌了吗？"

有意思的是，张之洞最后也投身了洋务运动，算是醒悟过来了。

"西狩"是什么意思呢？到西边去打猎抓野鸡野兔子呗，这是何等惬意的事情啊！可事实是，面对八国联军的进攻，朝廷招架不住，最高领导人撂下锦衣玉食，仓皇西窜了。在狼狈不堪的逃难途中，西太后还真以为自己是出去打猎的了，一路上还思量着要吃什么满汉全席，结果吴永却只给她弄来碗粥，这已经不容易了。没有筷子，那就折根秸梗将就着用吧。因为出了名的跑得快，衣服也没来得及拿，连从不离手的大烟都差点要断档了，这不是要人命嘛。当然，更扯淡的是官印也忘了拿，公文盖不了章发出去谁信啊？有人提出了借怀来县令吴永的官印先将就下的馊主意。好在还有靠谱的人，随后赶到的王文昭便算是一个，这城府很深的老滑头把皇玺带来了，救了流亡朝廷的驾。

"西狩"，多么冠冕堂皇的说辞啊！但是，庚子之变说到底是慈禧老太一手造成的。当危机出现时，西太后想的不是如何起用英才应对，而是想到了杀人，杀自己的亲外甥——光绪皇帝！这又中了他人的计谋。"其时大阿哥已立，其父载漪颇怙揽权势，正觊国家有变，可以挤揿德宗，而令其子速正大位。"载漪是光绪帝的堂兄弟，为了让自己的儿子大阿哥能尽快接班，他极力唆使西太后废黜光绪，但大阿哥溥儁得不到外国公使的承认，义和团事变后，载漪更是登录了八国联军所列的罪魁祸首名单。张之洞在联军攻入北京后说："此次祸端，实皆由彼（指大阿哥）而起。酿成如此大变，而现在尚留处储宫，何以平天下之人心？"张之洞让吴永把这话带到京城告诉慈禧："君回至行在，最好先将此意陈奏，但言张之洞所说，看君有此胆量否？"

面对西太后这样一个人物，你会有怎样的选择？

张之洞是聪明的，留得青山在，不怕没柴烧。人都没了，谈什么建树！

张之洞是有远见的，他能顺应历史潮流，拨正航向，促使巍巍大国驶过暗礁，走向光明的前途。

两榜出身顺风顺水高登庙堂的张之洞，按理说应该对科举入仕极尽感恩戴德才对。然而恰恰相反，身为学政而奚落八股，早在督学湖北那阵，张之洞就这样做了。历史的车轮滚进 20 世纪，大学士张之洞干脆就奏请废掉了盛行一千多年的科举制度。"保守""倒退"之辞令，难道可以轻易强加给这个人吗？倘如此，张的上司乃至同僚，谁都可以这样警告他——"后果很严重，领导很生气"。从"清流"到"务实"，张之洞表现出十分高超的政治智慧，这不仅见于他审时度势、进退有据、左右逢源的做派，更见于他始终如一的教育思想和学术思想。在风云激荡、民生凋敝、内外忧患之际，唯有现实与务实，才是远祸避害的法宝。

张之洞的务实，体现在他重视、推崇历来读书人耻于说道的丛书。作《輶轩语》时他说"学子宜置丛书"，撰《书目答问》时他又强调："丛书最便学者，为其一部之中可该群籍；搜残存佚，为功尤钜。欲多读古书，非买丛书不可""上海新刻《三才略》最佳。不惟童蒙，凡学人皆不可不一览。"张之洞青眼有加这部西学入门书，可见"务实"绝非妄言。在经、史、子、集之外，单列农工杂艺乃至西学丛书，张之洞洞悉中国前途的如炬目光，暗含着对新时代亲切的微笑。

有这样的实力垫底，张之洞在官场上的狂飙突进也就好理解了。作为"朝廷砥柱"、洋务派后起领袖的张之洞，在人生辉煌极致的晚年，再次挥笔写下《劝学篇》，系统阐述了"中体西用"这一理论。从此以后，"中体西用"成了创办中国近代新教育的指导思想。

在躺着都会被子弹击中的社会要引进新文化，除充满政治智慧的"中体西用"外，还有什么更好的招数？除非认为站着挨枪虽死犹荣，谁敢让强令司机跪着驾驶轿车的"老佛爷"尝试"中西一体"？历史是一条河，站在岸上观赏可以，但千万别嗲着嗓子喊腰痛。张氏理论的伟大意义在于，只有"中体"这张皮的存在，"西学"的毛才能有所附着，否则，它在中国就绝无生存的土壤。

感谢张之洞，是他让我们的前人及时看到了另外一个陌生的世界，并给我们自得其乐的灿烂文化撕开了一个裂口，让文明的光芒照耀了进来。

读孙犁记

一、梦里几回荷花淀

"现在已经快到晌午了，万里无云。可是因为在水上，还有些凉风。这风从南面吹过来，从稻秧苇尖上吹过来。水面没有一只船，水像无边的跳荡的水银……"30 年前，我在自己的中学语文课本上读到这样清丽简洁的文字，便很快被这文字营造的意境所征服。

这篇课文，老师不讲解，要我们自读。也许正是这"不讲解"，让我对《荷花淀》产生了浓厚的兴趣，那段时间的语文早读，我总是很投入地朗读这篇课文。这样的读，让我读出了"水生"的沉稳机警，水生嫂（小说中称"女人"）的善良贤惠，读出了小说文字蕴含的更多深意，读出了孙犁笔下北方水乡令人神往的风情风光……"她们轻轻划着船，船两边的水哗，哗，哗。顺手从水里捞上一棵菱角来，菱角还很嫩很小，乳白色。顺手又丢到水里去。那菱角就又安安稳稳浮在水面上生长去了。"

"庾信文章老更成，凌云健笔意纵横。"1977 年，劫后复出的孙犁先生，挥动如椽巨笔，创造了一个更加奇瑰富丽的艺术世界。一篇篇清丽短章，或记事，或怀人，寓意深长，引人入胜，撼人心扉。1979 年秋的一天，我从报纸上知悉天津百花文艺出版社出版孙犁先生系列散文的消息，便匆匆跑到城内的新华书店。小城虽小，书店更小，竟也能遂我所愿，我拿到了孙犁先生劫后散文10集的第一集——《晚华集》。当时的心情，是可以用"狂喜"来形容的。

1984年5月，在小城书店，我又买到了一本人民文学出版社出版的《孙犁散文选》；同年秋，我汇款到上海，邮购了三联书店出的孙犁散文集《书林秋草》。此后，百花文艺出版社逐年出版的其他九本孙犁散文集：《秀露集》《澹定集》《尺泽集》……在我或巧遇，或执着的搜罗下，一一来到我的书架上。2007年，在网上我买到了人民文学出版社2004年出的11卷本《孙犁全集》。

先生的书读得多了，先生的形象也就渐渐地在我心中明晰了起来。文坛上能成为一个流派的领军人物，总是令人景仰的。孙犁先生抗战初期就参加革命，到过延安，资格很老。1945年5月，《荷花淀》在延安《解放日报》上发表，引起了轰动。茅盾曾这样评价说："孙犁的创作有他一贯的风格，他的散文富于抒情味，他的小说好像不讲究篇章结构，然而决不枝蔓；他是用谈笑从容的态度来描摹风云变幻的，好处在于虽多风趣而不落轻佻。"从那时起，一大群青年作家陆续集结到孙犁麾下，成就了中国文坛一个重要的流派。

这样的文坛战将，有关部门是不会怠慢的，进城后，孙犁先生级别为行政10级，但先生却一直供职于《天津日报》编副刊，直至离休也还只是个编委头衔。"人淡如菊"。先生天性淡泊，厌恶左吹右拍，前呼后拥。1991年1月16日，在给友人的信中，先生写了这样一首诗："不自修饰不自哀，不信人间有蓬莱；阴晴冷暖随日过，此生只待化尘埃。"这直抒胸臆的苍劲文字，将孙犁先生傲世睨俗的人格力量渲染到了极致。

然而，孙犁先生一部部作品也明白无误地告诉我们，他博大而谦逊，他特立独行但又和蔼可亲。他给无数的作者看稿写信，不少稿件经他修改、推荐发表了，文学青年变成了青年作家。先生给作者读者的信，都收进了他的文集。这些信，让我读到了一位长者的语重心长和殷殷期待。而先生创造的瑰丽的艺术世界，深厚的思想资源，更是滋养了一代代文学新人。刘绍棠、从维熙、铁凝、贾平凹……这一个个当代文坛响当当的人物，莫不自认受益于先生。如我等芸芸众生，读先生，爱先生，浸泳在先生著作中而有所获得者，那就好比过江之鲫，难以计数。先生的伟大，正在于此。

荷花淀，也就是白洋淀，这华北平原上最大的淡水湖，因孙犁先生的作品而闻名遐迩。2003 年 7 月，孙犁纪念馆矗立在白洋淀湖畔，从那时起，每年来此朝圣的读者如云如织，百里荷花淀，因此而更富盛名，成了旅游胜地。文学大师的奉献，超越了文学本身，这对后人，是何等的功劳！读孙犁，念先生，梦里几回荷花淀。转眼间，先生离开我们就快 10 年了，祝愿先生伟大的灵魂，在圣洁的荷花陪护下，永远安憩在北国水乡轻柔无边的绿浪碧波里。

二、文心高古　大道低回

当年，几个热爱孙犁先生的读者极力鼓动，要先生从 1979 年起，每年编定、出版一本散文集，以方便读者购买、阅读、宝藏。先生确也由着这个撺掇，在名为"耕堂"的书斋里以老牛般拼命的精神勤苦为文，写出超百万蘸透心血的文字。

然而，在那个刚刚从蒙昧中冲窜出来、几代人渴求立马拥有精神食粮的年代，先生这些看似平淡无奇实则意蕴悠远的文字，却总也引不起一干编辑先生的共鸣，接二连三退稿的尴尬，时不时困扰着先生。偶尔遇到略知先生价值一二的编辑，决计发表先生的作品，却也将先生的文稿依照当时流行的行文方式改得面目全非。先生除了摇头叹息外，没有别的办法。

世间混沌，良莠不辨。一代文坛巨匠，连一篇短文都找不到发表的地方，由是先生出齐 10 本散文集，竟用了 16 年时间。我在收全百花文艺出版社出的《晚华集》《秀露集》《澹定集》《尺泽集》

《远道集》《老荒集》《陌巷集》《无为集》《如云集》和《曲终集》这10本先生散文集后，逐一用牛皮纸将封面包裹妥当，恭恭敬敬写好书名、先生姓名和出版社名称，安排在书架最显眼的位置上。在《曲终集》书衣上，我还题了一首小诗："晚华凝秀露，澹定尺泽开；远道老荒意，陌巷无为难；如云客朝圣，曲终人不散；耕堂音容在，劲牛挺文坛。"这首小诗，将先生10本散文集名字都镶嵌于其中。

孙犁先生的书房里，悬挂着一幅先生亲笔书写的"大道低回"镜框匾额，纵观先生为人为文，我认为这是先生一生最切实的写照。博学低调，功高慎微，能够这样，堪称大儒、君子和师表。10本散文集，没有一篇不给我以教益，没有一字不给我以启迪。最令我感动和敬佩的，是先生论述老年人的一些文字：

> 所谓"文章老更成""姜是老的辣"，也要看老到什么程度，也有个限度，如果老得过了劲，那就可能不再是"成"，而是"败"；不再是"辣"，而是"腐烂"了。……说句实在话，我不太爱看老年人演的戏。身段、容貌、手脚、声音，都不行了。当然，一招一式，一腔一调，还是可以给青年演员示范的，台下掌声也不少。不过我觉得那些掌声，是对"不服老"这种精神的鼓励和赞赏，不是因为得到了真正的美的享受。美，总是和青春、活力、朝气，联系在一起的。我宁愿去看娃娃们演的戏。
>
> ……
>
> 老年文字，聪明的人，以不写为妙。实在放不下，以少写为佳。

非饱学之士，老来能有如许清醒明白吗？那些颠顸不悔、知不可为而强为之、最后徒增笑料之辈，中国历史上还少吗？敲下上面这两段文字的时候，我头顶上的楼板又一次不争气地"哒、哒"作响起来。一帮"老歌唱家"又开始神气地练功夫打节拍了。我每每为之哑然：现如今真好玩，戏团里的年轻歌者，拿鞭子都赶不进练功房，而五音驳杂、"身段、容貌、手脚、声音，都不行了"的这一拨人，却可着那副开水也泡不软的声带，下决心花个三年五载来唱整齐一首声部简易到没有任何难度的小合唱（比如他们强行改编的那首《赶圩归来阿哩哩》，就扯嗓子喊足两年还入不了界），试问这跟造孽何异？被他们搞懵了的我，总还想凭良心劝劝他们，万不可拿这份"爱心"去吓坏小学校里好不容易才有点人样的孩子。老了老了不这样搞，就算是自强自尊复自爱了！

大师高古的文心，塑不出美丽的风景，于是这片土地才处处"呕哑嘈哳"。唉，呕哑不起来的我等，就吟诵鲁迅先生关于路与夜的警句，聊以自慰罢。

三、最喜《耕堂读书记》

我读大师孙犁作品，凡 30 年，由小说而散文，而读书随笔，诚乃一步一洞天，一种体裁一个富丽堂皇的艺术世界。且不说先生深邃的思想、厚实的学养和体察入微的洞见，也不说先生简洁细腻的笔法，幽默成趣的修辞风格，仅看先生独具的、真诚无欺的人格魅力，在《耕堂读书记》里，就是一道令人仰慕的景致。

孙犁先生的读书随笔，散见于先生劫后散文 10 种之中。我曾试图将先生随笔所记书目逐一统计，以此来研究先生究竟都读了哪些书，以及这些书对先生创作的影响。奈何本人生性慵懒，统计工作到底没有做成。还好在没有做，否则定是徒劳无功。试想，有哪位大师会将自己所读过的书都做了随笔并予以刊布？作家所作的读书笔记，充其量不过其所读书的万分之一、几十万分之一。试图通过作家的读书随笔，来窥探作家一生所读过的书，岂不类于刻舟求剑、缘木求鱼？

读书是孙犁大师终其一生的嗜好。"进城以后，因养病多读旧书，环境安静，并有案几，展卷细玩，遇有佳句，多从容录于小本之上。"(《旧钞新识小引》)。先生于 20 世纪 80 年代开始写作读书随笔，号之曰"耕堂读书记"。"于行文之时，每每涉及当前实况……明明知其不可，而不易改变者也。"这段文字，是先生对其所作读书随笔意义的宣示。也即是说，他的读书随笔，将以古观今，与当前的客观实际紧密联系起来，针砭时弊，予人警醒，发人深省。

这些年来，我总在思考这样一个问题：我们今天读书到底为了什么？读书的好处和不读书的害处真的一样大吗？爱读书真的就比爱唱歌、爱钓鱼爱……高级高尚吗？读书一定使人聪明？这样的提问还可以一打一打地延展下去，或者给它乘以 N 次方。我的答案是不见得。这个思索，几年前拙作《追究读书三昧》有记录。年来百无聊赖，我曾虔诚兢兢追踪那些被奉为饱学大儒的作品，读到最后竟发现：除了学究的酸腐、耻尤的卖弄、犬儒的表忠和怨妇的乞怜外，我得不到任何长智增慧的启迪，于是惶恐不已。如果我不迅速甩开这些弥散着僵尸味的陈腐杂碎，我的思想、文笔将迅速腐烂到不堪入目的地步。好在有 30 年阅读孙犁大师作底，我这简陋的思想之屋也还"风可进雨可进，腐儒帝王学不可进"。

先生读书随笔的文字是温婉的，这些文字，不沾半点贪戾乖张的怪味。读这些文字，宛如阵阵秋阳晒上心头，令我们沉醉，使我们清醒。"儒家虽热衷政治，然其言论，多不合时宜，步入这一领域，实在经历了艰难的途径。最初与方士糅杂，后通过外戚，甚至宦竖，才能接近朝廷。其主旨信仰，宣扬仍旧；其进取方式，则不断因时势而变异。既如此，就得不断吸收各家的长处，孔孟之道，究竟还留有多少，就很难说了。所以司马迁论述儒家时，也只承认它的定卑尊，分等级了。在儒学史上，真正的岩穴之士，是很少见的……儒生在求进上，既然遇到了阻力，甚至危险，聪明一些的人，就会选择其他的途径。"(《读〈史记〉记》)读这样的文字，我们还不能变得灵醒一点，还执拗地认同儒学就是济世救民的千金方吗？

如果还不清醒，那就去读一读方孝孺案，几百年来，那里还热闹不休着呢。

先生可贵之处还在于悲悯广布。如他这样论及古代文人："古时文人，为何多同情弱者、不幸者及失败者？盖彼时文人自己，亦处失意不幸之时。如已得意，则早已腰满肠肥，终日忙于赴宴及向豪门权贵献殷勤去矣！"此论是否也有鲁迅先生"哀其不幸，怒其不争"的韵味呢？慢慢体会得了。

耕堂读书，实是先生晚年于书斋中重读旧籍。耕堂斋藏书数万，孙犁先生浸泳其中，远离俗世尘嚣，勤勤苦苦酿制益世佳醴，发表与否，无计心头，只以为乐不以为苦。读先生 30 年，我才豁然开朗：大师那一代人，读书和吃饭休息一样，是必不可少的。所以他们的作品才那样沉稳大气，那样经得起时间巨流的洗刷，那样斯世独立卓尔不群，那样如奇石般令观者生发无尽的畅想……读书，穷尽古今，充实本己，然后披沥肝胆，泽被后学。也许，这就是读书的要义。而这，则正是《耕堂读书记》给我的启迪。

四、傲骨铮铮干云霄

在现当代作家中，像孙犁先生这样勤奋读书，广泛涉猎中国传统文化，国学功底深厚笃实的，实在不可多见。"上穷碧落下黄泉"，先生在学问上的孜孜不倦，孕育了先生出污泥而不染的荷花品格。"知人论世"。了解先生冰清玉洁、真诚无欺的一生，我们才得以深刻地体会到先生何以能够在战火纷飞的环境里，写出《荷花淀》这样既清新雅致，又典沉厚重，将血与火表现得如此别具一格的作品。

文如其人，书亦如其人。读孙犁大师的文学作品我充满虔诚敬慕，读他的书法作品，我一样充满虔诚敬慕。孙犁先生的书法，用笔老到，行墨圆润亮丽，结体内敛沉稳，通篇凛然大气，一如先生不媚俗、不媚上、傲骨铮铮的精神气节。此种佳构，令我陶醉，令我沉溺，我的目光常常痴迷地摩挲其上，感叹这才是书界至臻至美的艺术精品！

为进一步证实先生高洁的人格风范，我找到了先生爱女孙晓玲在回忆父亲文章中写下的这段文字：

> 六十年代中期，上中学时的某一天，我回家稍晚，……一进门，我看见父亲正站在屏风旁注视着一个人，原来这人是市长，来我家探望父亲。市长……在屋里参观书柜陈设，嘘寒问暖，关心作家的生活与创作情况。父亲站在屋子一角，显得拘谨无奈。……后来我一想起这事儿就纳闷，甚至有些奇怪，父亲见了市长为什么保持距离，往日的谈笑风生哪里去了？

> 很多年后，读了父亲的作品我才知道，他对各种官员不愿迎来送往。在某些人眼里，这或许有些不识时务吧！……亲戚告诉我："不管什么场合，你爸都不爱掺和，更不爱巴结哪个当官的。"

按说，老革命孙犁进城后定为行政 10 级，这级别已经很不低了，但是先生一辈子自认一介布衣，一弱书生，终生以读书写作、编辑改稿为务，曾经被高票数推举为天津市作协副主席，干了不多长的时间，便觉得"无甚意思"，退出。记得拨乱反正后不久，一个以一两部中短篇小说暴得大名的"大作家"，为个省作协副主席的职位，在圈子里发穷恶似的嚷嚷："这个兄弟我非上不可！"大有当今之世，舍我其谁的豪迈气概。然而此等英雄比之于孙犁先生，我们能说些什么呢？当然，爱恨由人，且官总得要有人当，想当官也不是什么坏事，只是不如此"豪迈"，可能会更好。

当今社会，能够写上几行字的人有，缺的是精美；精美呈巧的人有，缺的是见地；见地独到的人有，缺的是态度；态度端厚的人有，缺的是良心。心地善良，见弱出手，济世以仁，然后为文，文采才彰，进而为官，官声才蜚。卖乖弄巧、炫耀于市，挤抢镜头、争排座位之辈，有几个能够真正流芳遗世的？恐怕照完相板凳还没移走，其身影就已然模糊了的更多。

然而，世俗确是这样的残酷。在一些聪明人看来，呼唤良心无异于幼稚脑残。由是，大师的无奈时不时令他凛然而起，愤然而书：

> "我们的一生，这样短暂，却充满了风雨、冰雹、雷电，经历了哀伤、凄楚、挣扎，看到了那么多的卑鄙、无耻和丑恶，这是一场无可奈何的人生大梦，它的觉醒，常常在瞑目临终之时。"（《记邹明》1989 年 12 月 11 日）

有道是大梦醒来迟。是梦，终归有醒的时候。可怕的是，梦醒了，天却还黑着。又是几十个寒暑匆匆，"林花谢了春红"，谁能告诉我们噩梦已经远去？早几天，我还面对电脑屏幕流泪，为 10 多年前克拉玛依那场大火丧生的孩子和老师们；这几天，我流干了眼泪的眼里则燃起了怒火，为一起再一起校车碾碎待放的朵朵玫瑰花！啊，啊，岁末的大幕，竟是这样残忍地合起。

读孙犁，不是读一般的大师，一般的作家，我是在读一个曾经拿起枪干革命的大师，一个曾经在冀中平原参与一次次反扫荡的作家。当年年少，只知揣摩先生美的艺术；及至今日，方才读懂先生铮铮傲骨的由来。普天之下，善良之心、恻隐之心，当是与生俱来，读书则能不断地推进它，强化它，升华它。但是，恶劣的、残忍的环境，则必然要遮蔽它，扼杀它，泯灭它。如此一来，滚滚红尘中孙犁大师一生一世能够傲骨干云霄就弥足珍贵了。

等明年春醒，先生风骨凝成的精华从天堂洒下，必将催开一朵朵圣洁美丽的自由之花。

五、春风南岸留晖远

去年夏天，突如其来情感驱动令我写出随笔《梦里几回荷花淀》，稿子投给《柳州日报》。文章发表后我意犹未尽，决定写一个系列，以回报孙犁先生 30 年来给我的温暖和惠泽。不曾想，这一写竟然就闯进了 2012 年。此时，先生离开我们已经 10 周年了。

岁月无情，撵众生如白云苍狗。

曾经和无数的文学青年一样，我也写过诗歌、散文和小说。但是，残酷的生活，最终逼迫我无可奈何地整天与没有情感，更谈不上思想，一出世就将死去的垃圾文字打交道。我常于惊梦中醒来：难道这就是我的归宿？

20 世纪 80 年代末，我曾多次试图将几篇习作寄呈孙犁先生批评，尽管知悉先生待人和蔼，特别愿意帮扶年轻人，但因彼时我远迁穷乡僻壤凄凄惶惶教书，小心翼翼度日，终究不敢造次。1994 年，已成为原所在地区党委机关报记者、编辑的我，再次燃起创作的欲望。子夜时分阶前雨，更残漏尽蟋蟀鸣。我矻矻笔耕，准备拿出一两篇像样的散文呈先生斧正。但是很快，我的打算就被人捅到分管副总编那里，"越界"和"不务正业"两棍子立马打得我七荤八素，不知东西南北。

滚滚红尘中，一度，我分不出生命中的虚与实。好在孙犁先生的著作总在我的行囊。于是，打起背包，再次唱起"路在脚下"的歌谣。

阅读先生 30 年后感念先生，除了前面四文所表述的，还有没有遗漏的呢？有啊！纵使能下笔千言，于先生人品文品衍生出来的先生的恩泽，亦必将挂一漏万，何况我不能！

这里要述的，是先生对父母的敬爱，对子女的眷爱，以及对人类的热爱。

我想，这种爱——具有普世价值的人性，是一个作家之所以成为作家的先决条件。在这个条件面前，天才的作家艺术家们开始分化、变异。拥抱它的，成为读者崇敬的天使楷模；背弃它的，成为读者唾骂的鹰犬走卒。孙犁先生以他的深情，紧紧拥抱了这种爱。

父亲是一九四七年五月去世的。春播时，他去旁楼，出了汗，回来就发烧，一病不起。立增叔到河间，把我叫回来。我到地委机关，请来一位医生，医术和药物都不好，没有什么效果。

父亲去世以后，我才感到有了家庭的负担。我的旧观念很重，想给父亲立个碑，至少安个墓志。我和一位搞美术的同志，到店子头去看了一次石料，还求陈肇同志给撰写了一篇很简短的碑文。不久就土地改革了，一切无从谈起。（孙犁：《芸斋梦余》，人民日报出版社，2007 年 1 月第二版。）

这样的文字，暗含着怎样深沉的悲伤？有大爱的人，将不难体会。鲁迅先生不是说过，"长歌当哭，是必须在痛定之后的"吗？

春风南岸留晖远。

田间是一个诗人，他成名很早，好像还没有领会人情世故，就出名了，他一直像个孩子。在山里，他要去结婚，棉裤后面那一块一尺见方的打补丁，翻了下来，一走一忽闪，像个小门帘。房东大娘把他叫回来，给他缝上，他也不说什么，只是天真地笑了笑，就走了。

他天真，他待人真诚。解放后，我每次到北京，他总到我住的地方看我……那几年，他兴致很好，穿着、住着，都很讲究。

……一九七五年，我和别人去逛八达岭，到他家去看了看，他披一件油垢不堪的大棉袄，住在原来是厨房的小屋子……

我不自量，我觉得我是田间的一个战友。抗日战争，敌后文艺工作，不止别人，连我自己，也渐渐淡漠了。但现在，我和田间，是生离死别，不能不想到一些往事。我早晨四点钟起床，写这篇凌乱颠倒的文字，眼里饱含泪水。（出处同上引文）

对这段文字，我不作解读，稍有历史知识的人，也不需要我解读。读这篇作品，我满怀凄怆。

孙犁先生的爱女孙晓玲在《布衣：我的父亲孙犁》一书中，对先生的大爱有诸多记载。

那天我们走进卧室，父亲正在旧木床上躺着，盖着一床薄棉被。我站在床头，极力保持平静地轻轻对父亲说道："爸爸，我婆婆殁了。"看见我们臂上的黑纱，父亲愣了一下，马上颤巍巍从床上起身，趿拉上地上的青布鞋站到我爱人前面，叫了一声他的名字："我很难过……"又看了看我，声音颤抖着说："这么多年，你婆婆待你就像母亲一样……"父亲说不下去了，声音哽咽，眼里闪着泪花。看似严肃话语不多的父亲，内心是多么的炽热，对人是多么的有感情啊。

在这本书中，孙犁先生弥留之际与女儿的一段对话，更是令人唏嘘之后心有无限温暖。我知道，顽强的先生即如走后，也要让他的言行和他的作品一样，永远温暖着所有的存世者。

啊，春风南岸留晖远！

伊人笛声谁听懂

2011 年 12 月 31 日凌晨，一个伟大的作家永远地走了，尽管他日复一日地在轮椅上抗争了几十年，尽管新年的钟声转瞬间就要敲响，但他还是没能闯过死神设下的门坎，拥抱这个他极度盼望的新日子。顽强的生命之灯，在枝头就要吐绿新芽快要绽放的当口，被已经十分疲软了的寒风吹灭，而此时，离他的 60 岁生日，竟然仅仅只有不多的四天。

这一年，为中国人俗称的虎年。饿虎在残冬冷日向弱者张开了血盆大口。俗界就是这样的残忍，你可怎么说道？

铁凝说，他的离去，是中国文坛重大的损失。

而我说，对他来讲，这又何尝不是一种解脱！

这个可怜的他，就是《我的遥远的清平湾》《我与地坛》等不朽名著的作者史铁生。

"工作是生病，业余在写作！"这是史铁生说他自己的，我不经意间读到了，无奈、悲凉、伤感，以及深深的痛苦倏然挤满了心房。

20 世纪 80 年代，史铁生携一篇《我的遥远的清平湾》闯入文坛，整个中国文学界为之震惊。青春年少的我读这篇小说，不但深深陶醉于其诗一般的语言，更深深感佩于洋溢在小说中的温情、善良和知恩图报。其时，拨乱反正刚刚开始，一大批知青小说，急不可待地充当了揭露、控诉、批判那个荒唐岁月的急先锋。横空出世的《我的遥远的清平湾》，就像一支魔笛，以前所未闻的基调吹奏出迷人的丽音，让我们领略了荒凉、凋敝、落后的黄土高原上仍存在的温馨，以及那个年代迷离扑簌的真、善、美。

倘若仅仅如此，那么史铁生就不成为史铁生了。在中国当代作家群体中，最有理由控诉那个时代的，就是史铁生，因为那个时代亏欠他的委实太多太多！

人世间所有的苦难都留给了他，而他自己，却在苦难中用诗一般的语言赞美俗世，讴歌时代，描摹生活，给体魄健全的人以生的希望和信念。不是说上苍厚道而公正么，为何在史铁生这里我们却看不到？

17岁清华附中毕业，奔赴延安插队。在生产队里，年少的史铁生搏命干活，誓言要把自己变成一个地道的陕北农民。天下雨了，他埋头不顾，任凭雨水淋湿一身，便因此而引发重感冒、高烧。20岁那年，史铁生突然莫名患上腰腿疼痛症，回京寻医治疗，结果治而不得善治，最终致瘫彻底躺到轮椅上，轮椅从此成了他行走、读书、思考、写作的仰仗。他渴望春风、夏阳，甚至秋霜、冬雨；他也曾反抗，也曾挣扎，也曾绝望，这在他的《我与地坛》中有着最真实、最深刻和最准确的描述。善良并走向年迈的母亲，每天看着自己孕育出来的年轻生命慢慢凋零，纵使刀绞心头，其痛也莫过如此。但是，对自己的心头肉，想说的实话每每到嘴边便又吞咽了回去，生怕伤害到儿子的自尊心。儿子天天在轮椅上度过，母亲便让"走""跳""跑"等字眼通通从自己嘴里消失了。很长一段时间里，史铁生每天都到天坛挨日子，母亲担心发生意外，便悄悄跟在后面看护他。史铁生却趁母亲不留神，故意躲到树丛里去。"有一回我坐在矮树丛中，树丛很密，我看见她没有找到我；她一个人在园子里走，走过我的身旁，走过我经常待的一些地方，步履茫然又急迫。我不知道她已经找了多久还要找多久，我不知道为什么我决意不喊她——但这绝不是小时候的捉迷藏，这也许是出于长大了的男孩子的倔强或羞涩？但这倔只留给我痛悔，丝毫也没有骄傲。"……很快，史铁生明白了："儿子的一切苦难，在母亲那里都是加倍的。"这样的句子，每读一遍我都会泪流满面。然而史铁生又说："就命运而言，休论公道。"此话表明，史铁生懂得命运的强势，认为一个人只能按照命运既定的轨迹走下去，别无他法。但是，命运只有惟一，抗争的手段却有无数。史铁生自己，也决然做出了正确的选择。面对病魔，他最终找到了诠释生命美的形式：写作，如此一来，也可释然了。要知道，面对挫折，懦弱者的选择往往是放弃自己的生命。史铁生让我们懂得了，生命绝不仅仅是自己一个人的，要学会为在乎自己的人着想，放弃生命，就是对亲人最大的不敬。

文学要写苦难，写疼痛，写人性，去触击读者的灵魂。在这方面，史铁生的文学努力做到了。而他的做到，并不是那种赤裸裸的宣泄，他坚持用最美丽的霓裳来包裹这一切。

地坛是美的，人世间是美的，生命最可宝贵，我们只有活着，爱才会有所附丽。史铁生的笔，顽强地表现着生命的趣味：练歌的小伙子、穿越园子上下班清凉朴素的女工程师、腰间挂着扁瓷瓶每走五十米便驻足石凳或树苑摘下酒瓶舒服一口的老年饮者、一年四季黄昏里风雨不改在园中散步从中年到老年的那对夫妇、哥哥为妹妹逮蚱蜢妹妹遇到危险总要呼唤哥哥相依为命的小兄妹俩……发生在地坛里的这一切，都让我们感受到了生命的意义，世界上还有那么多没有接触过的人和事，我们实在没理由悲叹、哀怜、颓废，活着就比什么都好。然而，处在活蹦鲜跳境地中的人们，谁又会经意这些普普通通的情景呢？我们难道不曾认为过，这些情景是最无聊最轻微最不值得理会的一瞬吗？那么面对史铁生的发现和描写，我们就应该彻底地懂得珍惜当下，认真过好每一天，而不必等到厄运来临时才发现普通里蕴藉着的无限深刻。

《我与地坛》，是一曲生命的赞歌，是中国当代文学必然的经典，是高贵灵魂吐露出来的旷世芬芳。

作家陈村说:"1991 年的中国文学,即使没有一篇作品,那么仅有《我与地坛》,也就足够了!"

莫言说,我对史铁生始终满怀敬仰之情,因为他不但是一个杰出的作家,更是一个伟大的人。

对于这样的作家,必须给予足够的敬重。比如路遥,比如张承志,比如梁晓声……在这个历经苦难而又奋力前行的国度里,像他们这样的勇于为苍生而歌,为苍生而哭的伟大的作家,只恨其少,不恨其多!

1985 年,我将我的毕业论文选定为《试论新时期文学中的自传性小说》,我试图论述的一个重要论题就是新时期青年作家作品中的人性美,史铁生当然是列举的重要作家之一。在文本的开头,我这样说:"理论界曾经把新时期涌现的众多的文学作品划分为'伤痕文学''反思文学''知青文学'等几大类别,如果说这些文学是对1958 年那场'大跃进'的狂热和对历时 10 年的'文革'的疯狂予以彻底的否定,那么,涵蕴其间的作家们的自传性小说则具有更为深刻的认识作用和更为丰富的审美价值;如果说'伤痕文学''反思文学''知青文学'在淋漓尽致地否定那个年代之后出现了一个断层(如'改革文学''城市文学'的异军突起所体现的截然不同的文风),那么,正是作家们的自传性小说在极有分寸地巧妙地把断层衔接了起来。他们对那个逝去的时代不是采取简单的否定,而是以自己曾付出过情和爱、血和泪的亲身经历为背景,认真挖掘那个时代一切美好的东西,唤起人们亲切的回忆。作家们的自传性小说,像一根纽带,把过去、现在和未来很好地联系在一起。"

我还说:"在这方面做出较大贡献的作家有王蒙、张贤亮、路遥、张承志、史铁生、梁晓声等,这些作家都以他们的经历,写出了一篇篇深受广大读者喜爱的自传性小说,赢得了大量的读者。"

可是,史铁生说:"写作不过是为心魂寻一条活路,在汪洋中找到一条船。文学或有其更为高深广大的使命，值得我们仰望。当白昼的一切明智与迷障都消散了以后，黑夜要你用另一种眼睛看世界。这是对白昼表示怀疑而对黑夜秉有期盼的眼睛，这样的写作或这样的眼睛，不看重成品，看重的是受造之中的那缕游魂，看重那游魂之种种可能的去向，看重那徘徊所携带的消息。"

这是何等的从容、淡定和博大！人间世不留你，就到天堂里去吧。在那里，你可以不必依凭轮椅，尽情地按照自己的意愿自由行走，漫步在时光的隧道里，酝酿拯救俗世愚民的哲思。而在我，在今天，唯愿所有渴望新的改革路径或出发点的人们，读一读史铁生，读一读《我与地坛》，承蒙近晚淡淡斜阳赏赐的些许温暖，细细领略、体会伊人留下尚不遥远的笛声，或许会有新的发现。

浩瀚苗岭任驰骋

一

20 世纪初的一个上午，年轻的萨尔瓦多·达利敲开了毕加索画室的门："先生，我今早抵达巴黎，我没有去罗浮宫，而是先来看您！"毕加索朗声回应："你做得对！"

另一件事是，当年寂寂无闻的凡高，在写给他弟弟的一封信中说："有一天，全世界会用不同的发音念我的名字。"

这是已成功的艺术家的笃定，和将要成功的艺术家的自信。

我认为，举凡艺术家，必须具备这种自信和笃定。与马践相识相交了几十年，对他的了解不可谓不深，我清楚地知道，在他身上，这种自信和笃定，已经得到了完美的统和。

二

与马践认识，始于 1980 年前后，那时，我有个老弟也钟情于画画，一心一意想要当个画家，当画家当然得考艺术类院校，到县文化馆拜师学素描、色彩，这样一来，就跟马践几个准画家们走到一起了。某日，老弟带了马践、贾争来家，说要爬上云际山去写生。

我虽幼时也曾在绘画纸上涂抹过几笔，奈何终归无法忍受这般琐碎的活计，成不了气候，故而与他们这些神情庸散、不修边幅的未来艺术家，也没有多少说得上来的话题。

20 世纪 80 年代中叶，马践从广西艺术学院毕业，成就了他完美的承有师传，学有范式的科班出身。

凡艺术，从来就不是唾手可得的。学成归来，马践一头扎进了大苗山，他认为，只有苗山才是他艺术生命的不竭源泉，在县里的文化部门，他专心致志地搞他的艺术创作，极少旁顾其他。那些年下乡蹲点，别人是能推就推，实在推不了就在乡下三天打鱼两天晒网，得过且过。马践却主动报名下去，在当时条件最艰苦的安太元宝村，他一蹲就是两年半。他说："那时候，餐餐吃的苦麻菜，吃得肠子都青了！"生活是这样的艰苦，他却甘之如饴地坚持着，从来没有半句埋怨，也从来不打退堂鼓。在元宝村，他一边走村窜寨做好农村工作，一边顺带着采风、搞素描、画速写，为创作大画积累素材。几十年后，当我提到马践时，家在元宝村整垛屯的老支书马叔还流露出无限深情："马践啊，他下来蹲点的那阵子，我就看出了这个仔是棵好苗子，将来肯定有出息的！"结束农村工作，回到机关，马践紧闭房门，废寝忘食，神无旁骛，潜心画画，信心勃勃要开拓出一条融入少数民族元素的中国画创作道路。

很长一段时间来，马践致力追寻中国画传统，乐不思蜀，他坚信自己一定会成功。关于中国画传统，国画大师陆俨少先生曾形象地概括为：老实画和聪明画。所谓"老实画"，即归属于唐宋画家画的传统，注重"画之本法"，必须投入苦役般的劳作，"积万劫方成菩萨"；所谓"聪明画"，也即是明清文人画的传统，包括以董其昌为代表的正统派，和以石涛为代表的写意派，需要注重"画外功夫"，借此游弋于翰墨，便能事半功倍地"一超直入如来地"。从大苗山腹地走出来的画家马践，是聪明的，也是善于变化的，他在"老实画"和"聪明画"这两条大河中涵泳，左冲右突，苦苦寻觅属于自己的艺术长河，最终，他成功了，他的一些重要作品相继被多家重要机构收藏，还横渡海峡，冲进彼岸一家博物馆。中央电视台，也在这个时候频频采访他，制作了几部专题片，这些专题片在央视二套节目播出后，海内外轰动。搞艺术的，能享此等殊荣，那就委实厉害了。

这是艺术家的自信。

马践的自信还源自于他的祖上真传。在文学艺术上有成就和建树的，都会有一个可敬的祖母或外祖母，高尔基如此，马践也是这样。马践的祖母擅长苗族蜡染，花鸟虫鱼经她手绘到苗布上，全都栩栩如生。祖母作画时，少小的马践依偎在旁，如痴如醉。民族艺术的种子，这时候就根植到了马践的心坎上。

浩瀚的苗岭很养人，尤其善养搞艺术的人。独特仅有的劳作形象，坚忍不拔的精神品质，古朴淳厚的民俗民风，苍莽幽深的山涧林壑，兀立在劲松虬枝上的苍鹰，起落于鹃花草莽间的云雀，雨后如带的雾霭晴岚，以及间或突地响彻云霄的歌声……诸如种种，都能打开艺术家的天灵，令他们醍醐灌顶；诸如种种，就好比"山气日夕佳，飞鸟相与还。此中有真意，欲辨已忘言"。马践扎实坚硬的绘画艺术功底，与苗岭的"真意"相融合，他破茧为蝶，翩翩飞翔；他跃身上马，勇猛驰骋。总之，他享受了置之死地而后生的成功以及成功带来的快感。

我的说法并非无凭，手头这本《马践画集》，广西美术出版社出版的，就足佐证。

这本画集分"重彩画"和"墨彩画"两部分。马践的"重彩画"通过线条和色彩的穿梭、润染、变形、夸张，再现了苗族人民的劳作和生活，也呈现了大苗山异彩纷呈的民风民俗。必须指出的是，这种变形和夸张，表达出的却是无比逼真的真实感。艺术贵在真实，不管你如何夸张。"白发三千丈"，你说这不真实吗？"飞流直下三千尺，疑是银河落九天"，你说这不真实吗？在马践的变形和夸张中，我窥见了毕加索的真传。而他的"墨彩画"则主要通过点、线、面，通过浓墨、淡墨、色彩、色块，以及留白的濡染、浸漫、对比，再现苗族山寨民居，风光风情。此种技法，是凡高艺术的突变。在中国画家中，除马践之外，我好像只见过吴冠中晚年痴迷于此行道。

这是艺术家的笃定。

三

1993 年早春，柳州市床单厂面向全国延揽艺术设计师，马践从上千名应聘者中脱颖而出，已经拥有了深厚民族艺术功底的他踌躇满志，决心要到更广阔的天地里锤炼自己的奋飞翅膀。万事俱备，只欠东风，如今这东风吹来了，能不悦乎？还真不能啊，分管文教的副县长下了一道死命令：凡是回来了的融水籍大学毕业生，一律不得调离大苗山！

欲渡黄河冰塞川，将登太行雪满山。马践痛苦极了，他折了画笔，摔了画夹，决计从此告别美术，不再画画。求才若渴的柳州市床单厂得知融水不放人，决定学学深圳，"他们不放档案，你只要愿意来，我们可以给你重新建档，工龄、资历一样给你算！"

马践赶上了一个好时代。

次年，我也辞了公职来到柳州，供职于一家媒体。意想不到的是，我竟会和马践住到了一栋楼里，成了比邻。

这栋楼是柳州地区群众艺术馆的职工宿舍，我念高中时的语文老师、班主任梁柯林先生，此时是群艺馆的馆长，本是大才子又很爱才的柯林师，让我们无偿住进了这栋楼。虽说离市中心远点，但对于工资低微的我们来说，有这免费的居所就是人生最大的幸福了。

马践在床单厂上班，有时还加班，吃饭也在厂里食堂，平时很难见他一面。偶尔他那跑列车的女友休息，来看他，他才买点菜回家做饭，也叫我上去喝两杯。房间很窄，这小子就弄了个单人双层铁架床，他睡上铺，下铺摆放他作画用的一大堆劳什子。有了酒盖脸，我便促狭道："你是马，喜欢跳上跃下的，爬上铺对你来说不是什么难事。小胡不是马，你让她上上下下折腾岂不残忍！"

哪晓得他女朋友也是女中豪杰本色，脱口呛道："对我们跑车的来说，这个上铺算得了什么啰？你没坐过火车？少见多怪！"她的言外之意大概是这样，你没吃过猪肉也就罢了，难道连猪走路也没见过？

年底，我及妻子的调动意外地获得成功，我也就撤离了地区群艺馆宿舍，搬进市内某小学宿舍楼，住上了正规的两室一厅。

不久，马践也从床单厂调进了柳州市工业学校，当了老师，住进学校在社湾坳元宝山上一间老式大板房的二楼。嘀，真是造化弄人，元宝山来的，又上到了元宝山，只是此元宝山非彼元宝山罢了。这里虽跻身闹市，却也是林荫匝地，鸟语声喧，花香袭人呢，世外桃源，很适合搞画画的。

马践几次邀请我到元宝山上去，帮助学校组建学生记者团、文学社，我"臭老九"的本色难改，也好为人师地在那里做了两次讲座。学校给我的报酬，是两本仿皮封面笔记本。

对拉丝厂地区群艺馆宿舍难忘岁月的共同怀念，让我、马践和梁老师时不时聚到一起。某晚元宝山醉了，马践让我跟梁老师在他画室打地铺。次日早起，柯林师看着我大笑不止；我看了他，也哑然失笑。原来我俩脸上、脖子上涂满了一抹抹五颜六色的颜料。死老马的调色盘、调色板，就搁在我们头顶上方的桌子底下。

我主持《龙城教育》事务后，立即着手马践民族绘画艺术的宣传、推介工作。一时间，柳州教育界，马践声名倍增。

"十年磨一剑"，不容易。但据我所知，马践这把剑磨了远不止10年。21世纪初，柳州市工业学校升格为柳州职业技术学院，马践也由讲师荣升为副教授，他的画不断在各种大赛上获奖，奖得他都快麻木不仁了。"银奖我看都懒得看，金奖嘛，也算不了什么！"听听，这话是不是让念奖若渴的我等低到尘埃里去了？成了国家级工艺美术大师后，马践加入了中国美术家协会，之后又评上了正高级教授，成了市政协委员，集万般宠爱于一身。此时的他，就像"我的朋友胡适之"一样，让我们一个个说起他又脸上都有了颜色。

当然不只是现在，十几二十年前，马践就已很不得了了，这在《马践画册》里他的艺术年表和个人简介部分已经说得很清楚明白了，在此无须赘言。我想补充的是，十多年前他就当上了柳州市民间文艺家协会主席，彼时，市文联所属各协会主席中，马践年纪最轻。

众所周知，凡艺术，是没有顶峰的；凡艺术探索，是没有止境的。约翰·伯格说："一个被割断历史的民族和阶级，它自由选择和行为的权利，就不如一个始终得以将自己置身于历史之中的民族和阶级。"马践忠于民族，忠于艺术，忠于内心，那么浩瀚的苗岭，自然有他这匹骏马一任驰骋的永远。

叙述的极致和可能的到达

2013 年，我在《小说选刊》上读到了杨仕芳的中篇小说《谁遗忘了我们》，老实说，我当时被小说的叙述狠狠地击中了，一口气读完后，我的第一个结论就是：这才是小说叙述应有的力量，它击溃了我"小说要以故事情节的生动完美征服人"旧有观念。不久，在 2015 年的《新华文摘》上，又读到了他的《而黎明将至》，我不由得不对这位尚未谋面的"小老乡"肃然起敬。我撇开囿见，开始认真细致地探究起杨仕芳小说创作的叙述特色来。

每当想起那只土坑，我总不禁怀疑，很多时候，人的命运并不掌控在自己手里，一些不起眼的事物，已然在不经意间改变人的一生。那只半尺深的土坑便是。那是杨树枝用柴刀挖出来的，原本是想捉弄我。他喜欢恶作剧，每每上山砍柴、放牛和摘野果，时常趁人不注意时，在山路上挖出一只坑，盖上枯草和树叶，就不易被人发现隐藏着的危险了。许多过路人不小心踩进坑里，要么吓一跳，要么人仰马翻。那时他躲在树丛里偷着乐。我也上过几回当，每回不小心踩进坑里，总把膝盖搓得生疼。

　　那天我跟杨树枝上山放牛，不知何时，他又在山路上挖出一只土坑，不过被我发觉了。

　　这是《而黎明将至》的开头部分，这段叙述相当富有质感，叙述在推动着情节向前发展的同时，让我们读到了清晰的画面，读到了诗意，更进一步说，我们还读到了哲理，它奠定了整部小说的叙事走向和思想要素。这开头还令我想起了路遥小说《人生》单行本扉页上引用柳青的一句话："人生的道路虽然漫长，但紧要处常常只有几步。"

　　小说就这样展开了，接下来是一个个揪心的情节。少年杨树枝本想冲"我"恶作剧闹一下挖的坑，却害惨了挑担柴火走过的村妇刘婖凤，刘婖凤被土坑绊倒滚下山坡，这根家庭的支柱从此坍塌……小说的叙述充满了忧伤、自责和忏悔，每一个词、每一个标点、每一个句子都是那样的撕心裂肺。

　　任何艺术都在不断进步和成长的，小说更是如此。很长一段时间里，我们热衷的是全知视角，即采用第三人称叙述，交代完一段了来个描写的办法，本来三两步就跳过去了的，因害怕交代不清楚，总在那里绕来绕去，让读者读得很累却无法融入进去。现在，杨仕芳采用第一人称的叙述法，画面有了，情感有了，思想有了，不拖泥带水，简洁明朗，该交代的全交代了，给人留下了无法磨灭的感受。

　　我们再来看《谁遗忘了我们》的开头：

　　我的故事从一张胸片图开始。

　　那张胸片图是从李煜桌面上拿的。七天前，我从林荫镇搭班车到县城给李煜送安慰。李煜又失恋了。李煜已经失恋了十三回。每回失恋我都给他送安慰。安慰就是三花酒，只要肚子里装满三花酒，再多的悲伤都无处躲藏。这回我们一如既往地往嘴巴里灌三花酒，直到两人像两根相互支撑走向医院的拐杖。医院是李煜上班的地方。他为无数病人救死扶伤，却没能救活自己的情感。他是一潭死水，养不活鱼一样的女孩。

李煜说我是死水吗。

我微笑。

李煜说你还是先想想你自己吧。

现代小说，往往需要我们在叙述上有新的突破。叙述有无限的可能性，叙述原本是一种形式，而形式的改变，内容、情调、色彩等等，也就跟着变了。

当今中国小说顺应世界潮流，改变了传统的叙述方法，叙述可以是写意的、是色块的，是清晰的，是模糊的，可以把情景、人物以及意念等等突破既往规制往极端上写，甚至叙述本身也走向极端，叙述一极端，叙述就变形了，就荒诞了。这样一来，叙述就变成了小说的全部。杨仕芳的小说几乎都没有过多的描写，他的描写全部都在叙述中完成了。这就是他叙述的极致。

那么，杨仕芳是怎样走过来的呢? 还是来看看他自己的说法吧——

"我的创作受不少作家的影响，尤其是余华、马原、莫言等作家。我是从模仿开始，那如同看到别人在建设房子，自己也跟着建，结果却发现怎么建都不如意，也就是说结果发现自己建设的房子没有了存在的价值，因为建得再好也只是别人的模仿品。终于明白模仿的结果只是在用别人的语言写别人的小说，唯独没有自己。于是我开始想到了区别，构建区别于别人的房子。于是我重新审视自己，挖掘内心里的期待和渴望，以自己的目光去看世界，理解世界，解剖世界，把自己的观点树立起来，终于有了自己的文章。"

当今小说的叙述，更多地强调活力、张力，就像贾平凹说的那样，要有"火的效果"。火的效果有热度、能烤，不管人还是兽，看到了都往后退，马上就发现和感受到一种热力，而且在这当中有一种快感。但是如果不掌握写实的功力，具体刻画的那种工笔的东西往往很多人又做不到位、落不下来，如果没有这种功夫，不管它怎么荒诞、怎么变形，读起来很快乐，读完了就没有了，回味不过来。这种方法，是从西方借鉴过来的，中国传统的还是线性的、白描的、勾勒的、需要有韵味的那种东西，表面上看它不十分刺激，但它耐看、耐读，而且产生以后的、长久的韵味。在我看来，杨仕芳这两个方面都能很好地结合了起来。在极致之后，还有更大的可能性，那就是他的所有的创作，包括散文，包括长篇，都蕴藉着深刻的思想，都将令我们常读常新。

几乎所有我认识的读者都说，读杨仕芳小说感觉越往后越压迫、窒息、难受、喘不过气来。我想，这就是作家的能耐了，这就是作家所需要的效果和力量。但是我又想，面对我们这个苦难深重的民族，我们在袒露哀伤、痛苦、沉重、悔恨、时艰……的时候，是否能够尽可能地透出一丝亮色和暖情呢？我们这个民族历史悠久、博大深邃、高远沉雄，当我们运用鸿篇巨著（这是必由之路）史诗般地去反映我们这个民族时，我们能否做到胸襟宽阔、情感节制、眼界向上？

吉狄马加说："少数民族作家要对自己的民族文化有足够的自信，要认识到自己的不可替代性；少数民族作家有自己特定的生活地域，他们生于斯，长于斯，老死于斯，形成自己有别于其他民族的生活模式、文化风俗、审美观念，不承认这一点，是不行的；能在更广泛的审美范畴里审视自己民族的少数民族作家，就一定能写出本民族切入骨髓的真实情感；少数民族作家不能狂妄自大，更不能妄自菲薄，要真心热爱自己的民族，真心体悟本民族的一切，要不停地舞动手中的笔，抒写本民族的悲欢离合、喜怒哀愁，记录本民族的所思所想、所感所奋，从而不断更新、改变中国和世界文学版图。"

我以为，这段话也是对杨仕芳说的。

真正认识杨仕芳，是在四年后的 2017 年，那时他已从三江县调到市文联。因市文联要与市教育局联合举办一次全市中小学文学创作大赛，市教育局这边的具体工作由我负责。这个活动要开不少的协调会，我是在第一次协调会上见到杨仕芳的，他是那样的年轻、清秀、朴实，让我感到十分惊讶。他的侗话口音很重，但所说的都很实在，都到点子上，当时便认定他是个很有个性的人。仕芳调到文联，任秘书长，兼市作家协会常务副主席、文学内刊《柳韵》主编，恰好我手头上有个比较棘手的中篇发不出去，就问仕芳敢用不。小伙子说你传给我吧。后来，这小说就在《柳韵》上面世了。朋友们读到后，说你写的这就是某地的事啊，这人就是某某某啊！此事让我对杨仕芳，更是刮目相看了。

几番接触后，我了解到杨仕芳的经历也颇为复杂坎坷，当过老师、记者编辑，也曾撂下公职到桂东、桂南一带闯荡。而故乡给他植入的文学基因，就在这颠沛流离中愈发地蓬勃、氤氲、葳蕤起来了；故乡的人和事，也就在异乡楼阁的枕梦中，愈发地清晰明朗了起来。对某个地域人文的观照，我认为离开此地域越远越好，越远越真，越远越能体察到最深层次的人性。事实也在证明着，坎坷人生，对于作家是一笔难得的财富。

杨仕芳很谦虚，他常说创作能走多远算多远，这是没办法预定的，但我知道他的实力，他的雄心。在柳州生活，估计他已着意要写柳州了，写这座工业城市，写这座工业城市的人们，况且他还这样的年轻，时间将会帮助他到达所有可能到达的地方。

第五辑　策马驰骋

2013 年 8 月，散文《云中故乡来》在《青年文学》发表以后，我就坚定地朝着纯文学转身，历四年光阴，创作出八部中篇小说，并散文若干，这些作品，先后都在《民族文学》《红豆》和《中国作家》等刊物上发表出来了。2014 年春，散文集《云中故乡来》公开出版，同年获第五届广西少数民族文学创作"花山奖"。接着，跨越 2015 年的又一个春天，中篇小说集《空谷》也面世了，这就为我加入中国作家协会赚足了分数。从此以后，文学创作将伴我回归，回归到我少年时代的美丽梦乡。

笔尖探入往事之思

1979 年至 1980 年间，中国有近两千万知青从全国各地农村陆陆续续返回城市，这个行动，宣告历时 25 年的知识青年上山下乡运动彻底结束。白云苍狗，物事更迭，一夜之间发生的变化，往往令人目瞪口呆。

但是，只要我们深入探究就会发现，这些突如其来的变化，还是有迹可循的，也就是说，一切变化都有其自身因由，不管这个因由埋藏得多深。

1972 年的夏天，地处桂北苗岭的一个偏僻小山村，迎来了五名上山下乡知识青年。那一年，我 9 岁，正读小学三年级，而他们中一位叫郭小东的，才 15 岁上下，他带来了很多书，我因经常借他的书而跟他成了朋友。郭小东心灵手巧，又能说会道，深得乡亲们喜爱，两年后他招工到县里，成了某单位一名司机。

五名知青中的三名女知青，很快就与我母亲成了忘年之交。有段时间，差不多每天吃过晚饭，她们就集中到我家来跟我母亲学唱歌。她们来了，母亲便小心谨慎地打开她那只带锁的皮箱，掏出个包着一摞硬抄本红绸布包裹，那是母亲中学时代手抄的歌本。母亲压低嗓音教她们唱《珊瑚颂》，唱《芦笙恋歌》……

那年头，这些歌是"毒草"，是不允许唱的。

一年后，小山村又来了一家五口的插户，他们住进了我家隔壁空闲着的地主老宅，这插户人家，有知青三兄弟，以及他们的母亲和一个年龄与我相仿的他们的外甥。因为是紧邻，我们两家很快就亲密了起来。过节时我家做滤粉，会送过去一大碗；平时，他们家做了好吃的，也会送过来让我们品尝。

生活压力在当时还算不了什么，除了队里集体的田地有物产，村里每家每户也有自己的自留地，可以种上一些红薯芋头，聊补无米之炊。政治运动相对缓和的时候，还可以养鸡养鸭养猪，有能力的就搞些副业，比如上山找点广藤（做藤椅的外贸出口材料）、药材、做做板凳小桌子，拿到城里换钱也无人跟你较真。隔壁家知青三兄弟，干活很实在，不惜力，又有文化，搞副业很在行。

"割资本主义尾巴运动"浪潮很快扑上了小山村。知青三兄弟因为搞副业，更因为他们中的大哥恋上了生产队长的女儿，一家人从此就遭殃了，连续一个多星期的晚上社员群众大会，这一家五口被基干民兵五花大绑押来批斗，那真是一个阴风惨惨、哀号声声的场景啊！几天后，老二、老三蓬头垢面、手舞足蹈在村巷里胡言乱语、且歌且行。村里人说，这是因为他们吃了一种叫笑菌的毒菌招惹的。

可是同一锅里吃饭的大哥、老母、外甥却没事。大哥爱情失败后，愈发的沉默寡言了，晚上不是看书，便是端他那把月琴弹个不休，弹到激越处，他总把琴弦弄断了。

听父亲说，他们是因为他们的父亲当过国民党时期融县法官而遭罪的。

次年招工，明知是去矿山挖煤，但老二、老三还是毫不犹豫地报名走了。余下的祖孙三个，直到1976年年底局势有所好转才得以稍稍抬头做人。三年后知青大返城，这一家子跟着潮流也走了。

那老母亲在回城前的夜晚过来与我母亲话别，她与我母亲相拥而泣的一幕，恰好被下楼到房间里取煤油灯的我看见，这一幕所表现出来的人性的真和善，当时就震撼了我。

无论何时，每送走一名知青，母亲都要难过上好几天。她说这些飞走的鸟儿再也不会飞回来了。知青的到来，使母亲得到安慰；知青走了，作为上一代以另一种形式到农村来的母亲，独自黯然神伤。

1962 年，年仅 20 岁的母亲响应国家"精简下放，支援农业生产"的号召，辞去柳州针织总厂的工作，乘小火轮跟随我父亲溯江而上，来到了这远离柳州，远离家人的小山村。起初，母亲在村里小学当代课老师，后来因父亲到县供销社做事，母亲不得不辞别讲台全力投入到生产队里的劳动。1979 年，我母亲他们这拨当年精简下放的城市青年，也有了个返城回厂的机会。但是由于种种原因，母亲放弃了这个机会。

总有一种记忆值得珍藏，总有一种情感值得怀念。对 25 年里两代城市知识青年投身广阔天地这一运动种种现象的长期思考，促使我要写下点文字，我发誓要把我思考的结果写出来。

十数年前，我走访了数位当年的知青，知道他们返城后的生活并不如意，进集体企业当工人的，转眼间就没了事做，当然也就没了收入。即便当年表现突出获抽回城当上干部的，也因紧接着的干部"四化"而沦落到了社会的底层。也许，正因为回城只是瞬间的欢乐，他们才对凋零在乡村的青春无怨无悔。当然了，他们对当下的日子同样也没有抱怨。

于是我冥思苦想，是一种什么样的力量（抑或说是神奇的手）将他们曾经端庄的精神扭曲为我们无法破译的怪诞，进而幻灭了他们曾经的崇高理想？须知数千万热血沸腾、抱负远大的两代知青，只有极少数如邢燕子、董加耕这样的幸运者登上了闪亮舞台，只有极少数如梁晓声、张承志、姜戎这样对生活用心的人凭青春见证成了光环萦绕的作家……

这样的思考促使我于 1995 年写出了纪实文学《有个姑娘叫小芳》。据说，某报连载《有个姑娘叫小芳》时，印刷厂照排室的员工们就争抢着阅读刚刷出来的小样，她们感动于作品中的人和事，为之慨叹万千。而我在融水县某部门，则亲身领受了一位知青大姐对《有个姑娘叫小芳》的激赞。

说实话，我对这个作品并不满意。10年以后，我再度创作了这个题材，五知青的名字我都原本照搬，"有个姑娘"王丽蓉也还是原来那个王丽蓉。但是，作为小说创作，这些人物和他们的故事，我都作了新的编排，我不再屈从于现实，也不满足于写故事。我要以那个时代为背景，追问那个年代的人性，追问铸就这种人性的根源。

这五位知青，跟我老家当年那五位知青并不完全一样，就连他们插队的地点，我也做了迁移。东江，实则是当年融水公社所属的水东大队，与我的家乡相隔十数里地。这种变化，目的是为了表现主题思想，满足我追问的需要。

为什么会如此荒唐（不顾实际冒险上马揽口电排灌站项目）？是什么因由毁损了黄卫东的崇高？是什么样的精神让贾树则从茫然走向了清醒？又是什么样的内外在因素引发了张秋玲的悲剧？同样，究竟是何等怪异的力量催生出个劣迹斑斑的龙协安……

千百年来，大地如同钻石般坚硬、稳固、沉实，它承载着世间万事万物，承载着天底下芸芸众生。生活是舞台，让所有的人们在上面欢笑、哭泣、升华、沉沦……当下的一切悄然间归于沉寂，而新的剧目，立刻就要跟着登台了。有谁会想到光鲜亮丽的朴槿惠转眼间就变得苍老枯涩？又有谁会想到年已七旬的特朗普还能潇洒地成为世界第一强国总统？历览前贤国与家，并非全然成由节俭败由奢，千百年来，还真的没有谁能逃得过命运这只看不见的巨手的掌控！

我有着与生俱来的英雄情结，时至今天，《钢铁是怎样炼成的》这部长篇小说仍是我的最爱，我甚至曾极力将之推荐给我当年读初中的儿子。梁晓声编剧的同名20集电视剧，我在网上也一集不落很用心地看了三遍。细心的读者应该不难看出，在知青领袖黄卫东身上，我赋形了保尔·柯察金式的浓重的英雄主义色彩。即使今天，保尔的崇高在乌克兰那片古老而迷人的土地上已经幻灭，我的初衷依然不改。

我常想，假如有一天英雄主义全然退出人间大地，那么这个社会，这个社会的生活，还有值得我们钦敬和感动的吗？

对于小说创作，我没有接受过任何有效训练，我的创作因此也无章法技术可言。我不愿意搜肠刮肚编造故事，我的小说创作纯粹以内心的不甘为驱动力，以我尚还激越的情感为基调，如果这样的写作仍然故作乖张，那么我将面红耳赤无地自容。《前夜》打出最后一个句号时，我吁了口气，我写出的是一个四万多字的中篇。回头读过，我发现原来世界上最远的距离真的是心和手的距离，我在小说里想要表达的，最终还远远没有表达出来。

技巧对于文学创作是重要的，但我认为，用切实的语言表达真实的情感，让作品直击人心比技巧更重要。假如没有高人指点，欲将自己的作品臻于完美那是很困难的，因为我们已经囿于成见走不出来，也不乐意对自己已然付出的辛苦做任何改变。那么，这样的写作注定不会有进步。感谢新锐小说家杨仕芳先生，他给我下了一个硬指标：小说不得超过三万字。

简单的删节是不可能让作品挺立起来的。我将稿子打印了出来，从总体上做了新的布局，删掉逸笔，重排情节，寻找最简洁和准确的语言，于是，《前夜》便成了现在这副模样。小杨老师的指导，让我在《前夜》的修改中尝到了甜头，这是非常荣幸、幸福和难忘的事情。

当经典照亮了现实

一

清初"蜀中三才子"之一彭端淑，在其名作《为学》一文开篇断言："天下事有难易乎？为之，则难者亦易矣；不为，则易者亦难矣。人之为学有难易乎？学之，则难者亦易矣；不学，则易者亦难矣。"当年读到这段话时，颇为古人对"事""学"难易的指判折服，及至一路走来，才发现"事"与"学"的易与难，远非"为"和"不为"那么简单。

像文学创作这样的事情，就远不仅仅是"为"之"易"，"不为"之"难"的。

为文学而努力奋斗，是我们这代人当年极尽狂热的梦想。在学校里无书可读，而在社会上又很偶然能读到《艳阳天》《野火春风斗古城》，以及《童年》《在人间》《我的大学》这些小说的年代里，爱上文学那是极其自然的事了。支撑上个世纪整个 80 年代文学异乎寻常的繁荣鼎盛，光靠少数精英是绝对办不到的，那是整整两代人的集体起舞，是走出混沌后千百万人打心底里激发出来的对文学的诚真拥戴。此外还有一个因素，那就是在那个年代，文学创作这块敲门砖，确实能改变人的命运。今天在杂志上发表一个作品，明天就有可能从社会的底层翻身进到体制中来青云直上享尽荣华富贵。这个结果，刺激着成千上万的少男少女为争得缪斯的青睐而心无旁骛一意孤行。我的老家，一个人口不到五万的苗山小县城，杂七杂八的文学社就多达五六个，有团县委办的《飞瀑》、也有三五同好拢堆搞的《金穗》《乡音》《雏菊》《乡土》等等。一拨拨少男少女神色庄重地以文学的名义在这一个个社团里流连，他们在这里欢笑，在这里彷徨，在这里哭泣，他们很认真地"为"，但文学从来就不相信眼泪，从来就不属于喧嚣热闹，种种思潮背后的文学，越来越不"易"，越来越"难"。潮退之后，文学的沙滩上，是无数即将逝去悔之莫及的赤裸青春。赤裸的青春趴在沙滩上，就像那些漂浮在浅海滩里要死不活的海蜇，没有了动力，没有了方向，永远也不可能横渡那片辽阔的海洋，抵达彼岸。

文学是个魔鬼，行踪不定难以捉摸。但有一点是可以肯定的，文学这个魔鬼会在一个不经意的早晨化为精灵点开你的脑洞，让你成功，这时的你，不管歌哭还是歌笑，也不管绯闻缠身还是守身如玉，你都是众人仰望无人腹诽的归来王者。

努力之外，还是要讲点运气的。

冥冥之中，上帝一直让我与文学这个魔鬼打交道。也可以换句话说，是我一直跟着文学这个魔鬼走，而这样做能否撞上运气，我就不知道也管不了那么多了。

我从散文、诗歌、评论写起，计划着短篇小说、中篇小说、长篇小说一路走来。这一走，就走了30年。但这30年间，我与文学总是若即若离，也就是说我除了粗略的计划外，没有一个明确的目的：怎么写？写什么？在哪一级刊物发表？甚而至于在长达15年的时间里，我没有写下一个貌似文学的句子。

不写不等于没有思考，没有积淀。

2012年那个春天，忽然间如有神助，我接连创作了《云中故乡来》《斯人独憔悴》《杜鹃啼血黯梅花》《贝江美丽人怨愁》《像海鸥那样飞》，以及《柳宗元的背影》等数个长篇散文，而且幸运得很，这些文章先后都发表了，也引起了一定的反响。

十多年里每年数度的回家走走，和每年必不可少的大苗山民族教育改革发展访问——我的心房，经受了一次次深层的捶打；我的思想，发生了一轮轮切入骨髓的变化。这个时候，艺术、全面、深刻地描摹苗山当世生态，反映苗胞艰难跋涉，同情他们（其实也是同情我）多舛命运的这个使命感很强的念头，无时不撞击着我的心扉。散文已无法完成这一使命，于是就有了写小说的冲动，就有了《三江红》这个中篇的酝酿和开笔。

对于作家来说，所有的经历都可能是在为成就作品做准备。十多年前，以柳州奇石界人士刘鼎发为主人公，我创作了报告文学《奇人奇事奇石》。谁想得到呢，十几年后，我竟又以石头为背景，创作起中篇小说《三江红》来了。

小说《三江红》创作的另一个冲动来自于我的儿子，那个夏天，他在新疆完成地质考察后假道柳州，给我带了好几块沙漠怪石，我将之置于案头，不时摩挲它们，想象着它们在沙漠里的故事。儿子是学海洋地质的，跟石头打交道是他的必修课。奇妙的是，《三江红》发表的时候，儿子已由国家公派到欧亚大陆西端，进入北海边上那所著名大学攻读他的博士学位去了。

作为曾经的一名新闻工作者，我有幸接触到社会各阶层方方面面的人和事，在"石都"柳州，我的不少朋友都在谈石论道，我也不时欣赏到他们珍藏的名贵石头，这里边，有许多不为人知的惊心动魄的故事，这就是小说的看点了，将苗族兄弟马长斌跌宕起伏的命运附着到奇石界种种诡异莫测的故事上来，我轻车熟路，小说创作的难度应该不大。我还特意用百度搜索了一番，发现以奇石为线索创作小说的，尚付阙如，这就给了我很大的信心，我一定要把它写好来。

闯进去后才发现，我的准备远远不足，很多需要进入的情节和需要描摹的细节，竟是那样的遥远和陌生。令我更为沮丧的是，由于长时间地不与小说亲近，我的小说文字感觉竟是那样的粗疏、浮泛。专业知识好办，有关奇石收藏的专业图书很多，柳州又是国际石都，专业知识缺失和生活体验不足的问题不难解决。而感觉，是要钻进去了才能遇得到的。就这样边学边写边体验，断断续续地敲击着键盘，一年多时间就过去了，点了一下"数字统计"，初稿竟然超过了10万字。

第一稿10余万字的《三江红》，充其量只能说是个练习本。而要将这10万多字的初稿修改成功，其难度不亚于另起炉灶。大段大段地删改挤压，一个句子一个句子地重新刷写，等到了2015年5月，距电脑敲下《三江红》这三字一年半后，电脑统计小说总字数为五万，中篇小说的基本面貌出来了。这年六月，我获广西作家协会直接推荐，到鲁迅文学院参加学习培训，近一个月里的课余时间里，我全部心身扑在打磨《三江红》之上。离开北京时，我将小说电子文稿发给《民族文学》杂志社，回到柳州不久，就收到了《民族文学》编辑小孙老师的回信：

韦力老师：

您好！

认真阅读了您的小说《三江红》，看得出您在小说里融入了很多您对官场、商界、世情的理解，写得非常生动好读，格局和眼界也都非常开阔。但是觉得相对遗憾的是，故事的讲述和人物的描写都不够精致，很多情节觉得转折比较突然，因此觉得不够真实。几个人物的塑造也觉得不够丰满。

我们很欣赏像您这样题材选择比较大气、眼界开阔的作者，但是这篇（小说）可能还是不能达到发稿的要求。非常期待您在叙事、描写以及文笔上的进步，欢迎有其他优秀作品发过来咱们一起交流探讨。

我很认真地把这封信揣摩了好几遍，得出的信息是这部小说有修改成功的可能。《三江红》是个几乎耗尽了我一段时期心血的结晶，怎么可能就此舍弃了呢？我可以改，一直改到编辑满意为止。到了八月，全面修订过的《三江红》再次发往《民族文学》，孙老师很快回信说：

韦老师：

您好！

稿子看了，迟复为歉。

《三江红》这篇小说写得非常用心，通过以石头为线，将官场百态、世态炎凉都写了出来，人物的刻画生动立体，尤其是人物语言，很符合不同人的性格。

但还是有两个修改建议要和您探讨。一是文章整体还是显得略长，一些人物说话、酒桌客套、插科打诨，固然写得很精彩，也侧面交代了背景和人物性格，为后文埋下伏笔，但还是显得过于拖沓，能否把这些讲话、酒桌的内容做一下精简，删掉一部分，这样可能会使文章的节奏更紧凑，增强可读性。《三江红》的定位是一篇中篇小说，但很多描写是以长篇小说的节奏来写，将文章修改得更加凝练，必须有所取舍。第二个建议，就是结尾，之前文章写得非常有耐心，但是到最后虽然几个人的真实面目浮出水面，却没有得到惩罚，反而是马以中等好人惨遭厄运。能否给我们一个暗示，几个心怀叵测的人阴谋已经败露，将会得到相应的处理与惩罚。可以保留这个最后的处理，依然给人震撼和警醒。

一些建议，和您探讨。您修改后再发来讨论，争取给这篇心血之作送审，发表出来。

还得改啊！而且还规定了篇幅。不过这次，我知道《三江红》离发表已经不再遥远了，我甚至已经看到，《三江红》将很快印成铅字，与《民族文学》的广大读者见面了。

2016年1月中旬，捧着散发油墨清香的新年第一期《民族文学》，我心情激动得久久不能平静。阿阿，彭端淑说"为之"则"易"，"不为"则"难"。我的体验是，"为之"亦"不易"啊！

《三江红》在柳州有了应有的反响，不少读者比对着小说中的人物去寻找生活中的原型，他们问我：你写的那几个人是不是这个或那个？

是的，《三江红》里的人物，肯定是有生活中的原型的。但小说中的人物，肯定不是生活里的原版了。有朋友为我担心：你小说里的人物写得太逼真了，又用了很多真实的地名，会不会招惹来麻烦呢？我说我写的是小说，不是报告文学！但这也从另一个方面提醒了我，我的小说在虚实结合方面，还有待下狠功夫。这也是石一宁主编特意给我指出了的。

《民族文学》原副主编（现为该刊编委）白崇人对《三江红》的阅评，同样坚定了我在小说创作道路上奋勇前行的信念。

> 韦力的《三江红》在写作上是很用力气了的，作者对奇石文化以及相关事项和活动，如奇石博览会、奇石协会、奇石展览、奇石交易、奇石开发和挖掘等，都是十分熟悉的。对所涉人物，如与奇石有关的领导（行政官员兼任奇石协会领导）和工作人员、经营奇石的企业家，挖掘奇石的农民也相当了解。小说以临州发展奇石新品"三江红"产业为脉络，描写了众多官员、协会领导和工作人员、奇石企业家以及其亲朋们之间错综复杂的关系和矛盾，勾勒了几个主要人物的性格和心理，赞颂了一心为发展奇石文化而竭尽心力的领导干部和企业家，鞭答了那些打着发展奇石文化旗号而谋私利的伪君子，从一个侧

面反映了我国社会发展以及在发展中出现的各种矛盾和问题。

小说人物较多，情节交错而复杂，明争暗斗贯穿始终，并设有悬念，所以结构要费心思。作者有不错的写作能力，小说也有较强的可读性。

从未谋面的广西民族大学青年教师李胜兰竟也著文盛赞《三江红》，她说：

《三江红》以奇石为线索，讲述了马长斌和他的团队跋山涉水历经艰辛，终于把沉睡亿万年的奇石"江山如此多娇"开发了出来，并获得第十届中国（临州）奇石节特别金奖这一过程中所发生的种种情事。小说设置明暗两条线，形象、生动地再现了奇石市场明争暗斗、尔虞我诈的场面，并从侧面展示了苗族代表人物马长斌淳朴善良的性格特征，摹写了大苗山淳厚的民风和独特的风光。作者用饱蘸情致的笔墨，抒写他所稔熟的生活，为我们提供了一份迥异寻常的审美感受。

奇石"三江红"的产地三江县，是个少数民族聚居地。《三江红》将故事的一部分背景置于此，作品因之渗透了浓郁的民族味，小说中人物说话的方式，尤其令我印象深刻。对于能听懂桂柳话的我来说，这部小说是亲切好读的，因为小说中的人物对话，说的大体是桂柳话。同时，"达亨""达配""呀呜"等这样的苗族特定词语在作品中多次出现，又使小说文本充满民族气息，也使读者在一定程度上了解到少数民族的一些语言文化，感受少数民族神秘的魅力。

小说文本中，淳朴民风的场景描写与各怀心思的官员形成强烈反差；马长斌的身世交代和故事情节的发展，使得整部作品对功利的讽刺、批判，铺设得一清二楚。马长斌当上融州县政协常委、徐世明战胜谭应堂这些细节，又展示了作者崇尚一分耕耘一分收获、好人终归有好报这一铁律的思想维度。基于现实主义创作手法的细致描摹，又将作者对当代生活的真实反映推向了一个可贵的高度。

　　小说人物众多，关系错综复杂，但作者只寥寥数笔，就能把这些人物描绘得活灵活现，各具特征。主人公马长斌是个诚实、守信、重情义的人，尽管经历了妻子离异、办学不顺等种种打击，但他没有放弃追求，而是百折不屈地奋斗着，身为中学教师的他辞职创办实业致富后，混沌在滚滚红尘中，几乎失去了自我，不经意中遇到"贵人"徐世明，从此闯入奇石新天地，生活有了新的亮色。他说："搞石头养心性，搞石头有乐趣，搞石头就不断有念想，因为最好的石头总在你看不到的地方，总在招呼着你。"人有了目标之后会变得强大起来，奔向清晰的目标全世界都会为之让路，或许这就是马长斌可以成功的原因。当然，他的成功之路并非一帆风顺，难能可贵的是，他始终能以一种平静淡泊的方式去面对生活，正是他这种平静的心态让他得以摆脱痛苦，收获成功。反观现实生活中越来越浮躁的我们，不应该向马长斌学习那份"淡然于心，从容于表"的心性吗？每个人都有私心，最怕的就是那些打着为公的旗号谋私利之人。人活在世上，不求扬名立万，但求能不忘初心。

　　读的是小说，看的是世界。

　　《三江红》通过奇石交易展示了官场的复杂和人性的贪婪。奇石是他们发财致富的介质，他们不择手段，让美丽的石头背负上权斗的孽债。正如小说里《临州日报》记者黄继五所说的那样，"个人的光亮永远照不透一些昏暗"，善良的人们往往容易吃亏。是啊，这个世界上总有些人的内心是不纯洁的，充斥着无法满足的欲望。一个人的力量很微小，社会很复杂，唯能做的就是尽量保持自己内心的一片净土。

　　每当马长斌等人下决心做成一件事时，总会出现一些意想不到的波折。比如发现奇石"孔夫子"，必须炸掉礁石才能运出去；石头可以运出去了，又遭到对手设计拦阻；"孔夫子"是"圣人"，最后却成了贪官攫取不义之财的祭品；黄继五眼见就要跳离漩涡，却莫名其妙地遭遇车祸……小说正是通过这种种光怪陆离，从一个侧面反映了我国社会发展以及在发展中出现的各种矛盾和问题。

我特别要说的是，现如今认真对待一名普通作者的编辑，已经越来越少了，用凤毛麟角来形容诚不为过。《民族文学》的责任编辑，真正负起了编辑的责任，他们用专业的眼光审阅来稿，很耐心地指出文本中存在的各种问题，在保护作者自尊心的前提下，委婉地提出修改意见和建议。为订正一个含义不清的方言和词语，他们会不厌其烦地打电话、发短信，这是何等难得的敬业精神啊！我由衷地敬佩《民族文学》诸位编辑，是他们引领我学会了放下和融入。我们只有学会了放下和融入，方能从必然王国进入到自由王国。接下来的中篇《空谷》创作，就顺手多了，几乎只用一个月的零星时间，就完成了初稿，细细修改润色后发给《民族文学》，还是小孙老师责编。她回信说：

韦老师：

您好！

很高兴收到您的小说。看得出，这篇小说下了很大的气力，写的非常生动。既有乡土特色、民族风情，又具有时代感，反映了当代社会很多敏感问题，如拆迁补偿、旅游开发、下岗再就业、官员贪腐等等。文内对话也很精彩，塑造了董福光、贾老沙等一系列丰满立体的形象。

但是有一个建议和您探讨：结尾处董福光在万念俱灰的情况下，借着酒劲，自杀、烧屋，让整个石门潭陷入火海。至此我才真正明白空谷的苍凉意味。说实话，这个结尾确实令人很震撼，给人以强烈冲击。但我仍然觉得不可取。一是董福光虽然遭遇重重打击，但看他之前的性格，也有一点豁达在，不至于采取如此极端方式。二是，也是我们杂志的风格，希望能有一个稍微温暖的结尾。即便董福光要死，那其他的如董玉斌、贾威林等正面形象，能否带领大家走过阴影呢？

　　和您探讨，期待回复。

　　小孙老师的意见，与石一宁主编关于文学要有担当的要求是一致的。也许是本民族太多的无法言说的苦难和沉重，致使我的心情长久地无法开朗起来，我要为本民族呐喊，这呐喊的情愫体现到我文章的风格上来，就是格调的郁悒苦涩。石一宁主编看出来了，他说：（韦晓明的）作品对权力腐败渗透至各个行业的社会阴暗面的揭示，对正义最终战胜邪恶的信念，也呈现了他小说的基本面貌：正义感、道德感、励志性与深切的现实关怀。他早期的小说，虽然笔力尚有些稚弱，但此几个元素一以贯之。

　　一气呵成的《空谷》，编辑提出结尾要改。这一改可不是小事情，小说的层层推进、情节安排、细节刻画、意象暗指、氛围烘托，等等，为的就是导出这样一个结尾，现在要改成光明的、有希望的结局，无异于全盘否定了原来的苦心经营。五月，到贺州参加《民族文学》创作研讨会，杂志社汉文版编辑室副主任哈闻先生很认真地谈起《空谷》结尾的问题，说董福光不但不能死，而且要很阳光很高兴地活着。于是小说最后成了现在这个模样。

　　《空谷》是我生活积累最丰富、酝酿时间最长的一个小说，它在我脑海里整整孕育了 20 年。20 年来，小说不断累积、发酵、升华，不断地融入我生活中的所见所闻、所想所思。在一次黄昏散步中，我跟妻子说这个故事已经完整了，我得抓紧写。吸取《三江红》的教训，我命令自己不得在写的过程中长时间停留下来，而是必须一鼓作气地完成它。

选择了文学创作这条路，就注定了要与痛苦打交道。面对孤独，面对写不下去，面对一切所有的烦恼，如果不能战胜它们，你将彻底地永远败下阵来。

社会是多面的，我们应该怎样看待它呢？多棱镜折射出来的光，应该是赤橙黄绿青蓝紫五光十色的吧，为什么我们看不到红宝石美丽的光谱，而偏偏只看到炫光之下那抹黯然的深灰色调呢？

实事求是地说，生活对于我，还是很公道的。凭借一支笔，我从那偏僻的小山村走了出来，又从那苗山小县城来到了柳州这座广西第二大城市，并且还一度挺进了首府第一家都市报。我因写作而拥有了一定的声誉，拥有了职称和职务，拥有了一批真诚的导师和朋友。面对命运的恩赐，我一定要忠实于生活，坚定不移地写下去。

二

中国当代文学在经历了整整一个80年代种种潮流的探索、碰撞之后，再次回归现实主义这一坚实的创作道路。经典作品只能是现实主义手法创作出来的，而不可能是其他。比如路遥的《平凡的世界》、陈忠实的《白鹿原》，等等。最近，著名作家张炜也直言不讳他在回归，证明之作便是他的新著《独药师》。但是，经历了探索、融合之后的中国新小说，艺术上已经有了很大的发展了，艺术表现上的多样化，已经深入人心成为共识了。

你完全可以那样做，但你不能说我做这样不行。验之于传世的经典名著，在小说方面，莫不是坚实的现实主义创作佳构。《红楼梦》是值得读一辈子的书，每读一遍，都会有新的收获；据说，路遥把一部《创业史》都翻烂了，所以才有他的《人生》和《平凡的世界》。现实主义大道上走出来的神圣的大师们，是我的文学教父，熟读并深入体悟他们思想、手法、情趣，才能"为"之"易"也。

在现代主义、魔幻现实主义道路上穷尽探索的那些先锋派作家们，重返现实主义道路，创作出不凡的业绩。比如吕新，他的《白杨木也有春天》，就是十分好读、耐读的作品。这些年来，我认真思考一个问题：文学边缘化了吗？为什么？

文学是无所谓边缘化中心化的，好的作品，一版再版，供不应求，文学兴旺发达着呢！可为什么又很多人说不再看小说，也不再读诗歌了呢？这恐怕还得从写小说写诗歌的人那里去找答案。很多作家、诗人，他们根本就没有考虑文学的自身的使命，而是纯粹地颠来倒去大言不惭地玩文学，这样一来，就有问题了。玩文学，势必为读者所玩，势必把自己玩到边缘那里去。假如诗人们都像雷平阳先生那样有担当，写出《杀狗记》这样的精品力作，又何愁没有读者呢？反过来说，如果把诗歌都弄成回车键体、梨花体，不边缘化小众化又还能怎样？文学永远不可以孤芳自赏，永远不可以只允许圈内一拨人自玩互赏。承担着神圣使命的文学，最后总是要绝地反弹的。

体验经典吧，经典是那种能穿透重重迷雾直击我们心灵、给我们振聋发聩的最伟大的作品。只有经典才能提升我们，引领我们去开辟出新的天地。

我早就听说了《金瓶梅》，也有两本删节本《金瓶梅词话》，我也曾经几次翻阅它们，但总也读不进去。事实上，这是一部有阅读障碍的小说，原因有二。一是这部小说创作年代久远，语言文白互见，难读懂；二是小说有大量的山东方言俚语，读不懂。今年三月以来，我下决心认真研读这部"天下第一奇书"，我找来了几种比较完整的版本，利用一切空余时间，先从香港天地出版社出的《会评会校金瓶梅》读下去。这是一部汇集"绣像本评""张竹坡评"和"文龙（文禹门）评"三家评论、不做任何删改保留原来面貌的完整本。根据现有考证，史上系统、全面批评和评点《金瓶梅》的，只有张竹坡和文龙，他们的评论又称"回评"，此书"张评"置于每回回前，"文评"置于每回回后，书中"眉批"和"夹批"以

"绣像评"和"张评"为最,"文评"寥寥可数,这"寥寥可数"实际是对"张评"的反正,却很有说服力。比如张竹坡似乎对吴月娘有很深的成见,处处将她评点为"可恶"之人。实际上小说并没有作出这样的描绘,相反地,在西门庆一妻五妾中,还只有妻子吴月娘是个善良厚道的人。在对待吴氏上,比照张竹坡,文龙的评价就愈发显示出难得的客观、实在,和诚恳了。

初读之下,还是困难重重。前说两个原因就不提了,繁体字也还好对付,难的是为保留原貌,原书的古字、异体字和错别字全都原封不动,有些字词典辞海根本查不到,得翻《康熙字典》,个别字甚至《康熙字典》也没有,估计是作者生造的字,只能联系前后文意来理解了。此外,文中的夹批虽然有助于阅读理解,但它同样也阻滞了阅读的顺畅。前几回我读的很慢,也很累,常常读得眼花缭乱、头昏脑涨、精疲力竭。但坚持下来,我读懂了,我窥见了这部奇书的堂奥,发现了它的伟大所在,它将我深深地吸引进去,爱不释手。我不只全面读了张、文的回评,甚至眉批、夹批也没有放过。从3月5日开始,到6月25日凌晨两点,五卷本《会评会校金瓶梅》我一字不落地通读了一遍。

用什么样的词语才能概括出我读这部巨著的感受呢?什么词语也概括不了。我只能说,我已经彻底地被这部四百多年前的经典震住了。无论思想上还是艺术上,《金瓶梅》这部巨著都如泰山那般坚实沉稳,它是如此的真实犀利,它因为真实犀利而具有了伟大的现实意义,它灼照古今摧枯拉朽,它气势不凡惩恶警世,它假借写末宋,在400年前昏昏庸庸的明代中国叩响了大吕黄钟。可以说,在对社会现实揭露和批判的深刻上,四百多年来中国还没有一部作品能出其右。清光绪一朝的廉明知县、文学评论家文龙这样评价说:"(《金瓶梅》)人为世间常有之人,事为世间常有之事,且自古及今,普天之下,为处处时时常有之人和事。"他评论状元蔡蕴:"观其言谈举止,令人欲呕。"对巡抚宋乔年,文龙更是不齿:"一个御史之尊，一省巡抚之贵，轻骑减从，罔顾千户之家，既赴其酒筵，复收其礼物，心中念念有一翟云峰在胸中，斯真下流不堪，并应伯爵不若，堂堂大臣，耻莫大焉。"文龙认为，《金瓶梅》通过西门庆一家的罪恶史，概括了当时整个社会的生活，上至权臣、贪官、酷吏，下至篾片、地痞、流氓、娼妓，形形色色，无恶不作，无所不及，"致使朗朗乾坤，变作昏昏世界"。这些人"直与豺狼相同，蛇蝎相似。强名之曰人，以其具人之形，而其心性非复人之心性，又安能言人之言，行人之行哉"！所以他不止一次地感叹："成个什么世界？"

作为中国文学史上第一部长篇世情小说，《金瓶梅》在创作上给我们的启迪是多方面的；张竹坡评点《金瓶梅》，一个重要出发点，就是要引导读者读懂这部小说，进而能够做好文学创作，故而"张评"中时不时出现"如读到此还不会写，则枉然矣！"以及"伏脉""草灰蛇线"这样的评语。孙洙说"熟读唐诗三百首，不会做诗也会吟"。那么，在反复读熟、精研《金瓶梅》之后，我想，要写好小说应该也不难了。

《金瓶梅》的艺术手法多种多样，白描、暗指、置悬、映衬、对比、叠床架屋式的渲染等等，纷呈异彩，各显其能。《金瓶梅》里人物林林总总，但没有一个人是平面的、类型化的，即使像伙计、丫头、童仆这些小人物，也各具一面，自有特征。所有的男男女女、老老少少，都活生生地行走、欢笑、哀伤、哭泣在我们面前。诸种恶人，也不是简单地从头至尾描写他们如何的行恶兴凶，而是如实地反映了他们身上尚还留存着的与普通人一样的生态本能。比如西门庆的急公好义、不计得失、出手大方，经商精明而其他方面憨傻乖张；又比如潘金莲，除了淫荡不顾羞耻以外，也还有直率、泼辣、公正的一面。惟其如此，《金瓶梅》里的人物形象才丰满立体，栩栩如生，可触可感。注重人物性格特征，以及此种性格随着社会发展而变化，紧扣着人物性格特征去塑造人物形象，这样的人物才真实，才不会让读者认为假；才站得起来，才能够走进读者内心。

坚实的细节是作品成功的关键。细节最能够概括地、准确地表现真实的力量。《金瓶梅》中，生动活泼的细节比比皆是，令人过目不忘。如第七十六回《春梅姐娇撒西门庆，画童儿哭躲温葵轩》中，吴月娘见画童儿躲在门旁哭，问其缘由的这一细节，就十分生动、形象、细腻：

> 只见画童儿小厮躲在门旁，大哭不止。那平安儿只顾扯他，那小厮越扯越哭起来。……（月娘）便骂平安儿："贼囚，你平白扯他怎的？惹的他恁怪哭！"平安道……月娘道："你叫他好好去吧。"因问道："小厮，你师父那边叫，去就是了，怎的哭起来？"那画童嚷平安："又不关你的事，我不去罢了，你扯我怎的？"月娘道："你怎的不去？"那小厮又不言语。金莲道："这贼小囚儿，就是个肉佞贼！你大娘问你，怎的不言语？"被平安向前打了一个嘴巴，那小厮越发大哭起来了。月娘道："怪囚根子，你平白打他怎的？你好好叫他说，怎的不去？"

这一连串言说举止，活脱脱就是一出情景剧，画童儿的委屈孱弱，平安儿的逞能得意，吴月娘的厚道宽容，潘金莲的武断自私等等，都表现得活灵活现。四个人的表情神态、动作，乃至隐匿在文字背后的他们的念想，都让我们看得见了。而这看得见，又让我们想起了身边的某某、某某某，他们是四百多年前的经典名著投射到现实生活中一个个具体的人啊！画童师父温葵轩，是应伯爵介绍给西门庆为其捉刀代笔干写文案请柬这类活的私人秘书，他潜伏西门庆府上，帮人刺探情报。画童之所以死活不愿去见师父，皆因师父有龙阳之癖，且专喜弄小童子。画童儿羞于启齿的事最后被潘金莲逼问到了，月娘闻之大怒，转而告知西门庆。西门庆愕然不敢相信，便亲自审问画童。西门庆一审，画童不但道出了温师父的龌龊，还将他所知道的全都抖搂了出来，至此，温葵轩的"内奸"身份彻底败露。原来，早在西门庆进京朝贺天子时，宰相蔡京的管家翟云峰就责他口风不严泄了密，让夏提刑事先有了准备不愿意挪窝，也给蔡太师想把西门庆扶正带来了麻烦。对此西门庆百思不得其解：到底谁是内奸呢？这个疑问在画童这里终于有了答案。诸如此类"千里伏脉""草灰蛇线"手法，《金瓶梅》用得出神入化，收到了既在情理之中，又出意料之外的效果。

《金瓶梅》人物心理的刻画、人物形象的塑造、个性化语言的运用、富有生命力语言的创造、故事情节逻辑的功力、社会生活及其环境的描写等等，无一不具有超拔群典的显性价值。几百年过去了，《金瓶梅》里的不少成语、俚语、俗语，今天仍充满着鲜活的生命力，比如"你妈养你这样乖""出头椽子先烂""舍得一身剐敢把皇帝拉下马"之类等等；几百年过去了，《金瓶梅》里的一些行为、一些手段、一些人物、一些风俗，今天依旧存在着，例子一举一大把。经典的不平凡，就在于此。

《金瓶梅》仿佛一个巨人，冷静的俯瞰着现实生活中这个残酷的世界，那么多的阴谋，那么多的龌龊就这样在作者的娓娓道来中展现在我们的面前。冷静的作者没有对此进行任何形式的道德判断，因为书中的这一切黑暗都是真实的，因为任何道德判断和真实相比都显得太苍白太渺小。这个世界上最难描写也最难表达的就是真实，这也是《金瓶梅》能够称之为伟大的地方。《金瓶梅》是中国的骄傲，因为世界上能够与之比肩的作品，要比《金瓶梅》晚一两百年后才出现。

鲁迅先生说，悲剧是把人生有价值的东西毁灭给人看。《金瓶梅》是一部关于明朝中后期中国社会、经济、政治的百科全书，小说从头到尾笼罩在令人喘不过气来的悲剧氛围中。只读一遍，是很难领略到这部巨著的丰赡富丽的，必须读两遍、三遍，乃至读到全面清楚明白，才会拥有真正属于自己的十分可贵的收获。

我计划在这几年里，有针对性地读了一些书，为进入新一轮劲进的创作期做好准备。文学方面的阅读，主要还是现实主义手法创作出来的各类题材作品。我给自己定下一个要求是：重读经典。这批经典中，有中外名著《忏悔录》《红与黑》《罪与罚》《百年孤独》《静静的顿河》《水浒传》《红楼梦》《创业史》《艳阳天》等等，当然，鲁迅也是要读的，包括李劼人，包括汪曾祺，包括新时期以来当代名家和新人的代表作。这样的阅读是很辛苦的，但在这辛苦中，能够获得幸福的感受，因此这种辛苦，又是愉快的、值得的。

彭端淑在论说"事"与"学"难易的辩论关系后，接着说到："吾资之昏，不逮人也，吾材之庸，不逮人也；旦旦而学之，久而不怠焉，迄乎成，而亦不知其昏与庸也。吾资之聪，倍人也，吾材之敏，倍人也；摒弃而不用，其与昏与庸无以异也。圣人之道，卒于鲁也传之。然则昏庸聪敏之用，岂有常哉？"在资料、信息、传播手段和速度远远落后于今天的情况下，古人尚能卧薪尝胆，上下求索，进而做到"为天地立心，为生民立命，为往圣继绝学，为万世开太平"。那么，身在互联网信息高速公路四通八达时代的我们，还有什么理由不冲破一切来自于内外部的束缚，满怀信心地为完成神圣的使命而决战呢？

现实主义文学创作的力量是强大的，充满着蓬勃的生命力。现实主义创作强调的是批判，是艺术的批判，是彻底的批判，这也是现实主义创作生生不息的物质基础。否则，文学还有什么理由存在下去呢？

而堪此大任的，唯小说而已，所以我必须写小说。

三

每一个民族，都有它伟大和积极向上的一面，同时也有它卑微和消极落后的一面。热爱自己的民族，并不等于拒绝批判自己的民族；热爱自己的民族而拒绝批判也拒绝别人批判自己的民族，如果说这是民族主义，那么这样的民族主义就极其可怕了，这样的民族主义一意孤行，就是民粹主义了。

苗族是一个勤劳朴实、充满智慧的民族，千百年来，这个民族创造了丰硕的财富和灿烂的文化，涌现出一代又一代为数众多的精英人士。苗族同时又是一个多灾多难的民族，历史上五次血泪大迁徙，充满屈辱，充满悲伤。这个曾经与汉族同居北方大平原的民族一次次元气大伤，最终失却了自己的文字。迁移到南方的苗族，至今人口只有 900 多万。

面对苦难，有截然不同的两种应对方式。一种是抗争，在抗争中胜出或者没落，但不管胜出还是没落，抗争总是值得称道的；一种是妥协或逃避，最后是必然的沦陷，无论如何，妥协和逃避都是应该批判的。

马长斌（《三江红》）、梁伟昌（《群山青翠》）、"美加丽"（《美丽如斯》）等人物，是苗族同胞追求上进、有远大抱负并具有抗争和反叛性的代表，不管遭遇何等艰难险阻，他们都在一如既往地做着不妥协的抵抗，艰难困苦，玉汝于成，是他们永不舍弃的信念。而董福光、贾明祝、马喽三（《空谷》）等，则又是苗族里另一类群体的代表人物，他们虽然也做某种形式上的抗争，但那抗争与妥协基本没有差别，因为其结果是一样的，就是沉沦。这类苗胞在遭受异族的欺侮时，往往张皇失措，首鼠两端，他们将这种屈辱深深地埋藏在心底，一旦有了出头露面的机会，他们就会不管不顾地将所有的压抑全部转嫁给自己的同胞。而这种转嫁方式，又是那样的堂而皇之道貌岸然。在信息闭塞的年代里，这类人物不谦虚地领受了本民族奉若神明的仰望、迷信和膜拜。封闭一旦打破，人们识破玄机，这类人在自己族群里所获得的际遇，就可想而知了。

融水大苗山区，是我长期工作和生活过的地方，我熟识那里的一山一水、一草一木，那里的父老乡亲从来不会向命运低头，为改

269

变命运、改变现实生活而进行的种种努力拼搏，令我感动，也催我奋发。我与他们同呼吸共命运，血脉相连。写他们，为他们而歌，是我的神圣使命。

我深深知道，我们苗族太苦太难了。同样的收获，我们的付出要比别人多一倍，甚至多好几倍。就拿上学读书来说，因为要过母语向官话转换这个坎，仅这个坎，就不知要付出多大的代价，花费多少心血。如我现在所呈现出来的书面语，就不是那么顺畅好懂的，这不是刻意而为之，而实在是母语思维在作怪。所以，国家给我们少数民族参加高考的子弟增加民族分，实在是应该的；加民族分的政策，英明正确，值得讴歌。事实上，通过加分进入大学的少数民族子弟，没有一人给这个政策丢了脸。他们的勤奋好学，德才兼备，又给本民族的后来者以巨大的影响，促使大家一道向前奋进。

因为生存的艰难，苗族人性格中便会出现一些很负面很消极的东西。比如爱耍小聪明、爱讲假话、做事粗糙不认真负责、平时不太讲究卫生等等，还有一个最要不得的，就是容易产生嫉妒心，看不起比自己强的人，拆台不补台。所有这些，都是我创作中不能回避的，我必须指出来，以引起我的同胞们足够的注意，我们从这个起点出发，努力奔向更加幸福美好的未来。

我信奉并秉持"贴着人物写"这一小说创作法则，一旦进入创作，我就只有跟着人物和情节走了。我从来没用过写作提纲这类东西，因为只要写下去，人物和故事情节便会循着各自的逻辑向前走，事先做好的提纲，往往要被撕得支离破碎。

2014年，《云中故乡来》出版了，我拿给父亲看，这个时候他已经看不了书了，我选了一段念给他听，他听完后说还可以，事情就是那样。等到这本小说集出版，他已安息在青山之上，连听也听不了了。但是，我必须在心里默念给他听，我相信他能听得到。每每想起父亲注视我的目光，我就禁不住悲从中来。我承载不了父亲的期盼，我为我的懒惰和迟钝感到羞耻。而父亲，我敢说他是我们苗族群体里最坚强、最勇敢、最朴实的一员，他藐视任何困难，从来不向困难低头；他进行着一轮又一轮艰苦的创业，失败了他不气馁，从头再来；他总是愈挫愈奋，从来没说过后悔也从来不唉声叹气。在我心目中，他就像是一棵参天大树，任凭风吹雨打，总是巍然挺立，永不示弱。坦率地说，我的这部小说集里，不少篇章都有他的影子。

衷心祝福我亲爱的苗族同胞幸福安康，衷心祝愿我们一代又一代的新人意气风发，善于广泛接纳先进的科学文化、发展理念，敢想敢干，努力拼搏，在祖国多民族这个大家庭里与各族人民携手并肩，共同开创更加幸福美好的明天。

绿叶对根的情意

到了这个时候，我终于决定整理出版一部散文随笔集了。

一再纠结，该给心爱的集子起个什么样的名字呢？但凡从事写作的人都知道，文章最难的是拟定标题，一个好的、令人耳目一新眼睛一亮的标题，就足以使你要做的事情成功了一大半。我搜肠刮肚，冥思苦想，反复掂量，"云中故乡来"这个名字总在心头，挥之不去。

友人说，书名"云中故乡来"无法统领这部文集，要我再想想更为贴切的。是的，这本散文集，无论题材、体例，还是内容，都过于奇崛、庞杂、多样了。但是我想，无论怎样的庞杂，怎样的繁复，一切形式的艺术写作，归根结底，莫不从故乡出发，莫不受写作者心底留存的故乡情愫影响。"卡玛一座城，在哪里？我们手也摸不着，脚也走不到！"有的人一辈子"摸不着""走不到"自己的故乡，但故乡永远都铭刻在心底深处，它不曾消失，它是我们的精神支柱，是我们永远的根。

清明时节，年近八旬的父亲不休止地嘟哝着，要我领几个老弟去祭扫我们曾祖父母的墓地。他说，已经停了一年了，今年再不去讲不通了。我应承他，并且做好计划。但父亲说他也要去，这就不现实了。去年秋后，父亲就开始断断续续跟医院打起了交道，最初的诊断是肾有问题，必须住院了。实际上，他还有着十分严重的高尿酸，也就是通常所说的痛风。父亲不知道这个病，只以为是风湿痛，痛了的时候就请村上的医生给打封闭——那是雪上添霜的——感觉好了，就继续他跋山涉水早出晚归的辛苦劳作。在云际大山上，父亲育有上千亩杉木，那是他后半辈子的事业，他的心，全都系在那上头。被迫住院后，他整日里念叨的，还是他的那些山林和果树。天长日久，积劳成疾，从来不服输，树一般坚挺的父亲终于倒下了。病倒了的父亲变得越来越固执，越来越急躁，一语不合，他便不依不饶，大发脾气。

夜来奔突啸叫不已的风，将昨日下了一整天的雨水吹了个一干二净。早起的太阳，让我心情开朗舒畅。晴空之上，曾祖父母似乎在凝视着我们：你们肖与不肖了，就看行动了！

这一夜，父亲根本就没睡好，我们兄弟清早汇聚到一块时，他已经准备好了行头，雨伞、香烟装进了挎包里，一根拐棍从上到下不知摩挲了多少遍，还事无巨细反反复复地交代这个该拿什么，那个该拿哪样，不能遗漏了。我说爸你不能去，那地方太远了，你根本没法去，所有的一切，由我来负责好了。他哪里肯听呢，趁我们不留神，竟独自拄着拐棍下楼，步履匆匆往前边赶。两个弟弟追上去，费尽力气把他劝了回来。不让他去的理由大伙说了一大堆，我甚至还放出了狠话，说你真要去，那我们就不去了。他这才安定下来。

安顿好执拗的父亲，启程赶路。驾车北行十余公里，抵贝江岸，驻车过河，在荆棘野草没顶的矿山公路上攀爬十余公里，来到石陇山半山腰，再往上，就是陡峭无路的大山主体了，从这里爬上去，一直爬过山顶，再往下稍许，才可以看得见我们曾祖父母的坟茔。

这第三条通达神灵宝地的朝拜路，是之前一个清明节我们兄弟开辟出来的。

但最终，这三条羊肠小路不管走哪一条，我们都要累得上气不接下气，腿脚颤颤巍巍。

　　近百年前，我们的祖父延请位堪舆师来家吃住一年有余，祖父的目的很明确，那就是要让大师给寻块宝地，安寝他早早故去的父母。据村里前辈讲，那一年只有一有闲空，祖父便和地理先生翻山越岭，左询右访，东察西看。他们最终在此点穴，足足费时 440 天，其间历尽了与豺狼虎豹周旋的万般艰险，以及与酷暑严寒较量的无限艰辛。

　　这是一块狮子地。曾祖父母的坟墓，坐北朝南，其后重峦叠嶂，茂林层接，修竹劲挺，深涧衔瀑，百鸟嘤鸣；东西脉系，乃元宝山派生，潜渊耸峻，统率东部诸岭；往前看去，贝江静如处子、蜿蜒迂回，徐徐抱定此山，经石门之护卫后依依不舍向东奔流；贝水之内，偌大一个半月形地势徐徐铺开，此乃明堂；其中高低错落的山冈，好比几案，可俯而凭，这就是所谓的案山；越贝水而至县城脚下，方圆数百丈，平畴如砥，可任由千军万马驰骋，最为壮观；屏列于县城之后的一排石山峰峦，与宝地遥遥相对，宛若群臣面君，拱手行揖，此朝山是也。我们抵达这里的时候，正值春阳遍洒，清风徐来而云蒸霞蔚，树枝摇曳而鸟语花香，整一个仙山琼阁境界。

　　父亲说过，曾祖父母墓地中轴线，正对朝山中的那一座，是笔架山，所以曾祖父母的后人，必有大写家。

　　信乎？

　　说来还真有点名堂。因为不管干得漂亮不漂亮，总之我们兄弟现在干的活，确乎全都与文化，与笔杆子有关。而我自己，半生来基本上没有离开过纸和笔，从我笔尖流淌出来的，粗略数数也有好几百万字了，其中一些篇什，还在各种评奖中拿到了荣誉。我也因此而成为了中国作家协会会员，算得上个名实相当的写家了。

　　任何的得到都要有相应的付出，即如这人生之旅，倘使我们不虔诚地跋山涉水，不付出劳累辛苦，不上气不接下气，不腿脚颤颤巍巍，我们有可能取得成就吗？哪怕这成就在他人看来，微不足道！

　　敬畏先祖，敬畏神明，战战兢兢，克己修为，这应该是我们的本原，与心性相合，与结果无关。

你可能怎么也无法想得到，随着县城的发展，曾祖父母墓地中轴线正对着的方向，现在又出现了一个标志性建筑物——融水金芦笙国际大酒店。若干年之后，当我们爬不动这座山时，可在大酒店要个北向位子，遥祭我们的曾祖父母。

我本壮族，祖上敬奉着两个香火钵，据说，这是由韩而韦的韦氏一族脉流不息的祭祀之奉。韦姓是否从韩姓改来，这个问题现在姓韦的人依然争论不休，就在前年的修谱会上，两个牵头的本家还引经据典，各持一端，互不相让，以至于面红耳赤起来。但两个香火钵，我们这一族依然照敬不误。祖母是贵州苗人，我的血管里由是也流淌了苗族的血液。也因此，从父亲起，我们这一支已有三代由壮而苗，这事想想总觉得有些别扭。民族成分一栏里填苗还是填壮，我认为并不重要，重要的是假如我们老祖宗真的是韩信，那么从今往后，我们身上的强悍基因，就必然会越来越少，以至于无了，而温和谦顺的性格成分，将会越来越多。这从人类社会发展的趋势看，是非常好的事情。

29 年前那个暮秋子夜，草成短文《枇杷树，祖母树》，我悲情难抑，一头倾伏桌上，呜咽不已。20 多年来，不断积蓄的情感一再发酵，到了临界点，《云中故乡来》终于喷发而出。这是我给亲爱的祖母献上的一炷香，这是绿叶对根的情意。

在雪片也似的自由来稿中，北京《青年文学》编辑选择了《云中故乡来》，将之刊发于 2013 年 8 月号，这给了我极大的安慰和鼓舞。当然，也给了和中国亿万劳苦妇女命运一致的祖母，一个最高形式的报答。

而今我也年近半百，霜色袭鬓，见惯了世事沧桑，潮起潮落，生死不预，也修成了心如静水，冷眼向洋，宠辱不惊的境界了。

半生为文，我的笔落在了新闻报道上，最近几年，不愿跑也跑不动了，才又开始涂抹散文随笔。我始终以为，文学应当寻根，追问我们从何而来，还将到哪里去；根之所在，究其实际就是情之所在，就是善之所在，就是人性之所在，惟其如此，方能唤起大家共鸣。

近年来，我尝试新散文的创作，追求信息和内容密度的无极限，追求时代和历史感觉的厚重性。我深信，只要不断努力，坚持下去，我的创造会获得读者的认可的。

在呼号厮杀的文学场上，各路作家打着自己的旗号，披荆斩棘开辟出一条条属于自己的道路，登上了文坛。他们艺术的语言，强大的技术和独特的笔法，服膺了千千万万个读者，形成了自己的营垒，那绝不是散漫和懒惰可以觊觎的。

我请居于八桂南、北、中四位亦师亦友的名作家、教师、学者审读《云中故乡来》这个集子，祈求他们以各自的经验、观念和学识，给我的写作做评判，为我今后的努力指一条新路。他们的褒扬令我汗颜。他们俱为学人，涵养高深，与人为善，忌言人短。其实我知道，他们所说的那些好，就已经给我暗示了今后努力的方向。在此，我衷心地感谢他们，祝他们身体健康，阖家幸福！

在物欲崇拜日甚一日的滚滚红尘中，闷声发大财已经成为芸芸众生的信条和行动。他们信了的，不会说出来；他们说出来的，却是他们压根儿就不相信的。现实中发生的一些事实，只需原样照搬地记录下来，其文学的元素就比苦心孤诣创作出来的文学作品要多得多。故而纯粹的文学，将与我们渐行渐远。但是，假如我们真正拥有了100万、200万，情况又将如何呢？这确实是一个必须回答的问题。苍凉的心，疲惫的心，最终还需要文学，需要艺术来关照，来温暖，锦衣玉食、酒池肉林，是永远也无法完成温暖人心这个任务的。

故乡是自己的出生地，那个偏远的小山村却不是我的出生地；故乡是自己的成长地，一个人一生都在成长，一个人不可能一生都在一个地方成长。这样一来，我的故乡在哪里，便成了一个无法排解的现实问题。小时候读高尔基的《童年》,"卡玛一座城,在哪里? 我们手也摸不着,脚也走不到……"这句话像刀刻一样深深地印在 我的脑海里,我一直觉得很奇怪,到现在也仍然无法解释这究竟是 为什么。我的写作,说到底是为了报答,报答所有关爱过我的人, 仅此而已。因此我常常会在开写之前,燃一炷香,给自己以最真情 的祝福。

鲁院的苹果树

一

有一些地方，一旦与你发生了联系，便会给你以深刻的影响，成为你人生路上的一大幸运，成为你一辈子都磨不掉的记忆。鲁迅文学院之于我，便是如此。

那年仲夏的一天，我乘坐高铁列车赶往京城，到鲁迅文学院报到。

京城盛开于五月的鲜花，在我到来时依然灿烂。京东南四环边上八里庄南里西侧，闹中取静的一处深院，花木扶苏，幽香轻漾。众多花木中，最令我瞩目的，是一株新挂果的苹果树，树不高，却果子多过叶子，一串串挂满枝条，煞是好看。

这，就是大名鼎鼎、人称中国作家"黄埔军校"的鲁迅文学院。

报过到后，领了学习用品、门卡、餐票，我住进了二楼 203 室。

鲁院有新老两个院址，新院址位于朝阳芍药居边上的中国现代文学馆里。老院八里庄，校舍阔绰，交通便利，文学院安排我们一人住了一间房，房间里有书桌、电脑、煮开水的电壶。当然，卫生间也是连在一起的。老师不止一次说过，你们住的房间，有可能就是莫言、余华、迟子建当年住过的，能不能成他们那样的气候，就看你们各人的本事了。

　　文学院制定了科学严谨的学习计划，以及凛然不可违犯的作息制度。我力求自己迅速转变角色，做一个谦虚好学的学员。说来也怪，学生时代有过无数次逃课记录的我，进到了鲁院，竟没落下一节课（当然，有几次大集体和小集体的活动我没参加，请了假，躲在房间里修改我的中篇小说《三江红》）。如蜜蜂采集花粉，我的脑子，忙碌地撷取着课堂上大师们的思想菁华；我的笔，勤谨地记录了各位老师的每一句话。

　　进了鲁院，写作者都有一个共同的感慨：自己过去写下的文字，全是"垃圾"，必须倒掉。这幡然醒悟，是发自内心的自觉，是义无反顾的抛弃（不是扬弃），是即将到来的华丽转身。鲁院的淬火加钢，将使他们的创作迈进一个全新的境地，他们的创作将有质的突变和量的飞跃。于我而言，受教鲁院，无异于经历了一次脱胎换骨般的痛苦。仅举"创作"一例为证，我对这个概念，一直以来昏昏然，满以为自己写出有点文采的东西，便是创作出来的作品。在鲁院课堂上，听了大师们对创作的阐述，以及他们对优秀作品的判别，我才明白我的那些文字，其实早已被我、被他人重复使用过无数遍。用了无新意的文字去描摹了无新意的情感、事实，这不是文学创作，甚至连一般写作也称不上。往好里说，那是顾影自怜的自弹自唱，唱完即完，如同水过芋蒙叶，不着痕迹；往不好里讲，那是在玷污文学，轻侮文学的崇高。这样的文字，写得越多，造孽越重。作家的创作，是智慧和才华的结晶，是呕心沥血之后不对等的酬劳，是生活累积和情感升华的凤凰涅槃。只有用心开辟出自己的路径，寻找到独特的文学语言来表达自己深刻的思想，并引发读者的深刻共鸣，才是创作。这样得来的作品，哪怕终生只有一篇，也值得高傲、自豪和满足了。

　　一段时间来，我的睡眠都不是很好，失眠的痛苦使我的写作陷于凌乱、呆板、枯滞。思路狭窄不畅，文字黯然无华；精神萎靡不振，文章格局也拉不开来。今夜看来又是一个无眠之夜了，徒步下楼，在小径上踯躅、吸烟、思索。

我为什么要写作呢？如果说，20 世纪整个 80 年代是一个文学潮涌的时代，彼时，作为年轻人的我追风赶潮还情有可原，那么现在，在 20 多年远离文学之后，岁月既老，何必又来凑这份热闹呢？一阵清风吹来，身旁的苹果树枝在月影下轻轻摇曳，小苹果青灰的表皮上，反射着朦胧的月光。而不远处的梧桐树上，那睡不安稳的小喜鹊，也在窝巢里转身、扑腾、撕扯，偶尔发出一两声啼叫。我陡然清醒了许多，对枝梢叶末的捕捉，对微妙情感的敏锐，从来就是我难以改变的秉性。而这些，实际上就是文学最重要的基因，是文学创作必须的基础。如果我像一些著名作家一样，说我从小就喜欢文学，从小学四年级起我就读了大量的文学名著，小学到高中，我的作文老师都打了高分拿到班上念给同学们听，我天生就是搞文学创作的命，那么人们一定会认为我神经不正常。但事实的确就是这样，教我语文的老师可以作证。并且，我 20 世纪 80 年代以来断断续续写下的"文学作品"，也全都变成了铅字，被退稿的滋味，我大体还没品尝过。当然了，发表这些作品的载体，品级也不是很高的。但是，当时隔 23 年我再次踏上文学之旅，而且一写就是长篇散文，竟也获得了成功，谁能告诉我这里边究竟有什么奥秘？

有人问我为何写作，我回答说为了自己的内心。当我的内心风平浪静的时候，我尽情享受文学阅读给我带来的光荣和梦想；当海潮般的情感剧烈地不断地冲击我的心房令我坐卧不宁时，我就会移步书桌前，轻击键盘，让被信号传输线过滤后的情绪铺泻到电脑屏幕上。岁月的积淀，情感的发酵，记忆的复活，现实的激发，令我从心底里感到有话要说，这些话，知道的人越多当然就越好。而要知道的人多，只有写出来发表。所以，我要写作。

但文学的写作，绝不是自说自话，文学写作有着许多的玄机，最苦恼的首推"总差那么一点点"，想表达的被隔住了，或者"稍稍过了一点点"，没留下想象的空间。也因此，无数的写作者终其一生无法登堂入室。这，关乎功力，无涉运气。

进入圣殿，得有钥匙。那么，开启文学圣殿大门的金钥匙，你在何方？

微风吹过，苹果树再度枝摇叶摆，一对并蒂果，似乎还冲我点了点头。

<h1 style="text-align:center">二</h1>

苹果树，我确是第一次在鲁院见到，我更愿意把满树玲珑可爱的果看作是文学上的金苹果，永藏心中，不时想起，如同我们对于生命中所有的遇见，充满深切的眷恋。

作为一个少数民族写作者，对文学创作，我有着浸入骨髓般的热爱，几十年如一日，唯有崇敬，不敢怠慢。2014年以前，在繁忙的本职工作——新闻写作之余，我尝试摆弄一些散文、随笔、评论，倒也得心应手，文章全都在各级各类报刊发表了，其中长篇散文《云中故乡来》是在雪片也似的自由来稿中被《青年文学》责编相中，编发在该刊2013年8月号上的。往事不只是回味，往事融入血液，是要沸腾起来的，假如能写，它就要变成文字。我对我的民族有着很深的感情，他们的善良、慈爱、隐忍、奋斗，无时不萦绕在我心头，令我牵肠挂肚。这个时候，散文创作已经承载不了我想要表达的诉求了，要完成对这个民族的深层探究，进而构建起宏大的叙事，唯有小说，方可胜任。2014年11月，我决定先从中篇小说做起，用10年的时间，创作出10部中篇，5部长篇。这样一个规模，既适合抖擞完我几十年的生活积累，也可以了结我对本民族的一个交代。岂知上路了，便是磕磕绊绊，顾此失彼，望其门而不得入。《三江红》我酝酿了两年多，主人公马长斌的思想观念、性格特征在我心中早已成型定调，但写出来了，总是差之毫厘，谬以千里。还有小说的结构、语言，不管我如何绞尽脑汁，总也寻找不到最切合、最完美的形式。历时五个多月，我拉扯出 10 万字的初稿，这初稿不管怎么看，都是个很不中看的难产儿。

我亟需要提高，我必须获得拯救。那么，作为作家"黄埔军校"的鲁院，就是我最向往的圣地了。

在这里，我走近了苹果树，走近了金钥匙。

大师们的讲课，就是一把把金灿灿的钥匙。

"少数民族作家有自己特定的生活地域，他们生于斯，长于斯，老死于斯，形成自己有别于其他民族的生活模式、文化风俗、审美观念，这是其他民族不可替代的；少数民族作家在更广泛的审美范畴里审视自己的民族，抒写本民族的悲欢离合、喜怒哀愁，记录本民族所思所想、所感所奋，写出本民族痛入骨髓的真实情感，从而不断地改变世界文学版图。"中国作家协会副主席、鲁迅文学院院长吉狄马加上课时讲的这段话，为我拨开了迷雾，指出了我前进的方向，给了我信心，并且一下子将我带回到了十多年前，带回到中国社会科学院拉美所研究员索飒女士所著的《丰饶的苦难——拉丁美洲笔记》一书里。

十多年前，沉浸在马尔克斯《百年孤独》中的我，对拉丁美洲的认知，还仅限于中学历史、地理课本。我痴迷《百年孤独》，也仅限于它那奇瑰富丽的艺术世界。这个时候，《丰饶的苦难》来了，给我带来魔幻现实主义以外的另一个世界，我的阅读和书写，也由此而发生了意想不到的改变。

《丰饶的苦难》分"原罪""两个美洲"和"树起我们的旗帜"三章，分别从纵横两个方面对拉美大陆作了深入细致的描述，涉及到西方强者的入侵和殖民、天主教中人道主义思潮的衍化、拉美思想的奠基和繁荣、主要政治事件和人物、本质的艺术和文学代表、作为第三世界贫穷国家精神的拉美知识分子、民族气质和性格等方面。索飒是中国著名作家张承志的妻子、研究员、高级学者，但她的这本书，并非学者逻辑思维下冷静思辨的产物。索飒凭着拉美这片土地深沉的爱，用充满激情笔触记录下拉丁美洲苦难的历史，以及这片土地上坚韧不屈的人民。

浩瀚的历史长河，湮没了无以计数的灿烂文明。当我们习惯于少数族群被多数族群同化的时候，拉丁美洲却在为自己民族的权利和尊严奋起抗争。文学天才马尔克斯，就是其中的骁将。1973 年，智利发生皮诺切特军事政变，正处在创作巅峰期的马尔克斯公开声明以"罢写"表示抗议。在雅典文学院接受诺贝尔文学奖，他发表演讲说："今天值得雅典文学院注意的，是拉丁美洲这个巨大的现实，而不仅是它的文学表现。它每时每刻、每天每夜决定着我们不计其数的生离死别，它为我们提供了永不枯竭的创作源泉……对我们来说，最大的挑战是缺乏为了使生活变得令人可信而必须的常规财富。朋友们，这就是我们孤独的症结之所在。"

看看，马尔克斯这段话，与吉狄马加在鲁迅文学院的讲话何其神似！

在《丰饶的苦难》之前，我对历史、宗教、哲学、政治兴趣不大，也就是说我的阅读基本上不涉猎这些方面。《丰饶的苦难》给我带来的震撼，无异于核裂变，它打破了我原来只读文学作品的褊狭，引领我进入一个庞杂的经典世界。随后几年里，我完成了《西印度毁灭述略》《新世界的震荡——拉丁美洲独立运动》《拉丁美洲被切开的血管》《全球通史》等经典名著的深度阅读。在经典的支撑下，我深入研究、审视本己的民族，力争准确把握我们民族的精神脉搏，创作了《变化》《云中故乡来》《贝江美丽人怨愁》等反映本民族忍辱负重、发愤图强、建功立业的系列散文作品。

"比起那些在娱乐的心情下巧妙地编造出男人和女人故事的笔来，比起那些不需要付出心血、只需要寻找美丽辞藻模仿激情的笔来，比起那些不需要对历史负责、只需要巧妙的思维完成一个文字逻辑的笔来，我手中的笔的确使我感到沉重。"索飒的这段话很抽人，那些没有民族历史文化、思想资源垫底，并与民族血肉相连的作品，是无法摆脱索飒的嘲讽的。我奉这段话为圭臬，在经典中守望自己的民族，祈祷自己的创作不被索飒的批评所击倒。

但散文在描摹民族的恢弘、博大方面，其叙事有着种种自身无法克服的局限，完成这一使命的，我认为只有小说，特别是中长篇小说方可堪任，因此，我渴望经典降临，再度裂变。

傍晚，与海南来的散文诗作家唐鸿南散步来到亭子边上，忽然发现小苹果已经长得如同乒乓球般大小了，鲁院这块沃土养苹果啊！鸿南问："这真是苹果吗？真好！"原来他和我一样，也是第一次见到苹果树。他又说："见苹果树前，我们的作品冲不出南方；见了苹果树，我们的作品能够抵达北京吗？"

真不愧是诗人！

而我，作品是已经抵达北京了的，那就是散文《云中故乡来》，15000 多字，于 2013 年 8 月，发表在《青年文学》上。

这晚，我们一同向鲁院的苹果树致敬。

三

苹果由青嫩到红熟，其过程是痛苦的。

鲁院学习，也是一个由痛苦走向幸福的过程。开始时的每一节课，对我来说，都是一次深度击打，期间有位著名报告文学作家的讲话，更是差点毁灭了我。他说，这里是鲁院，鲁迅文学院，你们来这里学习，很荣幸。但是我要说，如果你们写了 10 年 20 年，却没拿到鲁迅文学奖，我劝你们还是死了文学这条心，别写了，浪费人生。班上全体愕然。班上写上 10 年 20 年的肯定有，但绝对不可能有获得过鲁迅文学奖的，倘若有，那他就不是来学习而是来给我们上课了。

就在我行将崩溃、打算撤离的时候，文学院突然安排了一堂课表上没有的，由彝族著名诗人、作家、中国作家协会副主席吉狄马加上的课——《少数民族作家当下应该关注的几个问题》。这节长达3小时的课，令我数度热泪欲零、感铭在心。吉狄马加旗帜鲜明地提出：少数民族作家要对自己的民族文化有足够的自信，要认识到自己的不可替代性；少数民族作家有自己特定的生活地域，他们生于斯，长于斯，老死于斯，形成了自己有别于他民族的独特的生活模式、文化风俗、审美观念，不承认这一点，是不行的；能在更广泛的审美范畴里审视自己民族的少数民族作家，就一定能写出本民族切入骨髓的真实情感；少数民族作家不能狂妄自大，更不能妄自菲薄，要真心热爱自己的民族，真心体悟本民族的一切，要不停地舞动手中的笔，抒写本民族的悲欢离合、喜怒哀愁，记录本民族的所思所想、所感所奋。吉狄马加语重心长地说："今天，我是来给你们打气加油的，希望你们树立信心，增强文化自信，努力创作出扎实的作品来，你们一定要相信，没有人能取代你们。"

哦，没有人能够取代我们！中国作协副主席吉狄马加基于全球少数民族作家走向成功的理性分析、判定，唤回了我差点放弃、伴我数十年的梦想，我将砥砺笔尖，继续跋涉在艰难困苦的文学创作道路上，为创作出反映我们民族精神特质的优秀篇章竭尽全力……

就在同一天，我郑重地将第五次修改了的《三江红》投给《民族文学》，之后不久，《民族文学》杂志社责编短信告知：小说留用，勿再他投。至此，继散文之后，我的小说也抵达了北京。

也就在这一天的晚上，散步回来，打开电脑，准备把里面自己写的东西全部拷进移动硬盘，不知何故，从第三个文件夹开始，我连续点击的几个夹子都是空的。蓦然，"空谷"这个词挤进了我的脑子，之后便是"董福光"这个人物的一连串故事。我再次失眠了，这次失眠，带来了一年后的第二个中篇，那就是后来刊发在《民族文学》2016年8月号头条的《空谷之上》。

很荣幸，《民族文学》的责编给《空谷》写下这样深刻的手记：

　　"一个世界，乱纷纷的，晓得哪样做才好咧！"一个人的际遇往往可以为一个时代提供注脚。每一个时代都有迷茫，每一代人都在找寻出路。作为第一个留在城市的石门潭人，董福光本应是村中的骄傲，从乡村跨进城市，不仅意味着个人生活及命运的改变，更关乎一个家庭乃至家族的兴衰。然而，现实往往充满张力，在这个以"断裂"与"重建"为主题的时代，身处改革大潮中的董福光屡屡受挫，难以在城市找到立足之处。四处奔波、艰难度日的他不由产生"我是谁""我要怎样做"的困惑与煎熬，人性中的贪婪与自私遂被激发。

　　《空谷之上》表面上写的是因兴建水电站而引发的房屋拆迁风波，实际是写社会转型的时代背景下，面对利益格局的调整和新旧观念的碰撞，人们所面临的精神困境。董福光内心深处的纠缠、挣扎集中展现了当下社会现实种种复杂尖锐的矛盾与冲突。他的个人经历具有强烈的时代气息与现实温度。董福光是幸运的，石门潭人始终没有忘记这个远行的游子，贾老沙、贾戚林、董玉斌等老中青三代人为他树立了榜样。当村中人可以在自己的土地上找到幸福与价值时，董福光的转身归来让人们对未来又有了新的希望。

　　我在鲁院转身，向着小说；

　　我在鲁院发奋，为着小说；

　　我在鲁院找到了方向，那就是愈挫愈奋，不折不挠，书写自己的民族。

　　此后，鲁院于我，就会像一首歌唱的那样：从来不曾想起，却永远不会忘记。

　　转眼间，鲁院的学习就要结束了，同学们一拨拨来到校门口拍照合影，据说有人还难分难舍以至于哭得伤心欲绝了。我因不愿凑那份热闹，更因见不得泪水，就掏出手机，站到那棵苹果树旁，让门卫室的小伙子给我拍一张留念。来时，这树上果子小如蚕豆分辨不出是何物；离去，一树苹果压低枝条。若鲁院是树，那么我们，能不能成为树上的苹果呢！

相逢在记忆深处

一

总有一些往事值得回味，总有一些经历值得珍藏，这是生命琴弦，随时代演奏；这是朗朗晴空，任莺歌燕舞；这是汤汤河流，许秋短春长。

是啊，我不止一次在心里头自问：整理出版这样一部文集有什么意义呢？那过去了的，已经成为历史，是陈年旧账，有谁还会对那些过去了的事情感兴趣呢？而且我也一贯固执地认为：所谓纪实文字，记的都是现实中的实况实景，容不得记录者做任何属于自己的思考，若谈思想，那就更是稀世罕物了。不也有专家这样说了么，凡纪事实录之作品，皆文化快餐，易碎难留，抵挡不住红尘俗世的流变，逃脱不了夏荣冬枯的运势。

但在那曾经写下来并发表了的数百万言纪实文字中，总有一些不甘于沉默、冷寂，它们如影随形，时不时会在我心底里翻滚、涌动、扑腾，令我回味，让我欣然，并且把我带回到那段与我的喜怒哀愁、前进后退紧密交织在一起的岁月里。它们丈量着我的脚步，饱蘸了我的心血和汗水，摄录过我的振奋与消沉。这样，它们就注定了与我难舍难分，更不可以割裂。

这些文字，把历史定格于一瞬，成为我生命中最可珍惜的一部分。

《红土地上变奏曲》，是我被借调到融水万鹏集团主持思想政治宣传科工作而结出的一枚橄榄果，青涩坚硬，回味绵长。融水大苗山集老、少、边、山、穷于一身，这里绝大部分地区山高水冷，交通落后，素有"九山半水半分田"之称，发展异常艰难，人民生活极端贫困。但是，这里的人民从来没有放弃自力更生艰苦奋斗、建设一个美好家园的理想和抱负，20世纪60年代劈山开岭大造梯田的拼命三郎、70年代拦河筑坝上马水利电站的快马扬鞭、80年代水泥化肥造纸布局轻重工业的精心策划……所有这一切，都展示了大苗山人民奋发图强、勇谋出路的豪情壮志。融水砖瓦厂上彩釉瓷砖项目，将一个几百人小厂扩展为数千人的企业集团，就是融水重整河山，全面规划、完善民族工业体系的重大举措。这个创举，得到了当时的柳州地委、行署大力支持，也得到了自治区党委、区人民政府的肯定和鼓励，柳州地区党政领导、自治区计委、经委负责人多次赶赴大苗山，为万鹏集团公司的彩釉砖厂项目把脉开方。我到集团公司后，就先后两次采访了亲临项目工地视察的自治区政府副主席雷宇先生。

时运不济，命途必定多舛。融水各族人民欢呼庆祝的彩釉砖项目，最后竟然胎死腹中，接下来整个集团公司解散，人员分流、下岗。这结局何等的惨烈！因此，说《红土地上变奏曲》是万鹏集团公司一篇永远的祭文，我看并不为过。

《铸魂》长达二万余字，这部记载1996年柳州军民携手并肩共同抗击"7·19"百年不遇特大洪灾的全景式实录，相继刊发于《流通报》《桂中瞭望》和《党纪》等报纸杂志上，影响很大。"7·19"留给大柳州300多万人民太多沉痛的记忆，这场旷世浩劫，导致柳州北部地区元气大伤，历十数年难以重振。洪峰扑向柳州时，我正指挥报社各路记者到各工厂、企业、小区、街道采访，最后与几名采编人员被一片汪洋包围在报社楼上，在无水断电中坚守了两夜三天。洪水退出柳州城区，我即率报社"都市时空"栏目摄制组踏上水毁公路，开赴北部四县采访灾区人民恢复生产，重建家园的具体行动。这次采访于我，是一次灵魂的洗礼和精神的提升。至今仍清楚地记得，完成采访任务回到柳州，当晚七点多我紧闭门窗，准备了三支崭新的圆珠笔芯、两沓还没拆去封条的稿纸，调整好了精神状态，俯身写字台前奋笔疾书。这时候的写作，是不可能一格子一格子按部就班地进行下去了的，必须冲破所有桎梏，让思路自由飞翔。当三管圆珠笔的油墨都快要写完时，文章也该画上句号了，在首页稿纸预留的标题区一笔一顿写完"铸魂"两个字后，圆珠笔便遽然滑落一旁，握笔的手指僵硬得几乎无法伸直开来。抬头看看窗外，天早已大亮，凛厉的阳光令我好一阵目眩。凭感觉我慢慢起身挪到房间里，一个俯卧趴到床上，便沉沉入睡……

在我采访过的人物中，奇石收藏家刘鼎发是最富有激情和个性的一位。刘先生身材单薄，满是皱纹的脸上透着精明和能干。旅京多年，老刘很有了一套跟记者打交道的经验，经常是我想问的还没问，他就竹筒倒豆子般滔滔不绝说了起来。刘为河南人氏，打小在柳州长大，"乡音无改鬓毛衰"，尽管在柳州生活了五十多年，却依旧一口浓重的豫南口音，很多我听不懂的地方，他夫人和女儿就在一旁充当起翻译来。或许过于耿介，在柳州玩奇石的圈子里，刘鼎发并没有太大的影响力，甚至很多人一听到他的名字，便流露出不屑的神态。老刘对此也不计较，他热情爽快地在北京为柳州认识和不认识的藏家联系搞奇石展，将他们的藏品推介出去。初始，刘鼎发也帮柳州奇石家出售了一些石头，并且价格还十分可观。后来，这种事情渐渐做的少了，柳州奇石圈就有话了，说刘鼎发只顾卖他自己的石头，而压柳州朋友的货。更有甚者认为，刘鼎发高价卖了他们的石头，却给他们低价，拿了佣金却不明说，充作好人。刘鼎发对此既纠结又无奈，只能压抑着自己。压抑的过头了，他便迁怒于家人，我亲眼见他好几次莫名其妙地冲他老婆和女儿大发雷霆。

与刘鼎发交往了一个多星期，我写出了《石痴刘鼎发》（又名《奇人奇事奇石》），文章在《流通报》发表后，《人民日报》（海外版）、《市场报》先后予以转载、摘发。刘鼎发高兴得像个小孩，隔三差五从北京打来长途，有事无事跟我聊上一通。

那年国庆节，刘鼎发又回柳州，刚进家便打电话邀我去他家吃饭，说要介绍我认识一位重要人物。当晚，我和妻子按时赴约。老刘夫人弄了一桌极其丰盛的菜，可见这人物确凿重要。此人是位年逾六旬的长者，姓张名原，北京人。刘鼎发端茶奉烟，对张先生备极敬重。席间，刘鼎发不住地念叨说饭后要让张原先生送我一幅墨宝。还没散席，老刘就在会客间挪了桌子，摆好宣纸。看得出来，张原先生对此是不怎么高兴的。我头一次遇到这个阵仗，自然不知道该说什么才好。张先生欠身问了我名字，移步写字台前，刷刷几下一对条幅就写好了。老刘还要张先生给我画幅画，说他画的金鱼可不得了，一条金鱼值 1000 元。张原先生说这得回北京画，柳州的宣纸不地道，画不出来效果。我很知趣地起身说不必再添麻烦，先生舟车劳顿，该休息了。

几个月后，刘鼎发还真的从北京给我寄来了张原先生画的《鱼乐图》，一黑一红两只金鱼绕着一竿翠荷游乐嬉戏，栩栩如生，颇有情趣。

多年以后，当我也学会上网时，才知道张原先生的声望的确了得，可谓名满京华。先生是北京通州人，中国书法家协会组联部主任，酷爱奇石收藏，是"德艺双馨"的艺术大师。

《奇人奇事奇石》里有这样一段话："岭村重遮千里目，江流曲似九回肠。"柳州，有刘鼎发一个圆满的家，有他十分熟悉的山山水水和感情至深的故人。旅京的鼎发先生，梦中时时萦绕的是柳州。在香山，他经常回望南方，云山重重，浓烈的乡情在呼唤着他……

刘鼎发最终还是回到了柳州，这实在谈不上叶落归根，更谈不上回应乡情呼唤。他静悄悄地回来了，静悄悄地在东环路奇石城要了间门面，埋头做起石头买卖来。对此，我是一点也不知晓的。进入夏天，我领着10多个学生小记者到奇石城学习做采访，才进大门，就听到一家店里有人喊我，循声看去，原来是老刘先生。刘鼎发说他不在北京干了，回来了，这一回来，就不走了。奇石城仓促的一面，只让我感觉到了他的衰老和落魄。果然，没过多久就传来他驾鹤西去的噩耗。

刘鼎发住院期间，原报社老总曾电话跟我说老刘先生很想见我一面，要将他收藏的一些名人字画送给我保存。但彼时，我正随市教委领导一行奔波于南宁、桂林两地考察、学习，加之我对名人字画素来没有什么感觉，老刘的最后一面，我也就因此而无从见着了。

在市教委，除了做好《龙城教育》报的采编印所有办报工作外，还要挑起对外宣传报道这副担子，《柳州日报》《广西日报》《广西教育》《光明日报》和《人民教育》等报刊特约通讯员的名头，都落在了我身上。任职龙城教育不到三个月，很不幸就遇上"11·28"特大交通事故，柳州高中二年级6名学生，在这场事故中蒙难。中央电视台将此事故报道了出来，举国震惊。我受命全程采访、记录事故的善后工作，起草上呈自治区政府、区教育厅关于事故的详细情况报告。那不堪回首、阴云惨淡的日子，以及教委同志们、柳高师生悲伤的表情，铭心刻骨，恍在昨天。另一方面，学校、市教育部门所展开的救援救治行动，感人肺腑，义薄云天。这一切，都清楚地记录在了我的笔下。

从此以后，一支笔便与《龙城教育》共晨昏，伴寒暑，春花秋月、风风雨雨走过了20年。新世纪的20年，是柳州教育突飞猛进、日新月异的20年。我们走进了一个新时代，经历了学校布局大调整、柳州行政区划大变革、政府接管企业学校、加快区域性普通高中和中等职业教育两大中心建设、民办教育的兴盛和落没、"两基"攻坚、九年义务教育学校课程改革、城乡教育一体化发展、教育集团化办学等一系列重大改革，很兴奋地见证了柳州教育一直保持广西全区领先地位的辉煌和骄傲。

于是，有关教育的实录，在《百年奔流》中就成了相当厚重的部分。

二

说来也怪，我这一生，注定跟纪实写作这个行当有缘。

20世纪70年代末，还在念高中的我，就成了县里的通讯员，县广播站给我发了个红色胶皮通讯员证，不久又换为记者证，签发机关是融水苗族自治县委宣传部。这证件，我现在还保存着。倘若再往前数，则在刚上初中时，也当过一阵子"记者"的。那年，上级命令我们新安初中全体师生开赴揽口水利工地，在永乐黑龙潭，我们一干就是一个学期。

挖了一个多星期的土方，工地指挥部要求学校也推选出一名通讯员，为指挥部广播站写新闻报道，以丰富工地文化生活、鼓舞群众斗志。写报道这个事，学校指派了我，我也不揣高低深浅，成天拿个本子在工地上颠来跑去。从此，指挥部的高音喇叭广播里，就播送出了我写的消息。

而我的理想是当一名作家，当像写出《艳阳天》那样的鸿篇巨著的作家。

初中两年，我痴迷于我所能够接触到的文学名著里。浩然的《艳阳天》《金光大道》《喜鹊登枝》，柳青的《创业史》，李英儒的《野火春风斗古城》，高尔基的自传三部曲《童年》《在人间》《我的大学》，以及奥斯托洛夫斯基的《钢铁是怎样炼成的》等，在我面前就像一座座高高耸起的山峰，让我心底里熊熊燃烧起攀越高峰的欲望之火。从此以后，作家这个光芒万丈的特有名词，便像一枚金色的种子，在我焚烧过野草的心灵上扎下了根。

但现实的坚硬，却令我的作家梦如此的不可奢望，仿佛远在天边。

"运交华盖欲何求，未敢翻身已碰头。"尽管我在融水文界已小有名气，却仍旧只能日复一日地在宿舍和教室这两点一线之间奔走忙碌，我数度请求改行调动，要到县文联或者文化馆这类写作机构里去圆我的作家梦，上头回复说这你连想都不要想，想了就是犯错。实在没辙了，我干脆别妇抛雏主动请求到更边远的山乡去工作，试图搞"曲线救国"，然而最终，结局很惨烈，讥讽、嘲笑，乃至恶语攻击，无一不朝我飞了过来。直至融水县决计上彩釉砖项目，组建万鹏集团公司，我的作家梦才又有了一线转机。高中低我一届的学弟、彩釉砖项目负责人三顾寒舍，力邀我出任万鹏集团政宣科长，为他们的伟大事业当吹鼓手，正式调动难度大，那就先借调吧。于是我离开县二中，到了筹建中的万鹏集团公司。于是，就有了我进入新闻行业的敲门砖——《红土地上变奏曲》。

当然，在此之前漫长的 10 年间，我的创作并未停止，总有诗歌、散文、小说时不时在公开和内部发行的报刊上露脸，这一时期的作品，累加起来大约 20 万字。其中散文《我与悦耳的钟声》，还夺得了《广西日报》征文奖。

作家的一切经历，都可以成为创作的素材。此话我深信无疑，但如果连一张安静的书桌都没有，文学创作又从何谈起呢？

在万鹏公司干了一年，正式调动连影子都见不着，《桂中日报》副刊整版推出纪实文学《红土地上变奏曲》后，我便直接应聘到了这家报社。

形势并不乐观。改革带来的单位用人方式灵活并不等于端掉了体制所有的门槛，《桂中日报》声明短时间内无法解决单位进编和柳州户口。不久，融水二中又致函桂中日报社，让报社"敦促"我赶紧回学校上班，"否则将作自动离职处理"。此时的我，对教书育人早已不在状态，回去不久，我就向县教育局申请辞去公职，应聘到

《防城港日报》。初夏的防城港，天燠热得我实在无法忍受，最终，我还是回到柳州。1994 年 11 月，《流通报》终于解决了我和妻子的调动、进编以及落户。在这里拼命干了两年多，心底里的作家梦又开始抬头，于是背起行囊，继续诗和远方，《惠州晚报》《南国早报》《广西商报》一路走来，都难遂我意。在《南国早报》，我被分配到经济部搞采编，我跟领导说想去副刊部，和我年纪差不多一般大的领导瞪圆眼睛看我像看怪物——都什么年代了啊，还有想去弄文学的？领导是名牌大学中文系毕业的高材生，他这样说，我也就不好再提过多的要求了。

1998 年的夏天是残忍的，四年前接收我的那家报社，经不起春雪消融，稀里哗啦一下就冰释块裂了，市政府处理报社善后，把我分流到市教委。此时的我，也疲倦了东奔西跑的劳碌以及八面逢迎的做派，于是死心塌地躬耕于《龙城教育》。

这是一个全面改革开放的时代。邓小平南方谈话以后，中国大地再度春潮滚滚，体制内外的不断角力，无情地削减了铁饭碗的诱惑力，自主发展的机会越来越多，人人心中充满希望。在这样一个时代里，作家这顶冠冕逐渐褪色，而记者的名头则格外响亮了起来。《东方风来满眼春》《变化》《交锋》，乃至《南方周末》"总有一种力量让我们奋力前行，总有一种温暖让我们泪流满面"这类"新年致词"，都成了读者心目中的经典。

这一时期，我写下了数百万字的"非虚构"。其中尤以《世纪梦圆》《变化》《探秘柳州职教现象》等最为出色，《变化》写的是融水人民奋力"两基"攻坚的感人事迹，文章挂上我的博客之后，著名的"三苗网"很快便全文转发。《世纪梦圆》和《探秘柳州职教现象》在《广西教育》杂志发表后，百度文库、百度学术、知网等相继收纳其中。此外，纯文学创作作为副业，也悄然生长，散文《秋雨润物亦无声》参加第五届广西报纸副刊好作品评选，拿了个二等奖。

这是一个伟大的时代。蕴藉于人民群众之中无比强劲的威力，摧枯拉朽，颠覆了落后保守的栅栏，将数以千万计的精英从旧体制中解放出来，为华夏昂首挺立于世界文明富裕之林奠基。报道"两基"攻坚我回到融水，在爱民桥头洗车店洗车，意想不到这店老板就是我们原来万鹏的副总。他爽朗笑言，如今半月拿了过去一个月的薪水。他说他这洗车店，将要扩展到周边乡镇，做成连锁。他还告诉我，那几个昔日要好的哥们，走出高岭头后都发了。

这同时又是一个鱼龙混杂、泥沙俱下的时代。作家光环祛魅、文学大幕拉上后，世道人心也随之发生了意想不到的变化。假货盈市，骗子横行，良莠不辨，善恶难分；一大批文化人这时候纷纷下海，大家见面不再说诗，而是大谈特谈汽车指标、钢材配额。一个小得不能再小的县城，歌舞厅、洗脚房多过米铺，电影院装上了跑马机，而书店，更是早已租给老板们卖名烟名酒去了。十六七岁的黄毛丫头招摇过市，穿条不打补丁的破牛仔裤，耳垂、鼻翼都穿了个洞，如果不开口说话，你根本无法知道她们竟是刚从元宝山吊脚楼里走出来的苗家少女。这个时候，我妻子还常常拿她外甥小时候极懂事，大冷天过河时脱掉鞋袜背老人下船上岸这故事来教育儿子，却何曾料想得到，街边救助跌倒老人的小伙子反而被诉上法庭这类耸人听闻的消息，已赫然见诸报端。

因此，回看我写的报告文学《铸魂》，那隐藏在字里行间的真情与柔软，便是这个时代弥足珍贵的温暖和亮色了。

三

柳州高中 110 周年诞辰之际，我就想到了要写点什么。金秋十月，我来到柳高校园，漫步天鹅湖畔，踯躅林间小道，聆听似有还无飘飘渺渺的歌声，看青春的身影从眼前掠过，我蓦然发现，一个多世纪的这所高中名校，她有着清晰地具象（具体的校园），更有着宏博深邃的意象（无边的魅力），她是柳州人心中的一尊神。

但这，还不足以触发我写的冲动。直到有一天，在柳高校史馆见到曹绥章（紫若）、陶保桓、路藩这三个前辈乡党的名字，我才顿时有种醍醐灌顶、豁然开朗的感觉，我找到了写作的切入点和文章推进的脉络了，那就是百年柳高，筚路蓝缕，艰难困苦，玉汝于成。她所积淀下来的，是柳州文化的崔巍脉象，是这座城市必不可少的精神给养，她日益生长、壮大、蓬勃，成了一棵参天大树，荫荫郁郁，是八桂大地一道无比瑰丽的风景。

文章写出来后，我发给学校领导审阅，他们作了一些订正，然后都说写得好。及至三月中旬，稿子发往《民族文学》，五月，《民族文学》即在"纪念改革开放40周年"栏目上重点推出。文章发表后，在柳州引起了广泛而热烈的反响。

非虚构《百年奔流》，更多地融入了文学的元素。广西作家协会原副主席黄佩华老师说"……这样的文字，铸就了这部《百年奔流》的繁复厚重，韵味绵长。所以说，这是一部文学性很强的非虚构集子。"

祝愿我们的学校教育能感化社会，匡扶世道，端正人心，让所有的人都能够成为真正的完整的人。

韶年已逝，华韵不再。从1994年1月离开学校讲台进入新闻单位当记者、编辑，到2013年底基本不再写作纪实作品，这整整20年里，我把自己完全彻底地交给了写实类文字。那么，完成于2017年秋天的《百年奔流》，且看作是我向那20年时光最后的致意吧。

还得说说非虚构这个名词，据说这个词是新近几年从国外引进来的。那么怎么区别虚构与非虚构呢？纪实该是非虚构了吧？或许报告文学、纪实文学这些名词在一些人看来不科学，不严谨，不时尚，所以得说非虚构。但是，通讯报道、散文等等是不是非虚构？如果说，散文在真情实感的基础上，还可以做适度的假设、推理和想象，那么容不得一丝半点虚假构想的通讯报道之类，就称得上百分之百的非虚构了。我浏览了一些国外非虚构理论，越看越糊涂，越看越纳闷，因此，我认为还是坚守传统为好，只要区分出文学和非文学，就足矣。标新立异赋新词，那是学界的事情。

2013年8月，散文《云中故乡来》在《青年文学》发表以后，我就坚定地朝着纯文学转身，历四年光阴，创作出了八部中篇小说，并散文若干，这些作品，先后都在《民族文学》《红豆》和《中国作家》等刊物上发表出来了。2014年春，散文集《云中故乡来》公开出版，同年获第五届广西少数民族文学创作"花山奖"。紧接着，跨越2015年的又一个春天，中篇小说集《空谷》也面世了，这就为我加入中国作家协会赚足了分数。从此以后，文学创作将伴我回归，回归到我少年时代的美丽梦乡。这个世界说到底，文学可以迟到，但绝不可以缺席。"孔子编《春秋》而乱臣贼子惧"。文学是什么？文学是光，是火，是世道人心，她不仅能照亮我们迷茫的前路，更能给孤苦无助的人们以温暖和力量。

但那曾记录过欢乐、悲苦、奋发、无奈的文字，绝不能仅仅存在于记忆深处，不能总是让我在记忆的深处与它们相逢，因此便遴选、整理、编校出来，以《百年奔流》的名义，再度公之于众。

抵达是不懈的追求

一

2018 年 11 月，反映当下中国留学生生活的中篇小说《底流》在《中国作家》杂志发表了，不少人问我为什么会想到写这样一个题材。其实这个题材于我来说，是水到渠成瓜熟蒂落非常自然的事情。作为一名教育工作者，我较早地关注了留学生问题；而作为一名留学生家长，我对这个题材有着天然的可以直接进入的条件。

到目前为止，我仍然认为欧洲是中国留学生最理想的去处，这里有历史悠久为数众多的著名大学，有各学科门类赫赫有名的诺贝尔奖获得者，顶级作家、思想家、艺术家更是灿若星河。所以 2015 年 5 月，当得知儿子由国家公派到比利时根特大学读博时，我就感到了由衷的高兴。而更令我兴奋的是，出国之前，儿子还从北京专程赶回来，到融水老家去探望他那已经垂垂老了却还时时念叨着他的爷爷奶奶，完成了一次亲情的抵达。

两年后的夏天，趁儿子有半个月的休假，我和妻子从北京首都国际机场出发，乘海航空客 A330 飞抵达布鲁塞尔，成就了一次西欧之行，也成就了中篇小说《底流》。

二

古老的根特遍布教堂，成排成行的石头房子、古堡、桥梁，在阳光下一派金碧辉煌。建于公元 13 世纪的圣尼古拉斯教堂非常有名，教堂高大雄伟，耸入云天，夺魂摄魄。从儿子寓所去圣尼古拉斯大教堂广场，必得经过莱斯河上的圣米歇尔大桥，桥西端有座石头垒砌的古老房子，高达四层，这座楼房开了家中餐馆，名字就叫锦江饭店。每次经过圣米歇尔大桥，我都要驻留片刻，仔细观赏饭店的中文匾牌和那架枝叶繁茂爬满了饭店门口半幅墙的百香果。当时我就想，得写个小说，中篇的，因为这里的一切已经给了我神秘的启示和足够的创作动力。后来，根特锦江饭店和它墙上那架百香果，成了《底流》中极其重要的情节。

到根特的第三天，儿子的休假也开始了。一大早，我们从根特坐火车到布鲁塞尔，再从布鲁塞尔国际机场乘飞机飞德国汉堡。那天，G20 领导人第十二次峰会恰好在汉堡举行，汉堡的安保外松内紧。两架直升机，在空中来回盘旋；运河上所有的桥梁，都有警察驻守；重要的街区，警车闪着警灯巡游。有意思的是，几十个嬉皮士模样的年轻人，很夸张地拍打着皮鼓、呼喊口号、手舞足蹈在大街上游行，警察对之却不闻不问。运河边上的一个小广场，中小学生身着制服，正列队参加鼓号表演。市民们纷纷驻足，举起相机手机频频拍照。我们在汉堡城兜了一圈后，就转飞瑞士苏黎世。

抵达苏黎世已是下午 7 点多，却仍旧像国内晌午刚刚过点的样子。流连于苏黎世湖，看湖上浩渺烟波，赏湖畔名人群雕，眼前鸥鸟翻飞，耳边弦歌回响，感觉琼瑶仙境也莫过如此。苏黎世湖东南端，是最壮观的一段。夏风无休止地卷起数米高的惊澜，又迅即将之摔打到湖岸礁石上，击碎的巨浪再次腾空而起，散成漫天雪花。

马利特河南面坡上，就是赫赫有名的苏黎世联邦理工学院。这所建于 1854 年的大学，以它的自由、严谨、深邃和博大，赢得了世人由衷的景仰和欢呼，这里先后诞生了包括爱因斯坦在内的 21 位诺贝尔奖得主。历年世界大学综合排名榜上，苏黎世联邦理工学院稳居前 10 名。

苏黎世联邦理工学院一游，为我书写欧洲大学提供了较为直观的认知和感受。

次日近午，儿子在苏黎世一家租车店租了辆马自达小汽车，开始了我们意大利、瑞士、德国、法国四国 10 多个城市的漫游，这一番游历下来，中篇小说《底流》的情节走向也就基本可以确定了。

随着全球化和对外交流的不断扩大，中国留学生人数也不断增长，仅留学读博，国家每年就派出一万人，本科、硕士生留学，已是一个难以统计得具体的数字。留学生群体的低龄化，以及出国前未经过专门的培训、指导，致使留学生中出现不少问题，比如不团结、不善于交流沟通、语言能力低学习压力大、荒疏学业游戏人生等等。为国内亲友做"代购"骗取留学所在国的退税，就是中国留学生引起所在国严重关注的一个问题。

高中毕业到根特留学的潘灵艳，家境本来很不错的，父亲在大苗山一家信用社当领导，潘灵艳又是父亲视为掌上明珠的独女。她做"代购"，起初是出于新鲜好奇，等到全身心恋上来根特大学做联合培养博士研究生的陈凌后，因为要对这份并没有多少感情基础的爱有所付出，又因为父亲在经济上涉嫌犯罪，断了潘灵艳的生活来源，她才彻底地被"代购"绑架，并险些踏上了不归路。

博士生陈凌心高气傲，时时处处希图独占上风，他很勤奋、用功，天分也不低，学研成果十分突出。因为有这点资本，他就很瞧不起同是博士生的韩远方和宋雨时。他对潘灵艳的始乱终弃，其实也是隐藏在他内心深处的"占有"和"灭杀"心理作祟。人性的善和恶纠集于一身，当恶的一面抬头时，便是厄运的开端。期待着陈凌最终能在现实的铁律面前有所醒悟、忏悔、改变，从而真正践履其报效祖国的远大理想，成为有益于社会的高级人才。

小说一号人物韩远方，性格温和敦厚，为人正直朴实，懂得"艰难困苦，玉汝于成"，能处处替他人着想，也善于发现同龄人的长处，鼓励他们发扬优点克服缺点向前迈进。因为有了他，四名中国留学生才能在异国他乡抱团取暖、和睦相处。韩远方身上折射出来的光辉，鼓舞了其他人的斗志，实际上，他也是留学生无形中的领头大哥。韩远方之所以能有如此的表现，与他的成长经历是分不开的，小说为此做了不少铺垫。

宋雨时才情横溢，在根特大学留学的时间也最长，从硕士一直念到博士。因为禀赋高，他就能够在繁重的学业之余，活跃于各种社会活动，视野也就格外地开阔了起来。他与陈凌的缠斗、互驳，实际上就是两个才具高挺的年轻人难以见容的无聊游戏。

留学生涯，其实并不全是荣耀、热烈、光鲜，远离故土的孤独感、学业受困的挫折感、生活不适的凄凉感……都得由留学者自我承担。四名80后90后留学生，在根特这块平静温馨的土地上，挥洒他们人性中最隐匿的一部分，让我们感喟、同情、悲悯，为他们击节、担忧、落泪。

将小说中的人物都定位于与西部一座城市有牵连，是要让小说出发和抵达的基础更加宽厚、扎实。我对于西部地区的基础教育的了解，应该还是比较深入具体的，这就为小说情节的展开提供了充足的便利。

三

我的写作，从来是只打腹稿不列提纲的。我曾经尝试过先拟定提纲这种做法，但结果发现，这做法不仅费时费神，到了真正写的时候，还发现这个提纲根本没法用，所有的故事情节走向、人物形象塑造、文本主旨要义等等，全都不会按着提纲走，而是如同水银泻地，汪洋恣意，磅礴千钧。有意思的是，最近读到的马尔克斯一篇演讲，他的写作，竟与我的状况十分恰切。他说："当我坐在打字机前，敲出'多年以后，面对行刑队，奥雷里亚诺·布恩迪亚上校将会回想起父亲带他去见识冰块的那个遥远的下午'时，我压根就不知道自己想要说什么，这句话从哪儿来，将往哪儿去。我只知道，18个月里，我天天写，没有一天不写，直到写完。"

但我想，马尔克斯肯定是懂得怎么写下去的，积淀在他内心深处的个人经历、生活中所有的素材、民间流传的种种关于他那个民族的故事，就是连缀成横空出世惊世骇俗长篇巨著《百年孤独》的基本内核。在诺贝尔文学奖领奖台上，马尔克斯这样说："萨尔瓦多内战自1970年起，几乎每20分钟就多出一个难民。如果将拉丁美洲的流亡者和被迫移居国外的侨民组成一个国家，其人口总数将比挪威还要多。我敢说，今天值得瑞典文学院注意的，正是拉美这种异乎寻常的现实，而不只是它的文学表现。这一现实，不是写在纸上的，而是和我们生活在一起，它每时每刻都决定着我们每天发生的不可胜数的死亡，为我们提供了一个永不干涸、充满灾难和美好事物的创作源泉。而属于这个源泉的我，这个流浪在外、怀念故乡的哥伦比亚人，不过是被机运指定的又一个数码。这个非凡的现实中的一切人，无论诗人、乞丐、音乐家、战士，还是心术不正的人，都必须尽少地求助于想象，因为对我们来说，最大的挑战是缺乏为使我们的生活变得可信而必需的常规财富。朋友们，这就是我们的孤独之症结所在。"

一部民族史，是不需要想象和技巧的，有独到的见地和切入骨髓的感觉，就足够了。

生活，是创作的源泉。这已经是老生常谈了。但我们能说只要有了生活，就一定可以创作出优秀的作品来吗？缺乏某个领域里的生活，就一定写不了这个领域里的题材吗？答案自然是否定的。生活如朝阳晚霞，流水萍踪，逝者如斯，不舍昼夜。只有不断地在你心底里累积、发酵、滚涌，进而沉淀下来，并不断地生长、灼烧、冲撞你的心壁，让你按捺不住的那部分生活，才能进入写作；生活又是相通的，没看见过大海不等于不懂得大海的气势，某个领域的生活缺失，可以通过既有的生活去给光。当然，更可以通过做"功课"去完备起来。

由于有充分的素材准备，我写小说，就只考虑人物的性格特征和形象类别，一俟定型，便信笔挥洒开去，从来不做全面的完整的构思，也不拟定任何创作提纲。因为所有看似成熟完整的构思，在写下去之后势必要走样。而人物性格的逻辑，生活本身的法则，力量都极其强大，大到足以冲破提纲这个藩篱，而按照自身法则直接抵达小说的"真"。

四

2017 年 8 月，从比利时回来后，我有三篇文章是需要立即完成的。其中两篇是赴欧之前已写出了初稿的散文《父亲的项目》和纪实文学《百年奔流》，散文一万字，纪实文学三万多字，这都得尽快杀青，以便杂志社编辑能按时走完送审程序。欧洲归来，一篇游记性散文必是要作的，规模也定在 1.5 万字左右，这就是后来的《你的颜色，玫瑰之色》。到年底，写欧洲中国留学生的小说，也该提到我的议事日程上了。

给自己的作品起名，从来都不是一件轻而易举的事情。一个好的名字对于一部作品，足以视为成功了一半。与过去先写下去，等在写的过程中忽来灵感而得之并立即确定下来的做法绝然不同，这一次，《底流》这个名字（标题）早就在我脑子里定型了，创作中所有的故事情节、所有的细节描写、所有的叙述交代，都必须惦记和仰望着这个名字（题目）。

底流，这是海洋地质学一个专有名词，底流包括了等深流，但真正的底流又与等深流有严格的区别。底流是指在温盐或海风等机制驱动下，永久地呈稳定、半稳定状态作用于海底的海流，它们不被严格要求遵循等深线活动。小说主人公——攻读海洋地质专业的留欧博士生韩远方，他的专业中就有"底流"这个术语，让"底流"作为小说中的一个特定意象，并在文中多次出现，暗喻了绝大多数中国人，不论高级知识分子还是普通百姓的生存状态。

　　写作《底流》的时候，儿子的身影不时在我脑海中闪现。韩远方这个人物，原型就是我的儿子，韩远方的言行举止，大部分直接取材于我儿子。韩远方的经历，我儿子大部分都经历过。所以，小说的写作过程，其实也是我对儿子、对家人、对我自己的一次再认识过程。坦白地说，由于我的时运不济，八〇后的儿子跟着吃了许多的苦，这在他的同龄人中，确是不多见的。那些年，我们夫妻辗转融水多个山区学校，既上主科，又分别在各自的学校兼任着班主任，工作繁重得根本无法关照他，才一岁多，就把他留在我的老家和他的外祖母家。1994 年 11 月，我们办好手续调柳州时，因考虑到学业的完整性，又让他独自一人在水东外婆家住了半年多。如此看来，我为了自己所谓的"抵达"，亏欠儿子的实在是太多了，本应更加疼爱他才是。然而，我对儿子的成长、学习、进步，往往是严厉多于温慈，苛责多于谆教。在儿子面前，我每每摆出一副不苟言笑、凛然可畏的样子来，现在想来，委实可笑、无知、愚蠢。鲁迅先生的《答客诮·无情未必真豪杰》，我是自小便熟读并能背诵下来的。1984 年 12 月 22 日，从融水县城返大年乡中学，途经三江县富禄乡，我在乡供销社新华书店买了本《傅雷家书》，也反复读了数遍，傅雷的慈父情怀深深地打动了我，我在书页上做了许多勾画和眉批。那时候，还没有当上父亲的我就发誓要"学会当个好父亲"。然而知易行难，并且实际情境中的做法，很多地方是与初衷背道而驰的。

　　任何小孩都有获得父母亲爱的权利，所有父母都有给予孩子真爱的义务。这方面，我们与西方比，存在着天渊之别。不要拿东西方文化差别说话，也不要拿中国传统文化来为自己开脱。因为，鲁迅就是中国人，而且是受中国传统文化影响最深的中国人，他与儿子海婴的亲情关系，着实让当代人羡为观止啊。疼爱并懂得赏识子女的中国人，自古以来都不缺乏，豪放如辛弃疾，不也写出"最喜小儿无赖，溪头卧剥莲蓬"这样隽永耐读的佳句来了吗？

儿子在比利时留学三年，性格变得更加沉稳而笃实了，他的智识、思想、见地，远远地超越了我。对于我写作《底流》，他一再表示了强烈的反对。我写好后发给他，嘱他帮鉴别、订正一些国外地名、人名、科学术语等细节性对错，岂料他电脑上一通大加"杀伐"，不但改了一些情节，还把所有的地名全改了。这我是不能答应的，最后基本上都要了回来。

儿子在努力拼搏他的"抵达"，他的抵达与我是不一样的。

五

《底流》成稿后至发表前，已有四位读者读过电子文稿，我儿子、妻子、四弟和友人陈方，他们都提了不少很中肯的意见，有的我采纳了，有的我不依从。四弟提出的不能让韩远方介日里为陈凌的鸡毛蒜皮事所困扰，他应该有自己的主见和人生。这个建议就很好，我接受了，因此而给韩远方增加了三个情节，突出了他的学研成果，从而使这个一号人物形象更加丰满了起来。

《底流》是我用力最多的一个中篇，作品完成后，我感觉自己虚脱了一场。从2014年底开始创作第一个中篇小说《三江红》以来，这种状况还是第一次遇到过的。正因为如此，我决计要给她找一个上好的婆家——也就是说非得在国字号刊物上发表。有朋友建议我投给《民族文学》，认为《民族文学》一定会用。我不是没想过这一层，但我更想到的是不能老蹭着少数民族这个便利去挤占《民族文学》的版面，何况我的一篇散文和一部报告文学已经确定了年内要在《民族文学》上发。反复掂量之后，我于 2018 年 3 月斗胆将《底流》发到了《中国作家》杂志投稿邮箱。20 世纪 80 年代中叶，疯狂般迷恋文学的我便订阅了《中国作家》杂志，许多现在如雷贯耳的作家的名字，当年都是在《中国作家》上见识的，当时就想，要是能在《中国作家》发表作品，哪怕是一篇短散文，一首小诗，都将是我一生中最大的荣耀。《底流》发出去之后，便是漫长的等待，确实等得"花儿都谢了"还没有任何消息。在这煎熬般的等待中，我对小说的细部又作了一些润色、修改，到了 2018 年 8 月 26日，重新梳爬了一遍的《底流》再次发往《中国作家》。9 月 10 日，好消息终于来了："小说《底流》将于 11 月发表。祝贺！"

《底流》终于抵达国家最高级别刊物，我三十多年前的心愿，也终于实现了！

真诚感谢《中国作家》杂志，愿你永远年青、蓬勃、兴旺！

真爱是高贵散文的灵魂（代跋）

一

如果可以从 1979 年在县文学内刊《笙歌》发表第一篇习作算起，那么，我在业余文学创作道路上的蹒跚学步，就已经整整 40 年了，40 年，这是一个多么漫长的人生旅程啊！40 年，对于一个潜质扎实、禀赋出众而又能力高强的人来说，该会成就多少宏大的事业啊！

现在回头看看，禁不住对许多师长大人们"切不可轻率为文"的教诲心生感佩，鲁迅先生给家人的至嘱——"孩子长大，倘无才能，可寻点小事情过活，万不可去做空头文学家或美术家"，也是早就熟读并记得的，可为什么还将文学视为生命中的神圣苦追不舍呢？

只能说是命数前定，命中要你走什么样的路，你不走还真的不行，天亮之前，一切就都已经安排好了的。

那么，怎样才能写出自己满足他人也认可的作品来呢？

这就颇得费些思量了。

"逢心仪之书必购之，无论余钱尚存否""每读佳作便踟蹰，唯恐绚丽一瞬间"，这原本大体上是为文的读书人的通病，而这在我，则更甚。得到一本好书，反复摩挲、品味，不敢一下子把它读完，唯恐读完了快乐也就跟着消失殆尽了；但别人读了之后，总是能化为己用的，什么赫尔博斯、卡夫卡、福克纳、马尔克斯，什么夏洛蒂·勃朗特、玛格丽特·米切尔，人家是逮谁学谁，学谁像谁，惟妙惟肖，收获甚巨。而我呢，再经典深刻的名著，读过也就过了，只领会精神、感叹奇丽、享受快乐，从来不去揣摩大师的技法、门道、手段，临到自己写，依然本来面目、旧时情怀、昨日套路，不会，也不愿模仿大师们哪怕一个句子、一段巧妙、一技法术，此等性情，又何谈长进呢？

说不会，难免涉嫌过谦；说不愿，那就是故作矫情了。事实正在于，现实中很多时候，我们都身不由己地江湖着、奔忙着、劳累着，并不完全源于为稻粱谋，也不完全是奔波劳碌得灵魂出了窍，但无论哪一方面的利益关系，却确是必得协调好、安排好、处理好来的（因为愚笨，尽管谨谨然这样做了，竟依旧时不时招来非议）。当万千头绪纠织成一团时，谁还会有"采菊东篱下，悠然见南山"的心绪？所以，仔细揣摩、领会、仿习大师的各种技艺，根本就不是一个业余写作者力所能及的，这项工作，是研究性的工作，需要月积年累方能水到渠成，而业余写作者安身立命之饭碗，又大都由一些极端琐碎烦心的大小事铸成，由此可知，本职工作诚乃业余写作者文学创作道路上最决绝、最崔嵬、最可怖的拦路虎。

40年间很多时候，为了生活，为了现实，为了服从，我只能把诗和远方束之高阁。但在漫漫40年时光里，只要一遇上触点，我就会陷入对文学无尽的遐想之中。我思考文学的担当和使命，思考如何运用文学的手段把我们这个时代层出不穷惊心动魄的故事连缀起来，从而艺术地记录历史，写下精神，立起丰碑。无疑，这样的工程得以竣工，其成果将是史诗般的经典之作。我同时揣度，这样一个宏伟的工程，该选取怎样的结构和怎样的表现手法，方为最佳。我向来不屑模仿和借用，我崇尚本色、自然、简单，自己有什么工具就使什么工具，锄头、铲子、泥箕虽然"土"，却是自己所能拥有的。挖掘机、装载机、自卸机固然"洋"，自家没有可以去人家那里借。但倘若借得来了，自己却连操作的资格都不具备，这又何苦？

所以，蒋蓝先生认为我的散文使的是"正写方式"，我是悦服的。他对正写的界定是："所谓正写，修辞地说，就是拼硬功、打硬拳，不需要摘叶飞花的神奇绝技，这里只有空手入白刃的径接对决；直白点说，就是一个作家自自然然地写，不一味依托繁复修辞地写，不过于倚重题材地写，不指望中心思想跳出来'指山山让路'地写……而是让事物在散文里说话或沉默，让事物液汁四溅再次回复到事情之中，让散文的耳朵听到事物的呼与吸。"

这话说得多好啊！我的创作，奉行的确是这样一道法则，这是一道很"土"的法则。我以为，惟其如此，方能呈现出自己真实的内心世界。善良、纯真、悲悯，以及对人世间质朴的爱等等，这些品质，是不需要掩饰的。

二

我想，对于很多人来说，文学从根本上就存在于他们的生活之中，即使他们素来不知晓文学为何物。

能够"讲古"的老人就不必说了，如同我善良慈爱的祖母。现在看来，《云中故乡来》的不足之处，便是漏写了这一点。所谓"古"，就是民间文学，"讲古"就是民间文学传播的古老方式。

文学本质是审美，即便一些揭露、声讨、鞭笞丑恶的文章，从大概念上说，也是审美。现实中的吃饭穿衣、宅子车子……离得开审美吗？学贯中西的鲁迅先生，有着非常高超的审美能力，他对萧红衣着色彩搭配的教导，就颇见功力。

青年文艺批评家李建军博士说得好。他说：文学就其本质而言乃是创造价值和发现意义的活动，是向世界显示人类的自由意志和精神力量的行为。

　　1978 年我考上融水中学时，曾央在大队办木材加工厂里当木工的一位本村大叔给我打只装书用的小木箱，大叔挑选了百年香枫最好的板材，很用心地开榫凿卯帮我做好了，小木箱极其精致，这大叔还嫌做得不够好，趁送厂里的产品到县城交货，给我买回来箱子八个边角的铜饰扣件，扣件装上去以后，小木箱整个地古色古香了起来。我这大叔，家庭成分高，打小就没读过什么书，倘使问他什么是文学，什么是审美，我想他是回答不上来的，但他打造的这只小木箱，却满是艺术，满是文学元素，有着很精到的创造价值和审美眼光。可见，文学的美的接受，是不一定非得经由文字这个介质的，只要喜爱，耳濡目染也是可以的。

　　文学的美，就在于给被反映对象加上去的那么一点点东西，而这一点东西，却是很讲究分寸的，增一分则长，减一分则短。我在散文创作上的用力，就全在于此。以为白描，不事敷衍，不妄拖拽，不行险道，力求淳朴、自然、合分寸。

　　我的散文，大多是在时隔许久之后由某一个触点击发才付诸创作的。《父亲的项目》整整酝酿了 20 年才动笔，《云中故乡来》也是这样。20 多年后，往事依然历历在目，情感依然激越澎湃，创作的冲动依然旺盛热烈，那么除了坐下来写，又还能做些什么？和《云中故乡来》一样，《父亲的项目》投出去之后，只半个月时间就收到了责任编辑的采用通知。用心血、用真情、用爱去经营经过长时间揣摩的素材，成功已然定数了。

　　散文是最能体现真情的载体，不要以为写家庭、写亲情、写个人琐事就没有意义了，国家、社会、世界，不就是由一个个单个的人、单个的家庭组成的吗？一滴水可以映照出太阳的光辉，个人际遇，家庭兴衰，难道就不足以反映一个时代、一个社会的变迁吗？我的散文创作，从根本上来说是坚守存在的感觉，也就是力图表现时代背景、社会洪流、家国兴替，力图让读者从中窥见到历史的真实，品尝到时代的况味，进而体悟到生活中美的丰盈与缺失。

个人也好，社会也罢，任何题材的创作，都得与时代的脉搏紧紧相依，并且真情满怀。

广东省文艺评论家协会原副主席赵镒生老师在读了我的散文集《云中故乡来》之后，给予了这样的评价："读过散文集《云中故乡来》，我们可认定韦晓明是散文高手，行文漂亮，情露丰韵，人真事切，主观强烈。写景诉尽己情钟，如《贝江美丽人怨愁》《云际山，秀美的山》《告别防城港》等，读起来很自然地让我们把握了作者的心怡、作者的情相，'不管睡着还是醒了，怨愁总像这一江碧浪，不断，不止，不休……''此刻的我，静静的眺望着高远的天空，和天空下的群山。我，一个苗家之子，将又一次告别这里。我不知道，我的归来会给您带来什么。前路茫茫，我愿倾听您亲切的召唤，面对您的博大与慈厚，我真诚地祈祷：愿您永远年轻，以矫健的步伐走向未来'，这样的激情充沛、感念真挚的句子，文集中几乎每篇散文、随笔都可以读到。而作者写人，则又极尽辨别爱憎，如《云中故乡来》里的祖母，就写得情深意切，敬爱有加……"

《云中故乡来》1.5万余字，可以看作一部粗线条的家族史。遮蔽在云际群山里的几个小村庄，旧时代由于山高皇帝远倒也人清际白，山静水默。新时代来了，大大小小的运动却都在这里有了相宜相称的舞台，让改造好了的父老乡亲轮番登台表演，直把这一方土地弄得波谲云诡，乌烟瘴气。我的祖母，一个苗族老太婆，以她的淳良、朴素、温慈，操持着一个大家庭，像驭着一艘船，规避扑面而来的湍流急浪。这样的历史，是绝不可以遗忘的。成了文学作品中人物的祖母，是当代中国无数个祖母中之一个，她同时又是不可替代的"这一个"。《父亲的项目》中，我同样写到了一段重要的历史事实，因为某种原因，这个事实被写得十分含糊。这样的作品，若干年后必得加注才能读懂了。

我非狡黠狷介之辈，文章当然也就平白如话。但是，它的力量和价值，也在平实之上。

这几年，我接触到一些字斟句酌，表面上美不胜收的散文，这些文章，着力铺排词汇的琳琅无双，着力讲求叙述的"走心"别致。然而，这些文字往往通篇只是顾影怜惜的低吟浅唱，是无病呻吟的舐痔自醉，是迂回往复的无妄哀情。初读之下，感觉委实不平凡，略略认真，便一无足观，如同盛宴上的狂欢，曲终人散，遍地狼藉。更不足为训的是，一些作者为了迎合某种创作潮流，在字里行间一味地放大自己的所谓凄苦，一味地拿自己的至亲来作践，摁倒地底下使劲踹磨，简直到了无所不用其极的地步，似乎不这样就不彻底、不真实、不能追问。然而只要细究，就会发现，其所描所绘，乃迎合某些有窥视隐私癖好、以咀嚼他人苦痛为乐之辈的凌空蹈虚。这些文本，从内容、结构到语调，是如此惊人的似曾相识，就好比一个模子倒出来般。这些文字，除了让人突生惊窘之外，再无其他。然而奇怪得很，这样的作品却总是赢得一些文学期刊编辑的左爱，从南到北，从东到西，诸多报刊竟是这类作品的天下。

因此，这样的写手们，对那些句平字淡、意近神远的散文，是有资格给予鄙薄的，他们睥睨平实无华的散文："了无情趣，文笔枯涩，俗不可耐。"他们压根不知道什么叫大俗大雅，大音希声，大象无形。孙犁先生的许多散文，质朴无华，尽管只读一遍，但却过目不忘。如他写他父亲弥留之际他去寻找医生、父亲故去后他去物色墓碑；如他写他去会他的好友诗人田间、运动中的田间狼狈不堪，屁股后头一块补丁吊在那，走起路来一扇一扇的……所有这些，都给我以很深刻的印象。这是什么？这是大师文字的魔力，这也是那些挖空心思"歪写"的才子才女们终其一生持续发力都无法企及的。原因很简单，他们无法拥有仰望星空的耐性与定力。

三

文学高贵品质在于为人生。敬天地、爱人类、惜万物，是文学存世的根本。仅从散文这一体裁来说，真挚的爱便是它的灵魂。鲁迅一生都在战斗，他的许多文字如同匕首和投枪，沾满寒光凛凛的杀气，但那是他的杂文。到了散文，就温馨、亲切、可爱多了。我以为，鲁迅的《故乡》和《社戏》，是应当做散文来读的，这些文章，荡漾着予人玫瑰、汝影吾身和怜惜蚁蝼的玉液琼浆。

今天，我们迫不及待地渴望散文来一场声势浩大的革命，渴望一种全新的赢得广大读者的大散文蓬勃兴盛，但我们可曾认真地掂量过，将近一百年来，我们的散文创作是否超越了《故乡》？是否超越了《社戏》？是否超越了《藤野先生》？若要超越，我们还得做哪些功课？下怎样的功夫？

两岸的豆麦和河底的水草所发散出来的清香，夹杂在水汽中扑面地吹来；月色便朦胧在这水汽里。淡黑的起伏的连山，仿佛是踊跃的铁的兽脊似的，都远远地向船尾跑去了，但我却还以为船慢。他们换了四回手，渐望见依稀的赵庄，而且似乎听到歌吹了，还有几点火，料想便是戏台，但或者也许是渔火。

那声音大概是横笛，宛转，悠扬，使我的心也沉静，然而又自失起来，觉得要和他弥散在含着豆麦蕴藻之香的夜气里。

——《社戏》

这笔法酝酿出来的，不是很平实很典型的散文句式吗？这样的文字，不也很美吗？它或许不"走心"，但实实在在呈现出一幅悠远、宁静、纯美的画面，色彩有了，味道有了，声音也有了，我们很容易就把它记住了。

这来的便是闰土。虽然我一见便知道是闰土，但又不是我记忆上的闰土了。他身材增加了一倍；先前的紫色的圆脸，已经变作灰黄，而且加上了很深的皱纹；眼睛也像他父亲一样，周围都肿得通红，这我知道，在海边种地的人，终日吹着海风，大抵是这样的。他头上是一顶破毡帽，身上只一件极薄的棉衣，浑身瑟缩着；手里提着一个纸包和一支长烟管，那手也不是我所记得的红活圆实的手，却又粗又笨而且开裂，像是松树皮了。

我这时很兴奋，但不知道怎么说才好，只是说：

"阿！闰土哥，——你来了？……"

我接着便有许多话，想要连珠一般涌出：角鸡，跳鱼儿，贝壳，猹……但又觉得被什么挡着似的，单在脑里面回旋，吐不出口外去。

他站住了，脸上现出欢喜和凄凉的神情；动着嘴唇，却没有作声。他的态度终于恭敬起来了，分明地叫道：

"老爷！……"

我似乎打了一个寒噤；我就知道，我们之间已经隔了一层可悲的厚障壁了。我也说不出话。

——《故乡》

这里边有真切的爱、宽厚的悲悯和深重的怜惜，这份态度，足以令我们整衣敛容，肃然起敬。

以大擘为方向，我在散文创作的真情上狠下功夫，决计要让自己所有的文字都饱蘸杜鹃悲啼般的殷殷心血，即便是游记之类的文章，也绝不可能有对真、善、美的些许漠视、冷淡和怠慢。《你的绝色，玫瑰之色》《金川梨花的消息》《塞罕坝阳光》等这样的作品，明是游历仙境，散记物事，内里却始终回荡关怀、尊重、平等以及爱的旋律，一如我所有散文的格调。凡真诚的读者朋友，想必不会误读我的苦心。

还是李建军说的好："文学也像历史一样，要将目光集中在生活的残缺和问题上。文学固然是一种肯定性的精神现象，要表达对美的喜悦和陶醉，要表达爱、同情和怜悯等美好的感情，要赞美真诚、勇敢、正直和宽容等美好的德性。它用爱的目光关注着人类的痛苦和不幸，用充满人道情怀的诗性方式，表达了对人类悲惨境遇和沉重生活的观察和思考。"

我的创作，遵循的正是这样一个原则。

集子里的文章，大体在各种报刊上发表过，汇集起来出版，实冀大方之家能一览我之为文情怀，并不吝教正，也望知心读者得一窥尚未领略过的人事风景，然后抚掌称快。当今这世界，什么都不缺，缺的是平等、同情、真爱。在《你的颜色，玫瑰之色》的结束处，我写道："人与人的和谐、友爱，才是世间最美的风景"。这里呼唤的还是真爱，真爱是散文的魂魄，惟愿诸君明察。

二〇一九年八月二十日于桂中大道寓所